英文学の内なる外部

ポストコロニアリズムと文化の混交

編著者　山崎弘行
Hiroyuki Yamasaki

英文学の内なる外部　目次

序説

山崎　弘行

1　はじめに

本書を構成する各章の論考は、英文学のテクストの内部に顕在あるいは潜在する外部の表象のあり方を、主として文化的混交をめぐる諸問題に力点を置きながら分析することを目指している。この場合、英文学とは広義の英文学のことで、イギリスとアイルランドに代表される英連邦の作家によって英語で書かれた文学を意味する。いわゆる狭義の「英文学」を含むが、それだけには限定されない。英語で言えば、English Literatures である。また、ここでいう外部とは、それぞれの作家にとっての他者を意味する。本書で取り上げられている事例に則して言えば、文明人対未開人、西欧人対非西欧人、植民地宗主国対植民地、植民地支配者対被支配者、宗教的民族的多数派対少数派、白人男性対非白人女性、支配階級対被支配階級、意識対無意識、英語対現地語などの一連の強者対弱者関係における、弱者にとっての強者あるいはその文化、その逆に強者にとっての弱者あるいはその文化を意味する。副題が示唆するように、本書の各論考の筆者は、程度の差はあれ、強者の文化と弱者の文化との混交をめぐる諸問題、その中でも特に混交の是非についての作家の立場を検討することに力を注いでいる。以下では、混交という概念の系譜と、それをめぐる最近の主要な研究と批評の動向を、諸家の知見を参考にしながら素描してみたい。

2 混交とはなにか

本書の副題に含まれる「混交」(hybridity) という言葉は、最近の文学批評と文化研究において最も議論を呼ぶ中心概念の一つである。主として旧植民地における個人の、民族のあるいは文化の主体のあり方と関連している。その内容は多岐に渡っているが、中心的な論点は、純粋主義的あるいは本質主義的な旧来の主体観の代替物として提出された混交的な主体観のもつ限界と可能性をめぐってである。もともと「混交」という言葉は、十七世紀の植物学や動物学の発達と結びつき、動植物の異種交配あるいはその結果としての産物という意味で用いられていた。『オックスフォード英語辞典』(*Oxford English Dictionary*, 以下 *OED* と略す。) によると、英語の hybrid はラテン語の hybrida からの派生語で、その意味は、「飼い馴らされた雌豚と野生の雄豚の子、そこから転じて、人種が異なる両親の子、雑種」である。雑種の豚を意味する hybrid の初例としては、「豚ほど簡単にその種の野生との交配から生まれる動物はいない。実際、昔は、そのような豚を雑種、言ってみれば、半野生と呼んだものだ。」という一六〇一年の用例が引用されている。また、雑種の人間を意味する hybrid の初例としては、「彼女は、アイルランド生まれの野生児で雑種でございます。」という一六三〇年の用例が引用されている。更に、*OED* には、「この言葉は十七世紀の初期には、多少の例が出現しているものの、十九世紀までは殆ど使用されなかった。」という記述が見られる。この記述が示唆するのは、十九世紀になると、様々な種類の異種混交形態をあらわす便利なメタファーとして盛んに転用されるようになったことである。その趨勢は二十世紀の今日に至るまで続いている。今日では、例えば、様々な種類の混成言語、両性具有、サイボーグ、ジャンルミックスなどが一様に混交の名で呼ばれ、興味深い研究対象として注目を集めている。(1)

3　十九世紀の混交論

しかし、*OED* の記述が示唆するのは、混交という言葉のもつこのような価値中立的な明るい側面の展開だけではない。混交は、実は、十九世紀に至り、暗い側面を展開し始める。植民地主義が頂点に達した十九世紀の後半から二十世紀の前半にかけて、この言葉は、主として民族学の分野に出現した白人優位思想や優生思想と結びつき、異質な人種あるいは民族の出身者同士の結合により生まれた雑種という差別的な意味を帯びるにいたるのである。ヤング（Robert J. C. Young）は、十九世紀の人種理論家たちの民族混交にたいする理論的立場を次のような五つに分類している。(2)

（一）　多元起源論

（二）　肯定的混交論

（三）　解体論
（四）　遠近種間差異論
（五）　否定的混交論

ヤングの提出したこの分類は、後ほど紹介する、混交のもつ肯定的な側面を再評価する今日の理論家たちの議論の可能性と限界を浮き彫りにすることにも役立つと思われるので、少々詳しく紹介しておきたい。第一の多元起源論によれば、各民族にはそれぞれ固有の起源があり、独特の本質的特徴が備わっているので異民族同士の混交は不可能であるとされる。民族間の混交の結果としての子孫は、生殖能力がなく、その結果、民族全体としては、固有の本質的特徴をいつまでも保持し続けることになる。ヤングによると、十九世紀の中頃に盛んに行われた人種をめぐる議論は、主として、単一起源論者と多元起源論者との間で戦わされたのである。(p.9) 人類の起源はアダムとイヴに由来するという単一起源論と対立する多元起源論の主張が次第に激しくなったことが、この時代において民族混交の問題への社会的関心を引き起こしたのである。第二の肯定的混交論によれば、多元起源論とは裏腹に、異民族同士が混血すると、子孫は無限に繁殖し、新しい混交的民族が生み出されるとされる。この理論は、単一起源論者ゴビノー（Joseph A., comte de Gobineau）の『人種の不平等に関する論文』（*Essai sur l'inegalite des races humaines*）に基づいている。ヤングによれば、ゴビノーは世界の人種を白人種、黄色人種、黒人種の順番で序列化したことで悪名高いが、意外にも決して混交には反対せず、むしろ混交を奨励した。ゴビノーによれば、白人種の文明度が高くて他の二つの人種のそれが低いのは、前者が後者に性的欲望を感じる性行を備えており、混交を嫌悪しない人種であるのに反して、後者は、前者に対して性的欲望を感じる性行を備えておらず、混交を嫌悪する人種であることの結果である。白人種は雑種であるからこそ文明度が高く、黄色人種と黒人種は純潔種であろうとしてきたからこそ文明度が低いのである。ヤングは、このようなゴビノーの見解を発展させて、植民地支配者と被支配者の深層心理に潜む民族的な他者への欲望と嫌悪との間のアンビヴァラントな感情こそ、植民地状況の特質だと主張している。(pp. 99-117) 実は、この十九世紀の肯定的民族混交論と今日の肯定的文化混交論との類似性を裏づけて、後者が前者を無意識のうちに反復する危険性を警告することこそがヤングの著書の狙いの一つなのである。暗い過去の民族混交論の系譜を鮮明に再構成してみせたヤングの明晰な論証は傾聴に値するが、後に論じるように、民族混交を、本質主義的な民族観に基づき、固定的な産物とみなす前者と、本質主義的な文化観を排して、文化混交を流動的な過程とみなす後者は、よって立つ前提が基本的に異なっており、反復の危険性に対するヤングの懸念は杞憂にすぎないと思われる。第三の解体論は、多元起源論と肯定的混交論との折衷案で、民族混交はある程度までは可能でも、生まれた子孫はすぐさま死滅するか、死滅しないまでも、新しい混血種を生み出すことなく、結局は、両民族のいずれかの固有の形質に復帰するという説である。さらに第四の遠近種間差異論によれば、同じ混交でも、近縁の民族同士が混交すると繁殖能力のある子孫が生まれるが、遠縁の民族同士の混交の結果生まれる子孫は生殖能力に乏しく、やがて退化するのである。最後に第五の否定的混交論は第二の肯定的混交論を裏返した説である。それによると、白人と黒人の混交に代表される異種族間混交は生殖能力のある子孫を生み出すことが出来るが、子孫は、「人種なき無秩序」(raceless chaos) を引き起こすとされる。混交すると、劣性の形質によって優性の形質の純粋性が損なわれ、その結果、後者に備わっていた活力と美徳が失われて、退化した子孫が繁殖することになる。

これら五つの混交理論に関して注目すべきは、これらがすべて、混交の結果生まれる子孫の生殖能力の有無に関心を示していることである。もう一つは、すべての理論が、白人優位思想に基づく民族文化的アイデンティティ神話を前提にしていることである。混交を肯定する唯一の理論である肯定的混交論といえども、白人の女性イヴと白人の男性アダムを人類の始祖とする単一起源論に基づいている以上、白人優位思想を免れてはいない。十六世紀に登場した動植物の分野における混交概念を、十九世紀に台頭した白人優位思想に基づきながら、生物的存在としての人間に応用したものであることは明らかである。これに対して、二十世紀末に登場した文化理論家たちの混交理論は、十六世紀以来連綿と連なる混交理論の系譜を文化的存在としての人間に応用しようとしていると概括できるだろう。そして今日の混交理論が共通に目指すのは、過去の混交理論の前提である多元起源論の根底に潜む本質主義的あるいは純粋主義的なアイデンティティ神話を克服することにほかならないのである。以下では、文化混交という論点にのみ的を絞り、代表的な理論家たちの基本的な立場を素描してみたい。

4　バーバの混交論

二十世紀末において、文化混交のもつ肯定的側面を再評価する理論を提出して議論を巻き起こした張本人は、バーバ（Homi K. Bhabha, 1949-）であることはよく知られている。バーバはパキスタン生まれで、ボンベイ大学とオックスフォード大学で教育を受け、現在はシカゴ大学で教えている。彼は、文化を純粋で本質主義的な実体とみるすべての植民地宗主国に共通する伝統的な文化観に異議申し立てをする。バーバによれば、独立後の旧植民地の文化は、支配者の強い文化と被支配者の弱い文化が接触する際に形成される混交的な空間で構築される。そこでの文化は、固定的で安定した「産物」（'product'）ではなくて、翻訳の過程のように、流動的な、結果の予想がつかない、不安定な「過程」（'process'）なのである。(3) その点で、バーバの理論は、同じく文化の混交を肯定的に再評価してはいるが、あくまでも混交を固定的な産物とみなす先行する諸理論（例えば、フレイヤーの融合理論、ナンディの吸収理論、あるいはラファエルの専有理論）とは一線を画しているのである。(4) 彼はこの空間のことを「第三の空間」（'the Third Space'）(pp.36-38）と呼び、弱い文化の持続と存続のための手段として、あるいは強い文化への抵抗の手段として期待をよせている。その意味で、バーバの肯定的混交論は、上述した十九世紀的な肯定的混交論とは似て非なるものである。彼は、代表作『文化の場所』（*The Location of Culture*, 1994）で、次のように述べている。

> すべての文化的言説と体系はこの相矛盾した愛憎共存的な発話空間の中で構築されることを理解するとき初めて、文化の混交性を実証する経験的で歴史的な事例にさえ訴えるまでもなく、我々は、各文化に固有の独自性や純粋性を上位に置くべきだという階層制度的主張が成り立たない理由を理解し始めるのである。(5)

旧植民地における支配文化の相対化を目指すバーバの混交理論は、デリダ（Jacques Derrida）の脱構築＝翻訳理論、ラカン（Jacques Lacan）／ナイポール（V. S. Naipaul）の物真似理論、あるいはバフチン（Mikhail Bakhtin）の対話の原理などを統合したものであることはよく知られている。しかし、実は、もともとサイード

(Edward W. Said, 1935-)の『オリエンタリズム』(*Orientalism*, 1978)に触発された側面があることを見逃すわけにはいかない。彼は、『文化の場所』の「謝辞」において真っ先にサイードに言及し、「私に批評領域と知的な研究課題を提供してくれたエドワード・サイードの先駆的全作品にここで感謝したい。」(p. ix)と述べている。新歴史主義の代表者グリーンブラット(Stephen Greenblatt)への謝辞が、研究計画作りの能力を称えた単なる儀礼的なものにとどまっているのに対して(p.ix)、サイードへのそれは、自分に批評領域と研究課題を提供したサイードの批評研究活動の先駆性を称えたものになっている。このことは、バーバに代表される肯定的混交論にたいする新歴史主義の相対的な貢献度の低さと、それとは対照的なサイードの理論の相対的な貢献度の高さを示唆している。バーバのいうサイードの先駆性とは、オリエンタリズムに対するサイードの先駆的な批判全般のことだけをさしているのではない。彼は、サイードがオリエンタリズムを顕在的オリエンタリズムと潜在的オリエンタリズムの二種類に分類したことに具体的な先駆性を見出しているのである。顕在的オリエンタリズムとは、「東洋の社会、言語、文学、歴史、社会学等についての記述された様々な見解」である。潜在的オリエンタリズムとは「殆ど無意識的な(だから触れることができないと確実にいえる)実在性である」(p. 206)。前者が歴史の変化につれて流動する、オリエンタリストによる東洋の通時的な表象であるのに対して、後者は、歴史の変化を超越して固定した、オリエンタリストによる東洋の共時的な表象である。前者の東洋観が不安定性と混交性を特徴とするのに対して、後者のそれは、安定性と本質主義を特徴とするので、両者は明らかに相矛盾する。そのことに、サイード自身は気づいてはいたが、そこから新たなる文化理論を展開するまでには至っていなかったのである(p. 222)。これに対して、両者が相矛盾することにオリエンタリストの本質主義的な文化観を批判する契機を見出し、そこから発展して、現代社会一般における文化混交の積極的な意味を理論化したのがバーバである。バーバはこのような契機を提供したサイードの先駆的な理論の独創性を次のように指摘している。彼は、本質主義的な文化観を大前提として書かれたオリエンタリストのディスコースの中に、皮肉にも、それとは矛盾する混交的な文化観が潜在することを論証するための理論として、サイードの理論を拡張解釈できると主張している。

そして、最後に、この思考の道筋は、サイードが、潜在的なオリエンタリズムと名付けられた「無意識的な実在」と、顕在的なオリエンタリズムと呼ばれる東洋についての記述された知識と見解との間の区別に率直に言及するとき、夢の仕事に類似した形を与えられる。

この先駆的な独創的理論は、オリエンタリストのディスコースのもつ他者性や両義性と取り組むべく拡張できる。(6)

5　サイードの混交論

サイード自身は、代表作『オリエンタリズム』の中で文化混交の問題を論じることはなかった。しかし、本質主義的な東洋観を批判した次のような彼の発言は、やがて自らもバーバなどの一翼をになって主張することになる文化混交論の萌芽と言えるのではなかろうか。

むしろ、私がこれまで主張してきたのは、「オリエント」それ自体が一個の構成された実体であるということ、あの地理的空間に固有の宗教・文化・民族的本質に基づいて定義しうるような土着の、根本的に「異なった」住民が住む地理的空間というものが存在するという考え方がやはりきわめて議論の余地のある観念であるということであった。(7)

代表作『オリエンタリズム』で西欧人のイデオロギーとしての東洋観をオリエンタリズムの名のもとに批判することに終始して、現実の東西の文化のあり方を論じなかったサイードは、近年、現実の文化一般の本質が混交であることを繰り返し強調している。例えば、彼は、最近の著作の中で、次のように書いている。

帝国の支配下に置かれたことが原因の一部だが、すべての文化は、相互に絡まり合っている。単一で純粋な文化など存在しない。すべての文化は、混交的で、雑種的で、極度に差異化しており、一枚岩ではない。私の思うに、このことは、現在のアメリカ合衆国にも、現代のアラブ世界にも当てはまるのである。しかるに、両地域では、それぞれ反アメリカ主義の危険とアラブ主義への脅威が過大視されているのである。(8)

(前略)私も自分なりに貢献した大きな修正が文化の議論で行われている、すなわち、西欧中心主義批判である。この修正のおかげで、読者と批評家は、アイデンティティ政治の相対的な貧しさや、根本的本質のもつ「純粋性」を肯定する愚かさや、他の様々なすべての伝統に対する、実際のところ、本当には主張できそうもないある種の優先権を、ある特定の伝統に帰するという真っ赤な偽りを理解することができるようになったのである。要するに、この修正のために、文化というものは、いつも、混交的で、雑種的で相矛盾したディスコースから作られているということが認識されるようになったのである。(9)

十九世紀以来の本質主義的文化観のもつ貧しさと愚かさと虚偽性を批判し、文化混交の普遍性を力説するサイードの肯定的混交文化論は、彼の置かれた独特の歴史的経験から切り離すことはできない。彼はイェルサレム生まれのアラブ系のパレスチナ人である。彼は、ものごころがついて以来、「自分ではどうすることも出来ない事情で」、「西欧教育を受けたアラブ人」として成長した。幼年時代をパレスチナとエジプトで過ごし、十五歳のころ渡米する。プリンストン大学を卒業後、ハーヴァード大学大学院で学び、現在ではコロンビア大学で教えている。たえずアラブ世界と西欧世界という「二つの世界に帰属していると感じてきた」亡命知識人である。(10) サイードの肯定的混交文化論は、従って、一種の亡命者としての彼が直面した「歴史的な経験の現実」への敏感な反応の結果であるとみなすことが出来るだろう。

6　スピヴァクの混交論

このことは、もう一人の代表的な肯定的混交文化論者であるスピヴァク（Gayatri Chakravorty Spivak, 1942-）についても言える。彼女は、ベンガル語を母国語とする中流階級の家族の娘としてカルカッタで生まれた。カルカッタ大学の大学院生時代にコーネル大学大学院に留学し、現在は米国人としてコロンビア大学で教鞭をとっている。サイードと同様に、スピヴァクは、「あらゆるアイデンティティは、これ以上単純化することが不可能な混交である」[11]ということを明白な事実とみなしている批評家である。彼女自身の証言によれば、この事実を認識する最初の契機の一つになったのは、子供時代に通っていたキリスト教系の伝道学校の先生たちの大部分が、インド人のサバルタンであったことである。「この先生たちの大部分は、キリスト教徒の部族民、すなわち、インド人のサバルタンであった、生まれながらの田舎の底辺層よりも地位が低く、ヒンズー教徒でもイスラム教徒でもなく、ヒンズー教徒の不可触賎民ですらなく、宣教師によってキリスト教徒に改宗させられてしまっていた部族民、いわゆる原住民であった。」[12]子供時代に自分より階級がはるかに低い、絶対的に恵まれないキリスト教徒のサバルタンから母国語による教育を受けたことが、後に、スピヴァクをサバルタンと混交の研究へ駆り立てる大きな要因の一つとなったようである。次の発言には、スピヴァク独特の肯定的混交文化論の特徴がとてもよく現れていると思われる。対談の相手から、ベンガル語と英語のどちらを選ぶかという問題がインド人の作家にとって意義のある問題かどうかを聞かれて答えたものである。

とても意義深いです、インドが多言語国家だからです。私は暴行に権限を付与するという考え方、すなわち、強姦から生まれた子供のことを大いに論じてきました。強姦とは何一つ取り柄のない何かです。それは暴行です。他方、仮に子供がいるとすると、その子が強姦から生まれた子供だからという理由で排斥することはできません。ポストコロニアルとはある程度、そのような子供です。我々がそこに見出すのは、ある種の固有の歴史的な権限付与ですが、我々はそのようなものを祝福してはならない反面、それに対していわば脱構築的な立場に立っているのです。全インドの声をあげるために、我々はインドの諸言語の一つである英語から支配権を奪わねばならなかったのです。しかし、文学的表現手段として、英語は、標準英語に精通している人々の手にあるということを言わねばなりません。彼らは充分に精通することで、抗議の手段、嘲笑や奇形学としてのみ、そして時には、地方色にすぎないものとして、必然的に上からインド英語を用いることができるのです。だから、そう、英語で執筆すること、上質の執筆をすることには重要性があります。(13)

スピヴァクは、独立後のインドにおける混交的なインド英語の積極的な意味を英国人に強姦されたサバルタンの子供になぞらえて説明しようとしている。ここには、個人的、民族的、あるいは文化的な混交の孕む問題についてのスピヴァクの独特の見解が集約されている。あらゆる民族の地域文化は相互交流的であり、混交を原則とするという理由でそれを肯定する彼女のポストモダン的な立場からすれば、植民地主義により生み出されたインド英語に代表される混交的な文化には、宗主国に抵抗し、その権威と支配を批判しながら自らの存続を可能ならしめるグラムシ（Antonio Gramsci, 1891-1937）のいう反覇権的な側面が備わっている。スピヴァクによれば、ポストコロニアルとは、強姦により生まれても、子供は子供である。望まない接触から生まれた子供でも一つの主体である。強姦の痕跡を自分の身体からとりのぞくことはできない。これは、植民地宗主国という強者に強姦されて生まれた混交的文化という子供も一つの主体を持った存在であるという厳然たる歴史的経験の現実を直視する立場である。このような立場に立つ者が旧来の文化本質主義に同調できるはずがない。この立場を支えているのは、家父長制とカースト制度と植民地支配の下で、三重に差別される運命にあるサバルタンとしての女性の原像をたえず自己のなかに繰り込むことを批評活動の根底に据えている、スピヴァクの知識人としての並はずれた責任感である。彼女は、表象（＝代表）することが原則として不可能なはずの絶対的な他者としての「物言わぬ」サバルタンの混交性を、無条件に評価しているわけではない。彼女にとってのサバルタンの意義は、混交的な場所から語ることで生じる抵抗の契機にこそ見出されるのである。

7　ホールの混交論

最後に、英国の文化理論家ホール（Stuart Hall, 1932-）の混交観を見てみよう。彼は、かつて英国の新左翼の文化研究者の代表格であり、バーミンガム大学現代文化研究センターの所長を務め、「バーミンガム学派」の指導者と目された。その後、放送大学に移り、一九九七年に退職している。最近では、ジャマイカで生まれ、ローズ奨学生としてオックスフォードで学んだ黒人の英国人という固有の経験を踏まえながら、本質主義的な黒人観を批判し、民族の、文化の、あるいは個人の主体が差異と混交に基づくことを論証し、そのことのもつ反覇権主義的な機能に期待を寄せている。例えば、彼は次のように述べている。

　黒人の主体と黒人の経験が自然やなんらかのほかの本質的な保証人によって固定されないのなら、事実は、それらが、歴史的に、文化的に、政治的に構成されるということにちがいない。そして、この事実を指し示す概念は「民族性」である。（中略）西欧「中心的」ディスコースを転移させることは、西欧がもつ普遍主義的な性格と、至る所に居ながらどこにも居ないように身を処しながら、超越的にすべての人間の代弁をする西欧の権限への異議申立てを伴うのである。このように民族性を差異に基づかせることが、人種差別的ディスコースの内部に人種差別と抑圧の現実を否認する手段として配置されたという事実は、この言葉が永久に植民地化されることを我々が許容するということを意味しない。[14]

ここには、ゴビノーに代表される十九世紀の人種理論家たちが提案して以来、西欧世界に流通してきた人種差別的な黒人観を乗り越えるべく、「民族性」（'ethnicity'）という作業仮説が提出されている。黒人種には固有の主体が先天的に備わっているという本質主義的な主体観とは異なり、この作業仮説は、あらゆる民族集団の主体を、特殊な、歴史的、文化的、あるいは政治的な状況の中で、後天的に構成された差異と混交に基づく実在とみなす。これは、経済主義的還元論に基づく旧来の覇権理論を排して、民族集団の歴史的経験の「固有性」（'specificity'）を重視するグラムシの覇権理論に由来する民族観である。このように民族性を再定義することにより、西欧中心主義的イデオロギーは、それが表象されているディスコース自体の内部において自己矛盾に陥り、相対化されるに至るというのが、ホールの基本的な見解である。ホールは、混交的な民族性の概念を導入することは、必然的に、黒人の離散経験の肯定的な再評価につながるとも考えている。

このことは論点の事実上の移動を示している、というのも、論争は、もはや単に反人種差別主義と多文化主義との間ではなくて、民族性それ自体の内部に存在するのである。この論争に絡んでいるのは、民族性の概念をめぐる分裂である、すなわち一方には、民族性を国家と「民族」に結びつける支配的な考え方があり、他方には、周縁の、あるいは周辺の民族性という積極的な観念の始まりと私が思っているものがある。すなわち、我々はすべて、例の「民族芸術家」とか民族映画製作者といった位置によって抑制されることなく、特定の場所、特定の歴史、特定の経験、特定の文化から発話するのだという認識の始まりである。我々はすべて、その意味で、「民族的に」位置づけられている、そして我々の民族的アイデンティティは自分が何者であるかをめぐる我々の主観的な判断にとって決定的に重要である。しかし、これは、この民族性というものが英国人性がそうであったような、単に他の様々な民族性を周縁化し、追放し、移動させ、忘れたりすることによってのみ存続する運命にある民族性ではないという認識でもある。まさしくこれは差異と多様性に基づく民族性の政治なのである。

この新たなる表象の政治に伴っていると私が思っている最後の点は、離散経験として黒人の経験を認識することと、不安定化や、再構成や、混交化や、あるいは「切り混ぜ」の過程、要するに、耳ざわりな造語で言えば、文化的離散化の過程に対してこのことがもたらす結果と関係しているのである。[15]

民族的主体一般が、複雑多様で特殊な状況で構成される後天的な実体である以上、民族的主体をめぐる議論の論点は、従来のような様々な民族国家間の相互関係のあり方の問題から、各民族集団内の周縁部に属する者の民族性のもつ積極的な意味の問題に移動せねばならないと、ホールは主張する。なぜなら、各民族集団内の様々な地域集団の主体は、すべて、それが属する周縁部に固有の歴史、経験、文化、あるいは場所に条件づけられているからである。このような意味での民族性の主体は、他の民族性を排除することでかろうじて存続できる純粋で同質的な固定的な産物でなく、他の民族性との相互交流を前提とした、流動的で、差異と多様性に基づく、混交化の過程そのものである。ホールは、この混交化のことを「離散化」（'diaspora-ization'）と命名し、無数の黒人たちの歴史的な離散経験こそがその典型的な事例である主張している。このように見てくると、ホールの肯定的混交論は、黒人としての自らの特殊な歴史的経験を生かしながら、民族集団の構成員の特殊な歴史的経験を重視するグラムシ／サイードに代表される文化理論と、文化混交の過程性を強調するデリダ／バーバに代表される文化理論を統合した点に独自性があると言えるだろう。

8　日本における混交論

我国では、文化混交をめぐる以上のような議論が西欧に流通し始めた時期から数えて数十年も前に遡る一九五〇年代に、革新派の評論家加藤周一が「日本文化の雑種性」と「雑種的日本文化の希望」いう論考を発表している。そこでは、西欧文化の影響が「根幹にまでしみこんでいる」(16)雑種的日本文化の「積極的な意味」(17)が論じられている。加藤によれば、英仏の文化は純粋種の典型で、日本文化は雑種の典型である。純粋な英仏の文化は、「それはそれとして結構である。」、雑種の日本文化は「それはそれとしてまた結構である。たとえそれが現在結構でないとしても、これから結構なものにしたててゆこうという建前にたつのである。」(18)というのが加藤の基本的立場である。雑種的日本文化の現実から出発するしか日本文化に希望はないのである。ここで彼のいう日本文化の希望とは、あくまでも思想、芸術あるいは文学などの「高度に分化した精神的活動」(19)の文化領域に限定された希望であるようだ。

これとは対照的に、ほぼ同じ時期に発表された福田恆存の「文化とはなにか」には、保守派の立場から、日本の混合文化一般をめぐる希望が語られている。福田は、加藤と同じく、明治以降の日本文化が西欧文化と日本文化との混合であるという現実について次のように述べている。

それがいけないといふのではない。いいわるいの問題でなく、それこそやむをえぬ実情なのであります。ただ困ることは、最近、ことに戦後において、私たちの現代がさういふ雑然たるものであるといふ自覚が失われたことです。さらに表面、雑然とはしてゐても、その間に身を処しながら、ばらばらな要素を自分のものとして引きしめていかうとする自主性をも、私たちはまた失ひつつあるのではないか。明治時代には、まだそれがありました。それだけに混合文化としての一種の調和があり、また将来それを完全な調和にもちきたらす希望もあったわけです。それが今日、無くなってしまったやうに、私にはおもはれます。[20]

革新派の加藤とは異なり、保守派の福田は、「有機体としての統一を保った」[21]西欧文化一般とは異なり、雑然としていて統一性に欠けた混合文化にすぎないとして日本文化の実情に不満を表明している。福田にとって、日本文化に希望がもてるかどうかは、「気質」の力により、混合文化を「完全な調和にもちきたらす」ことができるかどうかにかかっているのである。

このような福田の現代の日本文化をめぐる憂慮にみちた現状認識は、夏目漱石が明治維新以降の日本文化について表明した悲観的な現状認識の延長線上にあることは明らかである。周知のように、漱石は「現代日本の開化」という一九一一年の講演の中で、開国以来、西欧諸国が長期間にわたって徐々に行った近代化を短期間でやり遂げようとした結果、日本の近代化は内発的なものを失い、外発的なものにならざるをえなかったとし、それを「子供が背に負われて大人と一所に歩くやうな真似」であり、「皮相上滑りの開花」だと断じている。そして「それが悪いからお止しなさいと云ふのではない。事実已むを得ない、涙を呑んで上滑りに滑って行かなければならないと云ふのです。」[22]と諦念にも似た混交文化論を展開しているのである。以上のように、明治維新以後の急速な近代化（＝西欧化）に起因する日本文化の混交性の問題を論じた代表的な知識人である漱石、福田、および加藤の諸氏は、日本文化の将来像についてはいささか意見を異にしているが、西欧文化と日本文化の現状認識においては一致している。彼らの立場が、あらゆる地域の文化が混交であるという前提のもとに、独立後も陰に陽に残存する植民地主義に対する批判を秘めながら、混交の積極的な意味を探究している今日の文化理論家たちのそれとは異なることは明らかである。これは、異文化受容の長い歴史を持つにもかかわらず、歴史上、一度も植民地支配を経験したことのない日本の歴史的経験の特殊性によるものであろう。西欧における植民地主義との関連を抜きにして日本文化の混交性を論じていること、「純粋」で「調和」のとれた「内発的な」西欧文化をモデルにしていること、あるいは民族と文化をめぐるアイデンティティ神話を踏襲していることなど、今日の段階から見れば、彼らの文化論に限界があることは否定しがたいだろう。だが、ここで重要なことは、彼らの文化論に何がないかよりも、何があったかである。明治維新以降の日本文化に対する彼らの態度には、西欧と日本との歴史的経験の違いが考慮されており、立場の相違はあるものの、文化本質主義を乗り越える視点が西欧に先駆けて提出されていることは特筆に値すると思われる。

9　各章の論考と文化混交

本書の各章の論考には、かつて西欧列強による植民地支配を経験した地域を背景として書かれた英文学テクストの作家たちの異文化に対する態度が主として論じられている。背景となっている地域は、バーミューダ諸島から始まり、エジプト、アフリカ、アイルランド、オーストラリア、あるいはインドにいたるまで実に広範囲にわたっている。以下では、これまで概観してきた肯定的混交論の系譜を念頭におきながら、各論考の顕著な特質を順を追いながら略述しておきたい。

ポストコロニアリズムを新歴史主義の一つの結実とみなす観点に立つ中村は、「シェイクスピア――『テンペスト』にみるポストコロニアリズム的な修辞戦略」において、シェイクスピアの『テンペスト』を当時のバーミューダ諸島でのイギリスの植民地活動に関連付けながら、そこに様々なレベルでの植民地主義と原住民との関係を読み込んでいる。例えば、訛りのある英語を話し、ワインをたしなむ他者としてのキャリバンの文化混交的性格には、植民地主義批判と西欧中心主義批判の契機が示唆されているのである。たしかに、未開人キャリバンとプロスペロに代表される西欧人の登場人物たちとの出会いの場面などには、あからさまに表現すれば植民地主義者たちの敵意と攻撃をうけそうな見解が頻出する。シェイクスピアがキャリバンの内面に深く沈潜すればするほど、キャリバンは西欧文明に異議を唱える人物にならざるを得ない。しかし、中村によれば、それらの見解も、「代喩」や「転位」のような修辞的技法が狡猾に用いられているので、笑いの対象にすぎなく見えてしまうのである。

岡田の「ロマン派詩人――オリエントとしてのエジプトと英国ロマン派詩人」は、従来のロマン派研究史における死角であった、オリエントとしてのエジプトと英国ロマン派詩人との関係を考察した論考である。十八世紀以来、エジプトにまつわる表象（例えば、ナイル河、ピラミッド、巨大遺跡、エジプト神話の代表的な登場人物など）は、豊穣性と滅亡性といった相反する意味合いを人々に連想させてきたことはよく知られている。シェリー、キーツ、あるいはブレイクのテクストに散見されるこれらの表象群に潜む複雑な重層性に着目する岡田は、そこに肯定的側面と否定的側面をあわせもつ大英帝国の隠喩を読みとろうとしている。ロマン派詩人たちにとってのエジプトが「西洋化されたエジプト」の変種であることを結論として主張するこの論考は、キーツに代表されるロマン派詩人たちが、ヨーロッパ文化とオリエント文化との混交の現実に自覚的であったことを密かに示唆していると思われる。

河野は、「トマス・ムア――『ララ・ルーク』あるいは機能不全装置としての空想の東方」において、愛国的か否かをめぐって評価の別れる東方物語詩『ララ・ルーク』の再評価を試みている。河野は、このチューリップの類を意味するペルシャ語の題名には、アイルランドへのチューリップ導入をめぐる歴史的ないきさつから、伝統的にこの花を愛するプロテスタント支配階級への迎合が含意されていることを論証する。ムアが文化混交を抱え込んだアイルランドのカトリック作家であることを示唆するためである。しかし、物語の安直な幕切れのせいもあって、そのことは、植民地支配体制を批判することよりもむしろ温存することに帰着しているのである。

「オスカー・ワイルド――隠喩としての階級とドリアン・グレイの消された父」において、道木は、主人公ドリアンが、イギリスの階級問題とそこに秘められた欲望ばかりでなく、父親を介して当時のイギリスとアイルランドの関係性までをも体現した混交的人物として造形されていることを実証することで、植民地における主体形成のあり方を解き明かしている。道木は、バーバの物真似理論を慎重に援用しながら、ドリアンのもつ植民地主義批判の可能性とその悲劇性の原因を究明しようとしている。

吉本は論考「ライダー・ハガード――植民地冒険小説における他者の表象」において、『ソロモン王の洞窟』と『洞窟の女王』の主人公が、アフリカ現地の言語文化とイギリスのそれとの橋渡しを演じる混交的な登場人物であることなどに着目することにより、旧来の解釈に偏りがあると結論づけている。

吉本はもうひとつの論考「ジョウゼフ・コンラッド――『闇の奥』に交錯する二つの声」で、生涯にわたって非標準英語しか話せなかったポーランド系イギリス作家コンラッドの代表作『闇の奥』に用いられている英語の特質を主として分析している。そうすることで、吉本は、被征服民族であるポーランド人に固有の反帝国主義の心情と、リベラルなイギリスへの忠誠心を同居させたコンラッドの文化混交的性格を浮き彫りにしている。

吉本の最後の論考「ラドヤード・キプリング――帝国の支配とハイブリディティ」は、従来のキップリング帝国主義者説の妥当性を検討した論考である。吉本は、『キム』の主人公キムの主体が、アイルランド、イギリス、およびインドの文化からなる混交であることを論証し、そのことのもつ積極的な意義を、当時の否定的混交観、インドにおける多言語混交状態、および帝国主義言説とからませながら検討している。

「イェイツ――アイルランド文化の混交性について」において、山崎は、プロテスタント支配体制の文化を代表するとみなされてきたイェイツが、実は、終生、アイルランドの文化が混交であることの現実を直視し続け、この現実に対してアンビヴァラントな姿勢を示したことを実証している。イェイツは、一方で、十九世紀的な否定的混交論にも似た見解を抱きながらも、他方で、アイルランドの現実に根ざした優れた詩を書くためにも、あるいは、平和理に南北の統一を実現して、アイルランドの真の独立を達成するためにも、混交の現実から調和した文化体系を創造することを夢想してやまないのである。

高橋の「ジェイムズ・ジョイス――ポストコロニアル小説としての『ユリシーズ』」は、『ユリシーズ』をポストコロニアル小説として読むことで、内容中心のリアリズム的解釈と形式中心のポストモダニズム的解釈を統合することを目指している。高橋は、バフチンの対話の原理や混交理論に基づき、この小説が歴史と物語との伝統的な二項対立を突き崩し、アイルランド文化と歴史のはらむ混交性を証明した実験小説だと結論づけている。

池下の「T・S・エリオット――仮面の下から漏れ出るインドの閃光」は、エリオットが自己の消しがたい文化的ハイブリディティ性に劣等感を抱いていたことを論証している。その根拠として、池下は、正統的なキリスト教文化の擁護者であるエリオットが評論の中でインド・仏教思想に傾倒していた事実を述べる際の歯切れのわるさ、詩の中におけるインド・仏教思想の表象の少なさと匿名化の傾向を指摘している。エリオットの詩の場合、精彩を放っているのは、ほかでもない東西の文化がせめぎ合い格闘する部分なのである。

山崎の「ウィリアム・ゴールディング――啓蒙主義思想と秩序意識との葛藤」は、小説家ウィリアム・ゴールディングが『休暇』誌上で提出した複雑なアイルランド観の背景を検討した論考である。その主たる狙いは、帰郷、亡命、および貧困にアイルランドの国柄をみるゴールディングは、ロマン主義的にアイルランドを美化したイェイツとは異なり、類型化を免れているが、イェイツと同じく、独立後のアイルランドの植民地後遺症としての民族・文化的混交性を憂慮していた事実を浮き彫りにすることにある。このような複雑で先見性にみちたゴールディングのアイルランド観の背景には、初期から晩年にいたる彼の著作に通底する、フランス革命の基本理念である啓蒙主義思想と秩序意識との葛藤が潜んでいたことが裏づけられている。

板倉の「J・G・ファレル――『クリシュナプールの籠城戦』あるいは籠城する帝国」では、セポイの反乱を背景としたファレルの代表作『クリシュナプールの籠城戦』に用いられた戦略が、グラムシのいうカウンタ・ヘゲモニーであることを論証している。この戦略の特徴は、支配的言説の意図的な援用により支配的言説自身を批判させることにある。ファレルのようなイギリス在住のアングロ＝アイリッシュ作家にとって、文化的アイデンティティは常に両義的である。彼らはいわば常に異種混交状態にいる。植民地主義の圧力によって文化的アイデンティティの本質性を奪われたこと、そしてその両義的な文化的アイデンティティゆえに植民地主義の言説を異化せざるを得ないからである。文化的混交性を担ったファレルにとって、この戦略の使用は必然的であったのである。

10　おわりに

以上のように、本書の筆者たちは、全員が、各人各様に、植民地を背景とした英文学のテクストの内部に表象された様々な地域の人々の異文化をめぐる、固有で特殊な歴史的経験を把握し、明確にし、再解釈し、再発見しようと努めている。本書の主題である文化混交については、ほとんどすべての執筆者が程度の差はあれ、肯定的であることが分かる。どの執筆者も、分析対象である英文学テクストの内部に潜む文化混交の問題を浮き彫りにしながら、その積極的な意味を探ろうと努めているからである。本書の執筆者全員に共通する主体位置があるとすれば、この点にこそ求めることができるだろう。

それでは、文化混交にたいして肯定的であろうとする筆者たちは、一様に、民族や文化をめぐる、伝統的な「アイデンティティ神話」を批判したり、相対化しようとする立場に身を置いているのであろうか。上で示唆したように、「アイデンティティ神話」は、往々にして民族や文化が純粋であるべきだとする本質主義に起因しているので、近年、多くの肯定的な文化混交論者の批判に曝されているのである。文化混交の場合とは異なり、「アイデンティティ神話」にたいする本書の筆者たちの姿勢は、隠微に批判的であったり、不明確であったり、あるいは葛藤的なものであったりといったあんばいで、実に様々である。しかし、このことは、個々の作家たちの自他の文化にたいする態度を、できるだけ客観的に記述することを目指す本書の基本方針に、各執筆者が忠実であろうとしたことの結果にすぎない。必ずしも筆者たち自身のこの問題についての本音の意見を反映しているとは限らないことを念のためにここでお断りしておきたい。いずれにせよ、この問題は、それぞれの筆者たちが各人各様に取り組むべき今後の重要課題であることは間違いない。

ゴールディングは一九六〇年代のアイルランド文化の現状について、「いまやアイルランドは日々ますます英国のようになりつつある、英国がますます米国のようになりつつあるのと同じように。」(本書、三五〇頁)と述べたが、この発言は、アメリカニズムを原理としたいわゆるグローバリズムが展開している、日本を始めとする今日の世界の文化状況を先取りしていると思われる。様々な英文学のディスコースを分析しながら、文化混交をめぐる諸問題を検討した本書の論考が、今日の国際社会の文化情況を読み解く手掛かりとなり、ひいては、その中で生きるためのささやかな指針となれば幸甚である。

註

（1） Cf. Peter Brooker, *A Concise Glossary of Cultural Theory* (London: Arnold, 1999), p. 105.

（2） Cf. Robert J. C. Young, *Colonial Desire: Hybridity in Theory, Culture and Race* (London and New York: Routledge, 1995), p. 18. 以下、本論におけるこの本からの引用はこの版により、引用文とその日本語訳および参照部の後に（ ）を付け、頁数を記す。

（3） Cf. Homi K. Bhabha, *The Location of Culture* (London and New York: Routledge, 1994), pp. 1-4.

（4） Cf. Nikos Papastergiadis, ‘Tracing Hybridity in Theory,’ in *Debating Cultural Hybridity: Multi-Cultural Identities and the Politics of Anti-Racism* (London and New Jersey: Zed Books, 1997), p. 279.

（5） Homi K. Bhabha, *The Location of Culture*, p. 37. 原文 [It is only when we understand that all cultural statements and systems are constructed in this contradictory and ambivalent space of enunciation, that we begin to understand why hierarchical claims to the inherent originarity or ‘purity’ of cultures are untenable, even before we resort to empirical historical instances that demonstrate their hybridity.]

（6） Homi K. Bhabha, *The Location of Culture*, p. 71. 原文 [And, finally, this line of thinking is given a shape analogical to the dreamwork, when Said refers explicitly to a distinction between “an unconscious positivity” which he terms latent Orientalism, and the stated knowledges and views about the Orient which he calls manifest Orientalism. The originality of this pioneering theory could be extended to engage with the alterity and ambivalence of Orientalist discourse.]

（7） Edward W. Said, *Orientalism* (1978; rep. New York: Peregrine Books, 1978), p. 322. 原文 [On the contrary, I have been arguing that “the Orient” is itself a constituted entity, and that the notion that there are geographical spaces with indegenous, radically “different” inhabitants who can be defined on the basis of some religious, culture, or racial essence proper to that geographical space is equally a highly debatable idea.]

（8） Edward W. Said, *Culture and Imperialism* (London: Chatto and Windus, 1993), p. xxix. 原文 [Partly because of empire, all cultures are involved in one another; none is single and pure, all are hybrid, heterogeneous, extraordinarily differentiated, and unmonolithic. This, I believe, is as true of the contemporary United States as it is of the modern Arab world, where in each instance respectively so much has been made of the dangers of 'un-Americanism' and the threats to 'Arabism'.]

(9) Edward W. Said, *Reflections on Exile and Other Essays* (Cambridge, Massachusetts: Harvard UP, 2000), p. xv. 原文 [... a great revision has taken place in cultural discussion which in my own way I feel I have contributed to, namely the critique of Eurocentrism, which has enabled readers and critics to see the relative poverty of identity politics, the silliness of affirming the "purity" of an essential essence, and the utter falseness of ascribing to one tradition a kind of priority, which in reality cannot be truthfully asserted, over all the others. In short, it comes down to the realization that cultures are always made up of mixed, heterogeneous, and even contradictory discourses.]

(10) Edward W. Said, *Culture and Imperialism*, p. xxx.

(11) Gayatri Chakravorty Spivak, *A Critique of Postcolonial Reason: Toward a History of the Vanishing Present* (Cambridge, Massachusetts: Harvard UP, 1999), p. 155. 原文 [All identities are irreducibly hybrid.]

(12) Donna Landry and Gerald Maclean (eds.), *The Spivak Reader* (New York and London: Routledge, 1996), p. 17. 原文 [...most of the teachers were tribal Christians, that is to say, Indian subalterns, lower than rural underclass by origin, neither Hindus nor Muslims, not even Hindu untouchables, but tribals—so called aboriginals—who had been converted by missionaries.]

(13) Donna Landory and Gerald Maclean (eds.), *The Spivak Reader*, p. 19. 原文 [Quite significant because India is a multilingual country. I have talked a lot about the concept of enabling violation. The child of rape. Rape is something about which nothing good can be said. It's an act of violence. On the other hand, if there is a child, that child cannot be ostracized because it's the child of rape. To an extent, the postcolonial is that. We see there a certain kind of innate historical enablement which one mustn't celebrate, but toward which one has a deconstructive position, as it were. In order for there to be an all-India voice, we have had to dehegemonize English as one of the Indian languages. Yet it must be said that, as a literary medium, it is in the hands of people who are enough at home in standard English as to be able to use Indian English only as the medium of protest, as mockery or teratology; and sometimes as no more than local color, necessarily from above. So, yes, there is an importance of writing in English, high-quality writing.]

(14) Stuart Hall, 'New Ethnicities,' in David Morley and Kuan-Hsing Chen (eds.), *Stuart Hall: Critical Dialogues in Cultural Studies* (London: Routledge, 1996), p. 446. 原文 [If the black subject and black experience are not stabilized by Nature or by some other essential guarantee, then it must be the case that they are constructed historically, culturally, politically – and the concept which refers to this is 'ethnicity' ... The displacement of the 'centred' discourses of the West entails putting in question its universalist character and its transcendental claims to speak for everyone, while being itself everywhere and nowhere. The fact that this grounding of ethnicity in difference was deployed, in the discourse of racism, as a means of disavowing the realities of racism and repression does not mean that we can permit the term to be permanently colonized.]

(15) Stuart Hall, 'New Ethnicities,' in David Morley and Kuan-Hsing Chen (eds.), *Stuart Hall: Critical Dialogues in Cultural Studies*, p.447. 原文 [This marks a real shift in the point of contestation, since it is no longer only between anti-racism and multi-culturalism but inside the notion of ethnicity itself. What is involved is the splitting of the notion of ethnicity between, on the one hand the dominant notion which connects it to nation and 'race' and on the other hand what I think is the beginning of a positive conception of the ethnicity of the margins, of the periphery. That is to say, a recognition that we all speak from a particular place, out of a particular history, out of a particular experience, a particular culture without being contained by that position as 'ethnic artists' or film-makers. We are all, in that sense, ethnically located and our ethnic identities are crucial to our subjective sense of who we are. But this is also a recognition that this is not an ethnicity which is doomed to survive, as Englishness was, only by marginalizing, dispossessing, displacing and forgetting other ethnicities. This precisely is the politics of ethnicity predicated on difference and diversity.

The final point which I think is entailed in this new politics of representation has to do with an awareness of the black experience as a diaspora experience, and the consequences which this carries for the process of unsettling, recombination, hybridization and 'cut-and-mix' – in short, the process of cultural diaspora-ization (to coin an ugly term) which it implies.]

(16) 加藤周一「日本文化の雑種性」『加藤周一著作集―近代日本の文明史的位置』第七巻所収（平凡社、一九七九年）、二八ページ。

(17) 加藤周一「雑種的日本文化の希望」『加藤周一著作集―近代日本の文明史的位置』第七巻所収（平凡社、一九七九年)、三〇ページ。

(18) 加藤周一「日本文化の雑種性」、一二ページ。

(19) 加藤周一「雑種的日本文化の希望」、三六ページ。

(20) 福田恆存「文化とはなにか」福田恆存全集第三巻所収(文藝春秋、一九八七年)、二一〇ページ。

(21) 福田恆存「文化とはなにか」、二一〇ページ。

(22) 夏目漱石「現代日本の開化」『夏目漱石集』猪野謙二編明治文学全集第五十五巻所収(筑摩書房、一九七一年)、三二三ページ。

William Shakespeare [1564-1616]

ウィリアム・シェイクスピア
――『テンペスト』にみるポストコロニアリズム的な修辞戦略

中村　裕英

1　はじめに

スティーブン・グリーンブラット（Stephen Greenblatt）はウィリアム・シェイクスピア（William Shakespeare, 1564-1616）の劇が「総合的芸術家と統合的社会の崇高な衝突から結実したように見える」が、そこには当時の社会や過去の文化的、文学的遺産が流れ込み、現在では目を凝らしてみないとよく見えない「文化的交流」（cultural tansactions）が「テクスト的痕跡」（textual traces）として形をとどめていると述べている。(1) テクストはなにか普遍的で統一的な意味を伝達する一枚岩的なものではなく、むしろさまざまな物理的、経済的、社会的条件の上で成立している一つの文化的生産物であるという前提に立って、彼はそこに流れ込んでいる無数の「社会的エネルギー」（social energies）を探究している。その方法を「文化の詩学」（poetics of culture）あるいは「ニューヒストリシズム」（New Historicism）と呼び、『シェイクスピアにおける交渉』（*Shakespearean Negotiations*, 1988）のなかで具体的なテクストをとりあげて実践している。そのような研究方法がもたらした

『テンペスト』(*The Tempest*, 1611)の読解は以前には考えられなかった豊饒な解釈を現代にもたらしている。こうした状況は「オックスフォード・シェイクスピア全集」の『テンペスト』の編者であるスティーブン・オーゲル(Stephen Orgel)によって、次のように述べられている。

『テンペスト』はコンテクストによって様々に姿を変えるテクストであり、シェイクスピアの忠誠心の所在について互いに異なった過激な主張を支持するために利用されている。最近では、プロスペローは気高い支配者であり魔術師、専制君主であり誇大妄想者、降霊術師、ネオプラトニスト的科学者、植民地主義的帝国主義者、教化主義者である。同様に、キャリバンは教化不可能の畜生、敏感な野蛮人、ヨーロッパの野生人、醜悪で、魅力的で、悲劇的で、感傷を誘う、喜劇的で、恐ろしい、新世界の原住民、島の正当な所有者、自然の奴隷である。(2)

このような多様な読みは、過去の批評を無視した誤読ではなく、オーゲルが言うように、どれもテクストの一面の真理をとらえており、そこに内在する曖昧性(ambiguities)と両面価値性(ambivalences)を雄弁に物語るものである。オーゲル自身もニューヒストリシズム的『テンペスト』読解に与し、「プロスペローの妻」という論文で、劇に妻も母親も不在であることに注目し、それが母からの王位継承が疑わしかったジェイムズ一世(James I)時代の政治的コンテクストにふさわしいものだと主張している。(3) 文学作品とそれが生まれた社会との関係において、後者は前者を理解するための単なる背景であるととらえず、まさに唯物論的な意味で、不可欠の要素と考えるニューヒストリシズムの根本的姿勢がここにも見られる。

『テンペスト』の多様な読解の可能性は、コッペリア・カーン（Coppelia Kahn）にはプロスペローの島での経験を、精神分析学的意味での失敗の補償であると解釈させるが、[4]ピーター・ヒューム（Peter Hulme）には、さらに野心的な探究として、この劇とイギリスの植民地活動の明確な関係を打ち立てさせた。[5]過去のシェイクスピア研究に偉大な影響を与えたG・W・ナイト（G. W. Knight）は、「シェイクスピアの後期の劇は不滅性の神話として読まれなければならない」し、また「深遠で輝かしい真実の寓話」として読まれるべきだと主張したが、[6]現在ではそのような批評は人種的差異、被征服者、女性を軽視する「本質主義解釈」として批判され、異議申し立てがなされている。[7]それは「文化的多元主義」（multiculturalism）、「政治的無意識」（the political unconsciouos）、「歴史化」（hitoricizing）を意識しはじめた現代の思想状況と無関係ではいられない文学作品解釈の性格を示している。テクスト自体の概念が「文化的生産物」（cultural product）として理解されるようになってくるにつれて、ジェイムズ朝時代に書かれた『テンペスト』も、当時の政治的、経済的、宗教的、文化的、思想的な状況とそこでの様々な葛藤への複雑な反応を記録している「厚い記述」（thick description）である、と見なされてきたと言えよう。[8]

本論においては、この変幻自在な『テンペスト』というテクストを、新世界との接触によって自己の文化を問い直しているテクストという視点から考察し、そこに刻印された文明人と未開人の出合いに表象されたヨーロッパ人のイメージを明らかにしていこうと思う。

2　嵐の場面でのヨーロッパの問直し

冒頭の場面では、暴風雨に翻弄される小舟のなかであわてふためく貴族達と、死にもの狂いで沈没を防ごうとする水夫達の叫び声によって、まさに転覆寸前の小舟のありさまが見事に再現されている。

水夫長　トップマストを降ろせ！早く！どんどん下げろ。船は主マストだけで動かして見ろ。（中から叫び声）このわめき声は何だ。あいつらはこの嵐や俺の号令よりやかましいぞ。

（セバスティアン、アントーニオ、ゴンザーロー登場）

またか。お前さんがたは、ここで何をしているんですか。仕事を放り出して溺れますか。沈む勇気がおありですか。（1.1.34-39）[9]

ナポリの公爵としてのプロスペローの地位を奪った弟のアントーニオと、それに荷担したアロンゾーに復讐するために引き起こされたこの嵐は、プロスペローの魔術によるもので、実際には起こっていない。この点が『リア王』（*King Lear*, 1605）の嵐とは大きく異なっているところである。大がかりな仕掛と意表を突く着想で観客を驚かし続けているロイヤル・シェイクスピア・カンパニーは、ストラットフォード・アポン・エイボンでの一九九四年のシーズンの演出では、リア王を天井から降ってくる大量の水によってずぶ濡れにしてしまう。『リア王』の嵐はリアリズムの手法で演出されるのがふさわしい。しかし『テンペスト』の冒頭ではフラッシュ・ライトやラウド・スピーカーによって稲光や暴風雨を再現しても、実際の水は使わないほうがよい。第二幕の冒頭において、嵐で濡れたはずのアロンゾーやゴンザーロの衣装が新品同様でなければならないからだ。

ゴンザーロ　私たちの服はさっきまで海水でびしょぬれだったのに、今は新鮮な光沢を取り戻している。
海水の染み一つつかず、染め直したようだ。(2.1.61-64)[10]

このゴンザーロの台詞は激しい嵐からの奇跡的生還だけでなく、この劇の嵐がプロスペローの魔術の結果であることを示している。嵐の「虚構性」(illusionism)は高価な衣装をそう易々と濡らすわけにはいかなかった当時の演劇状況にふさわしいものだったが、その不利は巧妙に利点として利用され、プロスペローの魔術力を観客に視覚的に印象づける働きをしている。

『テンペスト』の着想は難破した船から奇跡的に助かった当時の船乗りの話から取られている。ジェフリー・ブロー(Geoffrey Bullough)は主要な種本としてウィリアム・ストレイチー(William Strachey)の『郷士トーマス・ゲイツ卿の遭難と救出についての真実の報告』(*True Reportory of the Wracke and Redemption of Sir Thomas Gates, Knight*, 1610)をまず最初に挙げているが、ここには第一幕の嵐の場面を彷彿とさせる描写や島での原住民の反乱について詳細に書かれている。また、生還の奇跡については、「私たちへの神様の慈悲のおかげで、船は脱出し、私たちは暗くならないうちに、すべての男女と子供たち約１５０人を、その島に安全に上陸させた。」(傍線、筆者)と記されている。[11]

シルベスター・ジョーダン(Sylvester Jourdain)の『バミューダ島の発見』(*A Discovery of the Barmudas*, 1610)

において も、難破からの生還の「奇跡」が、[12]「私たちの船をもっとも有利に導き案内することが神の慈悲深い摂理にかなうことだったので、・・・ジョージ・サマーズ卿は心の底から喜び、希望にあふれて、陸だ、と叫んだ」(傍線、筆者)と表現されている。一六一〇年に彼らが奇跡的に帰還したことは当時の話題の的であり、シェイクスピアもこれらの文書をもとに『テンペスト』を創作したと考えられている。しかし、ストレイチーの手紙がイギリスのヴァージニア植民地の継続とそれによって得られる利益を強調しているにもかかわらず、シェイクスピアの劇にはその痕跡がほとんどない。その理由のひとつを、グリーンブラットは次のように指摘する。この劇には「コロニアリズムを劇場的想像力のモデルにすることは問題があると訴えている箇所が少ない。つまり、『テンペスト』において帝国が鏡に映し出されたとすると、鏡の中の像に対するシェイクスピアの態度は深く両面価値的である」ということができよう。[13]

当時のイギリスは植民地活動に着手したばかりだった。ニューファウンドランドでの植民は失敗していたし、二回のヴァージニア植民も、続いて行われたロアノークでの植民(一五八四〜九〇年)も失敗していた。サー・ウォルター・ローリー(Sir Walter Raleigh, 1552-1618)のギアナでの植民は、一時的に成功したように見えたが、結局大失敗に終わっていた。ヴァージニア・カンパニーは多くの資本家に援助されて一六〇六年から再開され、一六〇九年からは国家的な事業になっていた。バミューダ諸島での遭難と奇跡的生還はこの時期に起こっており、シェイクスピアもそれに触発されて『テンペスト』を書いている。ピーター・ヒュームはこの劇をイギリスの植民地活動のコンテクストにおいて捉え、キャリバンとプロスペローの関係が、まさに当時の植民地における原住民と植民地主義者の関係とパラレルになっていることを指摘する。彼の明敏さは、プロスペローは自由に魔術を操れるのに、なぜ食料をキャリバンに頼らざるを得ないか、ということを見逃さない。確かに、嵐を起こし、宮廷仮面劇を現出させるほどの力があれば、食料調達ぐらい簡単なはずである。彼はこの問題を次のように解釈する。

> 言い換えると、一七世紀のアメリカでのヨーロッパ人の状況との正確な一致がそこにある。彼らのテクノロジー（特に火器）は技術的に劣った社会に持ち込まれたときに突然魔術的になる。しかしヨーロッパ人は（さまざまな理由から）自らを養うことができなかった。好意的であったり、ある時は強制されたりした原住民のホストが供給する食料に、時には何年も依存するヨーロッパ人の集団、これが、スペインの植民地的文書でもそうだが、初期のイギリスの文書に極めて頻繁に登場してくるトポスなのである。[14]（傍線部、原文イタリック）

ポストコロニアリズムの批評においては、キャリバンを如何にとらえるかが重要な問題になる。なぜなら、シェイクスピアのキャリバンにはヨーロッパ社会の「他者」表象の問題が凝縮されており、私たちはそれを分析することで、表象の主体である「ヨーロッパ」自体の精神のあり方に接近できるからである。グリーンブラットはヘイドン・ホワイト（Hayden V. White）を引用し、ヨーロッパ世界の不安がキャリバンに投影されていると指摘する。

> ヨーロッパ人は新世界の住人との遭遇を何世紀も前から予行演習していた——そう言っても私はさほど言い過ぎではないと思う。伝説上の野人を相手に見立てて、魅惑されつつ嫌悪し、渇望を覚えつつ憎悪する、

入りまじった気分を実演していたのだ。キリスト教の洗礼を受けた中世では、最近の研究成果によれば、「野人はさまざまな不安が具体的に凝集した姿であった。それは文明化された生活に潜在する不安であるが、なかでも、キリスト教特有の制度がもたらすとされた三つの安定の基盤をむしばむ不安であった。安定とはすなわち、性（家族制度によって秩序づけられる）、生計（政治的、社会的、経済的諸制度によって提供される）、そして救い（キリスト教会がもたらす）である」。[15]

シェイクスピアは『テンペスト』にキャリバンを登場させたことで、テクストの中に「他者」を招き入れることになった。しかし、彼にとってキャリバンは「他者」としてだけの存在にはなり得なかった。劇の登場人物に説得力を持たせるために人物の精神を構成している思想や感覚を十分理解することは、長年劇作に携わってきたシェイクスピアにとって、至極当然のことであったからだ。また、『テンペスト』において、ヨーロッパと新世界との接触を文学的に表象することは、彼にとってヨーロッパの価値体系を問直すことに他ならなかった。しかし、表現次第では劇の上演を可能にしている宮廷権力の逆鱗にふれてしまう恐れがあることを、彼は十分承知していた。[16] 本論では、キャリバンを劇中に引き込んだことで避けられなくなったヨーロッパ世界の批判が、巧みな修辞的戦略を駆使することで達成されていることを論じていく。

3　ヨーロッパ世界の権力闘争

劇冒頭の嵐の場面では、ヨーロッパ社会の問直しが、身分制度の批判から始められている。ナポリの公爵やミラノの公爵は水夫長の前では何の力もない。彼らの権力は封建制度という土地の譲渡と尊敬の交換が行われている世界では通用するが、嵐の海で翻弄される船上では、権力を保護する基盤を何も持たない。水夫長の言葉はそれを包み隠すことなく暴露する。

水夫長　わしには自分よりかわいい人間はおりませぬ。あなた様は顧問官ですよね。もしこの嵐を黙らせ、今すぐ静かにさせてくれれば、私たちはもうロープを握る必要もありません。権威とやらを見せてください。もしそれがおできにならなければ、こんなに長生きできたことを感謝してください。

(1.1.20-24)[17]

この場面は当時既に崩壊し始めていたヨーロッパ社会の階級制度のなかで、無頓着に既存の秩序に安住していた人間の実像をさらけ出している。[18]「くそったれ、馬鹿やろう、畜生め、生意気なおしゃべり野郎め!」[19])と水夫長に罵声を浴びせかけるアントーニオは、ベン・ジョンソン(Ben Jonson, 1573?-1637)の劇作原理である「人は言葉によって知られる」という思想に照らすならば、本来は水夫以下の身分にふさわしいと揶揄されているようだ。[20] 高い身分のものが高潔な人格を備えているわけではないという、身分制度の根本的矛盾の前景化は、ヨーロッパ世界の価値体系を問直すこの劇のプロローグである。

冒頭の場面で示されたヨーロッパ社会は、一幕二場において自己の権力失墜の物語を語るプロスペローの言葉によって、力による権力争いが基本になった世界であることが暴かれる。

プロスペロー　請願のかなえ方だけでなく、その拒絶法にも通じ、誰を昇進させ、増長する誰の足を払ってやるかを一旦知ってしまうと、私の部下を新たに任命、いや、配置変えをしたのじゃ。

(1.2.79-82)[21]

プロスペローが語るアントーニオの権力奪取の物語は、権力の代理人がまさにその権力を行使することで次第に力を得ていく過程の詳細な分析になっている。アントーニオは誰を昇進させ、誰の願いを拒否するかを自由に決定することで、代理であるにもかかわらず、あたかも権力が自分にあるかのように錯覚してしまう。さらに、彼はナポリの領主アロンゾーの助けを借りてミラノを奪い、兄のプロスペローとその生まれたばかりの娘ミランダをミラノから追放してしまうばかりか、ナポリの支配を受け入れてしまう。兄と弟という家族関係の崩壊は、領主代理の弟アントーニオの反乱による国家の崩壊をも引き起こし、独立国であったミラノは本来敵であったナポリ公国の属国になってしまった。こうしたヨーロッパの小国の運命は、マキャヴェリ(Niccolo Machiavelli, 1469-1527)の『君主論』(*The Princes*, 1505)において繰り返し語られている。シェイクスピアの劇で繰り返し登場する権力争いは『テンペスト』において再度取り上げられ、単なる一国家の物語ではなく、ヨーロッパの政治的現実を暗示させる物語として語り直されていると言うことができる。

アントーニオによるプロスペローの権力簒奪の物語は、冗長な語りから二幕一場での生々しい実演となる。エアリエルの奏でる音楽によって眠りに落ちたミラノ公爵アロンゾーを横目で見ながら、アントーニオはセバスティアンにアロンゾーを殺すように唆している。これはまさにプロスペローの失墜の物語の再現である。マクベスは自己の想像力によって王を殺害する剣を見たが、セバスティアンはアントーニオの暗喩的言葉によって、王冠を見ている。

アントーニオ　しかも私はあなたのお顔に見えるのです、あなたの有るべき姿を。この機会があなたを誘っております。私の強い想像力によって、王冠があなたの頭に下りてくるのが見えます。

（2.1.201-04）[22]

アントーニオは自己の権力奪取の経験をセバスティアンに伝授している。権力への欲求がこのような悪魔の囁きによって生じてくる様子がここにとらえられている。殺害を思い止まらせる“conscience”などは、アントーニオにとってはスリッパを履けば痛みも気にならない「あかぎれ」程度のものにすぎない。

セバスティアン　しかしお前の良心はどうするのだ。

アントーニオ　そこですよ、そんなものはどこにもありませんよ。そしてもしそいつがあかぎれみたいなものなら、スリッパでも履かなくちゃいけないでしょうが、この私の胸のなかにはそんな神様はおいでになりません。

（2.1.273-76）[23]

彼の誘惑の手口は人間の弱みにつけ込み、メタファーを駆使し、両義的言葉で相手に悪を目覚めさせるものである。ここでのアントーニオはオセローを陥れるイアーゴーであり、ファウストを誘惑するメフィストフェレスでもある。

アントーニオは第三幕においても、以下の台詞で再びセバスティアンに殺人を唆す。この繰り返しはヨーロッパ社会における権力簒奪願望の根深さを物語るものに他ならない。

アントーニオ　ほんの一回の失敗のせいで、実現すると決めたあの目的をあきらめちゃいけません。(3.3.12-13)[24]

十二年前、プロスペローは権力失墜を経験している。劇はその変奏をアントーニオに二度繰り返させている。さらに、キャリバンのプロットにおけるパロディを入れると、権力簒奪の物語は三度登場する。ディスコースが主体にある特定の「立場」や「見解」を表明させる言語的な総体であるだけでなく、「その人にかくかくしかじかのことを言わせ、・・・その発言の内容を蓄積し流通させる制度」であると理解すると、[25]アントーニオの主体（subject）は、ヨーロッパ世界で繰り返される王位簒奪を正当化するディスコースの執拗さを物語っている。それをアウグスチヌス（Saint Augustine of Hippo）に倣って「支配欲」（'libido dominandi'）と呼ぼうと、[26]世俗化されたマキャベリ的ディスコースと呼ぼうと、ヨーロッパ世界で反復される権力奪取の構造の一端がここにとらえられていることは、間違いない。

4　プロヴィデンシャリズム

しかし『テンペスト』では、セバスティアンとアントーニオによるアロンゾーの殺害は、実行されない。その試みはエアリエルの介入によって頓挫させられ、彼らは目を覚ましたアロンゾーに向って振り挙げた剣の口実を何とか捻りだそうとする。高まった緊張を一瞬ほぐすこの笑劇がここで演じられるわけだが、別の視点からそのことを考えると、この劇では、もう一つのヨーロッパ世界のディスコース、キリスト教の摂理主義と融合した王権神授説のディスコースが働いている。王は神の地上における代理者であり、また神によって守られているというイデオロギーは、イギリスの君主制国家制度の初期から存在していたが、ジェイムズ一世はさまざまな理由から特にそれを強調した。(27) この思想の端的な視覚的表現は、国王もろとも国会を爆破しようとしたガンパウダー・プロット（Gunpowder Plot）のエンブレムに明確に表現されている（図版1参照）。反逆集団の頭目のガイ・フォークス（Guy Fawkes）は、神の目によって見張られ、爆破計画の失敗がプロヴィデンスの働きによるものだというメッセージが明瞭に表現されている。(28) ジェイムズは機会あるごとに王位の絶対性を国民の間に浸透させようとしていたし、宮廷で上演された数多くの仮面劇でもそれは反映されているが、その代表的な表現は彼の 1609 年の議会での演説に見受けられる。

王は地上において神の力と同様な力を行使しているが故に、正当に神と呼ばれるにふさわしい。もし汝らが神の属性を考慮すれば、如何にそれが王の人格と契合しているか理解できよう。(29)

図版 1　国会議事堂に侵入しようとするガイ・ホークス，プロビデンスに発見される。
"Caelitus discussa"「天の援助でうち負かされる」
"Proditio"『裏切り』
Guy Fawkes Discovered by Providence, 1605.

アロンゾーの殺害が劇の中で阻止されているのは、この劇がジェイムズの宮廷で上演されたことと深く関係していることに疑いはない。プロスペローはキリスト教の摂理主義のディスコースを具現している。彼はミランダに自己の失墜と島での経験を初めて物語る時に、島に無事に着けたことを「神の摂理」(providence divine)(1.2.159)と表現しているし、魔術によってアロンゾーを救っている。このディスコースは神の慈愛深さを信じるディスコースであり、公式な宗教のイデオロギーでもある。プロスペローは自分の追放に荷担した敵を改悛させ、娘のミランダとアロンゾーの息子を結婚させることで、劇の流れをキリスト教的許しへと向かわせようとする明確な意図も持っている。従って、R・G・ハンター(R. G. Hunter)のようにこの劇を「許しの喜劇」(comedy of forgiveness)と見なすことは十分可能であるし、この劇の基本的構造が「許し」であると言っても間違ってはいない。[30]

しかし、プロスペローの魔術は本質的には願望成就的なものだ。彼が魔術で実現させているものは、現実社会ではそう簡単には実現するものではなくむしろ、そうであったら理想的だという世界にすぎない。彼の魔術が地中海の孤島に限定されている理由もここにある。プロスペローの魔術の放棄に関しては実にさまざまなことが言われているが、[31]魔術が根本的に願望成就的であるということは、現実のヨーロッパ世界で完全なかたちで実現することはありえないことを、シェイクスピアが意識していたからではないかと私には思われる。プロスペローが島を離れるときに魔術を捨てるのは、孤島の外の現実では、魔術の力ではどうにもならない冷酷な政治の現実が存在していることを認識しているからである。

注目すべきは、魔術が強い影響を及ぼしている孤島の内部でも、プロスペローが万能ではないということだ。ポストコロニアリズム(postcolonialism)批評以前の批評家も、そのことは知っていた。ブローは「プロスペローは、しかしながら、プロヴィデンスではなく、人間的弱さを持った賢人である。彼の復讐の衝動は哲学的な瞑想によってかなり昔に諫められていた。彼には激情、少しのユーモア、父親的小言癖があり、それが彼の外見を冷酷な策士、さらには専制君主に見えるのを阻止している」と指摘している。[32] ブローが明確な反植民地主義解釈を行っていないことは、次の文章からも明白である。

宗教と文明化の名目のもとに植民地化を正当化することは、アメリカへの冒険を擁護して書かれた著作の一つの目的であった。・・・このような考えはすべてシェイクスピアの精神に流れ込み、彼の劇の人物描写とテクスチャーに影響を与えた。彼は教訓的な作品を書いていなかったが、にもかかわらずヴァージニア・カンパニー（Virginia Companies）の目的を承認し、彼らの困難さを認識していることが、プロスペロー、キャリバン、その他の島への侵入者の描写に表れているようである。[33]

今日の批評はブローよりはるかに過激である。しかし、それはシェイクスピア個人が実際に当時の植民地活動に対して批判的であったかどうかを探究したためではない。我々の理解を越えた「作者の意図」を探究する批評的態度は、新批評以来、「意図の誤謬」（intentional fallacy）として注意深く退けられてきたし、その伝統は今でも生きている。ポストコロニアリズムの批評家は文学作品を取り巻く歴史的、経済的、宗教的文書の言語表現やイメージの形成過程を綿密に探究することによって、テクストに反植民地主義を語らせようとする。

さらに、第三社会の思想家ロベルト・フェルナンデス・レタマール（Roberto Fernandez Retamar）は、キャリバンに植民地化されてきた自らの主体を重ね合わせて、革命的な思考を深めていく。

したがって私たちのシンボルはエアリエルではなく、むしろキャリバンである。以下のことが、キャリバンの住んでいた同じ諸島に暮らすメスティソ住民である私たちに、とりわけ明瞭に見えるものである。すなわち、プロスペローはその島を侵略し、私たちの祖先を殺し、キャリバンを奴隷にし、彼に自らを理解させるために、自分の言葉を教えた。キャリバンはプロスペローを呪うために、その言葉以外に何を利用できるのか。今では他に何も持っていないのだ。・・・私は、私たちの文化的状況、私たちの現実を、これ以上雄弁に物語るメタファーを知らない。・・・私たちの歴史、私たちの文化は、キャリバンの歴史と文化に他ならないのである。(34)

ポストコロニアリズム批評は、さまざまに形を変えながら、今日的なプロブレマティックを構成しているが、この本ではハイブリディティ（hybridity）に焦点を合わせて、英米文学の読み直しが行われている。そうした批評は、レイモンド・ウィリアムズ（Raymond Willimas）の意味での「残滓的な」（residual）私たちのコロニアリズム的精神構造に対する批判を、内在的なモメントとして持っている。

本橋哲也の「キャリバンと『食人』の記号」は日本におけるレタマール的な試みの嚆矢《こうし》であり、キャリバン表象の歴史的変容にヨーロッパ世界を批判する梃子を見いだしている。(35)『テンペスト』に描かれたキャリバンはシェイクスピア当時のヨーロッパにとっては理解しがたい「他者」であったかもしれないが、テクストに他者が存在すること自体が、現代において逆にヨーロッパ批判の契機を我々に提供している。本論で展開する私の『テンペスト』読解は、そうした批評の一つの試みである。

5　キャリバン

本橋は、「食人」を表す言葉は伝統的なヨーロッパの文献であるヘロドトス（Herodotus, 484-430? B.C.）の使用した「アンソロポファガイ」（anthropophagi）であったにもかかわらず、コロンブス（Christopher Columbus, c.1451-1506）が『コロンブス航海誌』に「カニーバレス」（cannibales）という言葉を書き記して以来、「カニーバレス」というシニフィアンが「他者撲滅を正当化するイデオロギー用語」となっていったと指摘する。この表現は些か誇張されたものではあるが、ヨーロッパという「解釈する主体、すなわち代理表象する主体が、『他者』に脅威を覚えるヨーロッパ人から、『他者』を蹂躙し、支配するヨーロッパ人へ」と変化していく帝国主義の一面をうまくとらえている。[36]

「食人」というシニフィアンを本橋は、征服者、抑圧者の言語的、物理的圧制に対する被征服者の武器としてとらえることを示唆する。シェイクスピアがキャリバンを cannibal（食人）のアナグラムとして命名していることは容易に想像されるにもかかわらず、同時代の文書や図版にあらわれていた「食人」としては描いていないことは多くの批評家によって指摘されていることであるが、依然として重要なことである。当時の図版には人を食べる未開人がしばしば描かれているが、彼はそういう人間とはまったく別の存在なのだが。（図版2参照）。[37]　だが確かにキャリバンの表象には否定的なニュアンスを持つ言葉やイメージが付きまとっていることは否定できない。彼は魔女シコラックスの子供であり、「奇妙な魚」（2.2.26-7）、「奴のひれは手のようだ」（2.2.33）、「四足の怪物」（2.2.63）、「おかしな格好をした奴」（'misshapen knave' 5.1.268）と言われている。さらには、堕

図版 2　肉を食う未開人と黄金を飲まされるスペイン人。
Theodor de Bry *America*, Oart IV (1592), Pl. XX. Bancroft Library, University of California, Berkeley.

落する以前の人間としてスペンサーが描くような「高貴な野人」としての特徴もない。言葉を教えられても悪態をつくだけだ。

キャリバン　おまえさんはおいらに言葉を教えてくれたが、おいらのもうけは悪態のつきかたを覚えたことだ。おまえの言葉をおいらに教えた罰として疫病にかかっちまえ！
(1.2.362-64)[38]

彼はミランダを陵辱しようとさえしている。ミランダは「よい教育が決してとどまり得ない性悪な性格を持つ邪悪な種族」(1.2.360-62)と、嫌悪感をあらわにして言うし、プロスペローも彼を「この暗黒の生物」(this thing of darkness)(5.1.275)と述べている。このようなキャリバン表象には当時の通俗的な野蛮人の否定的イメージ、すなわち性欲が強く、残虐で、愚かな動物的生きもの、が強く反映されている。ここまでの理解でキャリバンを済ましてしまえば、ただヨーロッパの文化的、道徳的優位性を確認するだけだし、当時の文化的なコードに存在していた、性欲に支配され、反抗的な「他者」としてのキャリバンを確認するだけに終わってしまう。だとしたら、過去の文献やイメージのなかのステレオタイプや否定的面だけを見てしまう、サイード(Edward W. Said, 1935-)が暴露した「オリエンタリズム」(Orientalism)をキャリバンの創造に指摘するだけの、あまり実りのない『テンペスト』の読解になってしまうだろう。[39]

確かに、キャリバンはエアリエルと対照的に、当時の思想体系のなかの下層の物質、土と水に、イメージの上で深い関係を持っている。さらに彼がプロスペローを殺害しようとするところには、コロニアリズムの文書にみられる土着民の野蛮な性格が受け継がれていると言っても間違ってはいない。しかし、『テンペスト』でのキャリバン表象がそれだけのものであれば、未開人や、植民地の原住民を「他者」としてしか見ようとしない、ヨーロッパ中心主義、キリスト教至上主義のディスコースが『テンペスト』に描かれていると指摘するに終ってしまう。

しかし『テンペスト』にはもう一つの劇作原理が存在する。ヨーロッパ文明そのものを問直し、さらには「転覆する」(subvert) 視点である。[40] それを最も象徴的に示しているのがプロスペローによるキャリバンの不十分な理解なのである。ヨーロッパの英知を極め、キリスト教的な罰と許しを具現しているプロスペローは、キャリバンに言葉を教え、文明化しようとする。確かにキャリバンは、下等な卑しい性格を「ほとんど」変えることがない。しかし一方で、彼が経験から学ぶということをどう説明したらよいのか。プロスペローを殺そうとしてひどい罰を受けた後、自己反省の台詞を吐くことを、私たちはどう理解したらいいのか。

キャリバン　そうだ、そうしよう。これからは賢くなって神のお恵みをちょうだいしよう。こんな飲兵衛を
　神様と間違え、この間抜けを拝んだとは、俺もどうしようもない間抜けだったな!　(5.1.294-97)[41]

この言葉は、確かに一方では、劇の一つの基本思想である罪から改悛へというキリスト教のマスター・ナラティブ (master narrative) を、キャリバンが実践していることを示している。しかし同時に、彼の改悛はマスター・ナラティブの具現者であるプロスペローの理解を越えるものであった。とすれば、キャリバンにひたすら否定的なイメージを押しつけ、彼を教化不可能と見なしたこの劇の他方の原理、ヨーロッパ中心主義のディスコースが、最期に転覆させられていると解釈することも可能ではないか。ヨーロッパ文化に対するそのような

転覆的な（subversive）な視点は、キャリバンというヨーロッパ文明にとっての「他者」を取り込むことによって否応なく生じてきたものと考えることは十分可能である。シェイクスピアがキャリバンの内面に深く沈潜すればするほど、キャリバンはヨーロッパ文明に異議を唱える人物にならざるを得なかったのである。

「他者」の視点からヨーロッパを見るという行為を、ヨーロッパ文学の歴史において『テンペスト』が初めて実行したわけではないということは言うまでもない。シェイクスピアも読んだかもしれないと言われている『随想録』の一節、「食人種について」のなかで、モンテーニュ（Montaigne, 1533-92）は手厳しいヨーロッパ批判を行い、新世界の野蛮人よりヨーロッパ人がもっと野蛮だと言っている。

新大陸の国民について私が聞くところによると、そこには野蛮なものは何もないように思う。もっとも、誰でも自分の習慣にないものを野蛮と呼ぶなら話しは別である。[42]

私は死んだ人間を食うよりも、生きた人間を食うほうがずっと野蛮だと思う。まだ十分に感覚の残っている肉体を責苦と拷問で引き裂いたり、じわじわと火あぶりにしたり、犬や豚に噛み殺させたりするほうが、（われわれはこのような事実を書物で読んだだけでなく、実際に見て、なまなましい記憶として覚えている。それが昔からの敵だけでなく隣人や同胞の間にもおこなわれているのを、しかもなおいけないことは、敬虔と宗教の口実のもとにおこなわれているのを見ている。）死んでから焼いたり、食ったりすることより野蛮であると思う。[43]

キリスト教の世界内部において新大陸の住人に対して行われた残虐な行為を、ヨーロッパの植民地活動の初期において厳しく糾弾したのは、ラス・カサス師（Bartolome de las Casas, 1474-1566）である。彼は「一五一四年から一五六六年に他界するまで、六回にわたり大西洋を横断し、インディオの自由と生存権を守る運動の中心的な役割を果たした。」[44] 彼の『インディアスの破壊についての簡潔な報告』（*BREVISIMA RELACION DE LA DESTRUCCION DE LAS INDIAS*, 1552）はスペイン人のインディオに対する非キリスト教徒的残虐さを国王カルロス五世に訴えるものであった。一五四二年に書かれ、一五五二年に出版されるや、各国で翻訳され、英語訳も十六世紀に出版されている。この『報告書』を読むと、考えつくことのできるありとあらゆる非道な行為をスペイン人が繰り返していたという印象を強く受ける。

総督とその部下たちは、インディオたちに金の在所を白状させ、差し出させようと数々の新しい虐待や拷問の方法を考えだした。部下の中には、総督の命令に従い、住民を強奪し絶滅させるため、ある村へ侵入して、およそ四万人ものインディオを殺害した司令官がいた。彼に随行したフランシスコ会士フランシスコ・デ・サン・ロマーンが目撃したところによれば、その司令官はインディオたちを剣で突き刺したり、生きたまま火あぶりにしたり、また、彼らに獰猛な犬をけしかけたり、そのほか様々な拷問を加えたりして苦しめ、結局、四万人ものインディオを殺してしまったのである。[45]

モンテーニュに見られるヨーロッパ文明の相対化の視点、さらにはスペインの植民地政策を批判するラス・カサスと同じ種類のものが、シェイクスピアをしてキャリバンを描かせたのではないか。もちろん、既に指摘したように、キャリバンの描写にはヨーロッパ中心主義のディスコースが流れ込んでいることは否定できない。しかし、劇作という行為は登場人物の内面に深く入り込まなければ、感動を与える人物形象はできないのである。キャリバンを「他者」としてでなく、一個の独立した主体として内側から描くこと、それはまさにカリブ原住民の「声」を回復し、テクストに記録する行為であった。

ホミ・バーバ（Homi K. Bhabha, 1949-）は、ハイブリディティをヨーロッパ文明の正統性に対する被植民地住民の抵抗の源として位置づけているが、テロリズムを容認するような『地に呪われたるもの』（*Les damnes de la terre*, 1961）のフランツ・ファノン（Franz Fanon, 1925-61）のように、過激な状態と定義してはいない。むしろ、ヘゲモニックな文化自体が自らの勢力を拡大していくときに、自らに敵対する存在を生み出さざるをえないような文化の有り様を指す用語として使用している。

> ハイブリディティは植民地主義的権力の生産性の徴であり、その流動的権力と固着的権力とが持っている生産性の徴である。それは、支配プロセスに対して不承認を示すことで、支配を戦略的に逆転するものに対して与えられる名前である。（すなわち、権威者の「純粋」でオリジナルなアイデンティティを安定化させる、差別化されたアイデンティティの生産を表している。）[46]

こうしたハイブリディティは、権威・権威者に対して直接に正面から抵抗するというより、意識的・無意識的な誤訳や置換、猿まね（mimicry）をしながら、真似た相手の権威を損なう行為を実戦することである。キャリバンは、まさにヨーロッパの光の部分だけでなく、闇の部分をも模倣するハイブリッド（hybrid）な主体として見なすことが可能である。

私たちは『テンペスト』のなかに、プロスペローに島を奪われたハイブリッドとしてのキャリバンの声を聞くことができる。

キャリバン　この島は俺のお母ちゃんのシコラックスのおかげで俺のものなんだ。それをおまえは俺から盗んだんだ。お前が初めてやって来たときは、おいらをなでてくれ、大切にしてくれたけどな。
(1.2.331-33)[47]

この島の原住民は魔女のシコラックス、その子キャリバン、そして魔女に逆らって樫に挟まれているエアリエルだけであった。島の所有権は、キャリバンが主張しているように、最初から住んでいるものに権利がある。そこへプロスペローと赤ん坊のミランダが流れ着き、彼らがキャリバンに言葉を教え、その見返りにキャリバンは食べ物を二人に運んでいた。ここにみられる構図は、植民地初期の蜜月時代であり、お互いに相手を必要とし、助け合っていたというものだ。その後十二年経って、キャリバンはプロスペローを圧制者として認識し、その支配から逃げようとしている。キャリバンがプロスペローに反乱するのは、文明世界からやってきたステファノーとトリンキュローに出会ってからだ。

6　見せ物としての原住民

ここで表象されているのはまさに未開人の思考と文明人の思考のパロディ化された対立である。キャリバンは酒に酔って陽気になったステファノーとトリンキュローに出会っている。異質の文化の出会いがコミュニケーションの食い違いという視点から描かれている。この出会いには、『コロンブスの航海誌』に対してツヴェタン・トドロフ（Tzvetan Todorov）が行なったのと同じ類の、植民地文書の自己批判的な記号論的表象がある。今日的な意味でのコロニアリズム批判が行われていると言ってもよい。まずステファノーの行動と言葉に浸透しているディスコースを見てみよう。

アロンゾーの殺害が試みられた直前の場面の深刻さとは対照的に、この場面は極めて喜劇的である。まずキャリバンがトリンキュローの声を聞いて、プロスペローが自分を痛めつけるために送った妖精だと勘違いし、外套を被る。そこに現れたトリンキュローはキャリバンを死んだ魚と勘違いして、雨宿りするために外套の後ろから潜り込む。

トリンキュロー　珍しい魚だ！俺が昔のようにイギリスに今いて、この魚に色をつけてもらえば、銀貨をくれないお登りさんは一人もいないだろうな。・・・足萎えの物乞いには一文だってあげようとしないくせに、死んだインディアンを見るためならたんまりと払う奴らだから。

（2.2.26-29; 31-32）[48]（傍線、筆者）

ここには狂気、処刑、異形なものに強い興味を示していた当時の人々と、見せ物によって金儲けをしていた人々の商業主義が的確にとらえられている。トリンキュローが言っているような生き物が本当に存在していれば、それを持ち帰った「あかぎれ」"kibe" ぐらいの良心しかないイギリス人は、一生楽に暮らせるほどのお金を手にすることが間違いなくできたであろう。

次に、酔っぱらったステファノーが登場する。彼の酔った歌を聞いて、キャリバンはプロスペローの妖精が虐めに来たと勘違いし、「俺を痛めつけないでくれ」（'Do not torment me!'）(2.2.55) と叫び声を挙げる。この後ろ足をもった細長い「怪物」が「おー」（'O!'）(2.2.55; 62) という苦しげな声をだすので、ステファノーは彼が「おこり」(ague) に苦しめられていると思い、その痛みを和らげてやろうとキャリバンにワインを飲ませる。

ステファノー　こいつは四本足の島の化け物だが、みたところ、おこりにかかっているようだ。こいつはどこで俺たちの言葉を習ったのか。まあそれだけでも酒を飲ませてやるだけのことはあるな。もし俺が奴を元気にしてやり、手なずけて、一緒にナポリに連れて行けば、革靴を履いて歩くどんな皇帝の贈物にもなるだろう。(2.2.63-68)[49]

ステファノーは「怪物」が英語を話すことに驚いているが、「怪物」であっても舞台では「英語」を話さなければ観客が理解できないという劇のコンヴェンションに内在する不自然さが、ここでは巧みに喜劇の材料にされている。「英語」を話す「怪物」とは言葉の撞着であり、ステファノーの驚きももっともである。しかし撞着でないのは、プロスペローがキャリバンに、自己の支配の道具としての言葉を教えたからである。

この喜劇的場面で注目したいのは、ステファノーが「怪物」を皇帝に献上しようと言いながら、すぐ後で、彼を見せ物にして、ひと儲けしようと考えるところだ。彼もトリンキュローとなんら変わるところがない。珍しい生き物はヨーロッパ人にとっては見せ物なのだ。

ステファノー　もし俺が奴を元気にして、手なずけたら、奴の値段はどんなに高くても取りすぎにはならないだろう。奴を買ったお客には金を払わせてやろう。しかもたんまりとな。[50]
(2.2.73-75)

ステファノーはナポリ王の酒好きの執事であるから、彼が「怪物」を見せ物に連れていく町は厳密に言えばナポリのはずだが、観客にとってはロンドン以外の町ではない。当時のロンドンは絞首刑、熊虐め、闘鶏、ロンドン橋の晒し首、ベドラムの狂人、劇、売春宿、市場、王の行幸などありとあらゆる見せ物や娯楽があり、ロンドンっ子だけでなく、周辺の田舎や町から見物人が押し寄せていた。[51] そのようなお客相手に「怪物」商売をすれば、ワインの治療代をもらわなくても、ステファノーは大儲けができるわけである。しかもこの「怪物」はほとんど誰も見たことのないような変な格好をしている新世界の住人である。このような思考は一見すると当たり前のように思えるが、それは見せ物にする側からの視点であって、見せ物にされる側にとっては、「人間」ではなく「もの」として扱われているわけで、苦痛は想像を絶するものであったに違いない。

私たちは一五七〇年代に、北西航路を探していたマーチン・フロビッシャー（Martin Frobisher）という船乗りが、今のバッフィン島に住むエスキモーをロンドンに連れていき、未知国の探検の証人として見せ物にしたことを思い出す。[52] ジョージ・ベスト（George Best）という記録作家によれば、エスキモーは「船長たちが世界の未知の領域に、遠大で退屈な航海をしたことの証人であり」、航海がいかに困難なものであったかは、「見たことも、読んだことも、聞いたこともない恰好をした、言葉も誰にも分からないこの奇妙な異教徒」が証明していると書かれている。[53] エスキモーがヨーロッパ人に与えたと思われる驚嘆は図版3によって窺い知ることができるが、当のエスキモー人はテムズ川の河畔に数カ月住んだだけで帰らぬ人になっている（図版3参照）。ここで私が言おうとしているのは、シェイクスピアがその行為を『テンペスト』に反映させたということではなく、『テンペスト』の「テクスト的痕跡」のなかに、見せ物としてエスキモーを扱う人たちと同じ種類の行為が記録されていることである。

7　シネクドキ（synecdoche）としてのワイン治療

互いに異質なテクストの間にも奇妙な相似関係があるということ、さらにはある種の行為が一方のテクストでは歴史的な記述として残り、別のテクストでは修辞的加工を施されながらも、もとの痕跡を残しているというニューヒストリシズムのテクスト概念は、当時のコロニアリズムのディスコースの浸透を解読する有益な道具になりえる。

注目したいのは、先ほどの場面でステファノーがキャリバンの「おこり」"fits"をワインで癒してやる行為である。これが何らかの行為に修辞的加工を加えた表象であり、しかもヨーロッパ人と未開人の最初の出会いに

図版3　ヨーロッパ人の見たエスキモー
Drawings by Write, 1577. Trustees of the British Museum.

おいて起こった行為の表象であると考えると、いくつかの原型が思い浮かぶ。一つは実際に原住民にワインを飲ませて酔わせた行為である。しかし、その行為が「癒す」と表現されていることがとりわけ興味深いのである。ここに、ヨーロッパ人の植民地活動が、原住民の無知をキリスト教によって癒してやるという大義のもとに行われた、という事実の痕跡を見るのは、行き過ぎであろうか。図版2をよく見ると、原住民に金は薬だと教え込んだヨーロッパ人が、まさに溶かされた金によって殺されるという皮肉を表現していることに気付く。そうした視点は『テンペスト』にも存在する。

グリーンブラットは『驚異の占有』(*Marvelous Possesions: The Wonder of the New World*, 1988)で、コロンブスが島を最初に発見し、それをスペイン王ならびに王女に献上する行為の矛盾について考察している。中世の自然法の概念では、新しく発見された土地の所有権については、そこに誰も住んでいなければ発見者のものになっている。しかし、コロンブスの場合、はそこに原住民が住んでいることを知りながら、記録係や証人をたて、正式な手続きを踏んで島を領有していると、グリーンブラットは分析する。原住民が存在しないと仮定して正式な手続きを行うことを彼は「開かれた形式主義」(*'open formalism'*)と呼び、それが原住民の侵入による反対をあらかじめ締めだした「閉じられた形式主義」(*'closed formalism'*)の結果であると述べる。[54] この宣言は神の名においてなされ、原住民の反対があれば無効になるが、もとより原住民は言葉もわからなければ、何が行われているかを知る由もない。グリーンブラットはそれを「キリスト教帝国主義」('Christian imperialism')と呼ぶ。[55] このちキリスト教の宣教と原住民の虐殺が隠微な共謀関係で進行していき、ラス・カサスのようにそれを断固として糾弾するキリスト者が登場するが、そうした一連の新大陸の植民地主義的文書を読んでいると、ステファノーのワインによるキャリバンの"fits"の癒しのパロディ的表象のなかに、キリスト教による未開人の無知の癒しの構図が透かし彫りのように見えてくる。

新世界の植民地化のなかで起こったことでヨーロッパがもっとも隠蔽を望んだことは、原住民の殺害と搾取がキリスト教の布教の過程で起こってしまった、ということかも知れない。宣教師が敬虔な神への愛につきうごかされて地上の楽園を建設し、慈悲や隣人愛を原住民に広めようとしていたにもかかわらず、新世界の黄金を求めに多くのヨーロッパ人が集まってくる。彼らは黄金を発見しなければ、原住民を奴隷として売買する。ラス・カサスが記録しているユカタン王国で生じた悲劇はその構図が現実化したものだ。

一五二六年、別の忌まわしい人物がユカタン王国の総督に任命されたが、それは彼が国王に虚偽の報告をしたり自分を売り込んだりした結果であった。つまり、彼は、略奪を行えるような役目や任務を貰うために、他の無法者たちがそれまでに用いたのと同じ手口をつかったのである。

ユカタン王国はこのうえなくすばらしい気候の土地で、そこには食物や果物がふんだんにあり、しかも、それはメキシコよりはるかに豊富であった。また、とくにこの王国では、これまでに知られているインディアスのどの地方より豊富な蜂蜜と蝋がとれた。それゆえ、この王国には数限りない人々が暮らしていた。王国の周囲はおよそ三〇〇レグワあり、住民はとりわけインディアンの中でも、とくに分別があり、礼儀正しく、しかも、悪習に耽ったり罪を犯したりすることが少なく、従って、神へ導かれるのにふさわしい能力を具えていた。

スペイン人たちはその気にさえなれば、王国でいくつかの大きな町を建設し、(もしそれが彼らにふさわしいとすれば)地上の楽園のような生活が送れたであろう。しかし、かって神がインディアスで彼らに与えられた他の数々の地方におけるのと同様、この王国においても、そうような生活を送るのは彼らにふさわしいことではなかった。彼らが強欲で、しかも、冷酷であり、数多くの大罪を犯したからである。(56)

繰り返されるのは黄金探索、略奪、奴隷狩、強姦、殺人である。ラス・カサスによれば、修道師たちは、ヌエバ・エスパーニャの副王に命じられたように、生き残ったインディオに、「聖職者以外のスペイン人がその地方へ侵入したり、キリスト教徒たちが害を加えたりすることは決してないと約束」した。その結果、奇跡的にキリスト教が広まったが、別の司令官がその後侵入し、同種の残虐行為を繰り返した、とラス・カサスは述べる。淡々と書かれたこの記録が権力と宗教の隠微な関係を隠蔽しながら、同時に、その暴露もおこなっているわけである。「権力が他者の声を記録し、転覆的精察を可能にし、最終的に権力を侵犯する逸脱行為をその中心に記録する」のはなぜかという問題について、グリーンブラットが「権力は、植民地的状況では、完全には『一枚岩的』（monolithic）ではありえず、したがって権力の機能の一部として、自己の一部を脅かす資料に出会い、記録するのかも知れない」と推察するのももっともなことである。[57]

ラス・カサスはインディオの立場に立ってコンキスタドールを糾弾するが、その過程で残虐な行為だけでなく、権力に対する「転覆」（subversions）をも記録する。彼自身の記録の行為が、彼が依って立つ権力の転覆をも内包している。イギリスの植民地のヴァージニアタウンでは、抑圧されたインディアンがイギリス人を襲撃したが、植民地主義文書は権力の視点からインディアンの残虐性を強調する。しかし、ここにも隠蔽しようとしても隠蔽できないインディアンの「声」が記録されている。そうした「他者」の声は文学作品の『テンペスト』でも認められる。

8 コロニアリズムと『テンペスト』の符合

植民地に関する文書が完全な記録をめざすが故にはからずも「雑音」（noises）として「他者」の声を響かせるのに対し、文学作品は鑑賞するものに「快楽」を与えようとして「他者」を表象する。劇というダイナミックな文学空間では、登場人物の表象は静的なものではありえず、それまで文学で培われてきた様々な修辞的技巧を駆使して「快楽」を生みだそうとする。キャリバンは初めて飲んだワインの至福の味わいによってステファノーの僕になっているが、間の抜けたヨーロッパ人を王にすること自体滑稽である。

こうした、パロディ(parody)、シネクドキ、置換(displacement)などの快楽を与える文学的修辞の中に、私たちは植民地での出来事の痕跡を認めることができる。

キャリバン　この人たちが妖精じゃないとしても、たいした人たちには違いない。あそこの人は立派な神様だ。なにしろ天上の酒を持っているからな。あの人に膝まずいて拝むことにしよう。(2.2.111-13)[58]

自らの理解力を越えた人間たちが海から来たときに、インディアンが自らの伝説を介して侵入者を理解しようとしたことは、トドロフによって明解に分析されている。メキシコにはケツァルコアトルの伝説があった。ケツァルコアトルは王であったが、ある時王国を離れなければならなくなる。しかし、何時の日か彼が戻ってきて自分の国を取り戻すと、原住民の間で信じられていた。トドロフは『他者の記号学』においてモクテスマがコルテス(H. Cortes)にあまり抵抗しなかった理由の一つとして、この伝説の存在を挙げている。[59]上の台詞で、キャリバンがステファァノーやトリンキュローに向かって、'sprites,' 'god,' 'celestial' という言葉で相手を理解しているのは、まさにそうした未開人の認知行動のパロディになっている。ヨーロッパの文物の不思議な力を実感したキャリバンは、それをもたらした者に驚嘆し、無限の力を信じている。観客にとっては、単なる酔っぱらいのステファァノーであるにもかかわらず。

『テンペスト』はこの後キャリバンとステファァノーのプロットを通して、未開人とヨーロッパ人との出会いの経験を喜劇的に描いていく。しかし、このなかにもコロンブスが原住民に対して行った行為と奇妙に符合するところが認められる。コロンブスは一五〇四年二月二十九日の月食の夜、座礁が長期間にわたってきたため、インディオからもはやただで食料を貰えなくなったときに、「月を盗むぞ」と強迫して、食料を手に入れている。[60] この行為はまさに自らの力を「他者」に圧倒的に認めさせる象徴的示威行為であり、同様なことをコルテスも行っている。トドロフによれば、コルテスは馬と大砲で原住民を驚嘆させただけでなく、馬の神秘性を維持するために、その死骸を隠したりしている。[61] ヨーロッパの科学的知識は、無知で、信じやすい者に対しては大砲と同じ程度、いやさらに強力で、永続性のある「象徴的威力」を発揮するのである。このことと、キャリバンが「月からやってきた」というステファノーの言葉を信じてしまうこととの間にどれほどの違いがあるのだろう。

ステファノー　さあどうだ、化け物。おまえさんのおこりはどうなった？
キャリバン　おまえは天からおっこちてこなかったのかい？
ステファノー　そうだとも、月からやってきたんだ。昔は月に住んでいたんだぜ。
キャリバン　月の中のお前さんを見たことがあるよ。お前さんはすごいね。俺の女主人が、お前さんと、お前さんの犬と、柴の束を教えてくれたよ。
ステファノー　さあ、これに誓いな。この本にキスをするんだ。すぐにこいつに新しい中身を入れてやるからな。誓いな。
（キャリバンが飲む）
トリンキュロー　このお天道様にかけて、こいつはまったく浅はかな化け物だ。この俺様が恐がっていた。

全くおつむの軽い化け物を。月にいる男だって。全くあわれな、だまされやすい化け物め。

(2.2.129-40)(傍線、筆者)

ステファノーは酔っぱらってでまかせを言ったに過ぎないし、彼にはコロンブスやコルテスのような相手を騙そうとする意識はない。しかし、両者の結果だけを見てみると、ほとんど違いが見られない。酔いがまわり始めたキャリバンは、ワインへの驚嘆と相まって、彼をプロスペローに勝る絶対的な存在、「月の住人」だと信じてしまうからだ。原住民にとって、月を隠したコロンブスは、超自然的な存在に見えたに違いないし、コルテスもモクテスマ(Moctezuma)にとっては一種のケツァルコトアトルであったのである。

三幕二場において、キャリバンとステファノー、トリンキュローのプロットは、プロスペロー殺害に向かう彼らの姿を描き出す。ここでも、植民地での原住民の行動と、この場面での三人の喜劇的表象の間に、興味深い関連を見いだすことができる。ただ、その関連は「置換」という修辞的戦略を用いてあるため、最初私たちはそれにほとんど気づかない。キャリバンは三幕二場で繰り返しステファノーとトリンキュローに対し、「まず彼の本を奪って」(3.2.87)、「忘れなさんな、まず彼の本を手に入れることだ」(3.2.89-90)、「彼の本を燃やすんだ」(3.2.93)と繰り返し嘆願している。[63] プロスペローの魔術の源泉が彼の本であることから、これは当然のことである。しかし、私はこの'book'という言葉が先ほど引用した二幕二場でも用いられていたことに注目したい。そこではステファノーは自分の持っているワインに対して'kiss the book'と言っていた。この'book'は聖書のことであろう。オックスフォード版の編者オーゲルも、'Kiss the cup'と言って聖書にキスをする行為を捩った台詞だと指摘している。[64] その言い回しはティリーの辞書にも引用されている。ステファノーはその慣用的表現を捩ってワインに対してそう言ったわけであるが、同時に、彼にとってはワインは聖書であるという喜劇的な意味も私たちに伝えている。

ここで私が強調したいのは、プロスペローの魔術の源泉も 'books' であったことだ。もちろん、プロスペローの本は、彼自身が言っているように「人文科学」'the liberal arts'(1.2.73) に関する本には違いないが、「シネクドーキとしてのワイン」の修辞的戦略を考察した後では、本のなかに聖書が含まれていたかどうかが気になってくる。キャリバンのプロスペローへの反乱は原住民の植民地主義者への反乱のパロディとなっている。キャリバンのプロスペローとすると、本のコノテーションは聖書を含んでいると考えることも可能ではないか。キャリバンのプロスペローへの反乱は、滑稽な喜劇として一方で観客に快楽を与えながら、他方では「聖書」の権威をもとにしてなされた未開人の搾取全体に対する原住民の反乱のシネクドキとして機能しているように私には思えてならない。

トドロフはピエトロ・マルティレ (Pedro Martir de Anglerei) の『新世界八〇年史』から「ともかく、スペイン人の書いた記号で紙が話をするという噂が島中に広まった結果、島民にものをあずけるとそれをこわごわあつかう始末だ」という文章を引用している。[65]『テンペスト』のテクスト的痕跡のなかに、理解不可能な文字に対するこうした原住民の敵意を読み取ることも可能であろう。キリスト教の大義のもとに行われたマヤ、アステカ文明の破壊、さらにはヨーロッパの知識・力を背景にしたアメリカ大陸の原住民への支配、搾取、虐殺に対するインディアンの抵抗と憤激を、キャリバンの反乱が置換して表現していると読むことさえ可能かも知れない。

キャリバンのプロスペローへの反乱をコロニアリズム批判として読むことに対し、異を唱える批評家も数多くいる。キャリバンの反乱は彼の精神の下等さ、野蛮さの徴である、と理解する批評がこれまでは主流であった。しかも、キャリバンの反乱にはヨーロッパ人のステファノーとトリンキュローが荷担しており、そこには、ヨーロッパ人が推し進めるコロニアリズムと原住民との対立の純粋な表象はない。しかし、まさにそのことが、この劇の修辞的戦略の巧妙さの証となっているのである。キャリバン一味がプロスペロー殺害に向かう途上で、ステファノーとトリンキュローが「衣装（'wardrobe'）」（4.1.222）に目を奪われる場面がある。ガラスや装飾品など、ヨーロッパ人にとっては大して価値のないものに対し未開人が異常な興味を示し、金や銀とそれらを交換したことはよく知られていることであり、図版にも描かれている（図版4参照）。しかし奇妙なことに『テンペスト』では、そのような原住民の行為がヨーロッパ人のステファノーとトリンキュローの行為として表象されている。この矛盾を私たちはどう理解すればいいのか。その鍵は「置換」という概念にある。「置換」とは精神分析で用いられる概念であるが、本論の置換の概念はそれとは幾分異なったもので、グリーンブラットやドリモアのようなニューヒストリシズムの批評家が利用する概念である。すなわち、ある（象徴）体系が別の（象徴）体系の上に覆いかぶさっているが、元の体系が完全に消滅したわけではない、という概念である。

このような意味での「置換」が、未開人とヨーロッパ人の間で行われているのである。ヨーロッパ人が「衣装」に目を奪われ本来の目的を忘れ、逆に原住民がその愚かさを指摘する。グリーンブラットはエスキモーとの交渉を記録する文書にしばしば登場する「つまらない物」（'trifles'）という言葉に注目し、そこに、相手に与えようとする品物に対して贈る側が抱いている「つまらない物」という意識が顕著に表れている、と指摘している。[66] この場面でそうした西洋人の意識を持っているのが、キャリバンなのである。

キャリバン　お前は悪魔か。そんなものはほっとけ。がらくたじゃないか。（4.1.223）[67]

図版4　ヨーロッパ人の贈物を持つアルゴンキン族の親子
Watercolor by John White. British Library.

つまり、『テンペスト』では、原住民の愚かな行動（価値の体系が異なるためにそう見えているだけではあるが）が、ステファノーとトリンキュローに置換され、物質的なものに盲目なのは原住民ではなくヨーロッパ人であることが仄めかされている。しかし、その「置換」の根元には、ヨーロッパ人が原住民に対して行っていた詐欺的行為が厳然と存在しているのである。

「置換」という修辞的概念を当てはめれば、トリンキュロー、ステファノー、キャリバンが「銀」（'Silver'）、「憤怒」（'Fury'）、「暴君」（'Tyrant'）という名前の犬によって追いまくられている場面にも、反植民地主義を見ることができる。直前の場面の宮廷仮面劇での荘重な音楽とは正反対の、犬の鳴き声と追いまくられる人間の叫びが四幕一場で再現され、この劇的表象は喜劇的である。ところで、シルバーという犬の名前は

『じゃじゃ馬馴らし』にも登場するありふれた名前であるが、なぜここでその犬が登場するのか。「憤怒」は何を意味しているのか。「専制君主」は果たして一般的な名前であったのか。様々な疑問が犬の名前に関して湧いてくる。『テンペスト』についての主な批評を、抜粋の形ではあるが、一六七九年から現代まで集大成したゲール・リサーチ社（Gale Research Inc.）の『シェイクスピア批評』（*Shakespearean Criticism*）を調べてみても、犬の名前に注目した批評家はほとんどいない。ただ一九二一年にコリン・スティル（Colin Still）という批評家がアレゴリカルな解釈をし、「彼らは大地の悪魔である。天使が空中の霊であるように、彼らは地球の悪魔である。」と指摘しているのが目を引く程度である。(68)「大地の悪魔」が何を意味しているか曖昧だが、『テンペスト』の犬は『アエネイス』（Aeneid, 30-19B.C.）に出てくる犬で「物質世界の悪魔のシンボル」(69)と述べたトーマス・テイラー（Thomas Taylor）の説をスティルは引用しているので、「大地の悪魔」とは「物質を支配する悪霊」ぐらいの意味で使っているのだろう。しかし、ステファノーとトリンキュローが犬から逃げたことを「大地の悪魔への降服」と解釈し、「地上世界への下降の動きを表している」と解釈するのは無理がある。ステファノー達が物質的なものに目を奪われたのは犬に追われた後ではなく、その前であり、彼らは最初から物に支配された思考をしていたからだ。

私は『テンペスト』の犬は、ラス・カサスが『簡潔な報告』のなかで繰り返し述べている、インディアンの虐待にスペイン人が使っていた犬と関係づけるほうが、『アエネイス』の犬よりふさわしいのではないかと思う。キリスト教の赦しの具現者プロスペローの犬が、強欲なスペインの犬に重ね合わされているのである。この文学的「置換」では、ヨーロッパ人の犬によって苦しめられる原住民という構図の上に、シルバーという犬によって苦しめられるヨーロッパ人という構図が覆いかぶさっている。ここではステファノーとトリンキュローは金銀を求めていたヨーロッパ人そのものになる。新世界の悲劇はそこに黄金があったが故にさらに大きくなったと言わざるを得ないが、この喜劇的場面のなかには、金や銀を求めてコロニアリズムを遂行していたスペイン人やイギリス人が、まさに「銀」によって罰を受けているという痛烈な皮肉を読み取ることができる。少なくとも、そういう読みによってこの場面は格段に面白い表象となるのである。犬の名前に関して言えば、シルバーは新大陸の銀だけでなく、二幕二場でステファノーがキャリバンを見せ物にして金儲けを考えていたときに、客の支払うお金に言及して述べた 'a piece of silver' とも関連している。お金／'a piece of silver'／金銀という連想を駆使すると、'silver' に込められた皮肉は想像する以上に構造的であると言えよう。

反植民地主義のディスコースはこの劇で、時として明確にそれとわかるかたちで登場する。キャリバンが自分のものであった島をプロスペローが詐取したとはっきりと述べている。一度は一幕二場でプロスペローに訴えていたが（1.2.331）、もう一度はステファノーに言っている。

キャリバン　お前さんに前に言ったように、俺は暴君の家来なんだ。魔法によって俺から島をだましとった魔術師のな。(3.2.40-42)[70]

このキャリバンの台詞でプロスペローを指していた「専制君主」が、さきほどの場面では犬の名前になってしまっている。このことからさきほどの場面を考えてみると、プロスペローが専制君主としてキャリバンを虐待する構図が、犬がキャリバンを虐待する構図にパラレルに移しかえられている。このことがどの程度シェイクスピアによって意識的になされたかは私たちの知るところではないが、テクストの「痕跡」には確実に様々なレベルでコロニアリズムと原住民の関係が巧妙な「置換」の操作で表象されている、と言うことができよう。『テンペスト』のテクストはまさに多様な読みを、しかも論理性を持った読みを可能にする「厚い記述」なのである。

『テンペスト』でのキャリバン（未開人）とステファノー、トリンキュロー（戯画化されたヨーロッパ人）との出会いの表象は、それをあからさまに表現すれば、コロニアリズム賛成論者たちから敵意と攻撃をうけるに違いない。しかし、『テンペスト』の文学的表象では、巧みな修辞的戦略によってそれが笑いの対象として処理されている。このことを無視したり、疑う批評は、この劇におけるプロスペローの絶対性、さらにはヨーロッパによる新世界の教化・征服の正当性を素朴に信じる批評に容易に変質しかねない。文学、文化批評がそうしたヨーロッパ中心主義の呪縛から逃れることは簡単ではないが、『テンペスト』についての現在の批評のディスコースはそれを達成しつつある。ピーター・ヒューム、スティーブン・グリーンブラットなどはその実践の方法と結実を私たちに示してくれる。

『テンペスト』が統一の取れた構成と、音楽的、視覚的な余興をふんだんに盛り込んだ芸術性の高い作品であることは誰も否定しない。しかもその統一性は多分にキリスト教の試練、改悛、許しというマスター・ディスコースに負うところが大きく、その故に多くの人々がこの劇を愛し、快楽を感じてきたことも事実である。本論では扱わなかったが、ロマンス的な要素もこの劇において美的快楽を与えているものの一つである。しかし、現代の我々がそのようなキリスト教的ディスコースの存在を批判なしに論じたとすれば、古色蒼然とした批評に見えてしまうことも否定できない。現代の文明において何が危機にさらされているのか、どのような新しい価値観が登場し、それが我々の生活にどう影響を与え、変化させているのか、という問題意識が希薄化してしまうからだ。ニューヒストリシズムと呼ばれているものが、「フレデリック・ジェイムソン（Fredric Jameson）なら後期資本主義下における学問的市場と呼ぶようなもののなかで、一過性の珍品以上のもの」になりえたかどうかは私には判断できないが、[71]ポストコロニアリズムがその一つの結実であるとすれば、そのモントローズ（Louis A. Montrose）の問にイエスと答えることができる。ニューヒストリシズムと現代のつながりは明確である。なぜならそこで利用されている批評方法はすべて現代において生まれてきたものばかりであるからだ。文化人類学、フェミニズム、マルクス主義、解釈学、ディスコース研究、精神分析学等であり、それらを通じて読み直された歴史と新しく解釈された文学テクストは、いわば不可分の関係にある。それらの学問は従来の「知」の体系への批判や修正を迫ってきたものばかりであり、現在もそれは続いており、ニューヒストリシズムもそうした養分を吸収し変化している。ポストコロニアリズム批評は、レイモンド・ウイリアムズ的な意味での現代の残滓的な（residual）コロニアリズム的精神構造に対する批判を、内在的なモメントとして持っている。[72]物質精神文明の恩恵を受けながら、何の疑問も抱かずにシェイクスピアの精神世界の優位を讃えるのは、欺瞞にすぎない。

註

（1）Stephen Greenblatt, *Shakespearean Negotiations: The Circulation of Social Energy in Renaissance England* (Los Angeles: U of California P, 1988), p. 2.

（2）Stephen Orgel (ed.), The Tempest, *The Oxford Shakespeare* (Oxford: Clarendon Press, 1987), p. 11.

（3）Stephen Orgel, “Prospero’s Wife,” in Stephen Orgel (ed.) *Representing the English Renaissance* (Berkely: U of California P, 1988), pp. 217-29.

（4）Coppelia Kahn, "The Providential Tempest and the Shakespearean Family," in Murray M. Schwartz and Coppelia Kahn (eds.), *Representing Shakespeare: New Psychoanalytic Essays* (Baltimore: The Johns Hopkins UP, 1980), pp. 217-43.

（5）Peter Hulme, *Colonial Encounters: Europe and the Native Carribean 1492-1797* (London: Methuen, 1986), pp. 89-134.

（6）G. W. Knight, *The Crown of Life: Essays in Interpretation of Shakespeare's Final Plays* (1947; rpt. London: Methuen, 1974), pp. 203-55.

（7）Jonathan Dollimore, *Radical Tragedy: Religion,Ideology and Power in the Drama of Shakespeare and his Contemporaries* (1984; 2nd ed. London: Harvester Wheatsheaf, 1989). 反本質主義的文学解釈はこの本全体で行われているが、理論的根拠は第二版の「序章」で詳しく説明されている。

（8）C・ギアーツ著、吉田禎吾他訳『文化の解釈学』（岩波書店、一九八七年）第一章。グリーンブラットや多くのニューヒストリシズム系の批評家はギアーツのテクスト概念を文学テクストに応用している。

（9）本論文の『テンペスト』からの引用は Stephen Orgel (ed.) *The Tempest, The Oxford Shakespeare* に依る。原文 [BOATSWAIN: Down with the topmast! / Yare! Lower, lower! Bring / her to try with main-course. (A cry within) A plague / upon this howling! They are louder than the weather / or our office. */ Enter Sebastian, Antonio, and Gonzalo /* Yet again? What do you hear? Shall we give o'er and drown? Have you a mind to sink?] (1.1.34-39)

（10）原文 [GONZALO: That our garments, being, as they were, drenched in / the sea, hold notwithstanding their freshness and gloss,/ being rather new-dyed than stained with salt water.] (2.1.61-64)

（11）原文 [by the mercy of God unto us, making out our Boates, we had ere night brought all our men, women, and children, about the number of one hundred and fifty, safe into the Island.] Geoffrey Bullough (ed), *Narrative and Dramatic Sources of Shakespeare,* VIII (London: Routledge & Kegan Paul, 1975), p. 280.

（12）原文 [when it pleased God out of his gracious and mercifull providence,so to direct and guide our ship . . . for her most advantage; that Sir George Sommers . . . most wishedly happily discryed land . . .] Frank Kermode (ed.), The Tempest, *The Arden Shakespeare* (1964; rpt. London, Methuen, 1971), p. 141.

（13）スティーヴン・J・グリーンブラット著、磯山甚一訳『悪口を習う』（法政大学出版局、一九九三年）四〇ページ。

（14）Peter Hulme, *Colonial Encounters*, p. 128.

（15）グリーンブラット『悪口を習う』、三四ページ。彼が引用したヘイドン・ホワイトの文章は "The Forms of Wildness: Archaeology of an Idea" in Edward Dudley and Maximilian E. Novak (ed.), *The Wild Man Within: An Image in Western Thought from the Renaissane to Romanticism* (Pittsburgh, 1972), p. 72. である。

（16）エリザベス朝時代には、『犬の島』(1597) という政治風刺劇をトマス・ナッシュとベン・ジョンソンが書いた結果、ロンドンのすべての劇場が閉鎖され、ベン・ジョンソンも投獄されている。

（17）原文 [BOATSWAIN: None that I love more than myself. You are a councillor; if you can command these elements to silence, / and work the peace of the present, we will not hand a rope more – use your authority. If you cannot, give / thanks you have lived so long,] (1.1.20-24)

（18）ジェイムズがイギリス国王になった後、爵位の売買が盛んになり、商業活動を通して利益を挙げた者たちが数多く騎士となっている。この問題は歴史家の Lawrence Stone が *The Crisis of the Aristocracy: 1558-1641*, Abridged ed. (London, Oxford UP, 1967) の第三章 "The Inflation of Honours" で取り上げているし、その劇的表現はジョンソンの『エピシーン』の中に登場するドーフィンという騎士に見られる。拙論 "On the Plot of Daw and La Foole: Some Strategies of Negotiation with Authorities"『言語文化研究』（広島大学総合科学部紀要、一九九一年）第十六巻、一八〇～一九七ページ参照。

（19）原文〔Hang, cur, hang, you whoreson, insolent noise-maker!〕(1.1.43-44)

（20）ジョンソンの言葉に関する思想は "Timber, or, Discoveries" に表れているが、そのうちの二つを引用する。"So that we may conclude, wheresoever manners and fashions are corrupted, language is. It imitates the public riot. The excess of feasts and apparel are the notes of a sick state, and the wantonness of language, of a sick mind." (ll. 964-68); "Speech is the only benefits man hath to express his excellency of mind above other creatures." (ll.1898-99) – "Timber, or, Discoveries," in Ian Donaldson (ed.) *The Oxford Authors: Ben Jonson* (Oxford: Oxford UP, 1985), p. 547; p. 570.

（21）原文 [PROSPERO: Being once perfected how to grant suits, / How to deny them, who t' advance, and who / To trash for overtopping, new created / The creatures that were mine, I say: or chang'd 'em,] (1.2.79-82)

（22）原文 [ANTONIO: And yet methinks I see it in thy face, / What thou shouldst be. Th' occasion speaks thee, and / My strong imagination sees a crown / Dropping upon thy head.] (2.1.201-04)

（23）原文 [SEBASTIAN: But for your conscience? / ANTONIO: Ay, sir, where lies that? If 'twere a kibe/ 'Twould put me to my slipper, but I feel not / This deity in my bosom.] (2.1.273-76)

（24）原文 [ANTONIO: Do not for one repulse forego the purpose / That you resolv'd t'effect.] (3.3.12-13)

（25）ミシェル・フーコー、*Power / Knowledge: Selected Interviews and other Writings 1972-77, tr. Colin Gordon* (Brighton: Harvester, 1980) のこの言葉を、D・マクドネル著、里麻静夫訳『ディスクールの理論』（新曜社、一九九〇年）は引用している (p. 3)。

（26）ジョン・D・コックスによれば、ドリモアがルネッサンスに台頭してきたと主張する唯物主義的な思想は、既に中世においてアウグスチヌスが述べていたことであり、シェイクスピアの劇も中世のそうした「キリスト教的な政治的リアリズム」（"Christian political realism"）との関係で見られるべきだと主張する。*libido dominandi* はアウグスチヌスの言葉であり、ルシファーが最初にその支配欲を見せて以来、人間に宿ったものとされる。John D. Cox, *Shakespeare and the Dramaturgy of Power* (Princeton: Princeton UP, 1989), p. 16.

（27）ジェイムズ一世の英国王位に対する唯一の根拠は彼の母親、スコットランドの女王、メアリー (1542-67) がヨーク家につながっていることであったが、彼女がカトリック教徒であり、ローマ教皇と画策し、イギリスに敵対したために、議会の反対を受けていた。またスコットランドの長老派教会も、ローマと同じく、国王の絶対的権威には反対していた。John Nevill Figgis, *The Divine Right of Kings* (1896, rpt. New York: Harper Torchbook, 1914), ch. VII; R. Malcolm Smuts, *Court Culture and the Origins of a Royalist Tradition in Early Stuart England* (Philadelphia: U of Pennsylvania P, 1987), pp.230-38 を参照。

（28）この図版は David Riggs, *Ben Jonson, A Life* (Cambridge, Massachusetts: Harvard UP, 1989), p. 128. より転載した。

（29）Charles H. McIlwain (ed.) *The Political Works of James I* (Cambridge, Massachusetts: Harvard UP, 1918), p. 307. この演説はマルカム・スマッツが前掲書の二三一ページに引用している。

（30）Robert G. Hunter, Shakespeare and the Comedy of Forgiveness (New York: Columbia UP), pp. 227-41.

（31）これをシェイクスピアの絶筆と関係づける議論はしばしば行われるが、ここではオーゲルの政治的解釈を紹介する。彼はプロスペローがミランダをナポリの王子ファーディナンドと結婚させたことで、弟がこの後公爵領を相続する危険がなくなったために、魔術がもはや必要でなくなったと解釈する。魔術の大きな目的はミランダの結婚であり、その政治的意味は、彼の公爵領の娘への正当な継承である。Stephen Orgel, “Prospero’s Wife,” pp. 225-28.

（32）Bullough, *Narrative*, VIII, p. 273.

（33）Bullough, *Narrative*, VIII, pp. 244-45.

（34）原文 [Our symbol then is not Ariel . . . but rather Caliban. This is something that we, the mestizo inhabitants of these same isles where Caliban lived, see with particular clarity: Prospero invaded the islands, killed our ancestors, enslaved Caliban, and taught him his language to make himself understood. What can Caliban do but use the same language – today he has no other – to curse him . . . I know no other metaphor more expressive of our cultural situation, of our reality . . . what is our history, what is our culture, if not the history and culture of Caliban.] Roberto Fernandez Retamar, *Caliban and Other Essays*, trans. Edward Baker (Minneapolis: U of Minnesota P, 1985), p. 14.

（35）本橋哲也「キャリバンと『食人』の記号」『ユリイカ』（青土社、一九九三年一月号）。

（36）本橋哲也、二七六ページ、二六三ページ。

（37）Greenblatt, *Marvelous Possessions: The Wonder of the New World* (Oxford: Clarendon Press, 1988) より転載。図版３、４の出典も本書。

（38）原文 [CALIBAN: You taught me language, and my profit o’t / Is I know how to curse. The red plague rid you / For learning me your language!] (1.2.362-64)

（39）エドワード・W・サイード著、今沢紀子訳『オリエンタリズム』（平凡社、一九八六年）。筆者は本書を高く評価し、サイード的方法を『テンペスト』の読解に役立てている。

（40）“subversion”とは、ニューヒストリシズム的著作に頻繁に登場する概念である。それはある体制や権力を、文字どおり「転覆」させると言うより、その根底となっているイデオロギー的な神秘化を暴き、その体制を揺るがすことである。したがって、今日的視点から見れば、「転覆」する側より正当性がある場合が圧倒的である。H・アラム・ヴィーザー編、伊藤他訳『ニュー・ヒストリシズム』（英潮社、一九九二年）二七ページ参照。

（41）原文 [CALIBAN: Ay, that I will; and I'll be wise hereafter, / And seek for grace. What a thrice-double ass / Was I to take this drunkard for a god, / And worship this dull fool!] (5.1.294-97)

（42）モンテーニュ著、原二郎訳『モンテーニュ：第一巻』筑摩世界文学体系１３（筑摩書房、一九七三年）一五一ページ。

（43）モンテーニュ『モンテーニュ：第一巻』、一五五ページ。

（44）ラス・カサス著、染田秀藤訳『インディアスの破壊についての簡潔な報告』（岩波文庫、一九九二年）一八三ページ。

（45）ラス・カサス『簡潔な報告』、四六ページ。

（46）原文 [Hybridity is the sign of the productivity of colonial power, its shifting forces and fixities; it is the name for the strategic reversal of the process of domination through disavowal (that is, the production of discriminatory identities that secure the 'pure' and original identity of authority).] Homi K. Bhabha, *The Location of Culture* (London: Routledge, 1994), p. 114.

（47）原文 [CALIBAN: This island's mine by Sycorax my mother, / Which thou tak'st from me. When thou cam'st first, / Thou strok'st me and made much of me;] (1.2.331-33)

（48）原文 [TRINCULO: A strange fish! Were I in England now, as once I / was, and had but this fish painted, not a holiday-fool there / but would give a piece of silver. . . . When they will not / give a doit to relieve a lame beggar, they will lay out /ten to see a dead Indian.] (2.2.26-29; 31-32)（下線筆者）

（49）原文 [STEPHANO: This is some monster of the isle with four legs, who hath got, as I take it, an ague. Where the devil should he learn our language? I will give him some relief, if it be but for that. If I can recover him, and keep him tame, and get to Naples with him, he's a present for any emperor that ever trod on neat's-leather.] (2.2.63-68)

（50）原文 [STEPHANO: If I can recover him, and keep him tame, I will not take too much for him; he shall pay for him that hath him, and that soundly.] (*Ibid.*,73-75)

（51）ジェレミー・サルガード著、松村赳訳『エリザベス朝の裏社会』（刀水書房、一九八五年）参照。

（52）Greenblatt, *Marvelous Possessions*, pp. 109-18.

（53）Greenblatt, *Marvelous Possessions*, p. 111. ベストの言葉は本書による。

（54）コロンブスが最初に島を発見した時の記述は以下の通りである。「提督は、二人の船長はじめ、上陸したもの達、および船隊の記録官である、ロドリゴ・デ・エスコベード、ならびにロドリゴ・サンチェス・デ・セゴビアを呼んで、彼が、いかにしてこの島をその主君である国王ならびに女王のために、居座る者の面前で占有せんとし、また事実、この地において作成された証書に委細記されるように、必要な宣言を行ってこれを占有したかを立証し、証言するようにのべた。」『コロンブス航海誌』三七ページ。引用は Greenblatt, *Marvelous Possessions*, p. 60. による。

（55）Greenblatt, *Marvelous Possessions,* p. 70.

（56）ラス・カサス『簡潔な報告』、九〇、九一ページ。

（57）Stephen Greenblatt, “Invisible bullets: Renaissance authority and its subversion, *Henry IV* and *Henry V*” in A. Sinfield & J. Dollimore (eds.) *Political Shakespeare: New Essays in Cultural Materialism* (Manchester: Manchester UP,1985), pp. 26-27.

（58）原文 [CALIBAN:（*aside*） These be fine things, an if they be not sprites. That’s a brave god, and bears celestial liquor. I will kneel to him.] (2.2.111-13)

（59）トドロフ『他者の記号学』、一六三〜一六五ページ。

（60）トドロフ『他者の記号学』、二六ページ。

（61）トドロフ『他者の記号学』、一五六ページ。

（62）原文 [STEPHANO: How now, mooncalf! how does thine ague? CALIBAN: Hast thou not dropped from heaven? STEPHANO: Out o’ the moon, I do assure thee. I was the man i'th’moon when time was. CALIBAN: I have seen thee in her, and I do adore thee. My mistress showed me thee, and thy dog, and thy bush. STEPHANO: Come, swear to that; kiss the book: I will finish it anon with new contents. Swear. *Caliban drinks* TRINCULO: By this good light, this is a very shallow monster. I afeard of him? A very weak monster! The man i'th' moon? A most poor, credulous monster!] (2.2.129-40)

(63) [“Having first seiz’d his books” (3.2.87), / “Remember / First to possess his books”(3.2.89-90), “Burn but his books.”] (3.2.93)

(64) M.P.Tilley (ed.) *A Dictionary of the Proverbs in England*, (Ann Arbor: U of Michigan P, 1950), C909.

(65) トドロフ『他者の記号学』、一一〇ページ。

(66) Greenblatt, Marvelous Possessions, p. 110.

(67) 原文 [CALIBAN:Let it alone, thou fool, it is but trash.] (4.1.223)

(68) “They are terrestrial daemons – i.e., daemons of the plane of EARTH, as the angels are daemons of the plane of AIR.” Colin Still, *Shakespeare's Mystery Play: A Study of “The Tempest”* (Cecil Palmer, 1921), p.249. 引用は Mark W. Scott & S. L. Williamson (ed.) Shakespearean Criticism, Vol. 8 (Detroit: Gale Research Inc., 1989), p.333. より。

(69) “symbols of material daemons”

(70) 原文 [CALIBAN: As I told thee before, I am subject to a tyrant, a sorcerer that by his cunning hath cheated me of the island.] (3.2.40-42)

(71) ルイ・A・モントローズ『ニュー・ヒストリシズム』所収、「ルネッサンスを生業として」二三ページ。

(72) Raymond Williams, *Marxism and Literature* (1977; Oxford: Oxford UP,1989), pp. 121-27. “risidual”（残滓的）：「ある文化の内部において、過去において効果的に形成された要素であり、単なる過去の要素として認められるものだけでなく、そうだと認識されずに、優勢な文化の効果的な要素に化しているものもさす。」（『ニュー・ヒストリシズム』、二二五ページ）

本章は『広島大学総合科学部紀要Ⅲ　人間文化研究』第4巻（一九九五年十二月）にて発表したものを、加筆、修正した。

William Blake [1757-1827]

P. B. Shelley [1792-1822]

John Keats [1795-1821]

ロマン派詩人

――オリエントとしてのエジプトと英国ロマン派詩人

岡田　和也

1　はじめに

ヴォルニィー（Constantin Volney, 1757-1820）の『廃墟』（*The Ruins: or a Survey of the Empire*, 英語版一七九二年、オリジナルはフランス語で一七九一年）は、イギリス・ロマン派期の帝国の問題を考える時に重要な資料であるが、それは、ジョーンズ（William Jones, 1746-94）を始めとするロマン派時代のオリエンタル・ライター（あるいはオリエンタル・ライティング）への認識を画期的にして変革的にリ・フォーマットしてみせたマッガァン（Jerome McGann）のロマン派アンソロジーがその再認識のランドマーク的存在となっている近年の批評動向の中では、特にそうである。(1)『廃墟』を代表とする十八世紀後半から十九世紀初めにかけての、紀行文でありながら同時に考古学的な関心をも兼ね備えた作品群については、実はそれらがオリエンタリズムの問題と重要に絡み合っている、との認識からその意義を再検討しようとする試みがますます盛んである。このため、当然のように、エラスムス・ダーウィン（Erasmus Darwin, 1731-1802）の『ボタニック・ガーデン』（*Botanic*

Garden, 1791)、あるいはサウジー(Robert Southey, 1774-1843)の『サラーバ』(*Thalaba the Destroyer*, 1801)などの作品も、オリエントの世界のかつての繁栄とその凋落のテーマで議論がなされてきている。[2] リィースク(Nigel Leask)はその名著『英国ロマン派作家と東方』(*British Romantic Writers and the East: Anxieties of Empire*)によって、十八世紀後半から十九世紀にかけてのオリエントに関わる問題を深く掘り下げて——とりわけP・B・シェリー(P. B. Shelley, 1792-1822)の、それも特に詩人とインドとの関係を論じ、さらにはドゥ・クインシー(De Quincey, 1785-1859)にまで下っている——、オリエントの問題が含む「没落の不安の構造」のテーマの変奏を一気に見通してみせたが、その議論が最近のロマン派批評の一つの大きな結実となっているのは周知のとおりである。だが、そのリィースクでさえもが、その議論の冒頭をロマン派期のエジプシャニズム(Egyptianism)への言及で始めながら、[3] オリエントとしてのエジプトとロマン派詩人の間の関係を問題化することはしておらず、ロマン派詩の研究の中でエジプトに関してオリエンタリズム観点から議論しようとすることはこれまでほとんどなされてこなかった。本章では、このおよそ手付かずの問題について、まずは概論的な議論をし、そしてその後に、ウィリアム・ブレイク(William Blake, 1757-1827)とエジプトとの関係を再考する必要性があることを示して、ロマン派詩人における文化の複雑な交差とその拮抗の意義深さを考察してみたい。

図版①　いわゆるヤング・メムノンの像を運ぶ様子を描いたベルゾーニによる水彩

2　西洋化されたオリエントとしてのエジプトとロマン派詩人

イギリス・ロマン派に関心を持つ者が大英博物館を訪れる時、まずその足を急がせるのはエルギン大理石（Elgin marbles）やギリシャの壷が展示されたセクションであるかも知れない。そのような衝動に駆られてしまうのは、敢えて言えば、「誤読された」ロマン派ガイドブックに操られている結果なのだが、[4] 我々が忘れてはならないのは、ロマン派の当時にイギリスにもたらされたのは、地中海の壷や大理石彫刻だけではなかったのであり、例えば、ジョン・キーツ（John Keats, 1795-1821）は一八一九年三月一日に大英博物館を訪れた際、エジプトの遺跡からもたらされたオブジェである「巨大なスフィンクス」を観て、「とても官能的な（voluptuous）エジプト」を感じたと彼の書簡の中で表している。[5] 英国にエジプトからの巨大な遺物の一部を持ち帰った中心人物にベルゾーニ（Giovanni Belzoni, 1778-1823）がいるが（図版①参照）、彼の一八二一年の労作は、[6] 冒頭で触れたヴォルニィーやサヴァリー（Claude-Etienne Savary, 1750-88）等の先人達がなしたエジプト探索の集大成であると同時に、[7] 一八一〇年代に人々が広く持っていたエジプトへの関心、およびそれによってより豊富になっていったエジ

図版②　アポロが詩の精神を象徴している一方、自然の神秘を象徴するものとしてイシス神がその表象となっている

プト趣味（Egyptianism）の一つの大きな頂点となる意義深さをもっている。[8]だが、どうだろうか、通常偉大なるヘレニストとして見なされるキーツがエジプトからのオブジェにたいして「官能的（'voluptuous'）」とする形容するあり方には、いささか収まりの悪さを覚えてしまうであろう。[9]それにも関わらず、私には、このキーツの言葉を当時の政治的な背景の中で再考すると、そこにエジプトに関するロマン派にとっての「西洋化されたオリエント」の深い意味が隠されているように思われるのである。[10]

十八世紀から十九世紀への二つの世紀の跨りの時期に、ヨーロッパにおいて、エジプトがどのように捉えられていたのか、少し広い視野から眺めると、エジプトの表象を含んだひとつの図版は大変興味深いものとなる（図版②）。[11]この図版において、西洋がギリシャ的アポロ像として、そしてイシス女神がエジプトの象徴として表されている。[12] ここには抽象化された「自然の豊穣」をめぐる表象があり、「エジプトの肥沃」あるいは「肥沃なるナイル」というテーマが、イギリス文学の中でもその伝統として根深く受け継がれた概念であったことが思い出される。その典型的な例として、シェイクスピアがアントニーとレピダスとの会話に含ませている次のような表現が指摘できるだろう。

ナイルの水嵩がふえれば
それだけ多くの約束がなされる。つまり　水が引いて
そのねばねばでぬるぬるした泥に種を蒔きさえすれば
やがて刈り入れとなる。
（中略）
エジプトの蛇は　ワニがそうであるように
天候に左右される土を食らっているのだ。[13]

ここの蛇とは、ナイルの豊穣の、あるいはオリエントの豊穣（Oriental richness）の象徴である。もちろんエジプトに関してはこの肯定的な連想がある一方で——ここには同時にその基盤的認識として巨大建築を完成させてみせた技術に対する知識の象徴も包括されていることを忘れてはならないが——、当然のようにしてあるピラミッド建造にまつわる政治的な含み、つまり専制政治のシンボルとしてのエジプトがあるわけで、これはフランス革命あるいはアメリカ革命の時代のロマン派が何より嫌った圧制による政治の含みなのだから否定的な

連想の度合いが随分と深い。そしてさらに同時に、『クオータリィー・レヴュー』(*Quarterly Review*)の一八一八年春季号にピラミッドが墓標であったことが報じられており、[14] エジプトは死あるいは滅亡の象徴となり、その表象の層はさらに絡み合ってその意味合いはより厚くまた複雑なものになっていたのだし、またその上に、フリーメイソン的なアソシエーションも重なってくる。エジプトに関わる西洋化は、一八一〇年代を一つの頂点としたエジプシャニズムに体現化される中、エドワード・サイード(Edward W. Said, 1935-)の提示した不安と想像力に関わるオリエントの概念そのままの問題となるはずで、エジプシャニズムがその時期をロマン派時代と重なっていることの重層的な意義はもっと論議されるべきことが分かってくる。その重層性の複雑さを認識することによってはじめて、ロマン派期というのが、「泥でできたピラミッド」という危うい表現さえ生みだすに至っていた時代であったことの必然性もまた明らかになるのである。[15]

3　ナイルのソネットとロマン派的エジプトの歴史性

シェリーの「オジマンディアス」(‘Ozymandias’)は、その意味でエジプシャニズムの文脈からより包括的な視点で再考されるべき作品であると言える。このソネットが世に出たのは『イグザミナー』(*The Examiner*)紙上であったが、もとをただせばこの詩は一八一七年の年末にスミス(Horace Smith, 1779-1849)とオジマンディアスを題目に競作した結果、即興詩として誕生したものであるが、[16] 興味深いことに、これとまさに同様の即興コンペティションの形で、翌年の一八一八年の二月に、三人のロマン派詩人、つまり、キーツとシェリーとハント（Leigh Hunt, 1784-1859）がナイル川を題目にしてそれぞれのソネットを書き上げている。[17] 同一テーマの御題に即興をもって詩作を競う時、共有したテーマがより浮き彫りにされることが多いものだが、敢えて先にこのナイルのソネットの共通点を言ってしまえば、それは豊穣なるナイル／エジプトということになる。三つのソネットに 'fruit(ful)' という言葉が共通して使われているのはなにより示唆的である。

シェリーのナイルのソネットには、これまで触れてきたエジプトに関するディスコースが含む大きな二項対立が明示されていて、それは 'fruits and poisons' という表現に集約されている。

エジプトの記憶の大地を　溢れんばかりの水が静かに流れ
その流れは　ああナイルよ　おまえのものであるのだ
おまえが流れるところ　そこには魂を滋養する微風と瘰癧《るいれき》の嵐が
食べ物と毒とが　生まれ出ているのだ。[18]

ハントのソネットでは、ナイルは 'the fruitful stream' とされながらも、それでいて強調されているのは 'a world left empty of its throng' という描写に象徴される帝国没落後の静けさである。[19] この強調には、繁栄と没落、存在と非存在、あるいは自己の確立と非・確立の間の常に揺らぎあう西洋化されたオリエントとしてのエジプトの表象の表と裏を見て取れる。

ここで、ナイルのソネットの書かれた一八一八年という年の意味を考えてみる必要があるだろう。エジプトはナポレオンが一七九八年に侵攻して以来、フランスの体制の覇権を受けていたが、一八一五年のウォータールーの戦い以降は英国の優勢が生じていた。その点で、シュワブ（Raymond Schwab）の指摘は正しく――またそれをマリリィン・バトラー（Marilyn Butler）が補強しているが――、「ロマン派期に英語で書かれたオリエンタルを扱う詩作品は［・・・］フランス、あるいはフランス革命、またナポレオン戦争まで続いていた英仏間の勢力の拮抗にその中心を持っていた」のである。[20] どうやらキーツ・サークルの三人が一八一八年当時のソネット・コンペティションをした際、彼らは「ポスト・ウォータールーの戦い（post-Waterloo）」の詩人として創作していたという側面を見逃してはならず、[21] 実はエジプトとは当時、帝国主義のありようを反映できる記号としての役割を備えていたと認識すべきだということが分かってくる。この認識は、ワスィル（Gregory Wassil）がごく最近「キーツとオリエンタリズム」の中で、英仏の間のダイコトミーをかぎつけていることからも一層促進されるであろう。[22]

ところで、「サイードはイギリス・ロマン派の詩については言うところがあまりな」かったのを指摘して、それを補う形でバトラーはロマン派期のオリエンタリズム概説をしたが、その概論がなされた一九九四年の時点でさえ、彼女自身が「キーツについてはほとんど語ることはない」といった内容のことをいったことを思い返せば、[23] ワスィルの論文はようやく本格化して現れた待望のキーツ・オリエンタリズム論と言える（さらに付け加えれば、バーバ（Homi K. Bhabha, 1949-）が提唱して最近重要視されているハイブリディティの概念の視点も含んでいて刺激的な考察である）。[24] こうした動向は、キーツの中の政治学再考以来、ポリティカル・キーツの読みを何より促進した、今や有名になった、キーツの政治意識を含んだ書簡への分析した新歴史主義的考察を取り込んだ上で、[25] この詩人の中のオリエントの問題に新たな光を当てようとする試みに他ならない。もっとも、キーツの中のオリエンタリズムそのものの問題は、むしろゴールドベルグ（Brian Goldberg）がやはりごく最近指摘したように「折衷主義（syncretism）」とする方がいい様であり、キーツの中での文化混交のより広範な論議は論旨を絞るために別の機会に譲るとして、[26]今ここで確認しておきたいのは、イギリス・ロマン派の詩人たちが「作用する帝国主義」のディスコース（あるいはその裏返しの没落の不安のディスコース）のただ中で、ナイルのソネットを書いていたと認識でき得るということである。[27]この可能性は、キーツのナイルのソネットの最後の四行にエジプト的というよりイングランドの風景が連想できてしまう、とするアロット（Miriam Allott）の指摘と重なって、より確信性を強めて浮き彫りにされるのではないだろうか。[28]

エジプトの題材をより明確な形であらわしている「ハイペリオンの没落」の詩作にあたるに際し、キーツは自らその構想中の一八一八年の夏に、スコットランドの西海岸一帯を訪ね歩く旅に出たが、その探訪の目的の一つは、エジプトの巨大遺跡の描写力を補うためであった。フィンガルの洞窟をはじめとする巨大な奇岩の光景に、詩人の心の中でエジプトの巨像や巨大遺跡に向けてその想像力を大いに逞しくさせたであろうことは、「ハイペリオンの没落」に散見されるの表現上の痕跡がなにより物語る。[29]その詩の中のアポロの役割は、先に見た図版を思い出せば、オリエントのディスコースのうちで、フランスを破った後のイギリスのあり方そのものに映り、エジプト／フランスの図式の塗り替えに喜ぶイングランドの姿の反映を暴露さえするだろう。それはナポレオン敗北後の西洋を担うものとしての英国であり、西洋の視線を持って覇権を目指す英国そのものである。そこで、キーツが大英博物館で思わずあらわにした「官能的」という表現は、そうしたオリエントの魅力を我が手にいれた恍惚、実はそれは、キーツと同時代を生きたベルゾーニがエジプトの遺跡を博物館にいれるというオリエントの収集の思想基盤に通底していると思われるのだが、それは、知識すなわち力とする近代の西洋的な発想の土壌の資質を物語っているであろう。だが、それでもしかし、キーツが「ハイペリオンの没落」の中でしたように、ローマ神話の神であるアポロによる図式の書き換えでは飽きたらないでいたロマン派詩人もいたのではないだろうか。私は、ブレイクとはそうした詩人であったと考える。というのも、彼の場合はむしろそのエジプト神話そのものの起源にまで遡って、彼独自の新生なる神話体系の創造を目指していたと考えられるからである。

4　ブレイクとエジプト

ブレイクの「エジプトの聖母子像」（'The Virgin and Child in Egypt'）の背景にあるピラミッドの図像に、我々はもちろん聖書的な意味合いを――つまり、避難と迫害の相反する含みを持つトポスとしてのエジプトを――認識しなければならず、これは、イスラム・ペルシア・インドなどの他のオリエントが内包していた繁栄（あるいは肥沃）と凋落の二項対立に加えて、オリエントとしてのエジプトの存在がブレイクの作品ではさらに深い重層性を織り込まれたものとなっていることを示している。そのようなブレイクにとってのエジプトの問題に関しては、モートン・ペイリー（Morton Paley）が図像的議論をした以外は、近年ではほとんど試みられず、むしろ我々はジョン・ビィア（John Beer）、アルバート・ロゥ（Albert S. Roe）、あるいはキャサリィン・レイン（Kathleen Raine）の論考まで遡らなければならない。[30] ブライアント（Jacob Bryant, 1715-1804）の『古代神話の分析』（*Analysis of Ancient Mythology*, 1774-76）でのエジプト神話考察とブレイクとの関係の重要性は広く認められているとおりだが、議論の対象とされなくなって久しい。[31] だが、ここで思い返したいのは、フュズリ

(Henry Fuseli, 1741-1825) のデザインをもとにブレイクが彫版した「エジプトの肥沃」('Fertilization of Egypt')（図版③）などは、ブレイクが認知していたエジプトに関わる知識と理解をもっとも直接に表すものといえる彫版で、ダーウィンの『ボタニック・ガーデン』への挿絵となっており、その補遺には本論の冒頭にふれたヴォルニーの記述が引用されていて、当時のエジプト神話が保持した重要性を窺わせて大変興味深いのである。

図版③　ナイル川の洪水にまつわるエジプト神話のアヌビスの関係を描き込んだもので、左下にはピラミッドが描かれている

私は最近こうしたブレイクの中のエジプト的要素を背景に据えて、ブレイクのオールク（Orc）像の解読に関してブライアントによるエジプト神話の考察に含まれているエロス／キューピッドの姿が重ね合わされているのではないか、という指摘した。[32] それは、キューピッドとサイキーの物語、いわゆる『サイキー神話』にはロマン派当時に心理的・政治的な意味合いが深く含まれていたことを指摘したバトラーの洞察を展開したものである。[33] それはロマン派の時代、『サイキー神話』の中で、愛の神であるはずのキューピッドは、その本来のエロス的側面を剥奪されており、フロイト的にいえばリビドーを理性（あるいは権力）によって抑止されてしまっ

図版④『天国と地獄の結婚』のいわゆるコピーDのプレート21の挿絵

ていて、典型的抑圧のディスコースとして存在していたことの強調である。ブレイクはいわばその病んだエロスの在り方に対してアンチテーゼを説き、その当然の帰結として、エロスの復権を願っていたと認識できる。蔓延っていた安易なセックス観に溺れ、目の見えぬ愚者と成り果てた者たちをブレイクはなにより嫌ったのである。[34] その意味から、ブレイクがエジプシャン・キューピッドの再生を目指していたのではないかという視点に立つと、大変興味深いことに、有名なブレイクの「病んだバラ」の 'rose' は、Eros / eros のアナグラムであり、〈病んだ薔薇〉とは、〈病んだエロス〉となっているのではないかと解釈できる。[35] そしてさらにこれを敷衍すれば、オールク像とは、ブレイクの中での病んだエロス（キューピッド）の再生を体現化した存在であったと考えられ、オールク像へのこれまでの一般的な理解、例えば、「オーク［原文のママ］・・・はエロス的人間をさしている。だからオークの解放は一切の性的抑圧からの自由を意味している。」といった認識は、[36] 実は、ブレイクの脱・エジプト神話の志向性を視野に入れて捉え直されなければならないのである。[37]『天国と地獄の結婚』（*The Marriage of Heaven and Hell*）の中のオールク的人物像がその再生の姿で天を仰ぎみながら座っている場所がピラミッドの前であることは、なにより暗示的なものであることを認識しなくてはならない（図版④）。

5　「病める薔薇」とブレイクのAlbion

有名な「立ち上がるアルビオン」（'Albion Rose'）の（図版⑤）も、'rose' という単語に関してそれが強度にブレイキアンな言葉使いであることを意識すれば、'Albion Rose' とは、単に立ち上がった英国の姿だけでなく、病みから回復した薔薇のイメージを重ねて見るべきで、快活に広げられた腕こそは「病む」ことのない健全な薔薇の花弁であり、この立ち姿の健やかな美しさには深い意義が込められていることが分かってくる。それは、再生し回復されたエロスの姿に他ならず、Eros/ rose の表象の含みは、すなわち、真なる薔薇としての英国アルビオンと解釈されるべきである。ここには、ブレイクがオリエントとしてのエジプトの神話を脱構築して、新たな神話をつくることでアルビオンの再生を願ったことが表面化してくるし、オリエンタリズムという地平で展開されたオリエントとしてのエジプトを浄化することでアルビオンが再生されるとする祈願がその独自の神話構造の基盤にあったちがいない。このことは、

図版⑤　再生したアルビオンが個個人の自由の姿を謳った象徴として描かれている

国家的アンセムとなって英国人がやがて唱和することになる『ミルトン』(*Milton*)からの「ジェルサレム」('Jerusalem')の歌が、実は国家/国歌としての含みを持っていたのではないか、といった興味深い問題点までもが喚起されて内包される問題の深さはより複雑になってくる。[38]

6 ロマン派とオリエンタリズム

ロマン派におけるオリエントの問題は、これまでイスラムあるいはインドとの関係を論じることが主であり、[39]こうした傾向の中でいわば死角であったオリエントしてのエジプトの関係をここまで急ぎ足で探ってきたのだが、より本格的な論議は改めて試みるとして、ここで最後に、ロマン派時代の詩人がオリエンタリズムの観点から近年どのように議論されているかを少しだけ俯瞰しておこう。

リィースクは、「サイードがオリエントを〈閉じたシステム〉と呼んだのは誤りであった」と発言しているが、[40]この発言に応えるようにしてシャラフーディン(Mohammed Sharafuddin)は、「サイードのオリエント観は客観的なものではなくて、単にある視点に立っているにすぎない」と指摘している。また、このサイード的オリエンタリズムに対する再考の認識をさらに進めた形で、マクディシ(Saree Makdisi)は、「オリエントがヨーロッパと対抗するものであるということ自体は新しい問題ではなく、ロマン派の場合のオリエントの問題は、他者性及び反近代的世界が持つ外部性なのである」と認識すべきだと表明している。[41]こうした近年の動向は、他者であるということはすなわち「わたくし/わたくしでないもの」の問題であり、[42]つまりそれは、何のどこに中心を置くのか（orientalization）という問題に他ならず、構造（あるいは「力」）の問題により光を当てようとする再考察の動きであり、サイードのオリエンタルへの言及が一枚岩であることを打ち破ろうとする試みがなされようとしているである。[43] というのも、マクディシの指摘にあるように、帝国主義がキャピタリズムという大きなシステムと時を同じくして「近代化」を進行してく中で、ラファエロ前派を含むヴィクトリア朝時代に〈オリエント〉の概念の西洋化はさらに深遠化していくからである。これはオリエントとしてのエジプトをめぐる表象にも当てはまり、ヴィクトリア時代のそうした複雑化あるいは複合化した帝国主義の問題は、例えば、テニソンにおけるエジプトの問題を議論した論考に扱われている。[44] こうした一連のオリエンタリズム論の功績の意義をオニィール（Michael O'Neill）はうまくまとめているが、その一節の言葉を借りるなら、「帝国という病み」に冒され始めていた西洋人としてのイギリス・ロマン派期の作家達の在り様がどうであったか、今後ますます盛んに議論されるであろうことは間違いなさそうである。[45]

註

（1）Jerome McGann (ed.), *Romantic Period Verse* (New York: Oxford UP, 1994). Volney とロマン派については、たとえば Shelley との関係で、Marilyn Butler, 'Shelley and the Empire in the East' in Betty Benet and Stuart Curran (eds.), *Shelley: Poet and Legislator of the World* (Baltimore: John Hopkins UP, 1996), pp. 158-68.

（2）もっとも、Jones らの作家とロマン派の差異について、サイードによって指摘され Makdisi によって補遺された次のような側面を忘れてはならない（"William Jones and Edmond Burke simply do not fit into — and are in fact antithetical to — that disciplinary version of Orientalism which Said has designated as modern. In other words the shift to a specifically modern version of Orientalism marks so radical a break from older versions of that discontinuous and heterogeneous discourse that one cannot speak unproblematically of a continuity of Orientalism across that break, which has been designated as the romantic period in Britain. At that transitional moment — the romantic period — when Orientalism overlapped and gradually fused with other integral processes of modernization an altogether new discourse on otherness came into being." (Saree Makdisi, *Romantic Imperialism: Universal Empire and the Culture of Modernity*, Cambridge: Cambridge UP, 1998, p.116).

（3）Nigel Leask, *British Romantic Writers and the East: Anxieties of Empire* (Cambridge: Cambridge UP, 1992), pp. 1-2. また、エジプシャニズムという用語については、Curl を参照（James Stevens Curl, *Egyptmania: The Egyptian Revival: a Recurring Theme in the History of Taste*, Manchester: Manchester UP, 1994）。

（4）ワーズワースについてのニュー・ヒストリカルな Allan Liu によるワーズワス論の中で、その想像力論の一節にナポレオンのエジプト侵攻を重ね合わせているのは興味深い（*Wordsworth: The Sense of History*, Stanford: Stanford U.P. 1998, pp. 25-30.）。コウルリッジについて、古くから John Lowes の *The Road to Xanadu* (London: Constable and Company Ltd., 1951, 2nd edition) をはじめ、John Beer のものがある（最近かつての論文が整理された形で出版された *Romantic Influences* (New York: Macmillan, 1993) がある）。

（5）Hyder E. Rollins (ed.), *The Letters of John Keats, 1814-1821* (Cambridge, Massachusetts: Harvard UP, 1958), vol. 2., p. 68.

（6）*Narrative of the Operations and Recent Discoveries with the Pyramids, Temples, Tombs, and Excavations in Egypt and Nubia*. Belzoni については、Fagan が詳しい（*The Rape of the Nile: Tomb Robbers, Tourists, and Archaeologists in Egypt*, Book Associates, 1972）。また、サイードも *Culture and Imperialism* の中で Belzoni に言及している (p. 345)。また、Paden も参考になる（W. D. Paden, *Tennyson in Egypt: A Study of the Imagery in His Early Work* (Lawrence: U of Kansas P, 1942). 特に p. 34）。

（7）レスター・スクェアーやストランドの空間でのエジプト趣味流行のあたりの事情は、Wood を参照（Gillen D'Arcy Wood, *The Shock of the Real: Romanticism and Visual Culture, 1760-1860* (New York: Palgrave, 2001)。また、Altick もこの辺りに詳しい（Richard D. Altick, *The Shows of London*, Cambridge, Massachusetts: The Belknap Press of Harvard UP,

1978. pp. 236-41)。また、Raymond Schwab の *The Oriental Renaissance*, trans. Gene Patterson-Black and Victor Reinking (New York: Colombia UP, 1984) も参照。パノラマとオリエントそしてレスター・スクエァーをつなぐ最近の論文としては、Edward Ziter, 'Orientalist Panoramas and Disciplinary Society', *The Wordsworth Circle* 32 (Winter, 2001), pp. 21-24.

（8）名前だけを列挙すれば、Thomas Legh, Henry Light, Frederick Norden, William Hamilton, Sonnini などがいる。詳しくは、Kazuya Okada, 'Egypt and English Romantic Poets,'『英詩評論』第一七号、二〇〇一年六月、一三〜二三ページ。

（9）キーツと博物館、そして帝国主義についての最近の論議としては、Wood 前掲書（pp. 130-169: 'Keats and the Ruins of Imperialism' のセクション）、あるいは Chandler がある（James Chandler, *England in 1819: The Politics of Literary Culture and the Case of Romantic Historicism*, Chicago: U of Chicago P, 1998, pp. 432-40: 'Emperor and Clown: Keats's Literary Imperialism'）。Wood の本が包括している「ロマン派と視覚（パノラマ）」の問題を、オリエント（あるいはエグゾティズム）の問題で論じた最近のものとしては、Nigel Leask, '"Wandering through Eblis", absorption and containment in Romantic exoticism' in Tim Fulford and Peter Kitson (eds.), *Romanticism and Colonialism: Writing and Empire, 1780-1830* (Cambridge: Cambridge UP, 1998), pp. 164-88 がある。Wood のこの本は、Abramas の「ミラーとランプ」でロマン派を見るのでなく「ランプと magic lantern」の間で見るのだとその姿勢を明示しているということを付言しておく（p. 7）。

（10）「オリエントのオリエント化」という言葉遣いはサイードを参考にした。

（11）Frontispiece to *Alexander von Humboldt und Aime Bonplands Reise* (1807).

（12）この図版は、ナイアガラの持つ歴史的・政治的・美学的などの多岐の視点にわたり考察した名著 Jeremy Adamson (ed.), *Niagara: Two Centuries of Changing Attitudes, 1697-1901* (Washington, DC: The Corcoran Gallery of Art, 1985) に含まれる図版と比較すると興味深い（p. 87）。ロマン派と崇高とその消費の問題についてかつて論じたことがある（Kazuya Okada, 'The Romantic Sublime Moment: Snowdon, Niagara Falls, Devil's Bridge, Helvellyn (The Demythifing of the Romantic Inspiration),'『河井迪男先生退官記念論文集』、一九九三年、英宝社、三三九〜三四六ページ）。また、この図像には表象には、他ならず明白にジェンダーの問題が含まれているが、そうしたフェミニズムのメソドロジーを応用した考察もまた必要であろう。

（13）*Antony and Cleopatra*, act 2 scene 7, ll. 20-19, 26-27. 原文［"The higher Nilus swells / The more it promises; as it ebbs, the seedsman / Upon the slime and ooze scatters his grain, / And shortly harvest. ... Your serpent of Egypt is bred now of your mud by the operation of your sun; so is your crocodile."］

（14）Belzoni による Ghiza のピラミッドについての報告である（April 1818 issue）。

（15）Cf. Irene Tayler, *Blake's Illustrations to the Poems of Gray* (Princeton: Princeton UP, 1971), p. 15. また、当時の雑誌でも "It is universally know that, in Egypt, the Nile is the sole parent of fertility." といった表現がなされた (*Anti-Jacobin* 1803, Vol. XV. May to August , p. 171)。

（16）それぞれ Shelley のソネットは一八一八年一月十一日付けの号の、また、Smith のソネットは同年二月一日付けの号の *The Examiner* に掲載された。

（17）*The Letters of John Keats*, Vol. 1. p. 227.

（18）原文は以下のとおりである。

Month after month the gathered rains descend
Drenching yon secret Aethiopian dells,
And from the desert's ice-girt pinnacles
Where Frost and Heat in strange embraces blend
On Atlas, fields of moist snow half depend.
Girt there with blasts and meteors Tempest dwells
By Nile's aereal urn, with rapid spells
Urging those waters to their mighty end.
O'er Egypt's land of Memory floods are level
And they are thine, O Nile —— and well thou knowest
That soul-sustaining airs and blasts of evil

And fruits and poisons spring where'er thou flowest.
Beware, O Man —— for knowledge must to thee,
Like the great flood to Egypt, ever be.

(19) 原文は以下のとおりである。

It flows through old hushed Egypt and its sands,
Like some grave mighty thought threading a dream,
And times and things, as in that vision, seem
Keeping along it their eternal stands, —
Caves, pillars, pyramids, the shepherd bands
That roamed through the young world, the glory extreme
Of high Sesostris, and that southern beam,
The laughing queen that caught the world's great hands.
Then comes a mightier silence, stern and strong,
As of a world left empty of its throng,
And the void weighs on us; and then we wake,
And hear the *fruitful* stream lapsing along
Twixt villages, and think how we shall take
Our own calm journey on for human sake. ［イタリック体筆者］ (*The Poetical Works of Leigh Hunt*, ed. H. S. Milford Humphrey Milford (London: Oxford UP, 1923), p. 248.

(20) "... the content and manner of Romantic-period orientalist poetry in English, which ... remains orientated towards French, the French Revolution and the Anglo-French world-power rivalry acted out in the Napoleonic wars" (Marilyn Butler, 'Orientalism' in Pirie, David B. (ed.), *The Penguin History of Literature: The Romantic Period* (Harmondsworth: Penguin, 1994), pp. 396). See also, Joseph Lew, "The Necessary Orientalist: The Giaour and Nineteenth-Century Imperialist

Misogyny" in Alan Richardson and Sonia Hofkosh (eds.), *Romanticism, Race, and Imperial Culture, 1780-1934* (Bloomington: Indiana University Press, 1996), pp. 173-202, esp., pp. 180-81. なお、ナポレオンとロマン派について参考になるのは、Simon Bainbridge, *Napoleon and English Romanticism* (Cambridge: Cambridge UP, 1995), Michael Ferber, "Blake and the Two Swords" in Steve Clark and David Worrall (eds.), *Blake in the Nineties* (Basingstoke: Macmillan, 1999), pp. 153-56.

(21) この文脈でさらに一八一九年により絞り込んで当時の政治的背景を取り込んで論じた大著がJames Chandlerの*England in 1819*である（註9を参照）。

(22) Gregory Wassil, 'Keats's Orientalism' in *Studies in Romanticism* 39 (Fall, 2000), p. 432: "a fusion of dichotomous perspectives, the pragmatic English and the fascinated French". さらに、以下の発言も重要（"a critique of the self-fashioning heroics of such figures as Napoleon and especially the French in Egypt and, by association, the English in their expedition into Egypt", Ibid., p. 430).

(23) Butler のオリエンタリズムの意義については、近年出た便利な『ロマン派書誌ガイド』（Michael O'Neill, *Literature of the Romantic Period: A Bibliographical Guide*, Oxford: Oxford UP, 1998）にも含まれている。

(24) Wassil の議論には刺激に富んだ言葉使いが随所に見られる。例えば、"a somewhat marginal figure moved to the metropolitan center by means of the hybrid and discursive practices of the empire" ('Keats's Orientalism' in *Studies in Romanticism* 39 (Fall, 2000), p. 434). Wassil は、negative capability を転用して "negatively capable Nile" と解釈することでその考察を試みているが ("Keats immerses himself without anxiety and finds the power to write against such imperial narrative", p. 433)、これには筆者は少し読み込みすぎの感を覚える。

(25) Nicholas Roe をはじめとする New-Historicist らによって塗り替えられたキーツ像、つまり政治的にして歴史的なキーツの側面（キーツと政治、あるいは歴史化されたキーツ）については大きな概略的なことをかつて述べたことがある（Kazuya Okada, 'Keats Historicised: Poetics of Nature as Politics,' *Hiroshima Studies in English Language and Literature*, 44 (1999), 13-24)。二つの「ハイペリオン」の詩に含まれるエジプトの政治性については、紙面の関係で機会を改めて論じたいと思っている。

（26）Brian Goldberg, ' "Black Gates and Fiery Galleries: Eastern Architecture in *The Fall of Hyperion*" ', *Studies in Romanticism* 39 (Summer, 2000), p. 244. さらに、David Roessel, *In Byron's Shadow: Modern Greece in the English and American Imagination* (New York: Oxford UP, 2001) を参考。また、キーツ・サークルのハズリィッドについてのオリエントの文脈での興味深い論考として、John Whale, 'Indian Jugglers: Hazlitt, Romantic Orientalism and the difference of view' in Tim Fulford, and Peter Kitson, *Romanticism and Colonialism: Writing and Empire, 1780-1830* (Cambridge: Cambridge UP, 1998), pp. 206-20.

（27）これは、サイードの *Culture and Imperialism* 所収の 'The Empire at Work: Verdi's *Aida*' の論文から得た用語使いである。Verdi については、二〇〇一年が没後百年にあたり、アメリカの「19世紀研究協会（NCSA: Nineteenth Century Studies Association）」も広くオペラをはじめとする舞台芸術に観点を定めてその特集を組んだが、筆者はキーツとその当時の演劇の舞台美術におけるエジプシャニズムの問題について発表した（'The Magic Flute and Keats's *The Fall of Hyperion*' [21st Annual Conference: 23 March, 2001, Hollins University, Roanoke, Virginia]）。オペラ演出の視点での興味深い記事が、二〇〇一年の九月十六日付けの「朝日新聞」で、工藤庸子氏によって「帝国主義的ジェンダーに決別」として表されており参考になる。なお、ハントともう一人のキーツ・サークルのロマン派画家であるヘイドンとエジプトの関係については、かつて論じたことがある（Kazuya Okada, 'Egypt and English Romantic Poets,'『英詩評論』第一七号、二〇〇一年六月、一三～二三ページ）。また、近年例外的にキーツのエジプトの問題を論じたものに、Alan Bewell の「ハイペリオン」についての論考があるが、その指摘は喚起するものが多いけれども、その論議を基盤としている "In Keats's plan for the poem, the actions of Apollo would be modeled upon those of Napoleon" (Alan Bewell, 'The Political Implication of Keats's Classicist Aesthetics', *Studies in Romanticism* 25 (Summer, 1986), 221) といった視点、あるいは "... Keats planned the progress of Apollo to be aesthetic rewriting of the progress of Napoleon" (Ibid., p. 224) とする視点には筆者は異なる解釈を持っている。同様に、Marjorie Levinson の Apollo = Napoleon とする図式にも対しても筆者の意見は異なる（Marjorie Levinson, *Keats's Life of Allegory: The Origins of a Style*, Oxford: Basil Blackwell, 1988, pp. 196-98）。その観点から言うと――Marx に多くを負いながら "the connection between poetry and the marketplace" (p. 174) といった新たな視点から資本主義の読みの試みていいて刺激的ではあるが、そのアプローチの方法は筆者と大きく違うことを断った上で——、むしろ Daniel Watkins があらわしたような視点（Chapter 8 in Daniel Watkins, *Keats's Poetry and the Politics of the Imagination*, London: Associate UP, 1989, esp. 23-26）、つまり、Chandler の言葉を借りれば、"post-Napoleonic epic, Hyperion" という観点から「ハイペリオン」の詩は理解されるべきであると筆者は考えている（前掲書、 p. 433）。

（28）原文は以下のとおりである。

Son of the old moon-mountains Africa!
Chief of the pyramid and crocodile!
We call thee fruitful, and, that very while,
A desert fills our seeing's inward span.
Nurse of swart nations since the world began,
Art thou so fruitful? Or dost thou beguile
Such men to honour thee, who, worn with toil,
Rest for a space 'twixt Cairo and Decan?
Oh, may dark fancies err! They surely do.
'Tis ignorance that makes a barren waste
Of all beyond itself. *Thou dost bedew*
Green rushes like our rivers, and dost taste
The pleasant sunrise. Green isles hast thou too.
And to the sea as happily dost haste. ［イタリック体は筆者 (Cf. Allot, p. 308)］

（29）例えば、"great Memnon, that long sitting by / In seeming idleness, with stony eye / Sang at the morning's touch, like poetry." (II, ll. 18-20) という Memnon の像がロマン派的なシンボルのエオリアン・ハープと重ねられている点に注意したい。

（30）Morton Paley, 'Blake and Architecture,' in Richard Wendorf (ed.), *Articulate Images: The Sister Arts from Hogarth to*

Tennyson (Minneapolis: U of Minnesota P, 1983), pp. 188-90; Morton Paley, *The Continuing City: William Blake's Jerusalem* (Oxford: Clarendon Press), p. 89; この headed figure についての書誌的リストを含むものとして、Eugenie R. Freed, ' "In the Darkness of Philisthea": The Design of Plate 78 of Jerusalem' in *Blake / An Illustrated Quarterly*, 32 (Winter), 1998 / 1999, pp. 60-73 を参照。

（31）Cf. John Beer, *Romantic Influences* (New York; Macmillan, 1993), pp. 34-43. Jacob Bryant については、より広い文脈だと、W. D Paden, *Tennyson in Egypt: A Study of the Imagery in His Early Work* (Lawrence: U of Kansas P, 1942), pp. 76-77.

（32）Kazuya Okada (2000). 'Orc under a Veil Revealed: Family Relationships and their Symbols in *Europe* and *The Book of Urizen*,' *Blake/ An Illustrated Quarterly* 34 (Fall 2000), pp. 36-45.

（33）Marilyn Butler, *Rebels and Reactionaries: English Literature and its Background 1760-1830* (Oxford: Oxford UP, 1981, pp. 132-33. なお、キューピッドの女性性についてブレイクは、"Like sweet perfumes I stupefied the masculine perceptions / And kept only the feminine awake. Hence rose, his soft / Delusory love to Palamabron: admiration join'd with envy / Cupidity unconquerable! (*Milton*, plate 10, ll. 5-8)" の表現を参照。Orc の解釈も多様を極めるが、その中で Odin に起源があると指摘するものは、Julia M. Wright, ' "Empire is no More": Odin and Orc in America' in *Blake / An Illustrated Quarterly* (Summer) 1992, 26-29.

（34）ブレイクが描いた性器を蝙蝠にして飛ばす図 (cf. *The Four Zoas*, Night III, Page 42) は、その当時の病んだセックス観のへの創造的皮肉である。なお、最近出版された G. E. Bentley Jr. によるブレイクの伝記 (*The Stranger from Paradise: A Biography of William Blake*, London: Yale UP, 2001) では、Grevel Lindop 氏が指摘する通り E. M. Thompson あるいは Jon Mee などが指摘したブレイクにおける Muggletonian の問題が欠けていてブレイクにおける政治的なバックグラウンドの大切な要素が扱われていないのは残念である（*TLS*, August 31 2001, p. 6）。

（35）Okada (2000). 'Orc under a Veil Revealed: Family Relationships and their Symbols in *Europe* and *The Book of Urizen*,'（註32参照）, p. 44.

（36）『現代詩手帖　一月臨時増刊号：ビートジェネレーション』（思潮社、一九八八年）、三七一ページ。また、アメリカでのブレイクの受容については、フロイト的なリビドーとか生の本能・本質などとしてブレイク的エロスが好まれたからだろう（同雑誌特集号所収の新倉俊一氏の論考「エロス的人間の詩学」を参考にした。特に、三七四、三七九、三八〇ページ）。

（37）さらに、この点は、政治的な意味合いを展開していくと、Lucas　の指摘につながっていく。"Blake's 'love-sick land' lies in waiting for those renewed sexual energies which are at once literal and metaphoric of recovered political and social energies"（John Lucas, *England and Englishness: Ideas of Nationhood in English Poetry 1688-1900*, London: Hogarth Press, 1990, p. 75: もっともここではアポロと Orc との類似だけが指摘されてはいる。なお、同頁には "the promise of an England radical, republican" の議論もあり）。英国としての Albion の死のイメージについても、Lucas はうまくまとめている（Ibid., p. 83; "an aggressively industrializing nation where 'all the Arts of life they chang'd into the Arts of Death in Albion' "）。また、'perfide Albion' という言葉についても Lucas の同書（p. 76）。

（38）Cf. Michael Ferber, 'Blake and the Two Swords' in Steve Clark and David Worrall (eds.), *Blake in the Nineties* (Basingstoke: Macmillan, 1999), pp. 153-72.

（39）例えば、John Drew, *India and the Romantic Imagination* (Delhi; New York: Oxford UP, 1987)、あるいは、Mohammed Sharafuddin, *Islam and Romantic Orientalism: Literary Encounters with the Orient* (London: I. B. Tauris Publisher, 1996) を参照。

（40）"[Said] is wrong in denominating [the 'Orient'] 'a closed system' " (Leask, *British Romantic Writers and the East: Anxieties of Empire*, p. 2). See also Said's *Orientalism*, p. 3: "The definition of Orientalism as 'a Western style for dominating, restructuring, and having authority over the Orient' seems to exclude as much as it defines".

（41）Mohammed Sharafuddin, *Islam and Romantic Orientalism: Literary Encounters with the Orient* (London: I. B. Tauris Publishers, 1994), pp. xix-xx. (また、Sharafuddin にはバイロンについての次のような指摘もみられる。"[Byron] whom Edward Said counts among the Romantics who misrepresented and 'restructured' the Orient and were not 'guided' by their dealings and interaction with it. This, in my opinion, is a limited view of literature as a creative progress towards the discovery of truth and not merely a reflection of the age's social and political tendencies.", Ibid., p. ix.); Saree Makdisi,

Romantic Imperialism: Universal Empire and the Culture of Modernity (Cambridge: Cambridge UP, 1998), p. 12 ("After all, the notion that the Orient is Europe's other is nothing new in and of itself; what is new ... is the specifically romantic mode of understanding both the Orient's otherness and its relationship to other sites of alterity, other zones of anti-modernity.")

(42) Cf. "me / not me" (Reina Lewis, *Gendering Orientalism: Race, Femininity and representation*, London: Routledge, 1996, p. 41).

(43) Cf. Leask, *British Romantic Writers and the East: Anxieties of Empire*, p. 16, "Orientalism establishes a set of polarities in which the Orient is characterized as irrational, exotic, erotic, despotic and heathen, thereby securing the west in contrast as rational, familiar, moral, just and Christian." さらに Lewis は次のような重要なコメントを続けている。つまり、"Eventually, Orientalism as a body of knowledge about the East produced by and for the West came to bypass Oriental sources altogether in a self-referential process of legitimation that endlessly asserted the power of the West to know, speak for and regulate the Orient better than the Orient itself", Ibid., p. 16)。

(44) David G. Riede, 'Tennyson's Poetics of Melancholy and the Imperial Imagination' in *Studies in English Literature* 40-4 (Autumn) 2000, 659-78 (esp. p. 659, "upon current sexist and colonialist discourses, and upon an idiom of eroticized political imperialism"). 当然のようにロマン派とヴィクトリア朝のあり方の違いについては modify されなくてはならない点については、Padan (p. 5 註6参照) が参考になる。また、Grevel Lindop のドゥ・クインシー論も示唆に富む。さらに Mary Loeffelholz にも参照（Mary Loeffelholz, 'Poetry, Slavery, Personification: Maria Lowell's "Africa" ' in *Studies in Romanticism* 38 (1999, Summer), 171-202）。

(45) 原文では "Empire as a Western sickness" である（Michael O'Neill, *Literature of the Romantic Period: A Bibliographical Guide*, Oxford: Oxford UP, 1998, p. 7）。 Cf., Saree Makdisi, "Versions of the East: Byron, Shelley, and the Orient" in Alan Richardson and Sonia Hofkosh (eds.), *Romanticism, Race, and Imperial Culture, 1780-1934* (Bloomington: Indiana UP, 1996), p. 213; Saree Makdisi, *Romantic Imperialism: Universal Empire and the Culture of Modernity*, p. 9.

Thomas Moore [1779-1852]

トマス・ムア
――『ララ・ルーク』あるいは機能不全装置としての空想の東方

河野　賢司

1　東方物語の系譜における亜流の位置づけ

アイルランドの詩人トマス・ムア（Thomas Moore, 1779-1852）の『ララ・ルーク』（*Lalla Rookh*, 1817）は、インドのアウラングゼイブ（Aurunguzebe）帝の末娘ララ・ルークが、父帝の定めた婚約者であるブカリア（Bucharia）国王に嫁ぐべく、デリー（Delhi）からカシミール（Cashmere）まで旅をし、その長旅の退屈さを慰める、カシミール出身の若い詩人フィラモーズ（Feramorz）の巧みな物語に魅せられ、実はこの詩人こそが、彼女の未来の夫だったという大団円に終わる物語である。

近東の異国的事物に対する興味が歌われる、フィラモーズの語る四編の物語詩の内容を略述すれば、悪魔的な自称預言者モカナ（Mokanna）に翻弄される勇士アジム（Azim）と美女ゼリカ（Zelica）との悲恋を歌う「コーラサンのヴェールをまとった預言者」（The Veiled Prophet of Khorassan）、堕落天使の末裔の美妖精ペリ（Peri）が天国に許されるために、神意にかなう最も価値高い捧げ物として罪人の悔悟の涙を捧げる「天国と妖精」

(Paradise and the Peri)、イスラム教徒とゲバーズ(Ghebers; 古代ペルシアの拝火教徒)との抗争を背景に、拝火教徒ハフェド(Hafed)とイスラムの娘ヒンダ(Hinda)の異宗徒間の悲恋を物語る「拝火者」(The Fire-Worshippers)、セリム(Selim)王の愛妻ノーマハル(Nourmahal)が夫と争ってのち、魔術師から教わった呪歌を歌って夫の愛を取り返す「ハレムの光」(The Light of the Harem)である。物語の主要部をなすこれら四編の韻文を散文のナレーションでつなぐ構成がとられ、インド北部の旅物語を枠組みに近東の伝承が語られるという、二重の意味で「東方的」異国情緒に富む作品になっている。

しかしながら、いわゆる「東方物語」(Oriental Novel)と称されるジャンルそのものは、ムアの『ララ・ルーク』が先鞭をつけたわけではなく、ムアに先立っていくつもの東方物が刊行されてきたことは文学史を概観すれば明らかである。

構成面で『ララ・ルーク』に大きな影響を与えたと推測される『アラビアン・ナイト』(*Arabian Nights*)の英訳はすでに一世紀前の一七〇五~八年に刊行されており、歴史家ノウルズ(Richard Knolles, 1550?-1610)が著した『トルコ史』(*Generall Historie of the Turkes*, 1603)は、マホメットの寵愛を受けるギリシア奴隷を描いたジョンソン(Samuel Johnson, 1709-84)の『アイリーニ』(Irene, 1736)のプロットに援用され、『ラセラス』(*Rasselas*, 1759)ではアビシニア(Abyssinia)の王子が扱われている。ベックフォード(William Beckford, 1760?-1844)は、魔女を母に持つ冷酷驕慢なカリフ『ヴァテック』(*Vathek; An Arabian Tale*, 1787)を著し、バイロン(George Gordon Noel Byron, 1788-1824)はトルコの太守(Seyd)に捕らえられた海賊コンラッド(Conrad)の冒険譚を『海賊』(*The Corsair*, 1814)で、愛人リーラ(Leila)をその主人ハッサン(Hassan)に殺された男の復讐劇を『異端外道』(*The Giaour*, 1813)で描き、「東洋的色付け」の濃い作品となっている。(『ララ・ルーク』

が完成に五年以上の歳月を要する遅筆になったのは、一年以上前に書き始めながら、このバイロンの『異端外道』に先を越され、同じジャンルで「二番煎じ」となることを危惧したためと推測されている。）さらに、桂冠詩人サウジー（Robert Southey, 1774-1843）もインド神話に取材して、悪玉ケハーマ（Kehama）の息子の手からわが娘を守ろうとしたために王から呪いを受けた農夫ラドゥーラド（Ladurlad）の悲劇を物語詩『ケハーマ王の呪い』（*The Curse of Kehama*, 1810）で描いてみせた。

つまり『ララ・ルーク』は、十八世紀から始まるこうした東方物語流行において後塵を拝した印象が拭えず、しかも大方の東方物の運命を辿るかのように閑却され、多くの読者をこんにちなお得ているとはいいがたい。傑出した東方物語の代表作ではかならずしもない、という意味では、『ララ・ルーク』はこのジャンルの亜流（エピゴーネン）の地位にとどまるのである。

2　資料と想像力の産物としての『ララ・ルーク』

先述した他の東方物語の一群からこの『ララ・ルーク』を区別して特徴づけるものは、『ララ・ルーク』巻末につけられたムア自身の手になる夥しい注釈である。その数は実に三八七項目、量的にはテキスト本文の四分の一にあたる八〇頁に達している。もちろん読者の娯楽を本意とする物語詩であるから、刊行年や出版社などの厳密な書誌を研究論文のようにことごとく明らかにしているわけではないが、それでも書名紹介と詳細な引用を基本に、一部には頁数も記載している。これを一種の衒学趣味と否定的にとらえることも可能であろうが、自らの虚構作品を支える重要な典拠の種明かしを敢えて行なう姿勢に、ムアの知的誠実さをみることもできよう。しかしながら、この注釈集の存在は、ムアの『ララ・ルーク』の描く世界が、ひとえに文献情報から構築されたものであったことを自ずから暴露している。

実際、伝記作家サイミントン（Andrew James Symington）の叙述によれば、ムアは一八一三年から十六年にかけての歳月をイングランド中部ダービシャー州のメイフィールド（Mayfield, Derbyshire）にある山荘に——一八一一年に彼の年齢の半分の芳紀十六歳の女優エリザベス（Elizabeth Dyke）と結婚して間もない時期だというのに——ずっとひとりで蟄居して過ごし、厳冬の雪のさなかでも遥か遠い東方の明るい光景を頭に思い描くことができたのだという。(1)

つまり『ララ・ルーク』は、実際にはインドをはじめとする現地に一歩も足を踏み入れたことのない西洋作家が、入手できるかぎりの夥しい文献を渉猟し、詩的想像力でのみ書き上げた作品であることがわかる。したがって、『ララ・ルーク』のなかの異国の自然描写や風俗、文化をめぐる記述は、西洋人全般のステレオタイプから脱却できずにいる。シリアのダマスカス生れの批評家ラナ・カッバニ（Rana Kabbani, 1958-）は『帝国文学——ヨーロッパの東洋神話』のなかで次のように述べている。

ムアのロマンスは、想像上の東洋の姿についての陳腐な詳細、つまり、愛に思い悩んでは欲望の息をもらす、雌鹿のようなあどけない眼をした大勢の女性たち、彼女らを虜にする邪悪な男たち、豪華な宴会、豪奢なブロケード織やカシミヤ織、宝石、香水、音楽、舞踊、詩を含んでいる。…ムアは歴史も伝説もまったく区別していないのだ。(2)

現実と物語とのこうした乖離を端的に実証してくれるのは、『ララ・ルーク』刊行の十数年後に出版された、フランス人旅行家ヴィクトール・ジャックモン（Victor Jacquemont, 1801-32）の『インド便り』（*Letters from India*）である。二〇歳の若さでパリ博物学協会の創設者に名をつらね、アメリカやハイチを経て一八三〇年にインドへ官費派遣された自然科学者であると同時に、スタンダール（Stendhal, 1783-1842）やメリメ（Prosper Mérimée, 1803-70）とも親交が篤く、その観察眼や洞察力に富む文筆には定評があるジャックモンは、一八三一年一月二十九日の書簡において、ムアが『ララ・ルーク』で描写した「羚羊《かもしか》たちが埋め尽くす湿原がのぞめる、ベンガルボダイジュの聖なる木陰」と、現実に彼が遭遇した荒涼たる平原との違いを指摘して、次のように不平をもらしている。

トマス・ムアは香料商人であるばかりか、おまけに嘘つきです。かつてララ・ルークが辿ったのと同じ道程を私はいま進んでいるのですが、デリーを出てからほとんど樹木一本見えやしません。インドの運命がこれまでにいくたびか決定づけられた有名な草原に野営を張っています。ここは密林に覆われた広大な平原で、虎がうじゃうじゃいるとの噂です。しかしいまのところ、孔雀を数羽見かけただけで、一羽を仕留めました。(3)

あるいは、ララ・ルーク出立の日、「『薔薇散らし』と呼ばれるペルシアの祭りのように、大勢の可愛らしい子どもたちが最も美しい花々を町中に撒き散らし、ついにはまるでコーテンから来た麝香《じゃこう》の隊商が通ったかのように、市内のいたるところが馥郁《ふくいく》たる香りに包まれました」(4)とある記述に関して、あたかも薔薇祭りを頻繁な年中行事と期待していたのか、同年一月一〇日の父親宛ての書簡で、次のように失望している。

デリー郊外の美しい白薔薇はもう摘んだか、とお尋ねかも知れません。国中を芳香で包む白薔薇の話は眉に唾をつけたほうがいいです。ずっと探し回っていますが、まだ一輪も見つかりません。世界一の薔薇はパリの薔薇です。デリー近辺に素晴らしいものがないというわけではありませんが、薔薇はとてもまれです。(5)

ララ・ルーク婚礼の地カシミールのシャリマー宮殿近くにある、「舟で覆い尽くされた、輝く湖」(6)もジャックモンにはいささか期待外れに終わったらしい。同年五月一六日の書簡である。

先週から当地［カシミール］にいて、逗留先は素敵なバンガロウで、この気持ちのいい湖畔（パルナサスの男たちの嘘をつく慣習を真にうけて、この湖をムアは余りにも美化しすぎています）にあります。周囲には母国フランスの樹木が植樹された庭があり、朝の散歩で薔薇を摘みます。(7)

もちろん、ムアはインド地方の実用的トラベル・ガイドを意図して『ララ・ルーク』を執筆したのではない。事実と虚構をいたずらに混同したかにみえるジャックモンの憤りや幻滅はあまりにもナイーブな反応といえるかもしれない。だが、この擦れ違いの挿話が示唆しているのは、いかに純然たる虚構作品であろうとも、絶大な人気を博した文学作品というものは、異文化への固定化されたイメージ形成に無意識のうちに甚大な影響力を振うものだという事実である。このフランス人旅行者はムアが空想で描いたインドを懸命に確認しようとしたのだから。

3　なぜ、「チューリップ」の頬なのか

『ララ・ルーク』という標題が主人公の王女の名前に由来することは前章で述べたとおりだが、この耳慣れない響きのペルシア語の語彙が、「チューリップの頬」を意味することの多義性について、ここでは考えてみたい。[8] この表現は第一義的には、ララ・ルークの溌剌たる若さを示す「血色のよい頬」という意味合いで使用されていることは、次の一節から明白であろう。

彼女の心に落ちた暗い陰はやがて頬へと進み、お付きの女官たちが口惜しくも目の当たりにしたのは——その原因に察しがつかぬわけではなかったが——わがごとのように誇らしく思っていた女主人の美貌が、もっとも必要とされるときに色褪せていたことだった。ブカリア王はなんと感じることだろうか、いきいきとして美しいララ・ルークではなく、その頬に健康も喜びも輝いてはおらず、目からは愛情がすでに逃げ出して——心のなかに閉じこもってしまった、蒼褪めて活力の失せた生け贄を迎えようとは！[9]

だが、色彩表現は文化に規定される傾向が強く、「赤い頬」を表す比喩は通例、日本語では「林檎のような」、

英語では「薔薇のような」が一般的である。ムアが頬の赤らみの形容にチューリップを用いた斬新な着想は、いったいどのようにして生まれたのであろうか。一つには、実際にこの花が、「ターバン」に語源を溯ることが示すように、イスラム圏原産の植物であり、一六八五年頃に描かれたインドの細密画にチューリップが確認できることを園芸評論家アンナ・パヴォード（Anna Pavord）は挿絵で指摘している。パヴォードによれば、

偉大なバーブルが一五二六年にパーニパットの戦いに勝利して以来、インドのムガール朝では庭作りが盛んだった。バーブル自身が気にいっていた庭はカブールにあった。彼の曾孫にあたるジャハンギールも庭作りに熱中し、しかもその才能をもった王だった。彼のお気に入りの庭はカシミールにあった。一六二〇年にカシミールを訪れた時、王は「春を魅了するかのように、丘や平原は花であふれている。宴会場を飾るチューリップが、まるでたいまつのように門や壁、中庭や屋根を明るくしている」と記述している。(10)

だがチューリップは、「東方物語」の脚色に欠かせぬ小道具の定番であったばかりではない。「栽培条件がオランダと非常によく似ている」(11)ためにムアの母国「アイルランドでよく育った」(12)たらしいこの花が、異国からの移入品種として当時、ことのほか珍重され、「チューリップ年表」によれば、『ララ・ルーク』出版後まもない一八三〇から一八五〇年の間は、「チューリップ熱」(tulipomania) とも称されるほど、「イギリスでの熱狂が頂点にある」時期を迎えている。(13)チューリップ流行をいちはやく敏感に感じとったムアが、この花の異国読みを主人公に命名したとしてもさほど驚くにはあたらないだろう。「二つの唇」(two lips) と言語遊戯され、激しい恋や雄弁、愛の宣言を象徴するこの花が、(14)異国情緒に溢れるロマンスの標題にもともと相応しいのは言うまで

もない。
ムアが「チューリップ」に関心を寄せたもうひとつの理由は、この花の移入起源に溯る、アイルランド社会での政治的象徴性であるかもしれない。ふたたびパヴォードによれば、
フロリスト協会はアイルランドでも盛んで、一七四六年にダブリン・フロリスト協会が設立されている。その設立の中心になったのは、ボイン川の戦い（一六九〇年）で、ウィリアム三世（オレニエ公ウィレム）に味方して戦ったユグノー連隊の将校だった。そうした将校は広大な土地を与えられた。チューリップはフランドルとユグノーの栽培家にとって特別な花だった。球根は高値だが、簡単に持ち運ぶことができるから、ヨーロッパ大陸での宗教的迫害を逃れたユグノーの定住地はどこにでも、チューリップは広がっていた。ユグノーはチューリップを同僚に判定してもらうために、ダブリン・フロリスト協会に持ち込んだ。[2]
アイルランドの南部や東部の庭は長い間、古いタイプのチューリップを愛する人々にとって絶好の球根探しの場だった。そこにはボイン川の戦いの後、初期のユグノーがもってきた球根の子孫もあったのだ。昔の美しいユリのような花を付ける「ミセス・ムーン」は、黄色で甘い香りのするチューリップである。この花はバドラー夫人というアイルランド人の庭で、突然姿を現した。[16]
すなわち、チューリップこそは、ボイン川の戦いでプロテスタントのウィリアム三世を支援したオランダの

ユグノーたちがもたらした花であり、オレンジメンたちが愛好する品種なのであった。つまり、単に「チューリップ熱」に浮かれはじめた社会風潮に乗ったばかりでなく、アイルランド支配者階級であるプロテスタントたちの誇りをくすぐる素材をムアはいみじくも選んだわけである。

ムアが英国で『ララ・ルーク』執筆に専心していた一八一〇年代は、アイルランド人にとっては政治的無力感に苛まれる時代だった。一七九八年の「ユナイテッド・アイリッシュメン」の武装蜂起が鎮圧されたのち、一八〇一年には併合法が施行され、政治・経済的に英国統治の枠組みにアイルランドは組み込まれた。ムアの昵懇の学友エメット（Robert Emmet, 1778-1803）による一八〇三年の蜂起もすぐに頓挫し、アイルランドが英国支配への宗教的抵抗を徐々に示していく二十年代（二三年のカトリック協会設立、二八年のオコンネルのクレア州補選当選、二九年のカトリック解放令）は、まだ少し先だった。ダブリン出身のカトリック商人の息子であったムアが、詩人としての名声を不動のものとするためには、故郷アイルランドの貧しい庶民よりも英国の富裕階級の愛顧を考慮に入れなければならない時代であり、とかく「貴族志向」と批判されるムアの特質もこうした「併合初期」の時代背景を念頭に置かなければ公平を欠くであろう。

4　ムアのナショナリズム評価の不当な厳しさ

アイルランド本国でのムアの評価はまったく二分されている。一般的にはW・B・イェイツ（W. B. Yeats, 1865-1939）と並び称される「国民詩人」として多くの国民に愛唱される人気作家であるものの、一部の知識人やナショナリストたちからは手厳しい批判を受けているのも事実である。かれらはムアを、「ロンドン社交界の空疎な愉悦のために、アイルランド歌曲を糖衣にくるんで質を低下させたステージ・アイリッシュ詩人」、「お茶一杯のために家督権を売り払ったへぼ詩人」、「英国人のアイルランド観を歪曲するのに手を貸した、もっとも卑劣な立身出世主義者」とみなしているという。[17] たとえばシェイマス・ヒーニー（Seamus Heaney, 1939-）もムアの詩を「軽すぎ、懐柔的すぎ、被植民地的すぎ」[18]と批判しているし、『フィールド・デイ・アンソロジー』（*Field Day Anthology of Irish Writing*）の編集代表シェイマス・ディーン（Saemus Deane, 1940-）は、ムアの『アイルランド歌曲集』（*Irish Melodies*, 1807-34）は、英国の読者層の支配的嗜好に迎合するような形でゲールの伝統を「ハイカラなものにした」（'civilize'）にすぎず、ムアの技巧的文体の優雅さは植民地支配者への追従に他ならないと非難している。[19] だが、『アイルランド歌曲集』には、被告人エメットの最終弁論に取材した「おお、彼の名を囁くなかれ」（'O Breathe Not His Name'）に代表される愛国的主題の詩も含まれているし、「腐敗と不寛容」（*Corruption and Intolerance*, 1808）という長詩では、併合法通過の陰謀や狭隘なアイルランド政策が糾弾されており、ムアが帝国主義の走狗であるかのような批判は決して妥当なものではない。このことをディーンが知らないはずがない以上、ナショナリズムについての彼の判断基準は相当に厳格なものなのだろうと推測される。おそらくは、中産階級や上流階級の居間で優雅に演奏される『アイルランド歌曲集』の洗練された受容のされかた自体が敵視され、隷属的植民地支配を受けたアイルランドの民族精神を体現するものとしてはとうてい認められない、という根強い反感がディーンたちにはあるのかもしれない。

『アイルランド歌曲集』をめぐる厳しい評価はひとまず措くとして、翻って『ララ・ルーク』には、ディーンがアイルランド作家に望むような、アイルランド精神を鼓舞し、将来の政治的独立を促すような要素が、果たして微塵も存在しないのだろうか。

アルスター大学のロバート・ウェルチ教授（Robert Welch, 1947-）は、ムアの詩的想像力は風刺と空想の二つの異なる方向に向けられたと論じ、後者の例として『ララ・ルーク』の第三物語「拝火者」が扱う近東地域、なかでも「イラン」（Iran）の存在に着目し、この語は「エラン」（Erin）、つまりアイルランドを暗示する「原ジョイス的な用語法」であり、政治的な含意がかなり強い、と興味深い指摘をしている。しかしながら、『ララ・ルーク』詩全般の印象は、洗練されたイスラムを彷彿させる内容（マライア・エッジワースの『不在地主』がそうであるように、これは当時の流行である、とウェルチは言う）と豊かな香気に富む文体によって、東方についてほとんど無知だったムア――この点は、『ララ・ルーク』の夥しい注釈を考えれば当然、反論の余地が残るが――が、想像力を心地好く横溢させた作品である、と述べるにとどまり、ナショナリズムの問題は掘り下げられていない。[20]

5　機能しなかった寓喩的装置としての東方

三千ギニーという巨額の前金をロングマン社から執筆前に支給され、刊行後二週間で初版を完売、六か月で第六版に達するという著しい成功を収めたムアの『ララ・ルーク』は、こんにちから振りかえってみれば、すでに述べたように東方物語の亜流作品としてほとんど忘れ去られている。描かれた架空の東方世界が現実と錯覚されて取り違えられる事例や、標題の「チューリップの頬」の多様な含意、アイルランドでの評価の毀誉褒貶についても触れてきた。だが、結局のところ、この作品は果たしてアイルランド社会や精神に稗益するところが大であったのだろうか。それともむしろ弊害の方が大きかったのだろうか。呆気ないほど唐突な大団円で幕を閉じる物語の安易さこそが、この作品の弱点ともいえる本質を如実に示しているように思われる。

親の恣意的な命令に従って未だ見ぬ婚約者のもとへ嫁がせられるララ・ルークの運命は、見方によっては、併合法によって英国との契りを強制的に結ばせられたアイルランドの不本意な運命になぞらえることができる。東方の設定は、巧妙に操作さえすれば、植民地下の母国の窮状をアナロジカルに浮き彫りにする格好の装置として機能できたはずである。ところが、心底から愛することは叶わぬ人と嘆いていた他国の王子が、実は自分が徐々に愛着を抱いていた理想の詩人だった、という荒唐無稽でハーレクィン・ロマン的な結末は、英国が長期的にみれば、アイルランドにとってもっとも相応しい優れたパートナーである、という皮肉な結論を暗示するものと解釈されかねない。むしろ、運命に翻弄され、強大な権力のなぶりものになる哀れな女性としてララ・ルークが描かれていれば、アイルランドの人々はその苦悩する女性像に自らの姿を読み込み、ナショナリズムの意識を掻き立てられていたのではないだろうか。ケルト民族の英雄をあからさまに引き合いにだすことを避け、植民地支配からの脱却へと国民を先導する潜在力すら秘めた「東方の王女」という寓喩的な戦略装置が、ムアの『ララ・ルーク』の急転直下の至福到来では、英国こそは理想の伴侶という甘い偽りの幻想を国民に吹き込み、植民地支配を温存させるのに好都合な夢物語としてしか機能しなかったのではないだろうか。つまり、『ララ・ルーク』の東方世界は、ムアが意図していたかどうかは別として、植民地の人々の独立の意志を去勢し、帝国主義支配を隠微に強化する方向に作用した側面があると指摘せざるを得ないのである。

かつてユグノーたちが移入したチューリップの球根は巧みな異種交配を経てアイルランドの土壌に根付き、

独自の花を咲かせたかもしれないが、ムーアの『ララ・ルーク』は、政治的あるいは文化的独立を模索するアイルランド民衆の精神の伝統のなかに確固たる根を張るには至らなかった。キャスリーン・ニ・フーリハン、ダーク・ロザリーン、シャン・ヴァン・ボッホトをはじめ、凛とした勇気をもって逆境に立ち向かう女性の姿にしばしばその運命を仮託されてきたアイルランドが、ララ・ルークを同様の表象のヴァリエイションとして援用することがなかったのは、他力本願の僥幸にただ自足するだけの東方の王女の依存性を考えれば、すこしも驚くにはあたらないであろう。

註

（1）Andrew James Symington, *Thomas Moore, The Poet, His life and Works* (London: Blackie & Son, 1880), p. 58.

（2）Rana Kabbani, *Imperial Fictions: Europe's Myths of Orient* (London: Pandora, 1988 / 94), p. 34.

（3）Victor Jacquemont, *Letters from India* (Karachi, Pakistan: Oxford UP,1979), repr. of 1834 edn., Vol. I, p. 368. 原文 [Thomas Moore is not only a perfumer, but a liar to boot. I am now pursuing the same route that Lalla Rookh formerly did, and I have scarcely seen a single tree since I left Delhi. I am encamped here on the celebrated field where the fate of India has been several times decided: it is a vast plain, covered with jungles, and full, they say, of tigers; but I have only seen a few peacocks, one of which I shot.]

（4）Thomas Moore, *Lalla Rookh* (London: Darf Publishers, 1986), p. 2.『ララ・ルーク』のテキストは稀覯本をはじめかなりの種類が刊行されているが、ここでは入手が容易で挿絵の豊富な紙装版を用いた。ただし、この版にはムアの序文や巻末注釈はなく、注釈に関する言及は *Lalla Rookh* (New York: Thomas Y. Crowell, [1892]n. d.) を参照した。

（5）*Letters from India,* Vol. I, p. 356. 原文 [You ask me if I have gathered any of the beautiful white roses of the environs of Delhi? Be you suspicious of those floweres which embalm the whole country. I am still in search of them, without having seen any… The finest roses in the world are those of Paris. Not that fine things are wanting round Delhi, but roses are very scarce.]

（6） *Lalla Rookh*, p. 294.

（7） *Letters from India*, Vol. II, pp. 70-71. 原文 [...here have I been, for the last week, settled in a handsome bungalow, on the banks of this agreeable lake (which Moore, however, has by far too much embellished, according to the lying custom of the gentlemen of Parnassus), in the midst of a garden planted with trees of our own country, where I gather roses in my morning's walk.]

（8） ナボコフの『ロリータ』の有名な冒頭にあるように、L音の連続する「ララ」は滑らかに舌が口蓋を舐め、官能的な響きがあるように思われるのだが、意外なことにムアはヒロインの名前が軽やかに発音されないことを憂慮していた。これに対してバイロンは、自作の『異端外道』（*The Gaiour*）の単語 "gaiour"「ジャウア」はこんにちまったく世人の口の端にのぼらぬことを引いて、自分は「難解な標題が気に入っている」（'I like a tough title' ― 一八一七年三月二五日、ムア宛て書簡）として支持している。Benita Eisler, *Byron: Child of Passion, Fool of Fame* (London: Hamish Hamilton, 1999), p. 562.

一方ジャックモンは、「ルーク」の発音と『ララ・ルーク』の過剰な装飾文体について辟易しながら、次のように記している。〈『ララ・ルーク』は、きちんとペルシア語の「ク」を発音するには、わざと魚の骨を喉に詰まらせない限り発音できるものではありませんが、私の蔵書の一部です。しかしうんざりしています。この文体で一頁なら楽しめるでしょうが、三十頁（しかもムアの物語はそれ以上の長さ）となると気分が悪くなります。最高の音楽も二時間半なら楽しめますが、それ以上だと疲れて不快です。ラマルティーヌの調和のとれた夢想は一時間の無聊ならひきつけられますが、彼の最良の詩でも一〇も十二も続けて読むのは不可能です。シャトウブリアンの絵画的文体は新聞の二欄目までなら楽しいですが、パンフレットですら退屈で、小説となると我慢できません。しかしながら、中身がよくわからないながらも、英語を学ぶときには、『ララ・ルーク』を読もうという気になったのです。〉 (*Letters from India*, Vol. II, p. 72.) ("*Lalla Rookh*, whose Persian name you will never be able to pronounce unless you choke yourself on purpose with a fish-bone, in order to utter the Persian *kh* properly, forms a part of my library; but I am tired of it. A page of this style would perhaps please; but thirty (and all his tales are longer) make one sick. So the finest music pleases for two hours and a half, but fatigues and annoys, if prolonged beyond; so one of Lamartine's harmonious reveries may charm in an hour of idleness, but it is impossible to read in succession ten or twelve of his best poems; and so Chateaubriand amuses by his picturesque style, as far as the second column of a newspaper: but he is tiresome even in a pamphlet, and intolerable in a romance. However, without knowing much of the matter, you intended, when you learnt English, to read *Lalla Rookh*.")

（9）*Lalla Rookh*, pp. 289-291.

（10）アンナ・パヴォード著、白幡節子訳『チューリップ――ヨーロッパを狂わせた花の歴史』（大修館書店、二〇〇一年）、一四～一五ページ。

（11）パヴォード、二四五ページ。

（12）パヴォード、二三五ページ。

（13）パヴォード、二五九ページ。

（14）赤祖父哲二編『英語イメージ辞典』（三省堂、一九八六年）、三四一ページ。

（15）パヴォード、一八一ページ。

（16）パヴォード、二三五ページ。

（17）Anne H. Brady & Brian Cleeve, *A Biographical Dictionary of Irish Writers* (Mullingar, Co. Westmeath: The Lilliput Press, 1985), p. 169.

（18）James W. Flannery, *Dear Harp of My Country: The Irish Melodies of Thomas Moore* (Nashville, Tennessee: J. S. Sanders & Company, 1997), p. 115. 原文 [Too light, too conciliatory, too *colonisé*]

（19）Flannery, p. 115.

（20）Robert Welch, *Irish Poetry from Moore to Yeats* (Gerrards Cross: Colin Smythe, 1980), pp. 40-41.

Oscar Wilde [1854-1900]

オスカー・ワイルド
——隠喩としての階級とドリアン・グレイの消された父

道木　一弘

1　はじめに

一九〇九年三月、ジェイムズ・ジョイス（James Joyce, 1882-1941）は、「オスカー・ワイルド——サロメの詩人」（'Oscar Wilde: the Poet of "Salomé" '）と題した短いエッセイを、亡命先のトリエステの新聞に寄稿している。[1]ジョイスはこの中で、同郷の先輩作家ワイルド（Oscar Wilde, 1854-1900）がオックスフォード大学で受けた教育と、それに続く彼のロンドンでの成功、及び同性愛スキャンダルによる急激な没落についてふれ、ワイルドが当時のイギリス社会のスケープゴートであったと断定する。

ウォルター・ペイター（Walter Pater, 1839-94）の美学論が芸術をヴィクトリア朝道徳から切り離し、イギリス世紀末の芸術運動の精神的拠り所となったこと、また彼のデカダンス賛美が同性愛を許容する方向性を持っていたことはよく知られている。[2]ワイルドは、オックスフォード時代にペイターと出会い、その『ルネッサンス史研究』（*Studies in the History of the Renaissance*, 1873）から生涯にわたる強い影響を受けたのである。[3]しかし、ここでジョイスが指摘するのは、ワイルドの没落がペイターの美学の一つの帰結であったということではない。彼の主張は、ワイルドこそ、当時のイギリス社会そのものが持つ「隠蔽性」と「抑制」の、「論理的」かつ「必然的」な帰結であったということなのである。

ジョイスにとって、ワイルドの没落は、決して前衛的な芸術理論や、また彼の特異な性格や嗜好によるものではなかった。事実はむしろその逆で、植民地アイルランド出身のワイルドが、イギリス社会の高度な文化および生活スタイルを自らのものとし、「イギリス人以上にイギリス人らしく」なってしまった結果もたらされた悲劇であったのだ。(4) ワイルドのもつこのパラドクスを、ジョイスは逸早く見抜いたわけだが、それは取りも直さず、同じことがジョイス自身も含め、イギリスの植民地出身の多くの知識人に十分起こりうることに彼が気付いていたからに他ならない。とすれば、ワイルドが直面した問題とは、後にV・S・ナイポール（V. S. Naipaul, 1932-）が『物真似屋』（*The Mimic Men*, 1967）で描き、ホーミ・バーバ（Homi K. Bhabha, 1949-）によって理論化されたミミクリ（物真似）という考え方、すなわち植民地における主体形成のアンビヴァレンスと、それに基づいた植民地的支配構造の脱構築の可能性とも係わる極めて今日的な問題として捉え直すこともできるはずである。(5)

ただし、私の関心はミミクリという問題そのものにあるのではない。ワイルドの小説『ドリアン・グレイの肖像』（*The Picture of Dorian Gray*, 1891）を社会的及び歴史的なコンテクストから分析することをとおして、テクストに隠蔽された階級問題を明らかにし、それを一つの隠喩として、植民地における主体形成の問題を解き明かしたいのである。

具体的には、先ずこの物語の主要な登場人物三人の関係を、主に精神分析的な観点から解釈し、ドリアンがヘンリー卿とバジルの複合的な欲望を身代わりとして生きる者、すなわちダミーであることを明らかにする。次にバジルのもつ階級的な曖昧性を取り上げ、それがイギリスの階級制度及びその副産物ともいうべき「ジェントルマン」という言葉の歴史的意味を反映したものであることと、その曖昧性がドリアンにおいて一層重層化していることを論じる。その後、西欧的な主体の形成という問題を一般的に広めるのに大きな役割を担ったと思われる「語り」の形式、いわゆる教養小説（*Bildungsroman*）にまで遡り、フランコ・モレッティ（Franco Moretti, 1950-）の教養小説の理論を拠り所として、その形式がワイルドの作品において如何に受継がれ、あるいは変容しているのかという問題を取り上げる。(6) 最後にこうした議論を踏まえた上で、作品の中でわずかに言及されるドリアンの父親の正体について考えたい。

2　ダミーとしてのドリアン

『ドリアン・グレイの肖像』の冒頭部分で、物語を構成する三人の男達が登場する。上流階級出身のヘンリー卿、彼の友人で生真面目な画家のバジル、そしてバジルの絵のモデルをつとめる物語の主人公、美青年ドリアン・グレイである。ドリアンの肖像画は既にほぼ完成しているが、この日ヘンリー卿と初めて出会ったことで、彼はそれまで全く知らなかった思想へと導かれる。一言でいえば、それは美による自己完成、ヘレニズム的人間観によるヴィクトリア朝道徳の超克である。だが、ここで先ず注目したいのは、ヘンリー卿の言葉そのものの持つ力、彼の言葉がドリアンの意識のあり方に対してもつ役割である。

三人はバジルのアトリエで出会うのだが、画家は初めからヘンリー卿の言葉がドリアンに与える影響をひどく恐れている。そして、成りゆき上、肖像画製作の場面にヘンリー卿の立会いを認めざるを得なくなったとき、彼はドリアンに向かって、ヘンリー卿は「悪い影響」をあたえるから、その言葉に一切耳を傾けないようにと忠告する。当惑するドリアンを前に、ヘンリー卿は「全ての影響は非道徳的である」と言明し、その理由を以下のように語るのである。

何故なら、人に影響を与えるということは、人に自分の魂を与えるということなのです。その結果、人は生来の思考を失ったり、本来持っていたはずの情熱を燃やすことができなくなってしまうのです。彼にとって、自分の美徳は本物ではなくなり、罪というものがあるとしても、それさえ彼にとっては借り物にしか過ぎなくなるのです。彼は、誰か別の人間が奏でる音楽のこだまとなり、彼のために書かれたのではない役割を演じることになってしまう。自分自身の本質を完全に実現すること、それこそが、我々一人一人が存在する理由なのです。今日、人々は自分自身を恐れている。人々は最も崇高な義務、人が自分自身に対して負っている義務を忘れているのです。(7)

ここに示されるのは、二つのパラドクスである。第一のパラドクスは、ヘンリー卿の言葉が、人に影響を与えること、また人から影響を受けることの危険性を指摘しながら、正にこの言葉そのものが聞き手に対して決定的な影響力を発揮する点にある。事実、ここで述べられていることは、その後のドリアン自身の生き方を大きく左右するのだ。ヘンリー卿の巧みな話術と華麗な言葉はドリアンを魅了し、彼は知らず知らずのうちにへンリー卿の言葉によって思考し始めるのである。そして、それこそが第二のパラドクス、より本質的なパラドクスである。ドリアンの生に対する目覚め、単純な自我の欲望を超えた生きる目的、「自分自身に対して負っている義務」への覚醒は、ヘンリー卿という他者の言葉を自らの内に取り込むことによって初めて可能となるのである。つまり卿の言葉が指し示すもの、他者の欲望を内面化することによって、主体としてのドリアンが「誕生する」のである。

ドリアンに生じたこの劇的な変化をバジルは見逃さない。画家はそこに「それまでに見たことがないような表情」を見出し、その表情に触発されて作品を一気に完成させるのである。その結果出来上がった肖像画はバジルにとって生涯の傑作というべきもので、それを見せられたドリアンは「あたかも生まれて初めて自分自身を認識したかのように、喜びの表情をたたえる」のである。自意識とは他者の視線＝欲望を介して自己を認識することであるとすれば、ドリアンは正にバジルの視線とその欲望を反映した肖像画によって自らを認識するのである。事実、バジルは「絵の中に自分自身の魂の秘密が描かれている」ことを理由に、完成した肖像画を展覧会に出すことを強く否定する。この点について、ヴィッキー・マハフィー（Vicki Mahaffey）は次のように述べている。

バジルの絵は、彼自身が求める自分の美しいイメージとドリアンの（本物の）身体とが融合したものである。彼は絵を描くことで、そうなりたいものとしての自分を描くと同時に、そのような自らの欲望を写し出し、支えるものとしてドリアンを永久に固定したのである。(8)

つまり、この場面は、一人の人間が精神的また社会的に生み出される寓意であるだけでなく、ドリアンがヘンリー卿の言葉とバジルの絵によって、すなわち二人の男性の欲望が交錯することで初めて存在し始める瞬間でもあるのだ。こうしてドリアンは、いわば二人のダミーとしての生を生きはじめるのである。

3　階級問題と「新しいジェントルマン」

三人の出合いの場面が寓意的であるのは、ドリアンという一人の人間がヘンリー卿の言葉とバジルの絵によって生まれるからというだけではない。この三人の関係は、世紀末イギリス社会と、その中に置かれた個人の係わり方を象徴的に表してもいるのだ。

ドリアンのヘレニズム的な美に引き付けられ、同時に彼を、美と快楽による自己形成という思想によって魅了するヘンリー卿は、ペイターの美学論と、それを発展させた世紀末的な快楽主義を代弁している。また、階級に関して言えば、その称号が示すとおり彼は明らかに上流階級に属しているが、それは彼の親族の有閑階級らしい生活振りによっても明らかであろう。

これに対して、同じくドリアンの美しさに引かれながらも、バジルはヘンリー卿の快楽主義には批判的である。また階級についてはヘンリー卿の場合ほどバジルの階級は明確ではない。例えば彼はオックスフォード大学でヘンリーの級友であった。しかし、後で詳しく述べるように、そのことは彼が上流階級であることを必ずしも意味しない。また、彼は確かに社交界へしばしば顔を出している。しかしこれも、彼自身述べるように、自分の作品を買ってくれるようなパトロンとのコネクションを得るためであって、彼はそこに決して居心地の良さを感じてはいないようなのだ。

つまり、バジルの階級は極めて曖昧なのだ。少なくともヘンリー卿と同じ階級に属しているとは考え難いのである。そしてこのことは、階級をめぐるヘンリー卿とバジルの会話の中に微妙な不協和音として反響する。先に口を開くのはヘンリー卿である。

「上流階級の悪徳に対してイギリスの民衆が抱いている怒りに、僕は大変共感を覚えるよ。大衆は、泥酔や愚行、また破廉恥な行為が、自分達だけの特別な所有物だと考えているのさ、そしてもし、我々の誰かが馬鹿をやったら、そいつは彼等の領地を荒らしているってわけだ。哀れなサザークが離婚裁判に巻き込まれたとき、連中の騒ぎようといったらなかったよ。だがね、無産市民の一割だって、まともな生活なんてしちゃいないはずさ。」

「君の意見には全く同意できないな。それに、ハリー、君自身だって、決してそんなことを信じてはいないはずだ。」(9)

持って回った表現を別にすれば、ここでハリーことヘンリー卿が主張するのは、イギリスの大衆が上流階級に対して腹をたてるのは、いわば自分自身の過ちをそこに見るからだということである。

だが、先ず注目したいのはヘンリー卿の言葉使いである。彼は自分が属する「上流階級」(the upper orders)に対して、それ以外の人々を「民衆」(democracy)、「大衆」(masses)、「無産市民」(proletariat)と次々にその名称を変えて呼び、中流階級と下層階級をはっきりと分けてはいないのである。そしてこのことは、決して彼に特異なことではなく、イギリスにおける階級問題の複雑さを反映しているのだ。

レイモンド・ウィリアムス（Raymond Williams, 1921-90）によれば、上流階級、中産階級、下層階級、あるいは労働者階級といった言葉が一般に用いられるようになるのは産業革命以降である。とりわけ中産階級という言葉は、富みを貯えた新興資本家層によって意識的に使われるようになり、またこれに続くかたちで、自らの労働によって生活の糧を得る人々が、自分達を労働者階級と呼ぶようになった。一方、いわゆる中産階級と呼ばれる人々の中にも、「労働をしない」上流階級への対抗意識があったという。[10]

この結果、人々を分ける際の基準が二重化するのである。何故なら、中産階級という言葉には必然的に他の二つの階層の存在が含意されているのに対し、労働者階級という言葉には、「労働をするもの」に対して、「労働をしないもの」という二極化が含意されているからである。すなわち、生産活動に従事し、社会に貢献する労働者階級（従って多くの中産階級も含まれる）に対して、有閑階級としての上流階級は「生産活動をしない人々」として位置付けられるのである。ウィリアムスは、この二重化した基準について、前者が社会的基準によるものであるのに対し、後者は経済的基準によるものとして区別している。

ウィリアムスの区別に加えて、階級意識を考える上で忘れてはならないもう一つの基準として文化的基準があると思われる。イギリスにおいてそれを最もよく表すのが、ジェントルマンという言葉である。ジェントルマンが如何なるものかを定義することは容易ではないが、ここで特に注目したいのは、この言葉の意味内容の変化がイギリス社会の変革を如実に反映しているということである。ロビン・ギルモア（Robin Gilmour）はヴィクトリア朝中産階級の確立期を一八四〇年から一八八〇年頃とし、その原動力として、彼等の上流階級に対する憧れと反発、また上流階級側からの彼等新興勢力に対する宥和のための戦略を指摘する。[11] この両者の接点としてジェントルマンという概念が重要な役割を担ったのである。すなわち支配層としての上流階級は新興中産階級を既存の体制に組み込み、階級的な対立を緩和する手段として、パブリック・スクールにおける「新しいジェントルマン」教育を提唱したのである。

その結果、古くからある貴族的なジェントルマン像としてのダンディーに対して、「新しいジェントルマン」像には、自ずから中産階級的なエートスが吹き込まれることになった。具体的には「誠実さ」、「抑制」また「勤勉さ」が重視され、キリスト教的な道徳を体現することが理想とされたのである。[12] この中産階級的エートスは世紀が下るにつれて次第に強化され、道徳的な潔癖さを重視する社会運動(purity campaign)を生み出すことになるが、そこには常に「堕落した」上流階級への批判が込められていたのである。[13]

4　何故バジルは殺されるのか

パブリック・スクールにおける新しいジェントルマン教育は、十九世紀後半にかけて進行したイギリス社会における様々な改革の一環であり、国内においては民主化を一層押し進めるものであった。パブリック・スクールを卒業した中産階級の子弟に対してオックスブリッジの門戸が開かれ、さらに官吏の採用試験がそれまでの門地家柄によるものから、公開試験へと変えられたのである。その結果、支配者層は新興勢力を取り込み、対外的には、折から進行していた帝国主義へと国家体制を変革することに成功するのである。[14]

先に、バジルがヘンリー卿とオックスフォードの級友であったことが、必ずしも両者が同じ階級であることを意味しないと述べたのはこのためである。またヘンリー卿の叔父は、近頃ジェントルマンの中にも下らないのがいると嘆き、その原因が官吏の公開試験にあるとしているが、(15)これも以上のような社会の変化を反映した発言なのである。

さて、ここでもう一度、先ほどのヘンリー卿とバジルのやりとりに戻ろう。先ず、ヘンリー卿が上流階級に対してそれ以外の人々を一まとめにして言及していることは、ウィリアムスが指摘する「二重の基準」を反映するものとして捉えることができるだろう。ただし、ヘンリー卿の場合は、自らが有閑階級であること、なんら「生産活動をしない人々」の一人であることにむしろ積極的に価値を見出していることは明らかだ。ヴィクトリア朝道徳を軽蔑し、それをヘレニズム的人間観によって乗り越えようと提案するヘンリー卿にとっては、上流階級に対するそれ以外の人間達の批判は全く的外れであるばかりでなく、むしろ彼等の内部で抑圧されたものが、他者によって体現されることへの偽善に満ちた過剰反応に過ぎないのである。換言すれば、上流階級の「悪徳」とはそれを批判する中産階級が自らの内部に隠蔽しているものでもあるのだ。

バジルはこうしたヘンリー卿の考え方に反発し、「君自身だって、決してそんなことを信じてはいないはずだ」と発言するのだが、これに対してヘンリー卿は「君は何てイギリス的なんだ」という皮肉をこめた批判を浴びせ、さらに次のように続ける。

「君がそんなことを言うのはこれで二度目だね。根っからのイギリス人に自分の考えを述べようものなら――よした方がいいがね――イギリス人はその考えが正しいか間違っているか考えようともしないのさ。

彼にとっての最大の関心事はそれを君が信じているか否かなんだね。ところでだ、ある考えの価値というのはそれを口にする人の誠実さとは全く関係がないんだよ」[16]

ヘンリー卿にとって、発言の当否は、話者がそれを信じるか信じないかとは別問題なのだ。そして、発言の当否より「それを口にする人の誠実さ」を重視するバジルを、彼は「イギリス的」と批判しているのである。

既に述べたように、「誠実さ」（sincerity）は中産階級的なエートス、「新しいジェントルマン」像を形成する重要な言葉であり、ヴィクトリア朝道徳の中心的概念の一つでもあった。従って、ヘンリー卿がここでバジルの言葉の中に「誠実さ」への執着を読み取り、それを「イギリス的」と批判することは、両者の属する社会的階級の微妙なずれを象徴的に示すことになる。

つまり、バジルこそは新興中産階級出身の画家なのであり、彼の社会的な所属が曖昧に描かれているとすれば、それは「新しいジェントルマン」教育によって支配者階級が新興中産階級を取り込もうとした歴史的な背景を彼が体現しているからに他ならないのである。ヘンリー卿はバジルのこうした立場を熟知していると思われる。それだからこそ、「イギリス的」という言葉でバジルの「誠実さ」、すなわち「新しいジェントルマン」としてのバジルの階級的特質を皮肉ったのである。

ヘンリー卿の皮肉は、ドリアンが女優シビルの演技に魅了され、彼女と電撃的な婚約をした場面においても繰り返される。彼はドリアンに、どの時点で結婚を口にしたのかを尋ね、それがシビルの方であることを確認すると次のように述べる。

これは僕の持論なのだが、先に結婚を口にするのは、男の方ではなくて決まって女の方なのだ。もちろん、中産階級の連中は別だがね。ただし、中産階級はモダンではないからな。(17)

この後、ヘンリー卿はモダンであることを、「自己との調和」であるとし、善とは快楽であるという持ち前の美学論を展開する。これに対して、バジルは社会の規範を無視することによってもたらされる精神の堕落を指摘し、そのキリスト教的道徳観を口にするが、ヘンリー卿によって「中世的感情は時代遅れだ」と一蹴されるのである。

ドリアンがヘンリー卿の言葉を内面化することは既に述べたが、中産階級に対する批判的態度も例外ではない。バジルはドリアンから、シビルが自殺したことを告げられると大変なショックを受け、頭を抱え込む。この時、ドリアンは次のように語るのである。

それはこの時代の最もロマンティックな悲劇の一つなのです。一般的に、役者というのは最もありふれた生活を送っているものです。彼等は良き夫であったり、貞節な妻であったり、いずれにしても退屈なものなのです。僕の言うことが分かるでしょ—中産階級の美徳、あるいはそういった類いのものなのです。シビルは違っていました！　彼女は最高の悲劇を生きたのです。(18)

こうして、ヘンリー卿とバジルの欲望によって生み出されたドリアンは、ヘンリー卿の言葉、あるいはその言説を自らのものとし、バジルにその批判を繰り返すのである。

ヘンリー卿が中産階級を批判するのは、彼等が「非道徳的」であるとして上流階級を批判し、自らの美徳を誇りにすることで、彼等自身の内部で抑圧された「非道徳的」な欲望に気付こうとしないからである。そしてこの矛盾は物語の最大の山場、すなわち醜く変化したドリアンの肖像画を見せられたバジルが、ドリアンによって殺害される場面においてその頂点に達するのである。

何てことだ、ドリアン、何という見せしめだ！何という惨い見せしめなんだ！・・・祈るんだ、ドリアン、祈るんだ・・・子供の頃に教えられた言葉を憶えているだろ。「我らを誘惑することなかれ。我らの罪を許したまえ。我らの不正を浄めたまえ」さあ、一緒に祈るんだ。君の高慢な祈りは叶えられたんだ。だから、君の改悛の祈りも叶えられるはずだ。僕は君を崇拝し過ぎた。僕らは一緒に罰を受けたんだ。(19)

バジルの言葉は中産階級の偽善的な態度を暴露する。彼はドリアンの肖像画がおぞましく変化してしまった原因が、自分が彼を「あまりに崇拝した」ためだとし、その結果二人が共に罰を受けたのだという。この発言は、バジルがドリアンに対して抱いた欲望を一時的に認めたことを意味する。しかも重要なことは、それが同性愛か否かということよりも、社会的に受け入れられることのない何らかの欲望がバジルの内部に存在し、それがドリアンという一個の人格として存在してしまったということなのである。

しかし、結局バジルはそのような欲望はあってはならい「罪」あるいは「不正」であり、それを「洗い流す」ために神に祈ることをドリアン本人に強要するのだ。つまり、バジルは、自分が生み出してしまったドリアンに向かって、その起源が誤りであると宣言し、彼の存在そのものを否定しようとするのである。しかも彼は、ドリアンが祈ることの無意味さを主張すると、俄に高圧的になり、「君はもう十分過ぎる程の罪を犯したのだ。あの呪われた奴が僕らを嘲笑っているのが見えないのか」と肖像画を示して彼を諭すのだ。この瞬間、ドリアンは突発的な怒りに襲われ、バジルを手近にあったナイフで惨殺するのである。

ドリアンの行為は残虐なものではあるが、同時にある種の「正当性」を持っている。何故なら、彼は自分の「産みの親」から存在を否定され、その上彼が犯した罪は彼自身のものであると突き放されたに等しいからだ。その一方で、バジル自身はキリスト教的道徳を声高に唱え、自身の救済を図ろうとするのである。つまり、バジルは、一旦は自分の罪を認めたような素振りを見せながら、結果的にはドリアン一人に全ての罪を着せようとするのである。

5 ハイブリッドとしてのドリアン

だが、もしドリアンが「誕生する」のにバジルとヘンリー卿の二人が係わっていたとすれば、何故バジルだけが殺害されて、ヘンリー卿は全ての真相を知らぬまま物語が終わるのだろうか。例えばマハティは、ヘンリー卿について次のように述べている。

彼は楽園の中の蛇であり、邪悪なるものと明確に結びついている。彼はドリアンが、不滅の命、永遠の若さを求めるようにそそのかすのだ・・・ヘンリーはドリアンとの友情に関して、全く無責任である。彼はドリアンを弄び、標本に対する科学者のように魅了されつつ、距離をとって観察するのだ。[20]

ヘンリー卿に対するこうした見方は、おそらく多くの読者に共通するものである。バジルが恐れたように、彼はドリアンを言葉巧みに誘惑し、ヴィクトリア朝道徳に対する批判の代弁者、あるいは代行者に仕立て上げながら、彼自身は何ら行動を起こさず、安全圏に留まり続けるからだ。

しかし、こうした見方は、我々自身を、当時の中産階級が上流階級に向けた視線に重ね合わせることにはならないだろうか。既に述べたように、堕落した上流階級、「非生産的な」ダンディーに対して、誠実で勤勉な中流階級という図式は後者の側から繰り返し主張され、一般的な言説として流布していたのである。とすれば、ここでなすべきことは、ヘンリー卿の「無責任さ」を認めたうえで、それを「邪悪なるもの」というキリスト教的な道徳によって解釈することではなく、それが社会的・歴史的にもつ意味を問うことであろう。

そもそも、何故ドリアンは、醜く変貌した自分の肖像画をヘンリー卿にではなく、バジルにだけ見せたのであろうか。この点に関して、肖像画の変化に苦悩しつつあったドリアンは、バジルに向かって次のように語っている。

ハリーは、昼間は信じられないことを言って過ごし、夜はありそうもないことをして過ごしている。正に僕がやってみたい生活なのです。でもね、もし僕に困ったことが起きたら、多分ハリーのところへは行かないと思うのです。僕はね、バジル、むしろあなたのところへ行くでしょう。[21]

ドリアンの物言いは素朴ではあるが、彼にとって他の二人の男性がどのような意味をもつのか理解する上で示唆に富んでいる。ヘンリー卿の生活はドリアンにとって憧れである。そして事実、彼はその生活を「真似よう」と努力する。一方、ヘンリー卿も事あるごとに自分の思想を彼に吹き込み、また当時の前衛雑誌『イエロー・ブック』（*Yellow Book*）を送り届けるなどして彼に対する教育を続けるのである。

だが、ドリアンの言葉が明らかにするのは、自分は決してヘンリー卿のようにはなれないという事実である。確かに、彼が極めて退廃的な生活を送っていること、正に「ありそうもないことをして過ごしている」ことは物語の随所で暗示されている。しかしそのような生活が、彼にどれほどの精神的代償を強いているかは、開かずの間に隠蔽され、醜く変化してゆく彼の肖像画が端的に表しているのである。従って、ドリアンが、困ったことがあったらヘンリー卿ではなくバジルに相談すると発言するのは、彼が結局ヘンリー卿よりもバジルに近い位置にあるからに他ならない。

このドリアンの位置は階級問題と密接に関係している。ヘンリー卿とバジルの欲望が交錯して生まれたドリアンは、いわば上流階級と中産階級のハイブリッドなのだ。物語の前半においてはヘンリー卿の教育が彼の生活を規定し、シビルとの関係においても、正にヘンリー卿を思わせるような美学論を口にする。しかし時間が経過するにつれてこの教育は彼を苛み、彼は自らの行為に耐えられなくなるのである。そして遂に、自己分裂が臨界に達したとき、破綻した内面、すなわち醜く変貌してしまった肖像画をバジルに見せ、そこに最後の救済を期待するのである。

換言すれば、ドリアンの悲劇とは、イギリスの歴史的な階級問題が個人の内面に凝縮されたかたちで存在することに起因すると思われるのだ。それは上流階級と中産階級という二つの階級の分裂と同時に、両者の境界の曖昧さがもたらす悲劇、ハイブリッド故の悲劇なのである。しかも、ドリアンのもつ階級的な曖昧さは、第三章で語られる彼の出生の秘密において既に暗示されている。彼の母マーガレット・デヴェローは貴族の生れで、その美貌のために多くの求婚者を得たが、「一文無しで、何処の馬の骨とも分からぬ一介の準大尉(subaltern)」[22]と駆け落ちしたのである。ドリアンはその結果生まれたのであった。

ここで彼の父親が、「サバルタン」という、いわゆるポストコロニアル理論のキーワードの一つによって言及されているのは実に興味深い偶然と言わざるを得ない。それは歴史的に抑圧され、周縁化されてきた者達、自らの声を持たず、自らを表象することが不可能な人々の総称であるが、正にドリアンの父親は、娘を奪還すべく差し向けられた暗殺団によって殺害され、歴史の闇へと葬られたのである。従って、仮に殺された父親が下層階級の出身であったとすれば、ドリアンの中には父によって代表される声なき人々の情念が受継がれていると考えることもできるだろう。ワイルドはドリアンを描くことで、イギリスの三つの階級の欲望が複雑に混じり合った希有な存在を生み出したのである。

6　教養小説の限界とパロディー

ヨーロッパの教養小説を包括的に分析したフランコ・モレッティは、それを主に十八世紀に書かれたものと、十九世紀に書かれたものの二つに分け、前者を古典的教養小説と名付けている。[23] 古典的教養小説の中心的テーマは分裂したものの融和である。例えば、個人の自由と社会との調和は人生のもつ二つの局面であると思われるが、十八世紀の小説の多くが、両者の最終的な統合をそのプロットにもつのである。階級に関しては、断絶ではなく、階級間の融和の可能性が描かれることになる。主人公は様々な経験の後、社会の有用な一員として成長するのである。代表的な作品として、モレッティは、ゲーテの『ウィルヘルム・マイスターの徒弟時代』とオースティン（Jane Austen, 1775-1817）の『高慢と偏見』（*Pride and Prejudice*, 1813）を挙げている。

これに対して、十九世紀に書かれた教養小説にあっては、分裂は克服し難いものとなる。個人と社会は対立し、外部から「見える」個人の特質はその人物の内面を反映しない。その結果、十九世紀の小説の主人公達は、内部に自分とは対立するもう一人の自分を隠しもつことになるが、正にこの「もう一人の自分」が、主人公を魅力的にし、かつ小説の「語り」そのものにサスペンスをもたらすのである。代表的な作品はスタンダール（Stendhal, 1783-1842）の『赤と黒』（*Le Rouge et le Noir*, 1830）及びプーシキン（Aleksandr Sergeevich Pushkin, 1799- 1837）のいくつかの作品であるという。

モレッティによれば、こうした主人公に共通するものは、「成長しない」ことである。古典的教養小説において自己形成に欠くことのできなかった「経験」はもはや意味をもたず、「無意味な遠回り」に過ぎなくなる。それどころか、「成長」とは何かを獲得することではなく、むしろ「喪失」であり、しかも失われるのは攻撃的な衝動や未熟さなどではなく、社会によって最も大切なものとされた価値そのものなのである。フロイト流の言葉を用いれば、イドではなく超自我こそが犠牲にされるのである。

このような作品が生み出された背景には、ワーテルローの戦いでナポレオンが最終的に敗北し、革命に対する反動が始まって以降、「リアリティー」という言葉に意味論的変化が生じたためである、とモレッティはいう。[24] 啓蒙主義からフランス革命をとおして見られた好ましいものとしての「リアリティー」、理性と調和した歴史の動きとしての現実という考え方は挫折し、ただ存在するだけのものとしての現実認識が主流となるのである。例えば、『赤と黒』の主人公ジュリアン・ソレルにとって、失われた社会の大切な価値を体現するのはナポレオンであった。彼はプチブル的生活を嫌い、ナポレオンを夢見るのであるが、その結果彼は歴史的な英雄のパロディーとなるのだ。

以上、モレッティの教養小説論を紹介したのは他でもない、『ドリアン・グレイの肖像』を解読する上で、教養小説という枠組みが極めて示唆に富んでいると思うからである。ただし、モレッティによれば、十九世紀のヨーロッパ大陸における情勢不安が象徴的なかたちで教養小説に反映され、それがジュリアンのような「曖昧かつ魅力的で行動力あふれる」人物を生み出す土壌となったのに対し、イギリスにおいては、産業革命やチャーチスト運動にもかかわらず社会は安定しており、ジュリアンに比肩しうるような主人公はついに生み出されることはなかった。その結果、少青年期の不安定さは、例えば『大いなる遺産』(*Great Expectations*, 1861)のピップのような魅力に乏しい主人公によって代表されることになるという。しかも、教養小説という枠組みそのものが十九世紀後半になると時代遅れになり、ジョージ・エリオット(George Eliot, 1819-80)においてその終焉を迎えるのである。(25)

十九世紀イギリス教養小説の不毛が社会の安定に起因するというモレッティの見解をどう考えるかは一先ず置くとして、『ドリアン・グレイの肖像』が一人の人間の「誕生」、及び彼と社会の関係をその中心テーマとしていることに異論はないだろう。しかもドリアンに大きな影響を与えるヘンリー卿の言葉は、教養小説がもつイデオロギーを濃厚に感じさせるものなのだ。先に引用したものと一部重複するが、もう一度その言葉を引用する。

自分自身の本質を完全に実現すること、それこそが、我々一人一人が存在する理由なのです。今日、人々は自分自身を恐れている。人々は最も崇高な義務、人が自分自身に対して負っている義務を忘れているのです・・・もし人が自分の生を余すところなくかつ完全に生き抜くことができたら、もしあらゆる感情をかたちにすることができたら、あらゆる思想を表現することができたら、あらゆる夢を実現することができたら、きっと世界は新鮮な喜びに打たれ、僕達は中世主義がもたらす弊害など全て忘れてしまうでしょう。そして、ギリシャの理想に回帰するのです。(26)

ここに啓蒙主義的なオプティミズムを見ることはさほど困難ではない。それは正に古典主義的な教養小説のメッセージ、個人の成長と彼を取り巻く世界の有機的な関係である。しかし、改めて述べるまでもなく、このようなメッセージは世紀末イギリスを生きるドリアンには既に失われた理想、モレッティ＝フロイトの表現を使うなら社会が喪失してしまった超自我なのである。従って、ヘンリー卿の言葉によって自らの人生を生き抜こうとするドリアンが、ナポレオンを夢見たジュリアンのようなパロディーと化してしまうことは、けだし当然なのである。

だが、ドリアンは一体何のパロディーなのであろうか。古代ギリシャの理想、男同士の目眩めく愛の世界をパロディーとするのであろうか。あるいは、ワイルドが、「自分自身に対して負っている義務」を全うした人物としてしばしば取り上げるイエスのパロディーであろうか。あるいは、少し穿った言い方だが、教養小説のイデオロギーそのものを支える土台、即ち、個人と社会の係わり、あるいはその二元論的思考法そのものをパロディーにするのであろうか。

この最後の点は考えるに値する。モレッティは、ジョージ・エリオット以降、教養小説がもはや新しい時代を表象するフォルムを提供できないことが明らかになると指摘し、その理由として、この新しい時代においては、（1）個人が統一的なものとしてイメージされ得ず、（2）青春とは自らの永続性を希求する一種のナルシシズムに過ぎないことと、（3）個人は全体の一部でしかないことが明白になったためである、と述べている。[27]

確かに、ドリアンの悲劇が我々に示すものは、彼の「個人」としての内面が、結局彼のもつ若さと美貌へのバジルとヘンリー卿の欲望によって構成されており、彼はいわばダミーとして二人の欲望を生きるということであった。換言すれば、ドリアンは他者の欲望によって描かれた己の肖像画に魅了され、そのナルシシズムを存在の源泉とするのである。しかもそこには上流階級、中産階級、さらには下層階級の歴史的な関係性および情念が描き込まれているのだ。

このように考えると、ドリアンが古典的教養小説の世界はもちろんのこと、ジュリアンが体現する十九世紀的なそれをもはるかに超え出てしまっていることがわかる。もはや個人と社会といった単純な対立は意味をもたず、従ってそれに基づく魂の葛藤というテーマも本質的な問題ではないのだ。とすれば、たとえ開かずの間に隠蔽されているとしても、ドリアンの内面が一つの絵として視覚化されうるという発想は単なる奇想ではなく、極めて重要なメッセージを持っていることになる。つまり人間の魂は外からは容易に知ることができない深淵なものという考え方へのアンチテーゼである。また、主人公と絵が物語の最初と最後で二度入れ替るというプロットも、個人と社会の安易な二元論を疑問視するための仕掛けとして機能するように思われるのだ。換言すれば、正にドリアンこそ、古典的な意味での「魂」を持たない、あるいは持てないことに気付くイギリス文学最初の主人公なのではないだろうか。

7　消された父の正体

モレッティはイギリスの教養小説が大陸のそれに比肩しうるような魅力的な主人公を生み出すことができなかった理由として、十九世紀のイギリス社会が安定していたからと述べている。最後にこの問題と関連づけながら、「魂を持てない」ことの意味とドリアンの父親の正体について考えたい。

改めて言うまでもないことだが、ヴィクトリア朝イギリスの繁栄と安定は海外の植民地によって支えられていた。国内において支配階級は中産階級を宥和し、帝国主義の基盤を強化する一方、海外においては、アヘン戦争やセポイの反乱に代表される植民地の反乱を契機に、多くの植民地が帝国の構成員として再構成されていったのである。一八七七年の英領インドの成立はその象徴的な出来事であったといえるだろう。

アイルランドについて言えば、他の植民地に先駆けて一八〇一年にイギリスに併合され、その実質的な自治権を失っている。だが民主化と民族の独立を求めるマグマのような動きは止まることはなく、世紀の前半においてはダニエル・オコンネル（Daniel O'Connell, 1775-1847）がカソリックの解放を求め、またトマス・デイヴィス（Thomas Davis, 1815-45）によって民族主義が高揚する。大飢饉をはさんで世紀の後半になると、自治を求める運動や土地をイギリスの大地主からアイルランドの小作農民に引き渡すことを求めた運動がピークを迎え、その中心的な指導者としてパーネル（Charles Stewart Parnell, 1846-91）が登場してくる。イギリスもそれを無視できず、首相グラッドストーンはアイルランド問題の解決に乗り出すが、ダブリンでのテロ事件や、イギリス議会の反対、さらにはパーネルがスキャンダルによって失脚するなど事件が相次いで起こり、問題の解決は難航した。これ以後、精神的なリーダーを失った自治運動は分裂し、過激な武力闘争へとエスカレートしてゆくのである。

つまり、仮にヴィクトリア朝イギリスが比較的安定していたとしても、その植民地において事情は全く異なっていたのである。あえて言えば、イギリスは国内の矛盾を海外の植民地に押しつけることで、その安定を保っていたと考えることもできるだろう。

『ドリアン・グレイの肖像』の物語世界において、上述したような植民地の問題に直接言及するようなところはほとんどない。だが、華やかな社交界に対して、シビルとその家族が住むロンドンの貧民窟は、ヴィクトリア朝イギリスとアイルランドのような植民地の関係の隠喩として読むことができるのではないだろうか。実際、彼等が大飢饉の前後に、職を求めてアイルランドからイギリスへ渡ってきた移民である可能性はかなり高いはずである。例えば、シビルの兄ジェイムズが妹と交わすドリアンについての次ぎのような会話は極めて暗示的である。

「そいつはジェントルマンなんだな」男は不機嫌そうに言った。
「王子様よ!」彼女は歌うように答えた。「それで十分じゃないかしら」
「そいつはお前を奴隷にしたいのさ」(28)

後にシビルが自殺し、それがドリアンのせいであると信じて疑わないジェイムズはその命を付け狙う。しかも彼がジェントルマンを憎悪するのは、単にシビルのことがあるからではなく、自分自身の出生の秘密、すなわち自分の母親が「ジェントルマン」によって弄ばれ、その結果生まれたのが自分自身であるためでもある。

従って、ドリアンとジェイムズはその生い立ちにおいて極めて似ているのだ。二人とも、社会階層の異なる男女の許されざる結びつきによって生まれた「ハイブリッド」なのである。そしてこのことは、「サバルタン」と呼ばれ暗殺者によって闇に葬られたドリアンの父の素性について、我々読者の想像力を刺激して止まない。つまり名前さえ明らかにされないドリアンの父親こそ、アイルランド出身の下級軍人ではなかったのかということだ。実際、アイルランドは、イギリスの帝国主義経営を支える人材を、労働力として、また兵士として、大量に供給していたのである。とすれば、ドリアンの体現する「ハイブリッド」性とは、異なる階級だけでなく、異なる民族、異なる人種の混交によっても成立していることになるだろう。

もちろん、こうした「読み」を確定するような明確な部分は作品中にはない。それはテクストがもつ欠落として、ドリアンの父とともに永久に闇へと葬られてしまったのである。そして、もし、「魂」というものが一人の人間の生い立ちと深く係わるものであり、従って、彼を生み出した場所の歴史と文化とも切り離せないものであるなら、この「欠落」が、ドリアンが魂を持てない理由の一つであると考えることもできるだろう。

しかし、より重要な問題は、そのようなドリアンがイギリスの社交界で成功し、彼のスタイルが若者達に「真似るべき」モデルを提供する一方、彼と同じような境遇をもつジェイムズは、ドリアンが身分の低い女性を「奴隷」として弄ぶ「ジェントルマン」であると誤解し付け狙うということである。これは実に皮肉なことと言わざるを得ない。何故なら上述したように、ドリアンこそバジルとヘンリー卿の欲望に翻弄され、命を落とすダミー、バーバの言葉を用いるなら、ジェントルマンを「模倣する者」＝ミミック・マンに過ぎないからである。ドリアンが「魂を持てない」より本質的な理由は、この点にこそ求められるのではないだろうか。

ワイルドは、その才能と奇抜なスタイルによって世紀末ロンドンの寵児となった。しかし彼がスキャンダルに巻き込まれた時、彼の境遇は一変する。この時の様子について、ジョイスは冒頭で紹介したエッセイの中で次のように書いている。

彼の没落はピューリタン的歓喜の叫びで迎えられた。彼の有罪判決を聞いて、裁判所の外に集まった群集は、雨に泥濘るんだ通りでダンスを始めた。新聞記者達は刑務所の中まで入ることを許され、独房の窓越しに彼の屈辱を眺めて楽しんだのである・・・彼が刑期を終えて出てきたとき、クィーンズベリー卿が差し向けたごろつきどもが彼を待ち伏せていた。猟犬がウサギを狩るように、彼は家から家へ追い立てられたのである。(29)

ワイルドはイギリス流のエリート教育を受け、その文化とスタイルを高度に洗練させたのだが、その結果、そこに隠蔽されていた「誰も口にすることのない罪」をも取り込み、それを具体化してしまったのである。(30)それが同性愛であったことは恐らく本質的な問題ではなかったはずだ。アイルランド人であった彼は、帝国主義のピークを迎えていたイギリスの中で、あまりにイギリス的になってしまったのである。『ドリアン・グレイの肖像』は作者自身による自己診断の書でもあった。

註

(1) James Joyce, 'Oscar Wilde: the Poet of "Salomé",' *The Critical Writings of James Joyce*, ed. Ellsworth Mason and Richard

Ellmann (New York: Cornell UP, 1989), pp. 201-05.

（2）Richard Ellmann, *Oscar Wilde* (London: Penguin, 1988), pp. 47-59.

（3）ワイルドはペイターの『ルネッサンス史研究』について、「私の人生にあまりに奇妙な影響を与えた書物」（'that book which has had such a strange influence over my life'）と書いている。Oscar Wilde, *De Profundis, Complete Works of Oscar Wilde*, ed. Vyvyan Holland (New York: Harper and Row, 1989), pp. 917-18.

（4）アイルランド植民地化の初期においては、入植したイギリス人がアイルランドの文化に同化してしまうことが大きな問題となり、「アイルランド人よりアイルランド人らしい」（'more Irish than the Irish themselves'）といわれた。(J.C. Beckett, *A Short History of Ireland* (Hutchinson University Library, 1961), p. 32.) ジョイス自身はワイルドがイギリスの文化を自らのものとしたことを「彼はロンドンで優雅さの規範となった」（'He became the standard of elegance in the metropolis'）と表現している (Joyce, 202)。ここでは植民地出身の知識人に共通する問題をより鮮明にするため、イギリス人がアイルランドの文化に同化することへの批判として用いられた歴史的な表現をもじって「イギリス人以上にイギリス人らしい」と表現してみた。

（5）Homi K. Bhabha, 'Of Mimicry and Man: The Ambivalence of Colonial Discourse,' *The Location of Culture* (London: Routledge, 1994). ミミクリは表象の一形態であるが、バーバによれば、それは西欧の伝統であるミメーシスとは全く異なっている。ミメーシスが「存在」を「再現する」のに対し、物真似は常に不完全で部分的な「反復」でしかなく、つまりは「存在の換喩」なのだ。バーバはそれを「ほとんど白人だが、完全にそうではない」という語句によって標語化しているが、この場合白人を人間と置き換えてもいいだろう。換言すれば、被植民者は常に中途半端な人間、半人間といった状況に留め置かれるのである。

　言うまでもなく、この問題は他者を如何に表象するかという問題と係わってくるが、植民地における言説は、ここで大きな矛盾を抱え込まざるを得なくなる。何故なら、他者を異質な者として差異化あるいは差別化しながら、その一方で、「人間性」のもつ普遍性が主張されるからである。物真似屋（ミミック・マン）とは、正にこうした分裂的な植民地の欲望によって生み出されるのである。そしてこのような欲望は、支配者たる白人の側へ跳ね返ってくるとバーバは言う。植民地行政を正当化する言説は、未開人を文明化＝人間化することであるにもかかわらず、白人と非白人の差異が恒常化され、それが克服し得ないものとして物象化されてしまうからだ。この時、普遍的人間性という「存在」と、それを支える西欧の啓蒙主義的言説は自己分裂を引き起こし、ついには白人＝人間としてのアイデンティティの拠り所そのものが危機に瀕するのである。

物真似屋という言葉は、バーバ自身が述べているように、V・S・ナイポールの『物真似屋たち』という小説による。この中編小説の中で描かれるのは、カリブ海に浮かぶ小さな英国領に住む人々の惨めな状況である。彼等にはアイデンティティの拠り所となるべき「歴史」も、「言葉」も、また「民族」もない。残された道は支配者たる英国人になるよう努力すること（物真似屋になること）であるのだが、しかし島のエリートとして、支配の中心＝ロンドンへ渡った主人公を待っていたものは、つかみどころのない不在の中心としてのメトロポリスであった。この物語全体に流れるのは出口のない閉塞感と無気力である。しかし、不在の中心としてのロンドンの姿が暴かれることで、そこに物真似屋の持ち得る反撃の可能性が暗示されていると考えることもできる (Bill Ashcroft, Gareth Griffiths, and Helen Tiffin, *The Empire writes Back: Theory and Practice in Post-colonial Literatures* (London: Routledge, 1989), pp. 90-91)。従って、バーバはこの小説がもつ潜在的な可能性を積極的に引き出し、それを理論化していると言えるだろう。

（6）'*Bildungsroman*' というドイツ語を、日本語では一般に「教養小説」と訳している。これが適切であるか否かという問題は、この言葉の原義及びそれが具体的にどのような作品に対して用いられてきたのかという問題と係わってくる。以下、池田浩士、『教養小説の崩壊』（現代書館、一九七九年）と James Hardin, ed. *Reflection and Action: Essays on the Bildungsroman* (Columbia, South Carolina: University of South Carolina, 1991) に収められた Martin Swales, 'Irony and the Novel: Reflections on the German Bildungsroman'; Hartmut Steinecke, 'The Novel and the Individual: The Significance of Goethe's *Wilhelm Meister* in the Debate about the Bildungsroman' 及び Dennis F. Mahony, 'The Apprenticeship of the Reader: The Bildungsroman of the "Age of Goethe"' を参考にこの問題を概略したい。

'*Bildungsroman*' という言葉が広く受け入れられるようになったのは、ディルタイ (Wilhelm Dilthey, 1833-1911) 以降であると考えられている。彼は『シュライアーマッハーの生涯』(*Das Leben Schleiermachers*, 1870) の中で、ゲーテ (Johann Wolfgang von Goethe, 1749-1832) の『マイスター』(*Wilhelm Meisters Lehrjahre*, 1796) の流れをくむ小説

群を'*Bildungsroman*'と名付けたいと述べ、後にこれを敷衍し'*Bildungsroman*'が個人の成長、とりわけ社会の中での自己完成を積極的に描いているとし、ゲーテの作品こそその典型であると述べたのである（Steinecke, 91）。こうして'*Bildungsroman*'は学校教育に代表されるような公的な教育よりも、社会での経験を通した自己陶冶を強調するものであることが明確に示されたのである。

自分自身で成長するという考え方は、十六世紀の錬金術師や十七世紀のライプニッツ（Gottfried Wilhelm Leibnitz, 1646-1716）のモナド論にまで遡るのだが、'*Bildung*'という言葉自体は、シャフツベリ（Anthony Ashley Cooper Shaftesbury, 1671-1713）の「上品な性格の形成」(formation of a genteel character) という考え方がドイツに伝わり翻訳されたものであるという。この考え方はイギリスにおいては上流階級の子弟教育という趣旨であったが、ドイツに伝えられた後、中産階級まで含めた教育を意味することになった。そして十八世紀には、フンボルト (Alexander von Humboldt, 1769-1859) によって'*Bildung*'は人間の全一的な教育を指す言葉となり、近代的な大学制度における教育の中心的な役割を担うこととなったのである。(Mahony, 109-110)

これに対して、『マイスター』の持つ中産階級的な側面、あるいはその「詩の欠如」を批判したのは、シラー (Johann Christoph Friedrich von Schiller, 1759-1805) とノヴァーリス (Friedrich Leopold von Hardenberg Novalis, 1772-1801) であった。ただ、シラーが個人の内面と社会の中での経験のせめぎ合いを重視したのに対し (Steinecke, 89)、ノヴァーリスは詩的な内面性を重視し、反『マイスター』小説として、またドイツ・ロマン主義を代表する作品として知られる『青い花』(*Heinrich von Ofterdingen*, 1802) の執筆に取りかかった。彼の目指したものは百科全書的な作品であり、「現にある世界の現実と拮抗しうるひとつの世界全体が、この小説のなかで総合されること」を目指した（池田、一二〇）。結果的には未完に終わったが、そのこと自体が極めてロマン主義的であったと言える。

『マイスター』をめぐるこうした受容と批判は十九世紀のドイツで繰り返し行われるが、そこで大きな影響力を持ったのはヘーゲル（Georg Wilhelm Friedrich Hegel, 1770-1831）の『美学』(*Ästhetik*, 1819-29) であった。彼は、詩的全体性を失ってしまった市民社会にあって叙事詩はもはや不可能で、小説こそそれに代わる新しい表現手段であるとした。一人の個人の生活を描くことの中にこそ、失われた全体性を回復する契機があると考えたのである。従って、小説で描かれるべき主題とは、内面の詩と外部の散文性の対立であり、そのような対立を通して主人公が修行し、最終的に社会の現実と和解し、就職や結婚を介して社会に回帰することであるとした。ヘーゲルのこの見解は小説一般について述べられたものであるが、主題の定義や用いられる言葉から考えて、ゲーテの『マイスター』を念頭に措いていたことは明らかである (Swales, 50-51; Steinecke, 77)。

以上のような議論を踏まえて考えると、日本語の「教養小説」という訳語が持つ静的なニュアンスは、フンボルトとヘーゲルに代表される社会と個人の調和を重視する定義をよく反映している。従って原義が持つ広がり、とりわけロマン主義的な意味領域まで指し示すには必ずしも十分な訳語であるとは言えないだろう。ただし、新たな訳語を何にするかは改めて議論する必要があるので、今回は「教養小説」という訳語を使用した。

(7) Oscar Wilde, *The Picture of Dorian Gray, Complete Works of Oscar Wilde*, ed. Vyvyan Holland (New York: Harper and Row, 1989), pp. 28-29. (以下 PDG と略す)。 原文 [Because to influence a person is to give him one's own soul. He does not think his natural thoughts or burn with his natural passions. His virtues are not real to him. His sins, if there are such things as sins, are borrowed. He becomes an echo of some one else's music, an actor of a part that has not been written for him. The aim of life is self-development. To realize one's nature perfectly – that is what each of us is here for. People are afraid of themselves, nowadays. They have forgotten the highest of all duties, the duty that one owes to one's self.]

(8) Vicki Mahaffey, *States of Desire: Wilde, Yeats, Joyce, and the Irish Experiment* (New York: Oxford UP, 1998), p. 82. 原文 [Basil's picture represents the merging of the beautiful self-image Basil desires and Dorian's (real) body; by painting it, he has, at one stroke, repainted himself as he would like to be and frozen Dorian as that which – at a distance — mirrors and supports his own desire.]

(9) *PDG*, p. 23. 原文 ["I quite sympathise with the rage of the English democracy against what they call the vices of the upper orders. The masses feel that drunkenness, and stupidity, and immorality should be their own special property, and that if any one of us makes an ass of himself he is poaching on their preserves. When our Southwark got into the Divorce Court, their indignation was quite magnificent. And yet I don't suppose that ten per cent of the proletariat live correctly." / "I don't agree with a single word that you have said, and, what is more, Harry, I feel sure you don't either."]

(10) Raymond Williams, *Keywords: a Vocabulary of Culture and Society* (London: Fontana P, 1983), pp. 61-67.

(11) Robin Gilmour, *The Idea of the Gentleman in the Victorian Novel* (London: George Allen & Unwin, 1981), p. 8.

(12) Gilmour, p. 52.

(13) Frank Mort, *Dangerous Sexualities: Medico-moral politics in England since 1830* (London: Routledge & Kegan Paul, 1987), p. 113.

(14) 村岡健次「『アスレティシズム』とジェントルマン―十九世紀のパブリック・スクールにおける集団スポーツについて」、村岡健次・鈴木利章・川北稔編『ジェントルマン・その周辺とイギリス文化』(ミネルヴァ書房、一九八七年) 二三六〜二四〇ページ。

(15) *PDG*, p. 38. 原文 [Well, I can tell you anything that is in an English Blue-book, Harry, although those fellows nowadays write a lot of nonsense. When I was in the Diplomatic, things were much better. But I hear they let them in now by examination. What can you expect? Examinations, sir, are pure humbug from beginning to end. If a man is a gentleman, he knows quite enough, and if he is not a gentleman, whatever he knows is bad for him.]

(16) *PDG*, p. 23. 原文 [That is the second time you have made that observation. If one puts forward an idea to a true Englishman – always a rash thing to do – he never dreams of considering whether the idea is right or wrong. The only thing he considers of any importance is whether one believes it oneself. Now, the value of an idea has nothing whatsoever to do with the sincerity of the man who expresses it.]

(17) *PDG*, p. 68. 原文 [I have a theory that it is always the women who propose to us, and not we who propose to the women. Except, of course, in middle-class life. But then the middle class are not modern.]

(18) *PDG*, p. 91. 原文 [It is one of the great romantic tragedies of the age. As a rule, people who act lead the most commonplace lives. They are good husbands, or faithful wives, or something tedious. You know what I mean – middle-class virtues, and all that kind of thing. How different Sibyl was! She lived her finest tragedy.]

(19) *PDG*, p. 122. 原文 [Good God, Dorian, what a lesson! What a awful lesson! …. Pray, Dorian, pray…. What is it that one was taught to say in one's boyhood? 'Lead us not into temptation. Forgive us our sins. Wash away our iniquities.' Let us say that together. The prayer of your pride has been answered. The prayer of your repentance will be answered also. I worshipped

you too much. We are both punished.]

(20) Mahaffey, p. 83. 原文 [He is the snake in the garden, explicitly associated with evil, who inspires Dorian to yearn for immortality, for eternal youth.... Henry is irresponsible in his friendship with Dorian; he toys with him, views him with the fascinated detachment of a scientist toward a specimen.]

(21) *PDG*, p. 95. 原文 [Harry spends his days in saying what is incredible, and his evening in doing what is improbable. Just the sort of life I would like to lead. But still I don't think I would go to Harry if I were in trouble. I would sooner go to you, Basil.]

(22) *PDG*, p. 39. 原文 [...running away with a penniless young fellow; a mere nobody, sir, a subaltern in a foot regiment, or something of that kind.]

(23) Franco Moretti, *The Way of the World: The Bildungsroman in European Culture* (London: Verso, 1987), p. 62.

(24) Moretti, p. 95.

(25) Moretti, p. 185, p. 227.

(26) *PDG*, p. 29. 原文 [To realize one's nature perfectly – that is what each of us is here for. People are afraid of themselves, nowadays. They have forgotten the highest of all duties, the duty that one owes to one's self.... I believe that if one man were to live out his life fully and completely, were to give form to every feeling, expression to every thought, reality to every dream – I believe that the world would gain such a fresh impulse of joy that we would forget all the maladies of mediaevalism, and return to the Hellenic ideal....]

(27) Moretti, pp. 227-28.

(28) *PDG*, p. 62. 原文 ["He is a gentleman," said the lad, sullenly. "A prince!" she cried, musically. "What more do you want?" "He wants to enslave you."]

(29) James Joyce, p. 203. 原文 [His fall was greeted by a howl of puritanical joy. At the news of his condemnation, the crowd gathered outside the courtroom began to dance a pavane in the muddy street. Newspaper reporters were admitted to the prison, and through the window of his cell fed on the spectacle of his shame.... When he got out of prison, thugs urged on by the noble Marquis of Queensbury were waiting in ambush for him. He was hunted from house to house as dogs hunt a rabit.]

（30） James Joyce, p. 204. 原文 [What Dorian Gray's sin was no one says and no one knows. Anyone who recognizes it has committed it.] これはワイルド自身が書き残した手紙（一八九〇年七月九日付）の中で用いた言葉をジョイスが書き換えたものである。

テキスト

Holland, Vyvyan. *Complete Works of Oscar Wilde*. New York: Harper and Row, 1989.

Henry Rider Haggard [1856-1925]

ライダー・ハガード

――植民地冒険小説における他者の表象(1)

吉本　和弘

1　ハガードの植民地主義的冒険ロマンス

ライダー・ハガード（Henry Rider Haggard, 1856-1925）の作品、『ソロモン王の洞窟』（*King Solomon's Mines*, 1885, 以下『ソロモン王』と表記する）と『洞窟の女王』（*She*, 1886, 以下『女王』と表記する）は、十九世紀後半の英国植民地における帝国主義的プロジェクトを正当化し、英国男子の英雄的行為を賛美しつつ、英国の青少年の冒険心と征服欲を掻き立てた大衆文化の中核として、位置づけることのできるテクストである。(2) それゆえこれら二作品は、「植民するもの」と「植民されるもの」の本質的かつ特権的な差異を明確化し、アジア、中東、アフリカに対する、いわゆるオリエンタリズムの形成に関わる、ステレオタイプ的な他者のイメージの醸成に重要な役割を果たした典型的テクスト群の一角として、いわゆるポストコロニアル批評にとって格好の題材になっている。しかし、ハガードに関する実に多様な議論には、決定的な部分が欠落しているのではないかと思われてならない。その欠落とは、これらの作品が、「異文化」や「他者」としての「未開」と「野蛮」に対する当時の英国民の意識形成過程に深く関わっているにもかかわらず、「異文化」や「他者」が実際テクスト内でどの様に表象されているかについての根本的な議論に、いまひとつ積極的でないということに関係している。柄谷行人が言うように「他者とは、自分と言語ゲームを共有しない者のことでなければならない」とすれば、(3)批評家がまず真っ先に問題にしなければならないはずの「他者」を表象する言語、あるいは「他者」が語る言葉の問題が、ほとんど議論されていないという印象を拭えない。とはいえ、この問題について批評家だけを責められないかもしれない。それはひとつには、テクストそのものに言語やコミュニケーションという厄介であるはずの問題に立ち入らないでおこうとする意識が蔓延し、問題を顕在化しにくくしているからである。しかし同時に、批評者の側にもこの問題を取り上げたがらないある意思があって、まさにそのことに問題の本質があるように思われる。本論では、ハガード批評の流れを概観したうえで、「他者」の認識の仕方の問題として、これまでそれらの批評が殆ど注目しようとしない表象言語の問題について提起、考察し、ハガード批評、さらにはいわゆるポストコロニアル批評が内包する問題について考えてみたい。

『ソロモン王』と『女王』は短期間のうちに連続して書かれたテクストであり、ハガードをめぐる議論ではほぼ必ずまとめて議論されるので、本稿でもそうしたいと思う。まず、この二つの作品を要約しておく。

『ソロモン王の洞窟』：象牙ハンターのアラン・クオーターメン（Allan Quatermain）は南アフリカのケープタウン（Cape Town）からナタール（Natal）に向かう船上、英国貴族ヘンリー・カーチス卿（Sir Henry Curtis）と海軍将校キャプテン・ジョン・グッド（Captain John Good）に出会う。カーチスは伝説のソロモン王の宝であるダイヤモンドを探してアフリカ内陸を北へ向かい消息を絶った弟ジョージ（George）の捜索に協力するよう、クオーターメンに依頼する。ソロモン王の宝のありかを示す血で描かれた地図を、ポルトガル人ホセ・ダ・シルベストラ（José Da Silvestra）の子孫から託されていたクオーターメンは説得に応じる。謎のズル族（Zulu）の男ウンボパ（Umbopa）など現地人同行者の助けもあり、一行は砂漠と山岳地帯を苦難の末に踏破し、未知の国ククアナランド（Kukuanaland）へ至る。そこでは、「猿」の様な不死の老賢女ガグール（Gagool）を助言者として、暴君ツワラ（Twala）が、迷信を根拠に無意味な殺戮を繰り返し、若い女性を生贄に捧げるなどして人民を抑圧している。出生の経緯をたどると、実はウンボパこそツワラと双子の兄弟であり、幼くして国を追われたククアナランドの真の王イグノシ（Ignosi）であることが判明し、王権を争い内戦が勃発する。クオーターメンら白人が持つ火器と科学の知識（日食）の助けもあり、イグノシはかろうじて戦いに勝利し平和が訪れる。クオーターメンらは、イグノシの許しを得て、財宝のありかを知るガグールを案内に、ソロモン王の宝の発掘に向かう。一行は財宝を発見するが、ガグールの罠にはまり、洞窟に閉じ込められる。しかし白人を陥れようとしたガグールは、洞窟の扉の下敷きとなって死んでしまう。一行は危機一髪のところで抜け道を発見して脱出に成功し、必要十分な財宝を獲得し帰途につくが、その途中偶然にも行方不明の弟を発見し、冒険はめでたく終了する。

『洞窟の女王』：ケンブリッジ大学の学者ホラース・ホリー（Horace Holly）は、死期の近づいた学友から、その息子レオ・ヴィンシィ（Leo Vincey）の養育を依頼され、レオの秘密を握る箱を託される。レオの成人を待ってその箱を開けると、中にはレオの本当の生い立ちについてばかりか、すべての生命のみならず全世界を支配する力の源泉である火柱の謎について記された陶器の破片、そして父の手紙があった。レオはギリシャ人の父、アイシス（Isis）の司祭だったカリクラテス（Kallikrates）と、エジプト人の王女アメナルタス（Amenartas）を母とする、世界最古の家系を持つ一族の、唯一人の生き残りだというのだ。文書は、カリクラテスを殺した謎の女に復讐するよう要請していた。ホリーとレオは、二人の同伴者を連れて、アフリカの奥深くに分け入る。彼等は湿地帯に囲まれ、地下通路と洞窟、墓地で形成されるコール（Kôr）王国に至る。そこで、食人習慣を持ち、母系社会を特徴とする「野蛮人」アマハッガー（Amahagger）の民（起源の不明確な黒人混血種族）を支配する、白人と形容されるがその起源はアラビア人の女王シー（She）、別名アイシャ（Ayesha）又は、「お仕えせねばならぬお方」（*'She-who-must-be-obeyed'*）に出会う。アイシャは絶世の美女で、絶対の権力と破壊的な魔力を持っている。アイシャは二千年の間、かつて愛し合ったにもかかわらず嫉妬のために自らの手で殺害した恋人カリクラテスの遺体を守りながら、その復活と回帰を待ち続けていた。アイシャはレオこそがカリクラテスの再来であると信じ、瀕死のレオの病いを治し、自分を愛するよう命ずる。アイシャはレオに、神秘の火柱の光を浴びて自分と同様の力を身につけ、大英帝国の長ヴィクトリア女王（Queen Victoria）を追放し、英国を、そして世界を支配するように薦める。アイシャはレオ、ホリーらを引き連れ、険しい山中にある神秘の火柱に至るが、かつて彼女に超人的な力を与えたその光に照らされた途端、アイシャはみるみる老いて小さくなり、「猿」のように皺だらけになって死んでしまう。レオとホリーはなんとか山を降り無事生還するのだった。

この二つの物語を植民地主義的コンテクストで単純化するとすれば、「イングリッシュ・ジェントルマン」である白人男性ヒーローによる、女性としての暗黒大陸アフリカの厳しい自然の征服、そして「野蛮」、「未開」、「生贄」、「食人」の恐怖との戦い、その報酬としての財宝あるいは知識の獲得、白人と西欧文明の助けによる野蛮な土着文化内の圧政の駆逐と正義の回復、邪悪で超自然的な女性性〈フェミニニティ〉の打倒、という構図で要約するのが一般的な見方であろう。基本的には、西欧帝国主義的な白人男性支配の肯定と、ヒロイズム賛美の典型的テクスト見ることができる。それゆえ、ヨーロッパにおけるアフリカ観の形成、あるいは「他者」、

「未開」、「野蛮」等の認識論と征服の論理の解明、あるいは帝国主義批判や植民地主義批判という目的のためには最適なテクストとして、しばしば議論の対象となってきたのである。

2　帝国の転落と野蛮への堕落

ハガードは十九歳でナタール総督秘書として南アフリカへ渡り、その後トランスヴァール（Transvaal）高等法院の要職を勤めた体験（一八七五～一八八一年）を基に、『ソロモン王』を書いた。ハガードが南アフリカにいた六年間は、一八七九年のズル戦争（the Zulu War）や一八八〇年の第一次ボーア戦争（the Boar War）などと重なり、原住民やボーア人の暴動が多発し、南アフリカ植民地支配での英国の影響力、統治力が常に危険にさらされていた時期だった。政治的関心が強く、帰国後も農政に積極的にかかわったハガードが、当時の国内外の政治情勢を敏感に作品に反映させていることは、さまざまな研究も指摘しているところである。

ウェンディ・カッツ（Wendy Katz）は、ハガードがノーフォーク（Norfolk）の郷士出身という背景や、彼が農政に強い関心を持っていたことを重視し、当時の農業行政への不満、あるいは自由貿易志向への疑念の表われをこれらの作品に読んでいる。また、カッツは、ハガードが、無防備な海外からの輸入によって国内農業が衰退している状況、あるいは田舎の労働力が都市へと流入していた状況を、英国民と国家全体の危機ととらえていたことを読み取り、さらには、都市生活は英国男性の精神的、肉体的能力を減退させると憂い、植民地南アフリカにおいて、屈強な農民をルーツとするボーア人との競争に勝てないと考えていたことが、作品の堕落のイメージと関連していると説いている。一方でカッツは、十九世紀帝国主義を性格づける時代背景としての「階級闘争」にも注目している。労働者階級の目を、社会主義や階級間の敵対意識を助長するあらゆる要因から背けさせ、階級を超えた全国民のナショナリズムに訴えるために、全国民の目を植民地へ向けさせ、帝国主義を推進する必要があり、愛国心とヒロイズムを扇動して、対外強硬主義〈ジンゴーイズム〉(jingoism) へ向かわせようという時代の要請があった、という文脈の中でハガードを理解することの重要性を説いている。(4)

一方で、ハガードの作品はしばしば、帝国主義的ゴシック (Imperial Gothic) 小説と位置づけられ、先祖返り (atavism) 的視点、あるいはオカルトへの傾倒という点で注目されている。ハガードのオカルトへの傾倒は親譲りであると伝記は伝えるが、これはもちろん十九世紀末英国のひとつの大流行であったことは周知の通りである。科学崇拝の時代にあって、その反動としての「反科学」への関心が高まっていた。パトリック・ブラントリンガー (Patrick Brantlinger) によれば、帝国主義的ゴシック小説の主要テーマは三つある。すなわち (一) 個人的体験としての未開人との同化、(二)「野蛮」、「魔神信仰」による文明への侵略、(三) 近代都市生活における「冒険」と「ヒロイズム」の衰退とその補填の必要性である。ブラントリンガーの言うように、帝国主義的ゴシック小説は、一見科学的かつ進歩的で、特に進化論的イデオロギーである帝国主義と、一見それとは全く正反対のオカルト、神秘主義、超自然主義とを結び付けようとする傾向があった。(5) また、当時の文化人類学の隆盛と相まって、オカルティズム、スピリチュアリズム等を含むすべての迷信の諸形式は「野蛮人の哲学」とみなされ、近代オカルティズムは「未開の文化」への回帰であると考えられた。また、文学的活動全般さえも、個人的または社会的な心の「理性」(rationality) 以前へと回帰することであるという考え方があったのである。このような考え方を典型的に反映したものとしてのハガードの作品はむしろ、個人の、そして普遍的な無意識界への下降、退行という意味合いで読まれることになる。その場合、そこに描かれる「他者」、「未開」、「野蛮」は人間の心理の深遠に潜むものであり、その読みは、西欧文明に生きる白人男性自身の心理分析的様相を帯びてくるのである。

あるいは、ダニエル・ビヴォーナ（Daniel Bivona）のように、ハガードのヒーロー達の物語は、むしろ「文明人としての自己を再生させるには、原始の野蛮から現代文明への人種的勃興の歴史を反復しなければならない」というヴィクトリア朝期の脅迫観念の寓話だという見方もある。[6] 未開の地への探検という通過儀礼〈イニシエーション〉を経ることで、自らの文明生活を再生させるというのが、娯楽としての冒険ロマンス小説の使命だったというわけである。『ソロモン王』では、ソロモン王の財宝は結局のところ、白人文明としてのキリスト教文明を起源とし、ククアナ族はその昔ある白人によって知恵を授けられたという設定だ。また『女王』は、そのまま西欧文明の歴史の起源を物語っている。「未開」の真只中で発見されたものは、「西欧文明」の起源だった、というどんでん返しが用意されているのだ。ビヴォーナの言葉を借りれば、「文化相対主義（cultural relativism）から提起された問題に対するハガードの答えは、異文化の領域が持つ秘密とは、所詮ヨーロッパ自身が抱えている秘密以上のものではないのだというディズレーリ（Disraeli）的神話をキリスト教以後の語彙（post-Christian terms）で語ること」だったのである。[7]

ハガードの作品が、文明から未開への下降や堕落、という比喩だけでなく、実際に地下の洞窟への下降といった物理的移動を執拗に描いていることは、ハガードが文明の「堕落」あるいは英国植民地支配力の衰退、さらには英国民の人種的退廃（degeneration）ということを強く意識していたことのひとつの表れであろう。この意味で、ハガードの作品を「楽園追放」（the Fall）の一変奏として読むこともあながち無意味ではあるまい。重要なことは、これらの「堕落」、「退廃」のイメージが一方では、十九世紀の科学信奉の潮流の一つである人類学と強く結び付いていたこと、そして他方で、〈ジェンダー〉的意味合いを色濃く付与されていたことである。

3 性的寓話としての帝国主義

フェミニスト批評家たちが、ハガードの作品の〈ジェンダー〉の問題、特に女性性〈フェミニニティ〉の描写に注目するのは当然であろう。それほどハガードの作品にはあからさまなジェンダー象徴が豊富なのである。レベッカ・ストット（Rebecca Stott）が指摘する通り、フロイト（Sigmund Freud, 1856-1939）が女性のセクシュアリティを「暗黒大陸」に例えたことは何も特殊な例ではなく、それは十九世紀後半当時の帝国主義的フィクションにおいてかなり一般的であったアフリカに対するステレオタイプ的イメージを代弁しているに過ぎない。[8] 神秘的で不可知の、他者としての女性は「暗黒大陸」であり、アフリカという「暗黒大陸」は女性にほかならなかった。それは、帝国主義や植民地主義の背景となる、白人男性主導の西欧文明の優位性という主張に、単に人種的優位と進化の度合ということだけではなく、性的モラル上の優位という見方が関係していたことによる。裸であること、黒人の性的能力の優位、性的モラルの違い、家族構成の違い（一夫多妻制をとること等）を堕落の要素へと置き換え、アフリカそのものを極度に性的な意味合いで見る視線があったことについては、しばしば指摘されるとおりである。[9]

ハガードは、いわゆる英国ジェントルマンたちのヒロイズムとしてのメンズ・ジョブ（men's job）を描いたが、彼自身も認めるように、アフリカ探検物語における探究の対象は常に女性でなければならなかった。どちらの作品でも白人男性が対決する脅威は常に女性性〈フェミニニティ〉を象徴している。『女王』ではアイシャという、はっきりとした女性の登場人物が秘密の核心として設定されているが、『ソロモン王』では、象徴的な女性性は、財宝の秘密を握る老賢女ガグールという登場人物だけではなく、女性の身体として白人の探検隊の前に横たわり、探検され同時に犯される(つまりpenetrateされる)対象としてのアフリカの大地という形で表象されている。ソロモン王の宝への地図は、まさに大地に仰向けに横たわった、首のない女性の身体を描いている。その地図は、「シバの乳房」('Sheba's Breast')と呼ばれる、女性の乳房に似た山の洞窟で餓死したホセ・シルヴェストラが、自身の血によって描いたとされている。「三人の魔女」('Three Witches')と名付けられた三つの山に囲まれた場所にある宝の洞窟は、容易に女性生殖器と子宮を連想させる。また、宝を手に入れたヒーローたちが洞窟に閉じ込められ、抜け道を探し出し、「脱出する/排泄される」過程は「胎内くぐり」を連想させるのである。

アン・マクリントック(Ann McClintock)は特にこの女体としての地図に注目し、それが西欧帝国主義の三つのテーマ、(一)被植民女性の支配を通じての白人男性権力の伝達、(二)文化的知識を尺度とする新たなる世界秩序の出現、(三)商品や産物という資本の帝国主義的統制、を象徴し、それがそのままハガード作品の基本テーマであることを詳述している。マクリントックによれば、女体としての地図に書き込まれた方位図は、科学知識によって象徴される男性権威による女性の征服を象徴している。さらにマクリントックは、ガグールという「年老いた母」、「大地の邪悪な天才」の死によってのみ、志半ばで「シバの乳房」山中で死んだダ・シルベストラの復讐が完結し、父系社会的遺産の相続、つまり秘宝の獲得が保証されるという筋書には、被植民

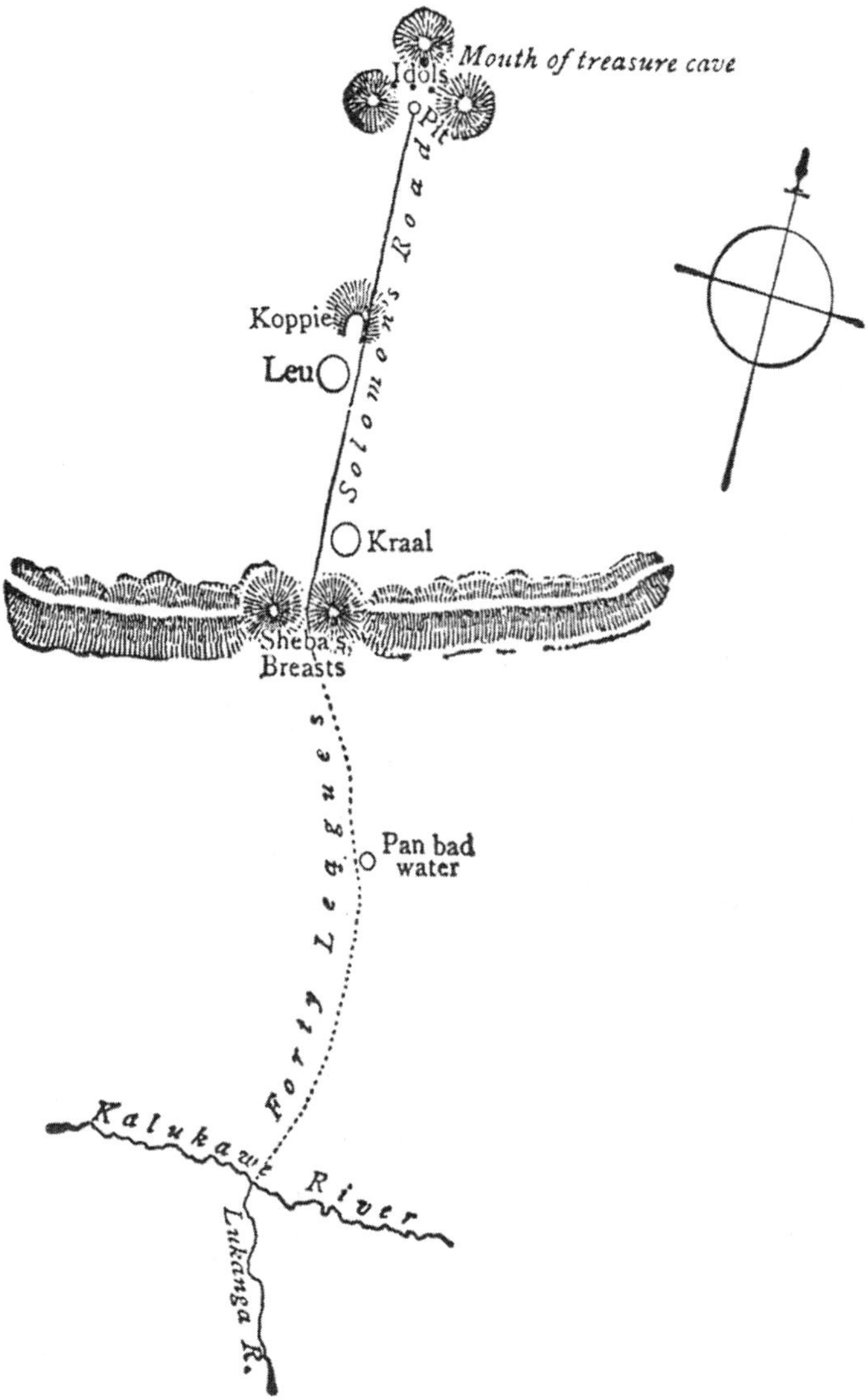
Mouth of treasure cave
Idols
Pit
Solomon's Road
Koppie
Leu
Kraal
Sheba's Breasts
Forty Leagues
Pan bad water
Kalukawe River
Lukanga R.

MAP.

地女性の性的能力と労働力の支配という、産業社会のモダニティーの下部に横たわる、隠された秩序の存在が暗示されていると述べている。[10]

このような、ハガードにおける女性性〈フェミニニティ〉の表象を、ロマン派からラファエル前派の芸術家達に偏愛され、理想の女性像として芸術作品を産む霊感の源泉となったいわゆる「宿命の女」(femme fatale) のイメージの系譜で捕えようとする批評家は少なくない。なかでもストットは、西欧文明に対する「他者」を〈フェミニニティ〉と重ね合せ、そしてその〈フェミニニティ〉を西欧文明のもつイメージであるところの「宿命の女」に重ねるという作業によって、「他者」に「堕落」の烙印を押した上で、自らの優位を確保するという帝国の理論が底流にあることを指摘しつつ、ハガードの作品を、人種的意味での逆転の進化、つまり「退化」(degeneration)、または「堕落」(deterioration) の寓話と見ている。[11] そしてこの寓話に邪悪な女性の誘惑による白人男性の堕落と雑種化 (hybridization) への恐怖を読んでいるのである。この点に関しては、「宿命の女」のイメージが、道徳と貞淑を重んじるヴィクトリア朝社会の歪みから生まれた「転落の女」(fallen woman) のイメージをも、内包していたことを想起しておく必要があるだろう。

象徴的なことに、『ソロモン王』でのガグール、『女王』でのアイシャの両者とも、進化論を連想させるものとしての「猿」のイメージを背負わされている。ガグールの描写は出現のときからまさに猿女のそれであり、さらには「蛇」、「死体」、「子供」、「野蛮」、「吸血鬼」('monkey', 'snake', 'corps', 'child', 'savage', 'vampire') という語彙で修飾されている。アイシャの場合もその消滅の場面でその正体の「猿」性が強調されている。つまり、「宿命の女」は、さらにその実態が「猿」であるというひねりを加えられることで、進化論的階層づけを背負わされている。そして白人ヒーロー達が自らを「神」に仕立てて、「猿」としての「他者」の上に立ってみせるその巧妙さは、十五世紀以来続いた、西欧中心的世界観を構築するための常套手段の反復となっている。サンドラ・ギルバート（Sandra M. Gilbert）とスーザン・グーバー（Susan Gubar）はアイシャに「宿命の女」としてのイメージだけでなく「反ヴィクトリア女王」（anti-Victoria）のイコンを見ている。当時、婦人参政権論者の台頭と植民地の独立要求という二つの声が連携し、英国内外に反抗的気運を巻き起こしていたという事情があった。これらの勢力に対抗する大英帝国の最高権力の象徴であるヴィクトリア女王には、女性であるが故に、その権力（＝男性性）との間で、ジェンダーの観点で常にある種の「ずれ」の感覚があったわけで、この女帝をいただく帝国が内包する不安定要素を、権力者としてのアイシャと、極度に性的意味合いを付与されたアフリカに投影したと見るのである。[12]

さらにストットは『女王』とその続編『女王の復活』（*Ayesha: The Return of She*, 1905）の両方に見られる、アジア（Ayesha ＝Asia）による大英帝国の乗っ取り、世界制覇への野望という設定のなかに、当時の実際の国際関係における緊張、つまり中国、ロシア、あるいは日本によるヨーロッパへの侵攻の恐怖を重ね合せている。[13]その一方、Ayeshaという名前はマホメット（Muhammad, 570-632）の二番目の妻の名に由来しており、そこにイスラム教圏の脅威を読むことも可能である。ニーナ・アウエルバッハ（Nina Auerbach）が指摘するように、ブラム・ストーカー（Abraham Stoker, 1847-1912）の『ドラキュラ』（*Dracula*, 1897）における構図と同様、アイシャはヴィクトリア朝父系社会への脅威としてのいわゆる「新興女性層」（New Woman）を象徴し、アイシャが表明する永遠の愛と不死性への切望は、世界帝国の悪夢と重ね合わせられている[14]。

しかしハガードの作品に表われる〈フェミニティ〉は、上述のような悪のイメージに集中しているという訳でもない。どちらの作品にも、白人に敵対し魔女的能力を持つ女ガグールやアイシャと対比されるかのように、ポカホンタス（Pocahontas）あるいはマダム・バタフライ（Madame Butterfly）と同類の女性像とも言えそうな、白人のヒーローに恋する、貞淑で献身的な原地人の女が登場する。『ソロモン王』では、生贄になるところを助けられ、グッドに恋して、ソロモン王の洞窟でガグールに殺されるククアナ族の娘ファウラタ（Foulata）であり、『女王』では、レオに恋し、アマハッガー文化の習慣に従ってレオを自ら夫と決め、病んだレオを献身的に看病するが、結局レオを愛するアイシャに嫉妬され殺されるアマハッガー族の女ウステーン（Ustane）である。これらの献身的で家庭的な女性像は、ヴィクトリア朝中産階級家庭が理想とする女性像の置き換えと読むことも出来るだろう。その、いわば「か弱き」女性が、もう一方の理想像、「強き」女、「宿命の女」、あるいは「転落の女」としてのガグールやアイシャに対比、対決させられ、敗北を喫するという筋書に、再び、当時の婦人参政権論者の台頭や、「新興女性層」の出現に対する恐怖を読むことは難しくない。

このように、征服されるものとしての女性性〈フェミニニティ〉は、征服者としての白人男性性〈ホワイト・マスキュリニティ〉のアイデンティティの確立と、征服そのものを正当化するために不可欠な「他者」のイメジャリーとして、幾重にも意味を付加されながら表象されるというのが、フェミニスト批評の提示する構図と言えよう。

一方、男性性〈マスキュリニティ〉の役割という点に関して、ジョセフ・ブリストウ（Joseph Bristow）はいくつかの重要な指摘をしている。まず、二人の男性の語り手が存在するという問題である。『ソロモン王』では、クオーターメンという無学だが勇敢な冒険者を中心に置きながら、注釈者として登場する編集者が、教養ある「イングリッシュ・ジェントルマン」の声を代弁し、センセーショナルな場面に、英国の文学的遺産からの引用を説明的に加えることで、二つの〈マスキュリニティ〉が、互いに補い合いながら理想的な、いわば文武両道の「ジェントルマン」像を作り上げるというわけである。『女王』においても同様の戦略はさらに強化され、注釈はさらに詳細かつ緻密を究めている。

また、ブリストウは、ハガードの作品には〈フェミニティ〉への強い関心と表裏一体である、世紀末カルトとしての「女嫌い」(misogyny)の感覚が色濃く表われているという事情に注目する。[15] その背景には、例のオスカー・ワイルド(Oscar Wilde, 1854-1900)を弾劾した刑法改正法(Criminal Law Amendment Act, 1885)の施行にも表われた、男性間の同性愛に対する関心の高まりがあった。ハガードの作品には、結婚の回避という形でかなり明確に男色の可能性が示唆されているし、『女王』において、外見の醜い語り手のホリーは自ら「女嫌い」であることを認めている。『女王』の筋書そのものにおいても、前半、保護者ホリーは美少年レオを極力女性から遠ざけて諸々の訓練にいそしませ、後半アイシャという究極の美と魔性をもつ女性との対決に導くということで、小説は、性的誘惑への屈服が最大の弱点となるような、ストイックな「男性性」への通過儀礼を描いているとも読める。もちろんそれはすべての英国少年がパスしなければならないテストなのである。

このようなジェンダーをめぐる多様な議論は、ハガード批評の最大の特徴と言える。そこに見えるのは、帝国のメトロポリタン内部という「中心」=「自己」における政治的、経済的、そして心理的葛藤を、〈支配者としての男性〉対〈被支配者としての女性〉という固定された性的な力学関係に置き換え、あるいはすり替えて、「周辺」にある「他者」に負の極を担わせることで、「中心」の再生と「侵略」の正当性を謀るという構図を浮き彫りにしてはいる。しかしそれらの議論は結果的に、あくまでも、対話を欠いた「他者」との関係、あるいは「他者」不在の「他者」認識という意味では、再び西欧の自己中心主義を反復していると言えないか。

ローラ・クリスマン(Laura Chrisman)は、以上のようなハガード理解全般に対して懐疑的である。特に、帝国主義の理論強化のために、劣等種族としての未開人を女性化する傾向を問題視しているフェミニスト批評の議論に潜む誤謬を、唯物論的立場から批判し、細かいテクストの読みの必要性と、諸要素の関係の在り方に注意する必要性を強調する。クリスマンは例えば、『女王』についてのギルバートとグーバーの批評に見られるような安易な構造化、つまりアマハッガー族社会が、アイシャを頂点とする母系社会的権力構造を持っていることを、西欧文明に対する文化的倒置とみなし、その倒置を、人類学的根拠に基づき、他者を劣等階級として位置づける西欧帝国主義の常套手段とみなす議論に異議を唱えている。それは人類学的に言っても、母系社会の系譜が必ずしも権威の継承とはならないこと、また母系社会であることが、即政治的な意味での女性の地位の高さに繋がらないこと、などの理由からである。また、アマハッガー族の混血〈ハイブリッド〉としての生い立ち（アラブ人とサハラ南方の黒人ズルとの混血とされる）と、それゆえ、古代帝国としてのコール王国が、「堕落」した性格を持っていること、アイシャは帝国主義者から見た「他者」であるだけではなく、むしろ西欧の帝国主義者そのものの替え玉、対照、補足であること等、それぞれの要素、主体が非常に二面性を帯びた実態を備えているという意味で、単純には力関係を決定できないことに注意を喚起する。また、最後の、女性支配者としてのアイシャの死の寓話が、必ずしも直ちに白人男性の権力強化へと結びつかないこと、また帝国主義が、いかなる単独の主体、典型、アイデンティティ、つまりこの場合で言えばアイシャによってもレオによっても表象されず、各主体の間を埋める空間あるいは関係のみが、帝国主義の形式的定義づけを行うことが出来ることを強調している。[16]

　結局、クリスマンは、帝国主義的フィクションに対するポストコロニアル批評自体が、テクストごとの細かな差異や特殊性を見過ごして、安易に「他者」の認識形成を図式化しており、このような批評は、帝国主義が

「他者」を一般的へゲモニーへと変える過程とまさに同様の過程を繰り返す危険性を帯びていることを指摘しているのだ。この問題は確かに重要だが、問題はそれだけではない。帝国主義が「他者」を一般的へゲモニーへと変える過程がどのように形成されてゆくのか、その点を追及する手がかりとしては、「他者」が自らを表象する手段を、文学テクストというフィクションがどのように与え、あるいは奪うのかということ、つまり、「他者」がテクスト内で実際どのように表象されるのかを検討する必要がある。そのためには、言語やコミュニケーションにおける使用言語選択の問題、あるいは実際に使われている言語と、それをテクストへと置き換えるときに施される操作、そして特に、支配者の言語としての英語の使用について、再検討することが必要と思われる。

4 「他者」の言葉、その隠滅

ビヴォーナが著書『欲望と矛盾』(*Desire and Contradiction*, 1990) でルイス・キャロル (Lewis Carroll, 1832-1898) の『不思議の国のアリス』(*Alice's Adventures in Wonderland*, 1865) をカルチュラル・スタディーズの題材として選んだとき、ある重要な貢献をしたと言える。それは、「他者」の描写が、コミュニケーションの問題、さらには言語そのものの問題と切り離せないことを明確にするのにもう一歩の所まで来ていたからである。ビヴォーナは、ヴィクトリア朝中産階級的価値観を振りかざして、不思議の国の生き物と衝突する帝国主義者アリスを描いたキャロルが、自民族中心主義という盲目性の故に、英国民は異国民を支配するには不敵格者であるという主張をしていることを指摘し、キャロルは英国で最も痛烈な文化帝国主義の批判者だった、と考える。「アリスが不思議の国の生き物達を理解できないことで、彼等を自分のヴィクトリア朝中産階級的価値観の範疇に押し込めようとするその有り様は、帝国主義的フィールドにおいて知識と権力が同盟関係にあることを示している」と述べ、「異文化理解の失敗は、その失敗の結果として、優越的地位の維持あるいは相手の支配という兆候を招く」ことの寓話である、と述べている。[17]

異文化との接触とその描写という観点で、ハガードの作品とキャロルの作品を比較したとき、その大きな違いにわれわれは気づかされるだろう。『不思議の国のアリス』で描かれたようなコミュニケーション・ギャップは、ハガード作品には皆無であり、まさにその事の不自然さ、異常さが、外国語、異文化との接触で多少なりとも苦労した者には目につくはずである。この点に気づかない英語の使用者としての批評家達には、彼等の使用言語が、英語という不当に、そして過度に特権的地位を与えられた言語であるというまさにそのことのために、言語における帝国主義的支配を看過してしまう危険性があると言えないだろうか。

'very badly' (p. 115) と評されたはずのクオーターメンのズル語力であれば、実際ならあって当然のさまざまな誤解やコミュニケーション・ギャップが、クオーターメンの語学力で翻訳しているという前提のために、すべて無視されているという事実がある。ダニエル・デフォー (Daniel Defoe, 1659?-1731) の『ロビンソン・クルーソー』(*Robinson Crusoe,* 1719) のフライデー (Friday) が喋った英語の表記に見られるたどたどしさは、クオーターメンがズル語で喋っているはずの発言にはほとんど表現されない。そういうことはハガードのこの作品における主要テーマではなかったのだという見方もあるだろう。しかし、一方では、ハガードはなみなみならぬ言語への関心を持っていたことが知られている。

ハガードはアフリカ在勤中、将来書くであろう小説の材料にするため、熱心に土語を習い、好んで奥地の土民部落へ出かけて彼等と生活を共にし、その歴史、風俗、習慣、伝説、伝承、迷信等を研究したということもあり、土民の文化についてかなりの知識をもっていた。また、クオーターメンやホリーといった、二つの文化を仲介する、ポリグロットで、かつハイブリッドな存在をヒーローとしていることからも、彼の作品を一方的に西欧寄りの人種差別主義的テクストと決めつけることは出来ないだろう。しかし、彼の作品における「他者」の表象の仕方、コミュニケーションの問題の扱い方には、意図的でなかったとしても、「言語における帝国主義」さらに言えば、いわゆる「英語帝国主義」の根のようなものが見えているように思われる。この点を明らかにするため、テクストにおいて言葉の問題がどのように処理されているのか、語りに用いられる言語と、言語の権威づけという観点で整理してみたい。

『ソロモン王』では、語り手であるクオーターメンは長年のアフリカ生活のおかげで現地語ズル語をある程度使うことが出来る唯一の白人であり、通訳を勤め、二つの言語文化の橋渡しをする役割を担っている。他の白人は全く現地語を解せず、意思疎通にはクオーターメンに頼っている。一方、探検に同行する召使いの一人にズル族の少年クヒーヴァ（Khiva）がいる。クヒーヴァは完璧な英語の話者であり、全編に渡って英語とズル語の仲介者となることが期待される。しかし奇妙なことにクヒーヴァは、冒険が本格的に始まる前に、キャプテン・グッドの身代わりとなって象に踏み殺されてしまい、その役割をほとんど果たさないまま姿を消す。これは何を意味するのだろうか。穿った見方かもしれないが、ハガードとしては、英語を話せる現地人という便利な存在を登場させてはみたものの、その存在が邪魔になってきたのではないか。もし彼が全編に渡って物語に関わっていたら、英語からズル語へ、またその逆という言語の転換を逐一表記しなければならなくなったかもしれないし、クヒーヴァのズル的思考、話法、修辞等が表面化し、表象言語としての英語が混乱する可能性もあったはずである。少なくともコミュニケーション上の障害がより大きな問題として扱われざるを得なくなったことは想像に難くない。ハガードはそのような事態に陥る危険を巧妙に排除したと言えないだろうか。

ズル族のウンボパ（実は王であるイグノシ）の言語的背景はクヒーヴァ以上に微妙である。ウンボパは、明らかに英語を理解しているが、奇妙なことに自分から英語を話すことはめったにないとされている。白人地区に住んだ経験を持ち、クオーターメンら白人の会話を理解できる能力があるのに、英語を話せないはずはない。ウンボパは英語で話しかけられても、ズル語で答える。これは一つには、ククアナランドの真の王という彼の正体の高貴さ、民族の長としての自尊心によるのかもしれない。彼は白人に対しても全く卑屈さはなく、対等の立場を保持し、むしろ白人を卑下さえしている。そういう意味では、白人の言語的傲慢を感じ取って抵抗を試みているのだ。もう一つには、ウンボパが完全な英語の話者としてナラティヴの中に存在した場合に、先ほどクヒーヴァについて述べたのと同じ、あるいはそれ以上の「弊害」をハガードが認めたということではないか。なぜならウンボパは肉体的、精神的にもクオーターメン以上のヒーローになる資質を備えており、ナラティヴの中で唯一尊敬の念を持って見られる「野蛮人」であって、「イングリッシュ・ジェントルマン」となる資質さえ備えているからである。そのウンボパは母国語であるズル語を使用している限りは、クオーターメンも認めるように、高い詩的表現力を持っており、それが十分に発揮されれば英語の権威さえも脅かしかねない程なのである。

私は以前、すばらしい声を持つある学者がギリシャの詩人ホメロスの詩行を大きな声で朗読するのを聞いたことがある。その朗々とした声が私の血の流れを止めてしまったような気がしたものだ。イグノシの詠唱は、古いギリシャ語に匹敵する美しさと響きを持っており、そのときと全く同じ印象を私に与えた。(18)

英文学のキャノンからしばしば引用を行う、英語という権威の信奉者であるクオーターメンにとって、ウンボパによるズル語の力の誇示は一つの脅威であったに違いない。このように英語の力に抵抗を試みるウンボパという登場人物を創出したということは、ハガードがある程度、原住民達が言語的に抑圧された存在であることを意識していたことの証にはなるだろう。

ごく稀に「私はそれを翻訳した」('I translated it.')(ズルから英語へ、あるいはその逆)というフレーズが出てきて、読者は、そういえば英語で表記されたこの発話は実際はズル語で発言されているのだと気づかされる。ズル語が実際に発話されたことがテクストに表われる場面が二箇所だけあるが、それは、象を見つけた現地人が叫ぶ場面での、'Unkungrunklovo! Unkungunklovo!' (elephant! elephant!) (p. 55) という台詞と、水を見つけたウンボパが発する 'Nanzia manzie!' (here is water) (p. 87) という台詞である。これらの例はズル語を表に出すことが、やろうと思えばできたことの証明にはなるだろう。また『ソロモン王』でコミュニケーションの問題が表面化する場面がある。それは愛し合うグッドとファウラタがお互いの意思を伝え合うためにクオーターメンの手を煩わさなければならないというもどかしさが描写された場面である。ズル語での発話を示唆するこの例はハガードの曖昧な立場と言えなくもないが、結果的には〈エキゾティシズム〉の演出、という程度の意味しか持ちえていないと言ってよい。

『女王』においては、発話の大部分が英語ではなくアラビア語という設定である。ヒーロー達は現地語であるアラビア語の学習を出発前に徹底的に行っている。レオとホリーはラテン語、ギリシャ語、ヘブライ語の教養も身につけていて、アイシャ相手にしばし古典語の歴史談義に花を咲かせるのである。このことは一見すると、西欧文明の側のヒーローが、現地語を身につけているという設定として、植民地主義的状況ではめずらしいことであり、言語帝国主義批判の立場から言えば、評価されるべきことであるように見える。しかし問題は、この冒険の舞台の現地語はアマハッガー族の言語であり、現地語は正統なアラビア語ではなく、「アラビア語系の言葉」、おそらくは一種のクレオール語だということである。英語以外の言語を前面に押し出しているように見えて、実は現地語はほとんど完全に無視されている。ハガードがここでやろうとしていることは、西欧の文明と言語の起源としての古典語の祭り上げというほかはなく、当時盛り上がりをみせていた言語学における進化論的な議論を、物語に登場させたに過ぎないということなのだ。

もうひとつの問題は、この多言語的状況も、テクストの表記上はすべて英語に翻訳されているということである。使用されているはずの言語が、アラビア語であれ何語であれ、読者が実際に接するのは唯一英語なのである。たとえばアイシャは突然使用言語をアラビア語からギリシャ語へ切り替えることがある。正確には、切り替えたことが読者に知らされる、と言うべきだろう。しかしそのような注意書きにもかかわらずテクストである英語には表面上の変化は何もないのである。

小説が語り手の解釈という濾過装置を通してのみ語られることは宿命だし、二か国語表記にすべきだったなどと言うつもりもない。しかし、実際はズル語やアラビア語で行われているはずの発言も、テクスト上では、すべてがあたかも本人が発話したかのような英語としてしか表現されない。その上、あっておかしくないはずのコミュニケーション・ギャップもほとんど抹殺されている。いわゆる翻訳の不可能性なども無視されている。

このように、ハガードはコミュニケーション上の障害、混乱、言語面での権威の転倒を回避して、言語表記上、物語が英国国内で進行しているのとさほど変わらないように表記した。これは見過ごすべきことなのだろうか。少なくともナラティヴにおける「他者」の認識の重要な部分に影響があると思われるのだが。しかし、ではどのように表記すればよいのか、といった議論もここではあまり意味がない。問題はいかにして「他者」の声がかき消され、発言が歪曲されていくのかというその過程を再確認することだろう。

発言の歪曲ということで言えば、翻訳されたとされる発言内容の英語表現の問題がある。『ソロモン王』で、ズル人が発声した文は全般にセンテンスが短いし、文構造は単純で語彙も制限された印象があり、全体に子供っぽい文章という印象を受ける。いわゆるピジン英語的要素も表現されている。また、後述するように、擬古典語的語彙選択によって、同時にある高貴さを付与されている。しかし問題は、このような「未開人英語」とでも言えるような表記は、実際のコミュニケーションを反映しているとは考えにくいということである。ズル人達は母国語で発言しているはずだから、子供のような話し方をしているとは考えにくいし、複雑な文章も発していているかもしれない。むしろこの「未開人英語」は、「未開人」＝「子供」という図式や、「未開人」の言語あるいは思考そのものさえも、本質的に単純で、劣っているという固定観念の表現であり、文明側から見た「未開人」に対する勝手な幻想の表現でしかないということなのだ。翻訳しているというのは建て前であって、この程度の文でしかしゃべれないだろうという思い込みの産物が、この「未開人英語」ではないのだろうか。この点については言語学的に細かい検討が必要かもしれない。もちろん全体がフィクションであるから、これは作者ハガードの操作と言ってもよいのだが、問題はこのような表記こそが「他者」に対するステレオタイプを再生産する装置となりうるということなのである。

次に注目すべき点は言語の権威づけとでもいうべき事柄に関係する。ウンボパのズル語は、「ズル語の古い形」であり、「それはちょうど十九世紀の英語とチョーサーの英語の関係に等しい」[19]との説明もあるように、古いタイプのものとされ、それゆえその翻訳である英文もまさにチョーサー（Geoffrey Chaucer, 1340?-1400）の中世英語のような格式ばった英文となっている。『女王』では事態はさらに徹底する。アイシャのアラビア語は、彼女の主張では、非常に「純粋な」ものとされており、彼女の発言もまた、『ソロモン王』の場合と同ように、擬古典的な英語に模した文体によって表記されるのである。さらに注目すべきは、レオの秘密が隠された箱から出てきた文書の表記が実に手の込んだものになっている点である。手紙の原文はギリシャ語楷書体で書かれ、レオの父による英語訳がついているが、御丁寧にも読者のためにと称して、ギリシャ語筆記体の訳も付けられている。また別の文書は、ドイツ字体（black letter）の文書とそのラテン語訳で表記され、羊皮紙に書かれたラテン語文書は、古英語訳したものがドイツ黒体文字で表記され、さらにその近代語訳まで付けられている。さらに壷の破片に書かれていたアンシャル文字を、中世ラテン語に訳したものを、古い黒体文字で表記したものや、そしてそれを読者のためにと称して普通のラテン語に翻訳したもの等々、多様な言語による表記に十数ページを費やしているのである。これらの古典語へのこだわりと憧憬は、当時いわゆる「英文学」の研究が始まったばかりであって、まだまだ学問の主体がギリシャ・ラテン語で書かれた古典の研究であったことからすれば、歴史の起源にかかわる物語における設定としては、当然なことかもしれない。しかしその理由は他にもあったはずである。それは『女王』におけるアイシャの純粋なアラビア語へのこだわりという形で現われる、言語の「純粋さ」の保持というイデオロギーの問題である。

恋人の再来を待ちつつ、外界との交流を絶って二千年以上生き続けているというアイシャは、太古のアラビア語の「純粋さ」を文字通り生き続けている。このアイシャの言語学者的性格と「純粋な」アラビア語へのこだわりは、マイケル・ノース（Michael North）が指摘するように、当時英国内で盛り上がりを見せていた言語学への関心、特に、「方言による文学」（dialect writing）と関係がありそうである。[20] ハガードの同時代に、トマス・ハーディ（Thomas Hardy, 1840-1928）、ロバート・スティヴンソン（Robert Louis Stevenson, 1850-94）、ラドヤード・キプリング（Rudyard Kipling, 1865-1936）やアイルランド文芸復興（the Irish Renaissance）に関係する作家達は、そのスタイル、使用言語＝英語において非常に「土着的」（vernacular）なスタイルで作品を書いていた。「古きよき田舎方言」（good old rural dialects of England）にこそ「純粋な」英語が残っているという発想があったのである。この気運は、教育や新聞、科学などの分野で用いられる現代的俗語から遠く離れた土地にこそ「純粋な」言語が存在するとの期待から来る、アラビア・アフリカへの関心として表面化していた。「純粋な」英語の防衛と「標準英語」（Standard English）の防衛とは、根本のところで同類の発想であり、その中心課題は、他の人種の侵略から英国を守るという考え方である。当時実際に、歴史発祥の地としてのアラビアへの関心があったこともあって、ハガードは英語の防衛という命題を、アラビア語に置き換えてアイシャに体現させたと言えるだろう。

問題は、アイシャが被支配民であるアマハッガーの民には、アラビア語の純粋さを汚し堕落させた責任があると非難していることである。ここには、「純粋」対「雑駁」、「古典的整然・修辞的美学」対、「混迷・錯乱の美学」、「正当性・真正性」対「非正当性、いかさま性」の二項対立の構図でいえば、はっきりとそれぞれ前者を指向する立場がある。それを体現するのがアイシャであって、この背景には、混血、雑種化、ハイブリッド化、あるいはクレオール化へと向かうエントロピーの増大に対する嫌悪がある。このような言語の堕落、雑種化という観点は、上述した、多くの批評家が指摘するハガードにおける堕落のイメージ形成の中核に置かれてしかるべき議論ではないかと思われるが、それ程関心を持たれていないのが実情である。

『女王』における言語への関心について、特に気になるのは、アイシャ自らが作り出したという数多い唖の召使たちの存在である。アイシャは言う。

彼らは唖だ。分かっておろうが、耳の聞こえぬものは口もきけぬ。それゆえに彼らは、彼らの表情と身振りを読み取れる者がいない限り、召使の中では最も安全なのだ。わたしが彼らを育てたのだ。何世紀もの時間と手間がかかった。しかしわたしは勝った。前にも一度成功したが、その種族はあまりに醜かった。だからそやつらは死に絶えさせた。しかし、いま見てのとおり、彼らは美しい。[21]

アイシャは、彼等は聾唖であるがゆえに召使の中でも「最も安全だ」('the safest') と言っている。アイシャは、アマハッガー族の支配者ということになってはいるが、アマハッガー族とは人種も違い、言語も違う。被支配民とは直接関係のない、いわば押しかけの絶対君主であり、超人的な能力を背景にした、抑圧者である。このような関係においては、反乱の危険性は常にあり、アイシャは身の安全確保に腐心せざるを得ない。そこで自ら作り出したのが聾唖の従者達だった。つまりアイシャは、支配者にとっては被支配者の発言力を完全に奪うことこそ、つまり、存在の証である声を持つことを禁止することこそ、支配の最も究極の形態であることを知っている。また上述のような意味で、アイシャの立場は植民地を統治する宗主国の立場と同類であり、アイシャの行為は、植民地主義、帝国主義の言語政策の一面を描いていることになる。自らの声を奪われ、自らを表象することが不可能なこれらの聾唖の従者達は、いわゆるサバルタンに他ならない。このサバルタンとしての従者の存在は、植民地支配において言語的抑圧がいかに大きな力を持つかを、ハガードなりに寓話的に表現した結果なのである。支配者の言語を被植民に強制し、被植民の母国語を抑圧し抹殺しようとすることは植民地主義の常套手段だが、このハガードの創造した聾唖の召使の寓話は、まさにこの抑圧の究極を描いている。

5 「他者」を表象する言葉

これまでに述べたような表記言語の選択の問題、もっと正確に言えば、英語への翻訳による「他者」の言語の抹殺の問題と、言語における権威主義的傾向を理由に、十九世紀大衆作家ハガード本人を批判しても何も始まらないだろう。問題は、「他者」の言葉を抹殺して行く巧妙な手口、さらには、「他者」の言葉を英語へと取り込んでしまう装置としての英文学、という事にもっと注意を向けるべきではないかということである。英語表記の、または、すべての登場人物が英語を話す（かの如くに表現する）ことの正当性を無批判的に確立してしまっていることの不自然さ、それを無視しても構わないと考える読者や批評家を含めた英語圏の人々の傲慢さは、われわれに苛立ちを覚えさせるに十分である。このような不自然さは今日まで延々と、ほとんど当然の事として受け入れられてきたし、現代のマスメディアやマスカルチャーにもこの傾向は蔓延し、さらに徹底しつつあると言ってよい。

エドワード・サイード（Edward W. Said, 1935-）、ホミ・バーバ（Homi K. Bhabha, 1949-）、ガヤトリ・スピヴ

ァク（Gayatri Chakravorty Spivak）、ローラ・クリスマンらの理論家達は、ポストコロニアリズムの批評自体が結局は「西欧」や「中心」の側からの発言であり、「他者」について言及しているようでありながら、実は「他者」を「中央」の側に取り込んでゆく一つの装置に堕してしまうのではないか、という懸念を異口同音に表明している。しかし彼らはその危険性が、第一にそれらの議論すべてが媒体としている言語、つまり英語が持つ帝国主義的性格に依るものだということに、まだ十分な意識を向けていないのではないだろうか。『英語帝国主義論』で、ジェイムス・ジョイス（James Joyce, 1882-1941）の崇高なる言語ユートピアニズムを指向する立場から、現在世界に蔓延する「英語帝国主義」を鋭く弾劾し批判する大石俊一は、「今を時めく〈サバルタン・スタディーズ〉、〈ポストコロニアル・スタディーズ〉も、その反西欧至上主義的内容にかかわらず、その媒体が英語である以上、ある知的限界の中に閉じ込められざるを得なくなっている」と述べている。[22] ハガード批評に典型的に見られたような議論の多くも、ほとんどが言語の問題を棚上げにしておいて、自らが「他者」のイメージをいかに構築していったかという自己認識の問題へと収斂してしまっており、「他者」の実態を「自己」と離れたところで明らかにする作業を怠っている。柄谷行人は「他者の他者性を捨象したところでは、他者との対話は自己対話となり、自己対話（内省）が他者との対話と同一視される。・・・私が独我論と呼ぶのは、けっして私独りしかいないという考えではない。私にいえることは万人にいえると考えるような考え方こそが、独我論なのである。独我論を批判するためには、他者を、あるいは、異質な言語ゲームに属する他者とのコミュニケーションを導入するほかない」と述べている。[23] この「異質な言語ゲーム」を明確に認識するには、まず表記に使用される言語そのものが内包する帝国主義的傾向に関する議論と洞察が必要となる。本論では、ハガードというテクストとその批評を例に取り、「異質な言語ゲームに属する他者とのコミュニケーション」の排除、隠蔽がどのように行われているかを確認し、それを批評界がいかに容認し看過しているかを確認してきた。このような作業は、現在隆盛を見せる旧植民地からの英語による発信〈ポストコロニアル・リテラチャー〉を考えてゆく過程においても常に必要となるだろう。

記念碑的著作『黒い肌・白い仮面』(*Black Skin, White Masks*, 1967) で植民地における黒人の分裂させられた精神的植民地化状態を明確にしたフランツ・ファノン (Franz Fanon, 1925-61) は、悲哀を込めて「仏領アンティルの黒人は宗主国の言語であるフランス語の習得の程度に比例して〈白く〉なる、それはまた、本当の人間により近づくことでもある」[24]と述べている。ファノンは、宗主国言語 (この場合フランス語) の習得が、被植民にとっては、進化の過程における「猿」から「白人」へといたる段階において、「猿」の状態から離脱するための唯一の方法であることを示唆している。『ソロモン王』でウンボパは英語を理解する唯一のズル人だが、双子の兄弟であるはずのツワラが、典型的黒人の身体特徴を付与され、嫌悪感をもって描写されているのとは全く対照的に、彼の外見は非常に白人に近い好ましいものとして描写されている。英語の獲得がウンボパを白人に変えたのである。ファノンはまた、植民地の黒人は仲間の黒人と話すときと、白人 (フランス人) と話すときの、異なる二つの次元を持っていると述べているが、その場合、フランス語環境に居る限りにおいては、もう一つの次元は隠蔽、抹殺されていることになる。ウンボパの場合、もう一つの次元はテクストに表われていただろうか。そのかすかな表われがあったとすれば、それは英語で話しかけられてもズル語で答えるウンボパの、精神の気高さの中にこそあったのである。

註

（1）本稿は一九九九年、姫路獨協大学外国語学部紀要第十二号に発表した論文「ライダー・ハガードの植民地幻想小説における『他者』の言葉」を改稿したものである。

（2）テクストは、*King Solomon's Mines* は The World Classics, Oxford UP 版を用い、*She* については Penguin Popular Classics 版を用いた。以下本文からの引用は、これらのテクストのページ数を括弧内に示した。本論中のテクストの翻訳は著者による。なお、両作品とも東京創元社より、大久保康雄による邦訳が出版されている。

（3）柄谷行人『探究Ⅰ』（講談社、一九八六年）九ページ。

（4）Wendy R. Katz, *Rider Haggard and the Fiction of Empire: A Critical Study of British Imperial Fiction* (Cambridge: Cambridge UP, 1987), pp. 18-21.

（5）Patrick Brantlinger, *Rule of Darkness: British Literature and Imperialism, 1830-1914* (Ithaca, New York: Cornell UP, 1988), p. 227.

（6）Daniel Bivona, *Desire and Contradiction: Imperial Visions and Domestic Debates in Victorian Literature* (Manchester : Manchester UP, 1990), pp. 80-84.

（7）Bivona, *Desire and Contradiction*, p. xi.

（8）Rebecca Stott, *The Fabrication of the Late-Victorian Femme Fatale:The Kiss of Death* (London: Macmillan Press, 1992), p. 88.

（9）Sander L. Gilman, 'Black Bodies, White Bodies: Toward an Iconography of Female Sexuality in Late Nineteenth-Century Art, Medicine and Literature,' *Critical Inquiry*, 12 (Autumn 1985), pp. 204-42. を参照のこと。

（10）Anne McClintock, *Imperial Leather: Race, Gender and Sexuality in the Colonial Contest* (London: Routledge, 1995), p. 3.

（11）Stott, *The Fabrication*, pp. 88-125.

（12）Sandra M. Gilbert and Susan Guber, *No Man's Land: The Place of the Woman Writer in the Twentieth Century*, Volume two, Sexchanges (New Haven, Connecticut: Yale UP, 1989), p. 19. Quoted in Joseph Bristow, *Empire Boys: Adventures in a Man's World* (London: Herper Collins, 1991), p. 140.

(13) Stott, *The Fabrication*, p. 100.

(14) Nina Auerbach, *Woman and the Demon: The Life of a Victorian Myth* (Cambridge, Massachusetts: Harvard UP, 1982), p. 37. Quoted in Brantlinger, *Rule of Darkness*, p 234.

(15) Bristow, *Empire Boys*, pp. 140-1.

(16) Laura Chrisman, 'The Imperial Unconscious? Representations of Imperial Discourse,' in Patrick Williams and Laura Chrisman eds., *Colonial Discourse and Post-Colonial Theory: A Reader* (New York: Prentice Hall / Harvester and Wheatsheaf, 1994). pp. 501-7.

(17) Bivona, *Desire and Contradiction*, pp. 53-7.

(18) Rider Haggard, *King Solomon's Mines*, p. 237. 原文 [I once heard a scholar with a fine voice read aloud from the Greek poet Homer, and I remember that the sound of the rolling lines seemed to make my blood stand still. Ignosi's chant, uttered as it was in a language as beautiful and sonorous as the old Greek, produced exactly the same effect on me, …]

(19) Rider Haggard, *She*, p. 112. 原文 [the language spoken by this people was an old-fashioned form of the Zulu tongue, bearing about the same relationship to it that the English of Chaucer does to the English of the nineteenth century.]

(20) Michael North, *The Dialect of Modernism: Race, Language & Twentieth-Century Literature*, (Oxford: Oxford UP, 1994). p. 20.

(21) Rider Haggard, *She*, p. 151. 原文 [They are mutes, thou knowest, deaf are they dumb, and therefore the safest of servants, save to those who can read their faces and their signs. I bred them so - it has taken many centuries and much trouble; but at last I have triumphed. Once I succeeded before, but the race was too ugly, so I let it die away; but now, as thou seest, they are otherwise.]

(22) 大石俊一『英語帝国主義論』(近代文芸社、一九九七年)、二四六ページ。

(23) 柄谷『探究I』、九ページ。

(24) Franz Fanon, translated into English by Charles Lam Markmann, *Black Skin, White Masks* (London: Pluto Press, 1986, originally published in France as *Peau Noire, Masques Blanc* in 1952), p. 18.

Joseph Conrad [1857-1924]

ジョウゼフ・コンラッド

――『闇の奥』に交錯する二つの声（1）

吉本　和弘

1　ポストコロニアル批評とコンラッド

ジョウゼフ・コンラッド（Joseph Conrad, 1857-1924）の代表作とされる『闇の奥』（*Heart of Darkness*, 1902）の英文学史的意義は、十九世紀後半、ヨーロッパ列強による帝国主義、植民地主義に蝕まれていたアフリカにおける「未開」と「文明」のパラドックスを、その植民地主義の尖兵たる、高邁だが奇怪な人物クルツ（Kurtz）の精神の荒廃と堕落の軌跡を軸に、語り手マーロウ（Marlow）を介し、ロンドンとアフリカという二重の遠近法の中で、コンラッドが独特のアイロニーとかつての小説には見られなかった斬新な語りの手法で描き出したことにある、とひとまず言うことが出来よう。しかし「英文学」の基本重要文献（キャノン）となり、今日のポストコロニアル批評にとってのキャノンでもあるこのテクストの最も重要な側面のひとつは、この作品が英語を母国語としない人物、つまり「英文学」にとってはアウトサイダー、によって書かれたという事実なのだが、多くの批評は、コンラッドと「言語」あるいは「英語」の問題を、それほど中心的な問題としては取り上げていないように思われる。小論はこの点に注目し、コンラッドの他者意識、あるいはアイデンティティの問題と言語観の関係について再考しようとするものである。

『闇の奥』をめぐる議論でまず思い出されるのは、一九七五年ナイジェリアの小説家チヌア・アチェベ(Chinua Achebe)が、講演の中でコンラッドを「血塗られた人種差別主義者」と呼んで批難した事であろう。アチェベは、『闇の奥』においてアフリカは「否定された土地」であって、原住民たちは非人間化され、卑下され、グロテスクな吼えている群衆として描写されており、「アフリカは、アフリカ人から人間としての要素を削除するような環境、背景として読者に与えられ、さまよえるヨーロッパ人たちが危険を犯して侵入する、あらゆる人間性を欠いた形而上的な戦場として描かれている」と述べて、このテクストが、攻撃的でかつ全くもって悲しむべき書物であり、人種間闘争を煽る物であるがゆえに批難されるべき物とした。また語り手マーロウが「ニガー」('nigger')という言葉を乱用する様に代表される、ヴィクトリア朝的な人種差別意識の表出を理由にコンラッドを断罪した。(2) アチェベはさらに、コンラッドをキャノンとして評価しようとする英語圏の批評家や文化的伝統そのものに内在する差別意識にも言及している。このアチェベの批難が、帝国主義、植民地主義批判の立場から、「英文学」のキャノンとしてのコンラッドを読み直そうとする、いわゆるポストコロニアルな視点からの議論の火付け役となったと言ってもよいだろう。

アチェベの講演から三年後に『オリエンタリズム』(*Orientalism*, 1978)を発表して、ポストコロニアル批評の旗手となったエドワード・サイード(Edward W. Said, 1935-)は、『文化と帝国主義』(*Culture and Imperialism*, 1993)で、「コンラッドの悲劇的限界とは、彼がある知的水準において、帝国主義を本質的には純粋な支配と領土の略奪であると見抜いていたとしても、それをふまえて、〈原住民〉がヨーロッパの支配から自由になり、自分の生活をおくることのできるよう、帝国主義は終わらなければならないと結論づけられなかったことである。」[3]と述べ、さらに、「この小説に関するほとんどの読みは、植民地事業に対するコンラッドの懐疑心について正しく着目している。ところが、マーロウがクルツを探してアフリカの奥地へ分け入るというこの物語を語ることで、結局マーロウもクルツの行為を反復し、クルツの行為に正当性を与えていること、つまりアフリカの異質性を西洋の歴史へと組み込み、そして物語ってしまうことで、アフリカをヨーロッパ人の覇権へと譲り渡してしまうことを、ほとんど問題にしようとしない」[4]として批評界の責任をも指摘している。そしてコンラッドの洞察の確かさを認めつつも、基本的かつ結果的には、このテクストが帝国主義を容認する近代小説テクスト群の重要な一角を担ったものとして位置付けている。

正木恒夫が指摘するように、コンラッドのコンゴ河での経験を記した日記の記述や、当時の流域の開発状況に照らしたとき、コンラッドがかなり意図的に現実を歪曲して、アフリカをより未開の原始状態に近づけて描いているという事実がある。また、コンラッドが、晩年のエッセイの中で、「扇動的なジャーナリズムとの野合と、植民地収奪への荷担」を理由として、冒険家スタンレー（Henry Morton Stanley, 1841-1904）を、自分の崇拝する数々の冒険家のリストから削除しているにもかかわらず、『闇の奥』で描いたアフリカ像が、結果的にスタンレーがその探検記『暗黒大陸を横断して』（*Through the Dark Continent*, 1878）で描いたものと酷似したイメージ、つまり奇声を発して襲いかかってくる食人種の大群のイメージを持っていることなどを考えるとき、非難を免れ得ない部分があることも確かである。[5]特に、クルツの堕落をめぐるファウスト的テーマにおける〈悪〉が、アフリカの未開の自然や、それに同化しているものとしての原住民達の神秘的、超自然的な〈邪悪〉（evil）と結び付けられている点は、偏見と呼ばれても仕方のないところであろう。また、帝国主義の実践における古代ローマ人のイギリス支配や、ベルギーによる搾取に片寄った植民地経営に比べ、イギリスのそれは合理的であり原住民にも恩恵を与えるものだという安易な思い込みが、テクストに充満していることも確かである。

しかし、サイードも認めるように、アフリカや黒人に対する偏見は、語り手マーロウが持っているものとして客観的に描かれているのであり、もう一人の全知の語り手としてのコンラッドのものではないとする擁護論もある。アチェベの批判以後、旧植民地出身の批評家達は概して、人種の問題においてコンラッドの曖昧で両義的な立場を認めつつも、『闇の奥』は、植民地主義に対する懐疑と辛辣な皮肉を内包するコンラッドの見地において、先進的な作品である事を認めて、この作品が植民地主義の悪を告発する立場をとる作品群のキャノンであるべきとの立場にあるようである。確かに、コンラッドが、ほとんどのイギリス人が帝国主義を称えられるべき偉業と信じていたまさにその時代の只中に、そのアンチテーゼとしてこの作品を書いたことを重視すべきであろう。

このような評価の分裂と、この作品に充満する「未開」と「闇」に対する憧れと嫌悪、魅惑と恐怖、という逆説的でかつ両義的な感情が存在する一つの理由は、コンラッドあるいはその鏡としてのマーロウの内部に働いている二つの心的軸と関連があると思われる。度會好一の言葉を借りれば、コンラッドの中には一方に、「あの悪名高いポーランド分割によって祖国の独立を奪われ、今だにロシアの支配の軛に喘いでいる被征服民族ポーランド人の一人としての心」と、その心に裏付けられた、他国からの帝国主義的な支配に対する懐疑的視線が存在しており、他方には「イギリス文化の真髄ともいえるリベラリズムに心底から魅惑されてイギリス臣民になり、イギリス人以上のイギリス人に意識的になろうとしたエミグレ、コンラッドの心」があったのである。[6] このコンラッドの立場の二重性は、語り手マーロウにも投影されて、作品の両義性と密接に関係しているように思われる。

しかし、コンラッドの天才と限界に関する最近の議論は、主として帝国主義に対する政治的な、あるいは道徳的な立場に片寄りすぎているように思われる。もう一つの非常に重要な点は、彼の「言語」あるいは「英語」に対する立場である。上記のような批評の主なテーマ、つまり、この作品の歴史的、政治的背景をめぐる問題は、コンラッド本人の中では、「言語」あるいは「英語」に関係する実験的、革新的手法の問題と緊密に連携していることを見逃してはならない。英国文化の中で、周辺から来た〈門外漢／アウトサイダー〉でありながら、典型的〈ジェントルマン〉になること、つまり模範的〈インサイダー〉になることを夢想し、同時に内部告発を行おうとしたコンラッドにおいて、その内部告発の企ての努力とその困難は、まず「英語」という帝国の言語との格闘、さらに普遍化するならば、「征服」と「被征服」における「異言語」の壁との格闘の問題として立ち現われたことを忘れてはならない。

2　コンラッドと英語

コンラッドの言語的背景について整理しておきたい。コンラッドは帝政ロシア支配下のポーランドの生まれで、英語を母国語としない生い立ちである。祖父の軍人気質と愛国心を受け継いだ父は、理想家肌で夢想的な革命家、西欧文化への心酔者であり、反露、反体制的で、観念的な人物であった。革命の秘密結社との関係で摘発され、家族と共にシベリアに流された。コンラッドの幼少時代は、革命とその挫折で始まったのである。父は文学好きで、ディケンズやシェイクスピアの翻訳を手がけるほどのインテリであった。この影響もあってか、幼少の頃からコンラッドは大変な読書家であり、『ドン・キホーテ』やディケンズ等を読み耽ったという。彼のこのような背景は、ロシア自体が持っている西欧への憧れにさらに輪をかけた、ロシア支配下のポーランドという辺境の文化がもともと持っている西欧文化への強烈な憧れと表裏一体をなしている。

その後、船乗りを目指してフランスへ行き、しばらくフランス船で働いた後、さらに英国商船の船乗りとなって、その生活の中で、二十一歳を過ぎてから英語を覚えた。このような背景を持ちながら、英文学のキャノンと認められるほどの作品を多数書いたという事実は、常々、驚嘆を込めて真っ先に語られる逸話である。母国語ポーランド語を使うことさえままならず、またそれゆえに外国語使用の必要と選択の可能性が多分にあった状況の中から生まれた作家という意味では、どの言語で書くのかということは、重大な問題であったように推察される。しかし、『自伝』(*A Personal Record*, 1916)に綴ったこの疑問に対するコンラッドの答えは、ある種運命論的である。

実のところ、わたしの英語を書く能力は、わたしが生まれながらに持っているほかのすべての能力と同様に自然なものなのである。わたしは、それがいつもわたしに本来備わっているわたしの一部なのだという、奇妙でかつ抑えがたい感覚を持っている。英語はわたしにとって、選んだものでもないし、借用したものでもない。英語を選ぶというような考えは持ったことがないのだ。そして、借用ということに関して言えば、そう、確かに借用ということはあった。でもそれは、英語という言語の英知がわたしを借用したという意味で、起こったのである。英語の英知は、わたしをまだたどたどしい状態から抜け出させてくれ、わたしをあまりにも完璧に取り込んでしまったので、本当にそう信じているのだが、その言い回しはわたしの気質に直接的に影響し、いまだに確固とした形を持たなかったわたしの性格を方向づけてしまった。(7)

この説明は、我々を素直に納得させてくれるものではない。別の個所でフランス語との二者択一の問題には触れているが、ポーランド語で書くことなど、最初から念頭にはなかったようである。「英語で書かなかったら、何も書かなかっただろう」という後述される言葉からも「英語」に対するコンラッドの強い思い入れを感じることは出来る。しかし、むしろここには、植民地争奪戦のただ中にあったヨーロッパの列強の中で、祖国ポーランドを分割した憎きドイツとロシアよりは少しはましな、古きよきリベラリズムの面影をとどめているがゆえに憧れの対象となった英国、そして自分を帰化させてくれた恩ある国である英国に対する社交儀礼が見え隠れしているようにも思える。

しかし、ここで言う「英語」、特に話し言葉としてコンラッドが身に付けた「英語」は、彼が船の上でも常に友とした多くの書物で読んだ「英語」は別として、憧れの大英帝国の言語というよりも、様々な国からやってきた船乗りたちの多言語多文化共生的な環境における、意思疎通のための共通語としての「英語」と考えたほうがよい。たとえば、コンラッドが乗り組み、初期のマレー小説の材料を仕込んだと思われる船ヴィダー(Vidar)号の乗組員は、各種ヨーロッパ人、多くの中国人、マラヤ人等の混成で、船はアラブ人の所有だったという。ここで話されていたのは「わけのわからないマレー語」(gibberish Malay)と呼ばれる代物で、東インド地域に流通していた国際的海運ピジンの一変種であった。(8) このことからも想像できることは、コンラッドが舟乗りの生活から学んだ「英語」は正統な英語とは程遠い、まさにその頃英国内でその確立が進行していた、いわゆる「標準英語」(Standard English)に対するアンチテーゼだったということである。

このような、〈中心〉、〈メトロポリタン〉に対する〈周辺〉、〈辺境〉としての植民地で流通するピジン語は、英国本国から遠く離れているがゆえに、その〈標準〉性維持の圧力から自由であり、それゆえ同時に、「標準英語」を破壊する可能性を秘めた、ある種の脅威でもあったわけだが、コンラッドの英語自体がまさにそのような〈周辺〉的、アンチテーゼとしての性質を帯びていたことを確認しておく必要がある。コンラッドの英語は、「標準英語」(Standard English)でも「英語」(English)でもなく、限りなく、彼自身の言うところの「わけのわからない言葉」(gibberish)に近い、「非標準英語群」(englishes)の一つにすぎなかったと言ってもよいのかもしれない。そしてまさにそのような自己破壊的な力を秘めた言語としての「非標準英語」(english)の有り様が、彼の創作意欲を刺激したとは言えないだろうか。

世界を旅しながら、様々な言語背景を持つ異邦人と寝食を共にすることで、外国語との付き合い方を身に付けた船乗りたちが、世界最初の言語学者の役割を果たしたとすれば、それは当然のことだった。彼らは通訳として、大英帝国の植民地獲得活動にとってなくてはならない存在であったが、ほとんどの場合、船上では人種的な〈アウトサイダー〉であり、彼等は、彼等が仲立ちをする人種間、言語間、文化間では宙吊りの存在であった。コンラッド自身も、恐らくそれに近い存在として長年過ごしたに違いない。マレーを舞台とした初期の作品には、オールメイヤーを始めとして、このような宙吊りの立場を体現しつつ陸地に取り残されたような人物が多く登場する。マレーのような多言語の入り交じる言語状況を英国の読者に伝えるコンラッドは、ある種の通訳の役目を果たす文化的なハイブリッドだったと言える。しかも、橋渡しをする複数の文化のどれにも根を持たない第三者として現場にいたことになる。

コンラッドにとって最も流暢に使える外国語は、子供のときに習得し、スイスやマルセイユに住んだ時代に磨きをかけたフランス語だった。フランス語以外にも、ラテン語、ギリシャ語、そしてドイツ語を学んだが、これらは知識として学んだという程度のものだった。英語は英国商船に乗るようになって始めて、身に付けたのである。それは船乗り仲間との会話と読書から学んだものであった。当然、コンラッドには、相当の英語運用能力上の困難がつきまとっていたことは疑いない。供作者だったフォード・マドックス・フォード（Ford Madox Ford, 1873-1939）は、コンラッドが、「私は書くときには大いに苦労する。個人的で、自動的で、あまり表に出さない思考はポーランド語でする。自分の考えを注意深く表わしたいときはフランス語でする。物を書くときは、フランス語で考え、その思考した単語を英語へと翻訳するのだ」と言ったと述べている。フォードのこの発言は、少々疑ってかかったほうがよいという説もあるが、コンラッドの英語の外国人訛りは、だれの耳にも明らかであり、それも終生続いたという。ポール・ヴァレリー（Paul Valery, 1871-1945）はコンラッドの英語を'horrible'と形容し、これほど下手にしか話せない言語でこれほど偉大な作家となることは、誠に希有で風変わりなことだと述べている。フォードによれば、コンラッドは際立った流暢さと風格を持って、統語論的にも適正に、また意味に対する正確な語彙の選択で英語をしゃべったが、アクセントの付け方、抑揚の点では時として理解が困難な程だったという。ウェルズ（H.G. Wells, 1866-1946）の指摘では、コンラッドは英語を話し始めるずっと以前に読書を通して読むことを覚えたため、ごく日常的な単語でも、誤った発音を身につけてしまっていた。例えば'these'や'those'の最後の'e'を発音するという治癒不能の癖を持っていたという。ウェルズはまた、コンラッドは、船乗りの生活に関する話題であればその用語選択は素晴しかったが、より馴

染みのない話題ではしばしば言葉に窮した、と述べている。(9)

コンラッドの英語力の問題は、会話能力の面に限らず、テクスト上の問題としても指摘されている。例えばセドリック・ワッツ（Cedric Watts）は、コンラッドが英語をまだ完全にマスターしていないことを示す証拠としていくつかの問題点に言及している。「ガリシズム」（Gallicism: フランス語表現の直訳）や「アルカイズム」（archaism: 古文体）が散見され、さまざまなイディオムを用いようとするあまり、会話がまことしやかな「コロキアリズム」（colloquialism: 方言的言い回し）に陥り、またそれを表現するため、音にはさして違いを生じないような方言的綴り（'special' を 'spechul'、'machines' を 'masheens'、'women' を 'wimmen'、'give' を 'giv'、'of' を 'ov' 等々）を作ったこと、また「コンラディーズ」（Conradese）と呼ばれる、名詞の後に三つの形容詞を並べる予測可能で自動的な手法（例えば、'a voice mournful, immense, and faint'）や、しばしば無生物を擬人化するという感傷的な謬見と結び付いた、安易で行きすぎた直喩の多用（例えば the sun declines low 'as if bending down to look into their faces'）に走るなどの点である。(10) イアン・ワット（Ian Watt）も、『ロード・ジム』（*Lord Jim*, 1900）のテクストに見られるポーランド語とフランス語の影響によると思われる誤りについて言及している。(11) 実際、コンラッドは英語の重要な文法の間違い（例えば、'like' と 'as'、'shall' と 'will'、'who' と 'that'、'that' と 'which'、'lay' と 'lie' の違い）を修正させられることがしばしばあり、コンラッド自身、習得が困難な英語の文法や綴りに対して時として敵意の言葉を口にしたという。

重要なことは、初期の作品群の源となった船乗りとしての体験の時期に、コンラッドは書物の中以外では標準的な英語の言語環境にいたわけではなく、非常に雑多な多言語並立状況、あるいはピジン語の支配する環境にいたという事実であり、また、このような多言語的体験を、自身の不確かな反／非・標準英語を用いて書かざるを得なかったという事実である。そしてそれがコンラッドの言語実験の不可避的な本質であり、特異性であることを念頭に置かなければならない。

3　共同体、連帯の言葉

マイケル・ノース（Michael North）は、モダニズム文学の出現に人種的差異の問題や他言語の模倣などが重要な役割を果したことを論証する著作、『モダニズムの方言』（*The Dialect of Modernism*, 1994）の中で、コンラッドが『闇の奥』を書く直前に書いた作品、『ナーシサス号の黒人』（*The Nigger of the 'Narcissus'*, 1897, 以下『ナーシサス』と表記する）を詳細に分析し、コンラッドの言語観について考察している。ノースの議論は本論にとって非常に重要な視点を提供してくれているので、要旨をまとめておきたい。[12]

『ナーシサス』は、ボンベイから喜望峰を回ってロンドンへ向かう船、ナーシサス号の航海中、船上で繰り広げられる船員たちの人間模様を、異質な存在として登場する黒人水夫ジェームス・ウエイト（James Wait）を巡って描く中編小説である。ウエイトは、点呼をとる場面での印象的な登場の時から、特異な「声」として出現する、あるいは「聞かれる」と言うべきかもしれない。共同体としての船の進行を遮る命令を象徴するかのような名前ウエイト（Wait）を持つ彼は、仮面をかぶったような容姿で、「わけのわからない」（'gibberish'）ことを喋る無気味な存在である。小説は、仮病を装っているかのように怠惰で厚顔無恥なウエイトと、彼を利用して船員たちの連帯感や士気の高さを乱そうとする扇動者のドンキンを中心に描かれているが、ノースはこの作品の中に描写される「声」、あるいは「音」、そしてコンラッドが重要なテーマとしている「連帯感」（'solidarity'）に注目している。

ノースは、コンラッドにとって最大の問題は、英国人の読者との共通の文化的背景を持たないことから引き起こされる、言語上の差異の問題だったと考える。そしてコンラッドが「言葉の不透明性」を克服するような「共通の経験」——たとえばコンラッド自身が経験し『ナーシサス』で再現した、船上で船員たちによって共有される経験——に立脚する、独自の言語規範を作り上げたと述べ、『ナーシサス』という作品は、船員たちの間の「不協和音」（'dissonance'）と「連帯感」（'solidarity'）を、耳に聞こえるかの如くに表現する試みであったことを浮き彫りにしている。

ある手紙の中で、自らを「わけのわからない」（'gibberish'）話をしゃべりまくる異邦人（'b_y furriner' =foreigner）」だと表現したことがあるコンラッドは、ナーシサス号という閉鎖空間の中に現われたよそ者、つまり言語的、人種的アウトサイダーである黒人のジェームス・ウエイトと、ポーランドという辺境から来て、「わけのわからない」英語をしゃべる者としての自分を、英語圏の外から来たよそ者同士として重ね合わせている、とノースは指摘する。さらに、ウエイトに対して「ニガー」という言葉を使うこと、つまり、英語圏にとって〈アウトサイダー〉を指す言葉＝差別用語を使うことも、自らを〈インサイダー〉と同化させる一つの手段となると指摘する。そして、コンラッドの技術的革新と複雑さを生み出した動機づけとなったものは、彼にとって、「言語」、「異国」、「異質なもの」という主題が、既存の、規定された伝統的小説の形式の枠内ではもはや表現不可能であったというその事実にほかならないと述べる。

もう一つコンラッドが直面したことに、言語の多様性の問題がある。コンラッドの初期の小説の舞台である東インド諸島やマレー半島は、十数種類の言語が話される地域であり、極端な言語の多様性を持っている。例えばある英国人旅行者は、シンガポールを 'a perfect commercial Babel' と呼んだほどである。『オールメイヤーの阿房宮』(*Almayer's Folly*, 1895)においても、コンラッドにとって最初の問題は、「単一言語」('monolingual')の英国人読者にどうやってマレー半島の多様な言語状況を伝えるかという問題だった。ノースによれば、コンラッドの解決策は、第一に、本物らしく聞こえ、実際に生きているように聞こえる、「異国英語」('alien English')を作り上げることだった。もう一つの技巧は、テクストに少しばかりのマレー語を折混ぜることだった。さらにはすでに英語化しているマレー語(例えば、'amok')を使うことだった。

しかし、このような技巧を使ったとはいえ、一般的に言って、コンラッドは、他者としての登場人物たちからその言葉を完全に奪うことで、言語にかかわるすべての問題の発生を避けたとノースは述べる。コンラッドのマレーを舞台とした作品の中では、現地語がしばしば「粗野な雄弁」('rude eloquence')、「つぶやき」('murmur')、などと表現されており、決して文字として表記されることはない。「発言」や「言葉」は、「声」または「音」を与えられるが、それが伝達しようとする「意味」は抹消されている。「言葉」としてよりも「音」、そして「声」としてよりも「感情」のこもった「抑揚」として表象されるのである。他者の言葉は、ある種自然のなかの音、または雑音のように、あるいは動物が発する叫びのようにその印象を〈描写〉(describe)されるのみで、その音は〈字で表記される〉(transcribe)されることはなく、〈翻訳〉(translate)され、その内容が読者に伝達されることもない。ノースの分析をキーワードで置き換えるならば、この 'describe' と 'transcribe' の違いということにまとめられるだろう。(13) この点は後述するように『闇の奥』でも同様である。

『ナーシサス』でコンラッドが「言語の共同社会的使用」('a communal use of language')について書くことが

できたのは、コンラッド自身がそれからまさに疎外されていたがゆえに、それに気づくことが出来たからである。なぜなら、人は同じ言語特性を共有する共同体の内部では、自分自身の言葉の特異性に気づくことが出来ないからである。実際コンラッドは、よそ者であり観察者であると同時に、無名の乗組員の一人だった。言い換えれば彼は「ニガー」であると同時にその「ニガー」を理解できない他の乗組員でもあった。船はいかなる異邦人にも開かれた場所であり、多言語共同社会であって、そこでのコミュニケーションはだれの言語でもない言語で行われる。誰もがよそ者でありかつ共同体の一員なのだ。

ノースが強調するのは、コンラッドが「真実の鐘の音」('the ring of truth')という古い言いまわしが意味する事を、文字通り聴覚に訴えるように再生させようとしたということである。コンラッドにとって重要なことは、人を納得させるような、そしてわれわれが無条件にそれを認識しそれに反応するような語の調子、つまり「トーン」、「アクセント」、「イントネーション」だったということである。また、『ナーシサス』においても、ウエイトの声の脅威は、その「意味」から来るのではなく、「トーン」、「アクセント」、「イントネーション」から来る事が、テクスト上で強調されている。コンラッドが『ナーシサス』で試みたものは、西欧理性の合理性を象徴するものとしての言葉、あるいは「意思伝達/コミュニケーション」のための言葉ではなく、船乗りとしての生活で体験した、ある感情を代弁するような音、つまり海のうねり、波のささやきと、さまざまな背景を持つ乗組員たちが話す種々の言葉がごた混ぜになった響き、そして「意味」を抜きにした、「トーン」、「アクセント」、「イントネーション」の描写であった。それは船という孤立した小世界における共同体の連帯感に、無条件に「行動」(action)を引き起こすような、「意味」を超えた「声」の創造だったのである。そしてこのテーマは次の『闇の奥』でもコンラッドの意識の中心にあった。

4　二つの声

モダニズム文学の幕開けを宣言するマニフェストとして有名な『ナーシサス』の序文で、コンラッドは、「私が達成しようとしている仕事は、書き言葉の力によって、あなたに聞かせ、感じさせ、そしてなにより見させることである。それ以上の何物でもなく、それがすべてである」と述べている。しかし実際、コンラッドのテクストが結果的に強調しているのは、読者に「見させる」ことにも増して、読者に「聞かせる」ことであることはノースが指摘するとおりである。しかも次作『闇の奥』の序文では、「この作品の陰鬱なるテーマには、最後の音符が弾かれたあとにも空気中に漂い、耳に残る不吉な残響、独自の音色、継続する振動が付与されなければならない」と書いている。そしてこの『闇の奥』の最重要テーマは、マーロウが耳にする二つの特異な「声」によって達成されているといってよいだろう。一つは、アフリカの自然の闇に溶け込んだ原住民たちの「喚き声」であり、もう一つはクルツの発する朗々とした「声」である。

コンラッドの語り手マーロウは、アフリカの現地語に関しては、「この部族の方言は理解できない」[14]といった発言からすると、原住民の言語を少しは知っていた可能性があるが、その知識が示されることは、テクスト上にはない。また通訳の存在を匂わせる記述もない。コンラッドがポリグロットであるのに、なぜマーロウにもう少しましなコミュニケーション能力を与えなかったのかという疑問は残る。マーロウは原住民達を言語以前（'pre-linguistic'）か、言語の初歩的段階（'rudimentary stage of language'）にあるものとし、さらには彼等の言語能力を何か悪魔的なもののように（'a satanic litany'）形容して、対等なコミュニケーションの相手として考えようとはしない。マーロウはその風景に溶け込んだ肉体と視線から発せられる「音」を、例えば「絶え間ない単調な音」（'steady droning sound'）、「ミツバチのハミング」（'the humming of bees'）などと「描写」(describe）するだけで「文字表記」（transcribe）も「翻訳」（translate）もしないのである。

正木も指摘するように、コンラッドの『コンゴ日記』（*The Congo Diary*, 1890）に記されたアフリカ人達は、かなりの人口密度をもって村落を形成し、各所の市場で活発に交易する生活者であったという事実に照らしてみると、この描写はかなり意図的な操作と言えよう。[15] これが前述のように、コンラッドが流域開発の状況を無視してまでも、小説の背景を過度に「原始的な」世界として描いたのと同じ意図から行われているとするならば、その意図とは何であろうか。恐らくそれは、西欧文明の言語、特に「英語」の「理性」とは対極をなすべき、「非理性」としての「わめき声」、意味のない「叫び」、原始の「闇」を象徴すべき、「沈黙」に限りなく近いものとしての原始の「声」の、その「原始性」を強調する必要があったということではないのか。それがもう一方の極である西欧文明の「合理性」の強調に繋がることは言うまでもない。

この点が、これまで特に旧植民地の批評家を始め人種偏見に敏感な人々の神経を逆撫でしてきたことは確かだが、はたしてコンラッド自身、このような原始の、あるいは他者の「声」の描写と「原始性」の強調を、否定的な意味でのみ使ったのだろうか。以下のような描写において強調されているのは、一面では確かにその野蛮さ、恐怖をかきたてる「響き」である。

しかし突然、苦労して川筋をぐるりと曲がりきった時などに、重く動きのない垂れ下がった塊のような樹の繁みの下に、藺草を葺いた壁と尖った草屋根がちらりと見えて、引き裂くような叫び声がして、そこに、眼をぎょろぎょろさせて、体を左右にゆらし、拍手し、足を踏み鳴らす、黒いからだの大群が渦巻いている様子が見えたりするのだ。・・・有史以前の人間は、私たちを呪っているのか、私たちに祈りを捧げているのか、歓迎しているのか――誰に分かるだろう。私たちは、周囲の状況を理解することなど到底できなかった。私たちは幽霊のように滑りながら、さまよいながら、唖然として、通り過ぎた。私たちはまるで精神病院での熱狂的な騒ぎを目の当たりにした正気の人間のようであった。私たちには理解できなかった。文明からはあまりに遠くに来ており、思い出す記憶さえなくなっていたからだ。私たちは原始の時代の夜を過ぎ去り、その痕跡さえ――そして記憶さえ残していない時代の中を旅していたのだ。[16]

鎖が、からからというこもった音を立てて出て行く音が終わらぬうちに、ひとつの叫び、それもとても大きな叫び声が、限りない悲しみを訴えるかのように、半透明の空気の中にゆっくりと立ち昇った。そして止んだ。それから、悲しそうなわめき声が、野蛮人特有の不協和音にのり、われわれの耳を埋め尽くした。全く予想だにしなかったこの声のせいで、私の頭髪は帽子の中で逆立った。他の連中がどう思ったかは分からないが、私には、霧そのものが叫び声をあげているように思えた。騒然とした、悲しげなうめき声が、あまりに突然に、一度に四方八方から湧き上がったのだ。その声は、とても耐えがたいような、とてつもない金切り声の、せかされたような爆発で最高潮に達した。しかしそれはすぐに止んだ。取り残されたわれわれは、各人各様にばかげたかっこうのまま凍りついてしまい、ぞっとするほどの度を越した沈黙にただただ聞き耳を立てるだけだった。「なんてこった。あれにどんな意味があるっていうんだ。」[17]

しかしこれらの場面で同時に示唆されているのは、この土地に根差した共同体の全体が、見事な協調のなかで発する「声」を耳にした時、アフリカの空間にとって全く存在意義を持たない文明人にはその原始の言葉が全く理解不可能であることへの〈苛立ち〉と、意味に囚われた存在としての〈無力感〉、また逆にこの空間では、自分のほうがまさに「他者」であるという〈苦々しい意識〉である。この意味では、この「原始の声」は、ノースが指摘した、『ナーシサス』でのコンラッドの中心テーマである「連帯の声」と通ずるものであって、共同体に所属しない者にとっては〈疎外感〉を強烈に意識させるものであるという意味でも、コンラッドにとっては言語の一つの理想像たりえているのではないか。またこの〈疎外感〉は、コンラッドが船乗りとして様々な人種間、言語間で、あるいは英語という言語空間で宙吊り状態になっている時に常に感じていたその〈疎外感〉であり、また、原始の声の〈無意味性〉の強調は、ひるがえって西欧言語の〈意味〉に縛られたシステムとしての〈硬直〉と〈限界〉を意識させる、という意味も持ち始める。

一方、ほぼ全編に渡って関心の中心にありながら、自らの存在と発言によって実際にテクストに登場することのきわめて少ない人物クルツの最大の特徴は、その存在が語り手マーロウによって「声」として認識されていたという点である。

わたしは奇妙な発見をした。わたしは彼（クルツ）を行為として想像したことはなく、なんというか、語る存在として想像していたのだ。わたしは自分に、「彼にはもう決して会うことはないだろう」とか、「彼と握手することはないだろう」と言い聞かせたことはなく、「決して彼の声を聞くことはないだろう」と言い聞かせていたのだ。彼は自らを声として表出していた。重要なことは、彼が才能に恵まれた存在であるということにおいて、彼の数ある才能の中でも特に際立っていて、真の意味での存在感を示す才能とは、彼の言葉を発する能力——表現するという才能だ。それは相手を眩惑し、啓蒙し、最も高尚な才能でもありかつ最も軽蔑すべき才能でもあって、脈打っている光の流れであり、突き破ることのできない闇の奥のまさに核心からやってくる欺瞞に満ちた流れなのだ。[18]

そのとおり。わたしは十分すぎるほど聞いた。そしてわたしの予想は正しかったのだ。声だ。彼はただの声に過ぎなかった。そしてわたしは彼の声を聞いた——声そのものといってもいい——この声だ——他の者の声——それらは皆、ほんの声に過ぎなかった——その時間それ自体の記憶がわたしの周りにまとわりついていた。それは容易に感知できない、静まりつつある巨大で猛烈な饒舌の振動のように、おろかで、残忍で、下劣で、野蛮で、実に卑しく、全く意味をもたないのだ。声だ、声だ——その女さえ——今はもう——」[19]

このクルツの「声」の印象の強烈さは、コンラッドが後の自伝で述べている、「正しい音の持つ力はその意味のもつ力より常に大きいのだ」という言葉、あるいは「わたしに適切な言葉とその言葉の正しいアクセントを与えてくれさえすれば、わたしは世界を動かしてみせる」[20]という信念の極めて率直な投影であったように思われる。マーロウ(＝コンラッド)もこの「声」に魅了される。最初に出会った時は、「彼が苦もなく、ほとんど唇を動かすこともなく発した声の声量にわたしは驚愕した。声だ！声だ！それは厳粛で、深遠で、周囲を揺るがすようだった。彼の今の体力では、つぶやくことさえままならないといった様子なのに。」と思い、[21]クルツの死に際しては「その声は逝ってしまった。ほかに何がそこにあったというのだ。」[22]と考えるのである。

搾取という目的やその結果はどうあれ、クルツが原住民達を手なずけ、「神」として君臨し、容易に象牙採集に協力させることができたのは、恐らく彼の「声」の力があったからであろうと想像できる。クルツが原住民たちと現地の言葉で実際的な意思の疎通をしたかどうかは定かでないが、それが不明なのは、それをあえて明言する必要もないほどクルツの「声」には意味を超えた影響力があったということの表明かもしれない。とにかくクルツの「声」が、アフリカの原始的な声の側にいる「野蛮人」と、西欧言語の側にいるマーロウの両方に訴える力を持っていたことは、一つの注目すべき点である。

そのクルツは原住民の発する原始の叫びにも理解力を示している。

肉体の塊に渦ができていた。ヘルメットを乗せたような形に頭を飾り、黄褐色の頬をした例の女は川の流れのまさにその縁のほうへ飛び出してきた。両手を前に突き出し、何かを叫んだ。するとその野蛮な群集がこぞって、なにかの言葉で、急激な、息もつかない、ほえるような声で一斉に合唱した。
「あれが理解できるのか」わたしは尋ねた。
燃えるような、何かを渇望するような瞳に、懐かしさと嫌悪感をないまぜにしたような感情を浮かべて、彼はわたしの頭ごなしに彼方を見つめつづけた。彼は返事をしなかった。しかしわたしは彼の血の気のない唇に意味ありげなほほえみが浮かぶのを見た。その一瞬後、引きつるようにぴくりと動いた。「わたしに分からないとでも思うか」彼はゆっくりと言った。まるでその言葉が超自然的な力で彼の口から引きちぎられて出てきたかのように。[23]

この描写で示唆されているのは、クルツのこの原住民の声に対する理解が、西欧言語の拠って立つ所の「意味するもの」（シニフィエ）と「意味されるもの」（シニフィアン）を介した理解とは全く性質の異なる、上述のノースによって指摘された、コンラッドがまさに再現しようとした、共同体意識（solidarity）から生まれる、意味を超えた直観的理解だということである。

ジョン・ヴァーノン（John Vernon）は、『庭と地図』（*The Garden and the Map*, 1973）の中で、『闇の奥』で対比される原始の「闇」、「沈黙」と文明の「光」、「言葉」を、「庭」と「地図」という相対的概念で説明している。ヴァーノンは、マーロウの探検と地図への執心にも表われた、距離をおいて「他者」を観察し分析し、すべてを分裂病的に、「あれかこれか」（'either-or'）に分割しようとする意識を「地図の意識」と呼ぶ。それに対し「庭の意識」は、「エデンの庭」の様にすべてが混沌の中でたゆたう、夢のような、分裂とは対極をなす、流動的かつ有機的で、完全な、統合の意識であり、『闇の奥』の原始の森の闇と沈黙もこの意識の投影であるとする。「庭」から「地図」への移行を「楽園追放」、「人間の堕落」（the Fall）のアレゴリーと捉え、そのうえでこの物語を「文明」から「庭」への回帰と捉えている。ヴァーノンにとって原住民の声や原始の森という空間は「庭の意識」の象徴であり、ヨーロッパ言語の代表としてのマーロウの探検と地図作りに対する意欲、そして地図作り（＝植民地活動）の尖兵クルツも「地図の意識」の象徴である。しかしクルツのあまりに完全な「地図の意識」は、そのアンチテーゼに飲み込まれ、狂気へと分裂したと考える。(24)

丹治愛は、ヴァーノンと同様の観点を「同質的なもの」と「異質的なもの」、という言葉で説明する。クルツによって具体化された「いっさいを差異化」しようとする「異質的なもの」としてのヨーロッパ言語が、アフリカの闇と沈黙あるいは喚き声という「同質的なもの」に揺さぶられるという構図、あるいはその逆に原住民の「神」として君臨したクルツが、「同質的なもの」を、秩序原理としての、すべてを「異質的なもの」に分割しようとするヨーロッパ言語の世界の下に統治しようとしたという図式で読もうとしている。[25] しかし、前述のようなクルツの声の非凡さ、原始の声との親性を考えると、クルツの意識や言葉を、すべてヨーロッパ的、「分裂病的」、「地図的」、「異質的」なものの代表と捕えることはできないだろう。

そこで榎田一路は、クルツの言葉も、実はかつて彼の雄弁を裏付けていた確固たる「道徳的理念」がそのまま野蛮性に変貌した結果、彼の言葉の中核には虚ろな空洞しかないのであって、全ヨーロッパを代表するはずのクルツの言葉も、実はアフリカの「沈黙」を内在しているのではないかと述べている。[26] しかしそれでも、クルツの言葉が「庭の意識」、「同質的なもの」的な性質を帯びていることを、常に否定的に受け取る必要は必ずしもないのではないか。なぜなら前述のように、原住民の「声」、原始の「叫び」や「つぶやき」は、コンラッドにとっては、マーロウがそう受け取るほどには否定的なものではなく、一つの理想、または彼が描きたかったものだったからだ。そしてクルツの「声」としての存在感は、その声の響き、トーン、イントネーション、アクセントそのものが内包する意味や、連帯感を引き起こす力として描かれている。

5 野蛮と英語

前述したように、「庭」対「地図」、「同質的なもの」対「異質的なもの」という二項対立的な捉え方は、コンラッドの言語観を解明するための一つの方法であるだろうが、もう一つ注目したいことは、より具体的な、帝国の言語としての「英語」に関するコンラッドの意識についてである。この点はそれほど顕著ではないが確かにいくつかの場面で顕在化している。例えば、第一部の陸路支所へ向かう途中の描写に次のような一節がある。

彼らは急に立ち止まって進まなくなったり、逃走したり、夜中に荷をまとめて逃げしたりした――何たる反抗であろうか。それで、ある夜、わたしは英語で、身振りを交えて演説をした。身振りのほうは、わたしの前にある六十組の眼にすべて通じたようだった。そして次の日はハンモックを担いで先に出発させることができた。(27)

この逸話では、アフリカ人達に英語で言うことを聞かせようとしたが、英語自体は通じず、結局身振りによって意図が理解されたことを物語っている。ここには相手が未開人で、英語を理解できないとわかっているのに、それでも英語で語りかけるのが当然であり、相手が英語を理解するのは当然とする高圧的な態度が見て取れる。このマーロウの姿は、言語的な意味での帝国主義者の姿と言ってよいかもしれない。そして、日記の記述にはなかった 'in English' という言葉を書き足していること（『コンゴ日記』の中では、'made a speech which they did not understand.' と記されている。（p. 159））に、英国へ帰化したコンラッドの「英語」に対するある種のこだわりを感じる。コンラッドがアウトサイダーでなかったならば、'in English' という言葉は必要なかったのではないかと思えるからだ。

すべてのヨーロッパが作り上げたというクルツも、マーロウにとって「声」として描写されると同時に、「英語」を話す存在として認識されていた点にも注意すべきだろう。

覚えておいて欲しいのだが、わたしは言い訳をしようとしているのではないし、君に説明しようとさえしていないのだ。わたしは自分に対して、クルツの――クルツの亡霊について説明をしようとしているのだ。未知の場所から、亡霊がわたしに驚くべき確信を与えるためにやってきて、そして完全に消えてしまった。そのことがわかったのは、その亡霊がわたしに英語で話しかけたからだ。生身のクルツの半分は英国で教育された。そして――かれは自分でもそうだと認めたが――彼は同情心に篤い人間だった。彼の母親は混血の英国人で、彼の父親もまた混血のフランス人だった。ヨーロッパ全体がクルツを作り上げるのに貢献していた。(28)

ここではからずも暴露されているのは、原住民たちの声が西欧言語とは全く異質な音、または「英語」ではない音しか発しないことを野蛮の証明としてしまうような西欧的想像力の貧困である。「文明」と「野蛮」を決定的に差別化しているのは「英語」という言語の音であることが、クルツという存在の発する「英語」によって意識されている。それもヨーロッパを代表する言語としての英語なのである。一方で、クルツという存在は「文明」の側から接近し「野蛮」と融合した存在として、「野蛮」と「文明」との橋渡しとなる可能性を秘めているが、クルツの「英語」が、彼に関わっていると見られる土着民たちの人格や意識を翻訳し伝えることはテクスト上皆無である。土着民たちの意思や感情などが、中間的存在であるクルツによってさえ「英語」化されないというまさにそのことが、この小説における「他者」の表象の問題点なのである。

前述の、アフリカの原住民とクルツを「庭」対「地図」、「同質的なもの」対「異質的なもの」という、言語の二つの相反する極に照らして論じる立場に照らしてみるとき、クルツ以外にも、これらの二極の中間的な意味を持つ注目すべき存在がいる。マーロウと会話をする船上の黒人である。彼等の立場は両義的である。なぜなら彼等は文明による野蛮の「改良見本」であり、「野蛮」を裏付ける証拠としての「食人」について語りながら、同時に「英語」を話すからである。

「やあ」友好的であることを見せるためにわたしは声をかけた。「とっつかまえろ」彼は血走った眼をかっと見開き、鋭い歯をチラッとみせて、きつい口調で――「彼を捕まえて俺達にくれ」と言った。「おまえにか」わたしは言った。「彼らをどうするっていうんだ」と聞くと、「食うのさ」彼はぶっきらぼうに言った。肘を手すりにもたれかけて、どこか威厳のある、物思いに耽っているとでもいった風情で霧の中を見つめていた。(29)

マーロウと「他者」たる原住民との唯一の会話であるこの場面で、この無名の火夫はまさにシェイクスピア（William Shakespeare, 1564-1616）の『テンペスト』（*Tempest*, 1611）におけるキャリバンの役を演じている。言葉を持たなかった「野蛮人」キャリバン（Caliban）にプロスペロー（Prospero）は言葉を教え、その代わりに自由を奪った。しかしキャリバンは「たしかに言葉をおしえてくれたな、おかげさまで悪口の言い方は覚えたぞ。疫病でくたばっちまえ、おれさまにことばを教えたむくいだ」（第一幕第二場）という台詞でプロスペローに反撃する。この二人の関係は、植民地主義的活動における「啓蒙」と「教化」という西欧側のコロニアルな感性と、それを批判するポストコロニアルな感性の象徴として、オクタヴ・マノーニ（Octave Mannoni）の『プロスペローとキャリバン』（*Prospero and Caliban: The Psychology of Colonization*, 1950）に始まりフランツ・ファノン（Franz Fanon, 1925-1961）らを経て今日でもしばしば援用されているが、[30] コンラッドはこの場面で、「食人」という、西欧が「野蛮」を定義する際の重要なキーワードに関して、まさにその「食人種」に「英語」で語らせることで、キャリバンの象徴性を再現して見せていたのだ。プロスペローへの隷属を脱した後のキャリバンは、ある種の新しい意思と意味を持つ、自由で狡猾な言語を持つに至るのだが、この場面の火夫によって「どこか威厳のある、物思いに耽っているとでもいった風情」で語られるブロークン・イングリッシュは、押し付けられた「英語」とはすでに違う性質を持った言語のように聞こえる。英国人には決して発することのできないはずの「人を食べる」という意味の言葉が、植民地主義の副産物としてはじめて存在するに至った、食人種が使う「英語」で語られたのである。純粋な英国文化の中では存在し得ないであろう意味をもつ英語が、他者によって変形された英語として発せられ、その英国文化自体を震撼させているのである。

もう一個所、原住民が「英語」を話す場面があるが、それはクルツの死を伝える、有名な言葉である。

突然そのマネージャー付きの少年はドアから無礼にも頭を突っ込んで、容赦のない軽蔑的な口調で言った。
「ミスタア、クルツ、かれ、死んだ」[31]

少年は植民地収奪活動に巻き込まれ、その代償／恩恵として「英語」を話す。原始の森にメトロポリタンからやってきて神になろうとした男の最期を「英語」で報告する。それが話されるはずのなかった空間で「英語」が聞かれるとき、帝国の支配が完結するのだということを、このテクストは暗に語っている。しかしこの「英語」は正統な英語ではない。その企みは不完全なまま終わったのである。この軽蔑の調子を帯びた言葉は、まさにキャリバンの言った「疫病でくたばっちまえ、おれさまにことばを教えたむくいだ」という言葉のエコーのように聞こえる。コンラッドはこの「西欧言語」／「英語」による雄弁の極致を体現する存在としてのクルツの死を、換骨奪胎された「英語」、あるいは「英語」へのアンチテーゼを使って報告させた。そこには、コンラッド自身の不完全な「英語」、言い換えれば「英語」しか知らない者には決して書けない雑種《ハイブリッド》化した「英語」が「異文化」の闇を報告しようとする様と、相似的な図式が成立している。

〈辺境〉としてのポーランドから〈メトロポリタン〉としてのロンドンへとやってくる途中、商船という閉鎖空間にあって、さまざまな言語、文化によって破壊され改造された「非標準英語」という言語環境に長く身を置いたコンラッド。彼の「英語」に対する見方は、当時本国で盛り上がりを見せていた「英語標準化」の方向とは明らかに異なる面を持っていたはずである。大英帝国拡大のプロジェクトが、「英語」圏の地理的拡大を意味した反面、「英語」が本国の目の届かないところで、「野蛮」の闇に飲み込まれ、咀嚼されて、全く違った雑種《ハイブリッド》化した言語として吐き出される様を目のあたりにしていたコンラッドは、自らのテクスト上の言語実験という形で、「英語」との孤独な格闘を断行し、『闇の奥』でその様をマーロウに語らせたのである。さらには、コンラッドが重要視し、このテクストでもクルツを通じて表現しようとした、それを聞く者に連帯感を湧き起こさせるような強烈な声のトーン、イントネーション、アクセントといったものは、ある意味で、その声が何語で発せられたかを問題としないことなのであり、コンラッドにとって、自らに課せられた「英語」という言語の枠を超えるためのひとつの手段となっている。そしてそれはコンラッドが自ら体験した言語の混淆状況の只中で、唯一有効な普遍的コミュニケーション手段として、最も重要な要素だったのである。

註

（1）本稿は二〇〇〇年、姫路獨協大学外国語学部紀要第十三号に発表した論文「コンラッド『闇の奥』における「他者」の声」を、改稿したものである。

（2）Chinua Achebe, 'An Image of Africa: Racism in Conrad's *Heart of Darkness*' (1977). Lecture at the University of Massachusetts, Amherst, February 18, 1975. Later published in the *Massachusetts Review*, 18 (1997): pp. 782-94. Reprinted in Robert Kimbrough ed., A Norton Critical Edition, *Heart of Darkness* (New York: Norton, 1988) pp. 251-62.　原文 [Africa as a metaphysical battlefield devoid of all recognizable humanity, into which the wandering European enters at his peril. (p. 257)].

（3）Edward Said, *Culture and Imperialism* (London: Vintage, 1994, first published by Chatto & Windus, 1993), p. 34.　原文 [Conrad's tragic limitation is that even though he could see clearly that on one level imperialism was essentially pure dominance and land-grabbing, he could not then conclude that imperialism had to end so that 'natives' could lead lives free from European domination.]

（4）Said, *Culture and Imperialism*, p. 198.　原文 [Most readings rightly call attention to Conrad's skepticism about the colonial enterprise, but they rarely remark that in telling the story of his African journey Marlow repeats and confirms Kurtz's action: restoring Africa to European hegemony by historicizing and narrating its strangeness.]

（5）正木恒夫『植民地幻想』（みすず書房、一九九五年）二〇九、十ページ。

（6）度會好一『世紀末の知の風景　ダーウインからロレンスまで』（南雲堂、一九九二年）六十一～七十五ページ。

（7）Joseph Conrad, *A Personal Record* (London: J. M. Dent & Sons Ltd., 1916), p. x. 邦訳、木宮直仁訳『コンラッド自伝』（鳥影社、一九九四年）。原文 [The truth of the matter is that my faculty to write in English is as natural as any other aptitude with which I might have been born. I have a strange and overpowering feeling that it had always been an inherent part of myself. English was for me neither a matter of choice nor adoption. The merest idea of choice had never entered my head. And as to adoption – well, yes, there was adoption; but it was I who was adopted by the genius of the language, which directly I came out of the stammering stage made me its own so completely that its very idioms I truly believe had a direct action on my temperament and fashioned my still plastic character.]

（8）Michael North, *The Dialect of Modernism: Race, Language & Twentieth-Century Literature* (Oxford: Oxford UP, 1994) の指摘を基にしている。

（9）このパラグラフの情報は、Norman Page, *A Conrad Companion* (London: Macmillan, 1986), pp. 61-67 を基にしている。

（10）Joseph Conrad, *The Nigger of the 'Narcissus'* (London: Penguin Books, 1989), Cedric Watts, ed. with an introduction and notes. p. xviii-xix.

（11）Ian Watt, *Conrad in the Nineteenth Century* (Berkeley: U of California P, 1979), p. 296.

（12）North, *The Dialect of Modernism*, pp. 37-58.

（13）この観点で言えば、ライダー・ハガードの場合は、別章「ライダー・ハガード――植民地冒険小説における他者の表象」で述べたように「他者」の声はすべて翻訳（translate）されたというべきだろう。そして翻訳することは、実は「他者」の言葉を宗主国言語の「英語」へと取り込んでしまう手段であることに注意するべきである。「英語」への翻訳は、異文化における異言語空間での言説を「英語文化」へと同化してしまう装置なのだ。

（14）Joseph Conrad, *Heart of Darkness with Congo Diary* (London: Penguin Books). 原文 [I don't understand the dialect of this tribe.] (p.100)　以下の原文引用は、この版のページ数を（　）内に示した。

（15）正木『植民地幻想』、二〇八ページ。

（16）原文 [But suddenly, as we struggled round a bend, there would be a glimpse of rush walls, of peaked grass-roofs, a burst of yells, a whirl of black limbs, a mass of hands clapping, of feet stamping, of bodies swaying, of eyes rolling, under the droop of heavy and motionless foliage.... The prehistoric man was cursing us, praying to us, welcoming us – who could tell? We were cut off from the comprehension of our surroundings; we glided past like phantoms, wondering and secretly appalled, as sane men would be before an enthusiastic outbreak in a madhouse. We could not understand, because we were too far and could not remember, because we were travelling in the night of first ages that are gone, leaving hardly a sign – and no memories.] (p. 62)

（17） 原文 [Before it stopped running with a muffled rattle, a cry, a very loud cry, as of infinite desolation, soared slowly in the opaque air. It ceased. A complaining clamour, modulated in savage discords, filled our ears. The sheer unexpectedness of it made my hair stir under my cap. I don’t know how it struck the others: to me it seemed as though the mist itself had screamed, so suddenly, and apparently from all sides at once, did this tumultuous and mournful uproar arise. It culminated in a hurried outbreak of almost intolerably excessive shrieking, which stopped short, leaving us stiffened in a variety of silly attitudes, and obstinately listening to the nearly as appalling and excessive silence. “Good God! What is the meaning – ?”] (p. 68)

（18） 原文 [I made the strange discovery that I had never imagined him as doing, you know, but as discoursing. I didn't say to myself, “Now I will never see him,” or “Now I will never shake him by the hand,” but, “Now I will never hear him.” The man presented himself as a voice.... The point was in his being a gifted creature, and that of all his gifts the one that stood out pre-eminently, that carried with it a sense of real presence, was his ability to talk, his words – the gift of expression, the bewildering, the illuminating, the most exalted and the most contemptible, the pulsating stream of light, or the deceitful flow from the heart of an impenetrable darkness.] (p. 79)

（19） 原文 [Oh yes, I heard more than enough. And I was right, too. A voice. He was very little more than a voice. And I heard – him – it – this voice – other voices – all of them were so little more than voices – and the memory of that time itself lingers around me, impalpable, like a dying vibration of one immense jabber, silly, atrocious, sordid, savage, or simply mean, without any kind of sense. Voices, voices – even the girl herself – now – ’] (p. 80)

（20） Joseph Conrad, *A Personal Record*, pp. 5-6. 原文 [The power of right sound has always been greater than the power of sense.], [Give me the right word and the right accent and I will move the world.]

（21） 原文 [A voice! a voice! It was grave, profound, vibrating, while the man did not seem capable of a whisper.] (p. 98)

（22） 原文 [The voice was gone. What else had been there?] (p. 112)

（23） 原文 [There was an eddy in the mass of human bodies, and the woman with helmeted head and tawny cheeks rushed out to the very brink of the stream. She put out her hands, shouted something, and all that wild mob took up the shout in a roaring chorus of articulated, rapid, breathless utterance. / “Do you understand this?” I asked. / He kept on looking out past me with fiery, longing eyes, with a mingled expression of wistfulness and hate. He made no answer, but I saw a smile of indefinable meaning, appear on his colourless lips that a moment after twitched convulsively. "Do I not?" he said slowly, gasping, as if the words had been torn out of him by a supernatural power.] (p. 108-9)

（24）John Vernon, *The Garden and the Map* (Urbana: U of Illinois P, 1973), pp. 29-38.

（25）丹治愛『神を殺した男――ダーウィン革命と世紀末』（講談社、一九九四年）。

（26）榎田一路「"Heart of Darkness" に探るコンラッドの言語意識」『英語英米文学論集』（安田女子大学英語英米文学会、第8号、一九九九年）。

（27）原文 [They jibbed, ran away, sneaked off with their loads in the night – quite a mutiny. So, one evening, I made a speech in English with gestures, not one of which was lost to the sixty pairs of eyes before me, and the next morning I started the hammock off in front all right.] (p. 40)

（28）原文 [Mind, I am not trying to excuse or even explain – I am trying to account to myself for – for – Mr Kurtz – for the shade of Mr Kurtz. This initiated wraith from the back of Nowhere honoured me with its amazing confidence before it vanished altogether. This was because it could speak English to me. The original Kurtz had been educated partly in England, and – as he was good enough to say himself – his sympathies were in the right place. His mother was half-English, his father was half-French. All Europe contributed to the making of Kurtz;…] (p. 82-3)

（29）原文 ["Aha!" I said, just for good fellowship's sake. "Catch 'im" he snapped, with a bloodshot widening of his eyes and a flash of sharp teeth – "catch 'im. Give 'im to us." "To you, eh?" I asked; "what would you do with them?" "Eat 'im!" he said, curtly, and, leaning his elbow on the rail, looked out into the fog in a dignified and profoundly pensive attitude.] (p. 69)

（30）Franz Fanon, *Black Skin, White Masks* (London: Grove Press, 1967). Originally published in France as *Peau Noir, Masques Blanc*. また、Alden T. Vaughan and Virginia Mason Vaughan, *Shakespeare's Caliban: A Cultural History*, (Cambridge: Cambridge UP, 1991). 邦訳、本橋哲也訳『キャリバンの文化史』（青土社、一九九九年）を参照。

（31）原文 [Suddenly the manager's boy put his insolent black head in the doorway, and said in a tone of scathing contempt – / "Mistah Kurtz – he dead."] (p. 112)

Rudyard Kipling [1865-1936]

ラドヤード・キプリング

——帝国の支配とハイブリディティ

吉本　和弘

1　はじめに——サイードのキプリング評

エドワード・サイード（Edward W. Said, 1935-）は、ラドヤード・キプリング（Rudyard Kipling, 1865-1936）に関して、「英文学の研究者にとっては得体の知れない人物であり、中心をはずれ、しばしば厄介で、慎重な対応を必要とし、避けたほうがよいこともある存在で、同時代のディケンズやハーディーのように容易にキャノンには取り入れられず、また馴致もされなかった」と述べている。[1] ポストコロニアル批評の立場からよく言われるように、英国植民地インドにおける英文学教育というイデオロギー的必要が、本国イギリスにおける英文学研究の制度化を生み出したとすれば、被植民教育のためのお手本となるべき「英文学」のテクスト（またはテキスト＝教科書）は、純粋にイギリス的である必要があったはずであり、植民地インドを主題とした作家キプリングが、しばしば帝国主義者のレッテルを貼られ、作家としての力量以外の問題で、英文学のキャノンから除外されるということは、実は当然なのかもしれない。しかしサイード自身は、植民地インドという大英帝国の内なる外部を描いたキプリングを、まさにその意味で、制度としての、または批判対象としての「英文学」を形成するテクストの重要な一部であると考えていることは明らかであり、それはとりもなおさず、キプリングが少なくともいわゆるポストコロニアル批評にとっては「英文学」のキャノンであることを意味する。同時にそれは、「英文学」が包括するものが、純粋にイギリス的なもののみに限定され得ないことを示唆している。そして最近のキプリング再評価の盛り上がりは、いわゆる「英文学」が、英国の外部にありながら内在する場としての英国植民地を描いたテクスト、または植民地にまつわる文化の衝突を描いた、いわば文化混交的《ハイブリッド》なテクストを内包せざるを得なくなっていったという歴史的経緯の必然的結果であり、同時に「英文学」が今まさに自らが抱え込んだその内部によって揺さぶられている事態の縮図とみてよいだろう。

サイードは、キプリングの長編小説『キム』(*Kim*, 1901)を分析し、インドとイギリスの相互依存的な歴史背景や、一八五七年の大反乱(the Mutiny)以後、二国間の関係が転換していった時期の微妙な情勢と、このテクストがどう関わっているのかについて詳述している。小説と帝国主義が互いに強化し合う関係にあるものととらえているサイードは、植民地を所有する白人男性の支配的観点に立ち、自らインドの一部として書いたキプリングにとっては、白人と非白人の分割は絶対のものであること、「いかなる友情も同志的連帯も、人種的差異の根本原理を変えることはできない」こと、[2]そして、「英国に支配されることこそがインドにとって最良の運命であった」[3]ことを『キム』の分析から証明してみせている。結論的には、このテクストが、大反乱以後、危機に瀕していた英国の支配力を立て直したいという意識に加担し、英国支配の持つ意味とその正当性を再確認するための象徴的なコードを捏造したと見ているのである。

しかしそのサイードも、キプリングをもっぱらの愛国的帝国主義者として非難しているわけではない。「今日『キム』を読むことでわれわれが見ることができるのは、偉大な芸術家が、インドについての自らの洞察によって、ある意味で盲点を抱えてしまう様子である。彼が、生き生きとした色彩や卓越した感性でもって見ていた現実と、その現実が永続的で本質的あるという思い込みとを、いかにして混同してしまったかということである」という言葉に見られるように、サイードは、彼の提唱する「オリエンタリズム」、またはヨーロッパ文明の絶対的優位、植民地宗主国の帝国主義政策の正当性といった観念が、西側の人間をいかに完璧に洗脳し、その観念がいかに無意識的に広く受け入れられていたかというまさにその点にわれわれの注意を促すのである。(4)

帝国主義的傾向を理由とする非難も多い一方で、キプリングを高く評価する論者も少なくない。彼らが特に褒め称えるのは、キプリング自身の経験に基づいた細かなインドの風俗文化に関する描写と、そこに込められたインドに対する暖かい眼差しである。人種差別的だとする批判を退け、将来実現すべき多人種のユートピア的調和状態を描いているという評価、植民者と被植民者の間の溝を埋める可能性を模索した作品であるといった評価、キプリングによるインド人民の描写は、植民地主義的作品としては珍しい、ステレオタイプに毒されていないもので、「文化的差異」を積極的に受け入れ賞賛している、といった評価がなされている。(5)

サイードはそれらの論を踏まえて、キプリングのこのような側面だけに気を取られてはいけないのだという警告として前述のような論を展開しており、当時の帝国主義イデオロギーの潮流の中にどっぷりと漬かっている状況では、キプリングという高い芸術性を持った作家でさえも、意識し得ず、かつ突き抜けられなかった根本的な認識の問題があったことを鋭く見据えている。しかし同時にサイード自身が認めているはずのキプリングの革新性を確認するには、再度、キプリングが意識できなかったことよりも、意識して創造したものを見ておく必要があるだろう。小説『キム』においてその中心は、キプリングが作り上げた、異色の少年ヒーローであるキムがもつ斬新な特質、すなわち、植民者と被植民者の両方であるという二重性、インドとイギリスという二文化間、あるいはインド内部の複数の文化間における異文化越境の能力、つまり文化混交性《ハイブリディティ》である。キムに限らず、他の登場人物も様々な形でハイブリディティと呼べる特質を抱えている。キプリングが提出したハイブリディティとはどのようなものなのか、その効果は何であるのか、なぜハイブリディティが必要だったのかを考えてみたい。

2　少年としてのハイブリディティ

まず小説『キム』を要約しておこう。Kimball の略である Kim という、東洋系の名前とも聞こえる名を持つ十三歳の少年キムは、インドに駐屯するアイルランドのマヴェリック連隊の軍旗護衛軍曹キンバル・オハラ（Kimball O'Hara）と、大佐の子守り女との間にインドで生まれた白人、サヒーブ（Sahib）であった。両親に先立たれ孤児となったが、父親が遺した三枚の書類の効力と「偉大なる魔術の所産」により、いつか「緑野の赤牛」（父の所属した連隊を指す）を見つけたとき「一人前になる」ことが保証されていた。混血の女に世話されていて、「白人の中でも特に貧しい白人」で、日焼けによって土地のものと同じくらい肌が黒く、普段は土地の言葉を使い、母国語の英語は片言であった。キムは土地の人々とまったく平等に交流し、「みんなの友達」（'Little Friend of all the World'）と呼ばれていた。そのキムが、ラホールの博物館で、チベットから来たラマ僧に出会い、その弟子となり、矢の聖河を探して共にラホールからベナレスへ至る大街道を旅することになる。

キムはその変装の才能を駆使しながら、社会階層、人種、宗教、性別に関わらず、インドの様々な人々とも付き合うことができた。以前から付き合っていたパタン人の馬商人で、実は英国に仕えるスパイであるマハブブ・アリ（Mahbub Ali）には、すでに情報収集の才能を見込まれていた。キムが旅の途中で、実はマヴェリック連隊の軍曹の息子だと判明すると、その才能を見込まれて、クレイトン大佐（Colonel Creighton）を中心とする英国諜報部のスパイ要員として、いわゆる「闇戦争」または「グレート・ゲーム」（the great game）へと「スカウト」される。キムは、ラマ僧の援助を受けながら、イギリス人となるため聖ザビエル校で英国式の教育を受け、さらにラーガン（Lurgan）という不思議な人物から、スパイとして必要な訓練を受ける。訓練を終わったキムは、表向きはラマ僧との聖河の探究の旅に同行しながら、もう一人のスパイ、ハリー・バブー（Hurree Babu）と協力して、北方の山岳地帯でのロシア人スパイたちの情報収集活動を妨害し、彼らの成果を奪うことに成功する。この騒動のなかでラマ僧は巻き添えとなって体調を崩し、そのラマ僧を高地から下ろそうとしたキムも疲労に倒れてしまう。しかしラマ僧を慕うクルの奥方に二人は救われる。そしてクルの奥方の介護をうけて回復したラマ僧は、ついに矢の聖河を見つけ、解脱の境地に入り、魂が飛翔するのを感じる。

換言すれば小説『キム』は、イギリスによる統治が蔭りを見せ始めたインドで、白人少年キムが、チベットのラマ僧の聖河探究という巡礼の旅と、グレート・ゲーム、つまりイギリス最大の植民地インドを北方から狙うロシアの陰謀から守るための英国諜報部のスパイ活動という二つめの探究の旅という、東洋と西洋の言説を象徴するかのような二つの同時進行する旅に、いかにかかわりながら成長してゆくかを縦糸とし、インドの圧倒的な多様性と、様々な文化的背景を持つ登場人物たちを横糸として描いた冒険物語と言うことができる。

キプリングは、『キム』の六年前に書いた『ジャングル・ブック』（*The Jungle Books*, 1984-5）ですでに、人間界と動物（狼）界のハイブリッド少年、野生児のモーグリ（Mowgli）を創造して、まさに究極的な、異文化間における共同体への所属の問題、アイデンティティの問題、そして法と無秩序の葛藤の問題に取り組んでいた。この『ジャングル・ブック』と『キム』は、英国少年を植民地支配の統治者として鍛える組織としてのボーイスカウト（the Boy Scouts）、そしてその創始者ベーデン・ポーエル（Baden-Powell, 1857-1941, しばしばBPの愛称で呼ばれる）に多大な影響を与えていることはよく知られている。インドの白人孤児がスパイ活動へとスカウトされる物語を書いたとなれば、それだけでキプリングの帝国主義者としての評価はゆるぎないかのように思える。しかしそういった批判を受け入れた上で、キプリングの功績を挙げるとすれば、それは、脱境界的特質を持ち、異質な文化の橋渡し役を果たす、ハイブリッドなヒーローの原型を誕生させたことにあると言うべきであろう。

パトリック・ウイリアムズ（Patrick Williams）の言葉で言えば、少年キムは「オリエンタリズムのたぐい稀な具体化の頂点――オリエンタルな文化について完璧にマスターした英国人であり、それゆえ、〈かれら〉の一人としても通用することができる者」である。さらに、「この登場人物のイデオロギー的パワーは補完的な力でもある。つまり、実際のインドにいる英国人は、地元民の中ではどうしようもないくらい目立つ存在であり、土地の文化に対して無知で、言語的に見て不器用である、という事実があって、キムはまさにその対極にある者なのだ」ということになる。(6) 実際、白人少年がいくら日焼けしたといっても地元民にそれと気づかれないなどということは考えにくいのだが、そのような疑問を感じさせないほどのキムの変身能力は、英国人の現地文化への同化願望、あるいは植民地における居心地の悪さを何とかしたいという気持ちの具現化と言ってよいだろう。原住民に囲まれた白人のイメージという観点では、キムのハイブリディティは、アリ・ベダッド（Ali

Behdad）の言う、「セルフ・エキゾティシズム」、つまり、植民者が現地人たちの中で模倣的な形態をとることで、自己とエキゾティックな他者とを同一化し、同時にその他者を差別化しかつ否定するという二面性の同居、を内包しているように思われる。(7) キムは、英国人が自己同一化することのできる、理解可能な唯一の他者であり、そして理解不能な異文化に精通しそれを解説してくれる、たのもしい同志なのである。

「ハイブリッド」は、もともとは動植物の異種間の掛け合わせ、「雑種」を意味するが、明らかにキムは、生物的な意味でのハイブリッド、つまり混血児ではない。肉体的には白人であるが、育ちはインド人という、いわば文化的なハイブリッドである。キプリングが真の意味での混血児を主人公としなかったことは、これがキプリング自身の幼年期の記憶を基にして書かれた物語であることを考えれば当然かもしれないが、他方では、当時の「混血」に対するイギリス社会全体の見方と深く関わっていると考えたほうがよいだろう。植民地における地元住民との相互交渉のあり方には、植民者によって違いがあり、この違いが人種言説や人種アイデンティティの問題に深い影響を与えた。たとえばアメリカのスペイン人やインドのポルトガル人は、植民地化した土地に定住して地元の生活様式を取り入れ、異人種間結婚を行った。しかし英国人はこれを軽蔑していた。なぜならば、十九世紀の似非科学的な人種の理論が、ダーウィニズムと共謀関係を持ちつつ、被植民の人種的劣等性を主張していたからである。そして、そのような差別的な人種の観念、また英国の民族の起源に関する議論を背景として、人種的ハイブリッド（混血児）は「エスニックな激変」として、アナーキー（政治的無政府状態）を生み出すという議論がされていた。その裏付けの例として、南アメリカにおける人種的アナーキーが、その政情不安定と結び付けて論じられていた。また逆に、英国政治の安定はその人種的純粋性に拠るという議論があったのである。また、生物学的議論として、異種混血の人間には生殖能力が無いといった議論もあり、混血に対する否定的見方には根強いものがあった。(8)もちろん、この純粋性の神話は、生物学的な意味での人種の問題に限ったことではなく、それにも増して、英国の文化的な純粋性保持というより大きな命題の一部としてあったことも忘れてはならない。

文化の純粋性を維持するという観点で重要なのはもちろん教育である。当然、右のような議論は、キプリングの両親を含む、子弟の教育を最重視した当時の在印英国人（アングロ・インディアン）の心理に、強い影響を与えていた。在印英国人は当時、「二流の紳士」の地位であることを意味したが、インドに住んでいる限り「二流の紳士」の地位から抜け出せないばかりか、もっと下の「混血児」さらにはその下の「原住民」へと階級を転落していく危険性を抱えていた。それを避けるには子弟を英国で教育することが重要で、できるならパブリックスクールに入れる必要があった。この必要に従って、それまで地元のヒンドゥー語をしゃべり原住民と同じ身なりをして過ごしていた幼少のキプリングは、六歳のときに、英国人としての教育を受けるため、インドから妹と共にイングランドへ送り返された。両親から離されて二流のパブリックスクールに入れられた彼は、世話人のホロウェー夫人との確執から相当な心的外傷を被ったが、その事は自伝やいくつかの短編の中に語られている。そんな彼が、自分がイングランドではアウトサイダーであることを実感し、インド出身の英国人の曖昧な立場を痛感させられたであろうことは容易に想像できる。

キムがグレート・ゲームの指揮官たちに尊敬の目で見られるのは、彼が白人であるからであり、もし彼が混血児であったなら事態は違っていたであろう。実際キム自身、あるいは小説の語り手も、混血児を軽蔑している。キムは自分がサヒーブであることを強く意識しているし、それを捨てたいとは思わない。実際テクスト全体に、混血、雑種への嫌悪は一貫して存在している。キムは混血児であるべきではなかったし、混血児はヒーローにはなれなかったのである。キムの出自をめぐる物語の展開は、昔話によくある、何かの理由で正統な家系から外れている不幸な主人公が、苦難の末に自らの正統性を確保し、元のさやに収まるという筋書きを踏襲しているともいえる。しかしこの筋書きが人種を巡って展開するということが、この作品の独創性のひとつと言ってよい。

異人種間の混血の問題は、まず第一に現地女性との性的な関わりに対する意識として表面化する。帝国主義的テクストに共通することだが、『キム』も男性中心世界を描いており、登場する女性達は、様々な形でネガティヴな特性を付与されている。クルの老女やシャムレグの姫などの場合に好意的な描写があるものの、物語は基本的に女嫌い《ミソジニー》の雰囲気に包まれている。そして白人少年キムとインド女性との交わりの可能性は、シャムレグの姫の場合に発展の兆しを見せるが、すぐにうやむやになってしまう。キプリングの他の短編を見ても、白人男性とインド女性との関係が悲劇的な結末をもたらすものが多い。キプリング作品におけるジェンダーをめぐる構図に関して、ウイリアムスがまとめたものを引用させてもらうと、〈女性＝コントロールされない言語（くだらないおしゃべり）＝コントロールされないセクシュアリティ（売春、性的誘惑）〉対〈男性＝言語のコントロール（沈黙と秘密）＝性的コントロール（禁欲、独身生活）〉ということになる。(9) この構図は、植民地を総体として女性化して表象し、性的堕落のイメージを付与しつつ、白人男性権力による征服の正統性を主張するための常套手段として、植民地主義的テクストに共通する基本構図であることは言うまでもない。そして同時にこの構図には、人種的ハイブリッドに対する嫌悪が内包されていることは明らかである。

帝国の拡大に伴う異文化との接触においては、宗主国にとって危険な要素としてのハイブリダイゼイション、つまり、異人種間の雑婚、人種の融合と退化などの問題が必然的に発生する。そのため、帝国における人種の健全性と純血を保持するという意味で、子供の性行動の監視、教育、訓練という観点が重要になる。その結果ハイブリディティの問題は、帝国の言説の中では子供の表象という問題に直結してくるのである。キムは物語では十三歳から十五歳の時期にあるが、ドン・ランダル（Don Randall）が指摘するように、ハイブリッドが子供、特に思春期の少年として登場することには重要な意味がある。ランダルの論旨をまとめておこう。

ランダルは、『キム』とほぼ同時代に出版されたスタンレー・ホール（G. Stanley Hall）の『思春期』(*Adolescence*, 1904）を援用し、男性思春期の概念とハイブリディティの概念が、相互補完的に作用していたこと、そしてキプリングにおける帝国主義的少年像が、いかにして英国の帝国主義言説を形成してゆくのかを論じている。ホールの『思春期』では、個体発生が系統発生を概括するという論が展開された。つまり、個人の歴史は人類における人種の歴史の急激な繰り返しであると考えられた。そして思春期は実験と訓練のための重要な時期と位置付けられ、思春期の研究が、個人と人種の両方における発達停止や知恵遅れを診断し計測する研究に役立つとされたのである。野蛮人は多くの観点で子供であるが、性的成熟度から言うと、大人のサイズを持つ思春期の子供とみなされた。それゆえ思春期は西欧文明が「野蛮」と対峙する言説の場となり、ヨーロッパ諸国がより原始的な社会との関係を発見する場と同質であるとみなされる。さらに思春期は国家の過去と未来について、より一般的にいえば、国家の起源と運命について語るものとなる。中間的存在につきものの不確定な地位、不安定さ、予測不可能性という意味で共通項を抱えているハイブリディティと思春期は、こうして十九世紀的植民地言説の中心課題となるのである。(10)

ここで注意を要するのは、キムはイングリッシュではなくアイリッシュだという事である。イングランドの最初の植民地としてのアイルランド、白人でありながら被植民として差別され、「白い黒人」、「猿」とみなされ、

「労働者階級」と同様に軽蔑されていたアイルランド人という歴史的、社会的背景を考えるとき、この設定にキプリングはいかなる意図をもっていたのかを考える必要がある。イギリス文化の中ですでに被植民であるアイリッシュであって、かつインドという植民地に文化的な根を持っている宗主国民（サヒーブ）キムは、入れ子細工的な、非常に複雑な位置を占めることになる。ウィリアムスが指摘するように、インドという空間ではサヒーブかどうかの境界線が最も重視されており、そのためキムのアイリッシュネスはテクスト中ではぼかされている。[11] しかし、キムもナレーターも、キムがイングリッシュではなくアイリッシュであることは意識しており、そのことはテクストでもしばしば言及される。サイードは、キムがアイリッシュであることはその階級の低さとその劣等意識ゆえに、上昇志向を植え付け、キムがグレート・ゲームに参加する時の奉仕候補生としての立場をより強く自覚させるとみている。また、その地位の低い者に、インドを帝国の一部と見るヴィジョンを主張させるとき、その主張の正当性がさらに高まると指摘する。[12] 付け加えるならば、キプリングがキムを本物の混血児として設定することが論外であると考えていたとすれば、キムをイングリッシュとせずアイリッシュとしたことで、キムの意識を完全なサヒーブとしての特権的意識から微妙にずらそうとしたのではないかと思われる。それによってハイブリッドとしての曖昧さを強化し、インド文化との親近感を強化したいという意図があったに違いない。そしてより中立的なハイブリッド少年の意識を創造することで、キプリングは、いかなる明瞭で一貫した意味においても、インド的でも、メトロポリタン的でもなく、アングロ・インディアンでもない視点を作り上げようとしたのである。

ハイブリディティが必然的に抱える難問のひとつは、アイデンティティの不安定さであるが、キムの場合その不安定さは、キムの背負っている白人としての肉体とインド人としての文化や精神との不一致、言い換えればネイチャーとカルチャーのずれによって引き起こされている。本物の混血児の不可避的な二重性とは異なるとはいえ、キムにとってこの問題は物語の進行とともに次第に重大さを増してゆく。キムのアイデンティティの二面性は、キムがかかわる二つの旅――サヒーブとしてかかわるグレート・ゲームと、インドの少年としてかかわるラマ僧の聖河探究の旅――によって象徴されているのだが、これらの旅はどちらも父親探しの旅として動き出す。物語は、書類上の父が確認されたあと、二人の擬似的父親、ラマ僧とクレイトン大佐が代表する二つの文化あるいは言説の間でのキムの揺れを描く。ダニエル・ビヴォーナ（Daniel Bivona）が指摘するように、キムの根無し草的生活、変装の才能と表裏をなすアイデンティティの曖昧さは、皮肉なことにラマ僧の幻想的でメタフォリカルな探究の対象である「河」に要約される。そして「河」はハックルベリー・フィンのミシシッピ河のように、変身の象徴であり、ヘラクレイトス的流動そのものであり、名前以外のアイデンティティのなさを象徴している。「河」を探すということは、刻一刻変化するものを探すことである。キムの、帝国における究極の権威と、歴史のすべての秘密に通じた父親の探究は、ラマ僧の「目的地の無さ」という「目的地」の探究と神秘的な類似性をみせている。[13] もちろんこの不安定さを、大反乱以後のイギリスの植民地インドという存在全体の不安定さと重ね合わせることもできるだろう。結局キムのアイデンティティ探究の旅は、ラマ僧の聖河発見によっても確固とした答を見出せていないようにみえる。現世を抜け出し解脱したかにみえたラマ僧は、不安定なキムを救おうとふたたび現世へと帰ってくるのだ。ジェームズ・バリー（James Barrie, 1860-1937）の創造したピーター・パンのように、永遠に大人にならない子供として克服されない思春期を映し出すキムは、物語が終わっても、依然としてラマ僧とマハブブ・アリを擬似的父親としながら、インド少年として旅を続けるであろうことが示唆される。

それではアイデンティティの曖昧さがなぜ帝国の言説と結びつくのだろうか。ランダルは、ミッシェル・フーコー（Michel Foucault, 1926-1984）の『監視と処罰』（*Discipline and Punish*, 1975）を援用して、「犯罪」（'Delinquency'）が正当に監督され指揮されれば、政治的監視としてうまく機能すること、そしてインドにおける英国の権力・知識は、異文化間の出会いや交換によってではなく、仲介された観察によって収集され、応用されるのだと述べる。キプリングのインドでは、帝国の権力はこれらの仲介者達——ハイブリッドな、曖昧な存在、つまり土着化した白人少年（キム）、現地採用されたパタン人（マハブブ・アリ）、西欧の教育を受けたベンガル人（ハリー・バブー）——によって、代表されるだけでなく実行され、これらの仲介者達がイギリスの理想とした、超然とした統治（'detached domination'）を代行していると述べている。そしてキムは、みずからのハイブリディティ、曖昧な立場、内と外を分ける境界（'limen'）線上の立場を利用して、帝国の領土の地図化（＝境界線の設定）とそのための区別——動物と人間、初期の子供時代と完全な大人時代、自然（ネイチャー）と文化（カルチャー）、野蛮と文明、白人と黒人、東と西、植民者と被植民者——とその区分の監視のために働くことになると言うのである。ランダルは「カーストや宗教、言語の枠を越えて動くキムは、西欧から見たインドがもつべき境界を、われわれにむしろ意識させることによって（それを維持し）主観と客観の絶妙なバランスを維持する可能性を作り出す」と述べて、ほぼサイードと異口同音に、キプリングのテクストが、ハイブリディティという要素を巧妙に利用しながら、危うくなっていた英国のインド統治を引き締めようとする意図に加担していることに注意を促している。[14]

3　物真似屋と民族学

スペインやポルトガルによる植民地支配では、異人種間結婚と妾制度によって生まれた、人種が不明確な実際の混血児から構成される階層が植民地支配の強力な基盤となったが、英国領のインドにおいてその役割を果たしたのは、英国式教育を受けたインド人、バブー（インド紳士）達であった。実際の混血ではなく、文化的なハイブリッドを生産したということが英国の植民地支配の特徴なのである。『キム』においてもハリー・バブーという注目すべきインド紳士が先輩スパイとして登場する。彼はキムの保護者であり、擬似的父であり、指導者であり、協力者である。

キムとハリー・バブーは両者とも文化的なハイブリッドと言えるが、両者の立場は正反対である。植民地文化の中で育った宗主国民の子弟であるキムと、宗主国文化に染め上げられたベンガル人ハリー・バブー。彼らは協力して大英帝国のために働くわけだが、両者の描かれ方は対照的である。ヒーローのキムは誰からも愛され、積極的な印象を与えられているが、ハリー・バブーは、「脂ぎって湿っぽい、しかしいつもニコニコして」いて、「最も格調高い英語を最も下手な言いまわしでしゃべる」と形容され、少し滑稽で、植民地の言説では典型的なことではあるが、臆病な女性的なイメージを与えられている。もうひとりの父親的存在のマハブブ・アリが男性的で誇り高く、英国軍人たちとも対等に渡り合おうとするのとは対照的だ。ハリー・バブーはロシアのスパイからもそのアイデンティティの危うさを指摘され、揶揄される。

「やつは変わりつつあるインドを象徴しているのさ。東洋と西洋を混ぜ合わせてできた化け物なんだ」ロシア人が答えた、「東洋人どもをうまく手なずけられるのは俺たちさ。」

「やつは祖国を失ったままそれに代わる国を手に入れてもいない。だが、やつは征服者達を心から憎んでいる。いいか、やつは昨夜そう俺に白状したよ」もう一人が答えた。[15]

ガウリ・ヴィスワナサン（Gauri Viswanathan）が言うように、インド紳士（バブー）は、植民地における仲介者という階級を作るという、英国によって守られなかった約束を体現している。彼らは受けた教育にふさわしい帝国の支配的地位に登用されることはほとんどなかった。十九世紀の末期にはインドの新聞紙上でもその不満をぶちまける声があがっていた。[16] キプリングはハリー・バブーにも不満の声をあげさせている。

二人は彼（ハリー・バブー）にジンに似た白っぽい液体を一杯また一杯と薦めた。するとほどなく彼の威厳はどこかへ失せてゆき、彼はひどく反逆的になって、自分に白人の教育を押し付けながら白人と同等の給料を払おうとしない政府に罵詈雑言を浴びせ掛けた。弾圧と悪政の話をまくし立て、ついには自国の惨状を嘆く涙が彼の頬を伝って流れた。それからよろよろと立ち上がり、低地ベンガルの恋歌を歌い、湿った樹の幹に崩れるようにもたれかかった。英国のインド支配のかくも不幸な産物が、異邦人の目の前にかように哀れな姿でさらされたことはなかった。[17]

ランダルの言葉を借りれば、ハリー・バブーは、「軽蔑されるべき物真似屋のまさにその典型、臆病でずるがしこい、無類の偽善者」である。この場面でも、ハリー・バブーはスパイとして相手を油断させるための演技として、酔っているふりをしているに違いない。もしそうだとすれば、彼は典型的バブー像を演じて統治者たちをののしりながらも、実は権威の中心部に取り入ろうとするしたたかな面をもっていることになる。

「物真似屋」とはホミ・バーバ（Homi K. Bhabha, 1949-）が使う用語でもあるが、ここでこの言葉について整理しておこう。[18] バーバによれば、植民地における被植民たちは、常に植民者の白人と差別化され、中途半端な人間、または白人になれない存在としての状況に留め置かれるが、彼らは、植民者を「物真似」することによって、植民者に反撃する可能性を持つという。物真似（ミミクリ）は、西欧の伝統である模倣（ミメーシス）とは異なり、存在の再現ではなく部分的な反復でしかない。植民地における言説では、他者を異質なものとして差別化しながら、同時にそれを効果的に支配する必要があるが、そのためには被植民者が全く異質であっては困るという欲望が生まれる。そしてその欲望は、このような「物真似屋」を生み出すという。同時にこの欲望は植民地支配を正当化する啓蒙主義的言説、つまり未開人の文明化（＝人間化）という理論と矛盾をきたし、結果的に植民者のアイデンティティに危機をもたらすのだという。

ハリー・バブーの物真似屋としての特性は、英語や英国文化に対する強い志向として描写されているが、とりわけ、民族学の論文を書くことで英国学士院（the Royal Society）の会員になるという目標によって強調されている。この欲望は象徴的なことに、スパイ活動の司令官であるクレイトン大佐の欲望と重なっている。

「・・・面白いじゃないか。英国学士院会員になりたいとは。人間らしいとも言えるな。やつは民族学の方面では一番のやり手だからな、ハリーは。」

どれほど金や昇進をちらつかせてもクレイトン大佐をインド調査の仕事から引き離すことなどできなかっただろうが、彼の心の奥底にも、自分の名前のあとに「英国学士院会員」という肩書を書きたいという野心があったのだ。

・・・男というものは、玩具の選択という点では子供と変わらないものだな。そんな思いにクレイトン大佐はほほ笑んだ。そして同じ欲望に駆られているハリー・バブーを見直した。[19]

ここでクレイトン大佐は、自分と同じ目標を持つハリーを、同等の人間として認めてやってもいいと感じながら、内心かすかにではあっても、ハリーに先を越されるのではないかという恐れを抱いたに違いない。この恐れはバーバのいう「物真似屋」による反撃の可能性を象徴的に表しているはずである。それでもクレイトン大佐は同時にハリーに先を越されることなどありえないと信じていることも確かで、嘲笑とも取れる微笑を漏らさずにはいられないのだ。

ハリー・バブーとクレイトン大佐の民族学への情熱は、一方で彼らのスパイとしての活動と密接に重なり合い、帝国の植民地支配が植民地のテクスト化、地図化、またはトーマス・リチャーズ（Thomas Richard）の言う「アーカイブ化」、という様相を呈することの象徴となっている。[20] それは歴史という時間への細分化の中で、失われつつあるイギリス統治下のインド、つまり時間の概念から解き放たれた、変化を知らない幻想的空間としてのインド、そしてキプリングの記憶の中に存在するお伽話としてのインドを、テクストへと書き換えることで救済し、保護し、保存するための活動なのである。しかし実は小説という媒体でインドの風物や人物を細かく描写する作家キプリングこそが、実は究極の民族学者なのであって、それをメトロポリタンの読者に報告することで、帝国におけるもうひとりのハイブリッドな監視者となり、またクレイトン大佐やハリー・バブーの夢であった英国学士院会員の地位に匹敵する、作家としての認知と地位を手に入れ、彼らとのアナロジーを完結したのである。

4 グレート・ゲームと聖河探究の旅

『キム』においておそらく最も注目すべき人物はラマ僧であろう。彼はインド文化を象徴する存在ではなく、冒頭、よそ者として突然キムの前に出現する。チベットからやってきた仏教僧で、聖なる矢の河を探しに南へ下ってきた「中道を行く者」である。彼もまた、様々なインドの文化を越境してゆく能力を持っているという意味ではハイブリッドな存在と言えるだろう。しかし、ラマ僧のハイブリディティは、二つの相異なる文化の間で揺れているキムやハリー・バブーのハイブリディティとは異質なものである。ラマ僧はインドのどの文化とも、もちろん英国文化とも異なる文化を背負っているが、どんな文化にも対応する柔軟性を持っているようにみえる。英国人との相性もいい。博物館の英国人学芸員に尊敬の目で迎えられ、仏教芸術に関する議論を戦わせ、贈り物を交換する。白人の弟子（チェラ）にも恵まれる。ラマ僧は恐らくすべての文化を超えようとしている存在である。ラマ僧は非世俗的な価値観を代表し、受動性を象徴するヒーローであり、グレート・ゲームが象徴する世俗的価値観と対極にある存在である。

ゾーレ・サリバン（Zohreh T. Sullivan）の指摘するように、われわれは最初の章でキムの二重のアイデンティティだけでなく、二重の父親像に出会う。それも二組の。[21]キムの不在の実父と博物館の英国人学芸員（キプリング自身の実父の投影）は西洋の二重の父であり、世俗的な馬商人マハブブ・アリと非世俗的なラマ僧は東洋の二重の父である。キムの父親探しのなかで、結局理想の父親像はやはりラマ僧であることが物語を通じて証明される。キムは出会いのときから、ほとんど無条件にこのラマ僧を師と仰ぎ、ラマ僧もキムを無条件に愛して止まない。そして彼らの愛情は物語を通して変わることがない。

ラマ僧の最終目標は、永遠に続く輪廻の輪を断ち切り、その輪から自由になり、いかなる目標の追求からも解放されることである。これは、「みんなの友達」として、人種、宗教、階級を融合するハイブリッドであるキムにとっての行動の規範となってゆく。また同時にラマ僧は、聖河探究の旅の道案内や様々な支援にキムを必要としている。サイードも指摘するように、ラマ僧はキムを宗教的にも必要とし、かつキムを救済者とみなしている。その意味でラマ僧はキムの前では子供であり、キムとラマ僧の擬似的親子関係はしばしば逆転するのである。

植民者と被植民者の場所に対する関係を単純化すると、〈「外来」、「旅」、「移動」〉対〈「土着」、「ネイティヴ」、「定住」〉という図式になるだろうが、ラマ僧は植民者あるいは読者の視点からすると、移動可能な土着民として特異な立場にある。彼は冒頭ではどこか弱々しく、キムの助けなしには旅を続けられるかどうかさえ怪しい様子なのだが、ひとたび故郷の高地に入ると超人的な歩行能力を発揮し、別人のように活動的になる。実際、高地に限らずラマ僧の移動範囲は驚くほど広い。そのラマ僧の歩行力は、英国人のウォーキング愛好あるいは冒険志向と奇妙な一致を見せている。またこれはある意味で英国の植民地政策の世界的広がりを連想させせなくもない。そしてラマ僧は最終章での解脱の時、精神的な飛翔を体験し、驚くべき鳥瞰のヴィジョンを獲得し、インドの風景をはるかなる高みから見下ろした体験を語るのだが、まさにこのヴィジョンは、大英帝国の地図を満足げに眺める帝国主義者のロマン主義的なヴィジョンと不思議な対照あるいは類似を成している。また、ラマ僧の歩行がこのようないわば東洋的な精神的空間認識と関わっているとすれば、それとは対照的に、キムがスパイ訓練の過程で教え込まれた、歩幅によって測量し地図を作成する技術としての歩行が、西洋的な数量的、分析的認識と関わっていることを示唆し、その差異が強調されていると言えよう。

キプリングがこの鳥瞰のヴィジョンによってインドの地図を真に完成してみせるのは、ラマ僧の聖河発見と、それによる解脱においてだけであり、この地図の完成はグレート・ゲームによる活動では達成できないものだった。その意味では、キプリングは混沌または楽園である「庭」としてのインドを、記録され統治された、西欧的分析の象徴としての「地図」へと塗り替えようとする帝国の実践の無意味と、ラマ僧の追及する仏教的理念の勝利を謳っていると考えられる。その意味では、ポストコロニアル批評の論者達から主に批判の対象とされるキムのグレート・ゲームへの参加は、ランダルが指摘するように、それが結果としてインド支配のより巧妙な手段として利用されたことは認めるとしても、キムにとってそれは聖河探究の旅からの束の間の道草、あるいは遊びとしての「ゲーム」に過ぎないのである。ラマ僧の聖河探究の旅が、宗教的な架空の幻想に過ぎないと主張する者は、実はそれと対比されるグレート・ゲームの方が、実は正道を外れた、帝国主義という名の宗教的幻想なのだということに気づかされるだろう。

この意味で、キプリングがキムの中に求めたハイブリディティの意義とは、インドとイギリスという二つの文化間の越境ということ以外にもあるように思われる。それは、ラマ僧の追及する、世俗的な目標からの解脱という超文化的でスピリチュアルな価値観と、グレート・ゲームが追求する政治的、経済的な利益の追求という、非常に現実的、世俗的、かつ実践的な目標に縛られた価値観という、相反する価値観の間を取り持つ役割ではなかったか。この二つの価値観が折り合うことはほぼ不可能であろうし、キムがこの物語の中でそれを達成したとも言えないであろう。しかし少なくともこの物語で描かれているのは、この二つの相反する価値を追求する旅に、キムが誠意を持って取り組む姿なのだ。キプリングは、この二者択一の問題に、最終的な答えを提出しているとは言えないが、少なくとも読者に、ひとつの問題を投げかけていることは確かである。

5　言語的ハイブリディティと英語

『キム』におけるハイブリディティが文化的なものである以上、その表象の問題の大部分は使用言語の問題として表面化する。この物語では、最初は片言だったキムの英語が、グレート・ゲームで要求される理性的な思考に必要な道具として、キムの中でいかに成長し定着してゆくかが描かれている。言い換えれば、これは一面においてキムの英語化の物語であり、また同時に異言語混淆（ヘテログロシア）であるインドの言語状況の中に英語が入り込んでいった過程の縮図という様相も呈している。

語り手の解説から判断すると、キムは五章でマヴェリック連隊に遭遇するまでは、土地の言葉ウルドゥー語を使っている。ラマ僧との会話もウルドゥー語である。警官の使うパンジャブ語も理解できる。ヒンドゥー語で考えていたとか夢を見た、という記述もあって、キムの主な言語はおそらくヒンドゥー語である。いずれにせよキムの英語は片言で、読み書き能力は、警察の張り紙が何とか判読できる程度である。はじめの数章でキムが実際に英語を使う場面は、ヒンドゥー小僧に化けてマハブブ・アリに近づいたとき、自分の正体をマハブブ・アリに気づかせるためにあえて使う場面くらいしかない。象徴的なことに、五章でマヴェリック連隊の野営地にもぐりこんで、ベネット師（Mr Bennett）に発見される場面で、白人であることが判明する決め手となるのは、キムの発した拙い英語であった。聖ザビエル校に入れられてからは、英語の読み書きを教え込まれ、英語はキムの中で次第に重要性を増してゆく。その成果が象徴的に語られる場面がある。ラーガン・サヒーブに、割れたはずの水壷がまた元に戻るという幻影を見せられそうになったとき、キムは英語の力でその幻影から逃れるのである。


「見なさい、形ができてきたぞ」ラーガンが言った。

それまでキムはヒンドゥー語で考えていた。しかし突然身震いがして、闇に飲み込まれようとしていた彼の精神は、まるで鮫に追われた泳者が必死の努力で水から半身を飛び上がらせるように、その闇から飛び出した。そして、闇から逃れようとすがりついたのはなんと、英語の九九表であった。

「見なさい、形ができてきたぞ」ラーガンはつぶやいた。

水差しは割れたはずだった――そうだ、ばらばらになったんだ――いけない、土地の言葉を使って考えてはだめなんだ、と彼は思った――でもばらばらになったんだ――五十もの破片に、そうだ、にさんが六、さざんが九、しさん十二。彼は必死にくり返した。眼をこすると、水差しの影のような輪郭は霧が晴れるように消えた。破片が散らばり、日差しの中で乾き始めた水がそこにあり、ベランダのうねった床板の割れ目から、下の家の白壁が見えた――そして、三かける十二は三十六だ。[22]

ここで英語は、インドの魔術的または非理性的な混沌とした領域に打ち勝つための、文明側の武器であり、理性的思考を象徴するものとして提示される。そしてラーガンの奇妙な訓練の後には、先輩スパイのハーリー・バブーがキムに英文学の知識の重要性を説く。ワーズワースとシェイクスピアをみっちり読むことを薦め、それにもまして、測量の技術と理論を身に付け地図を作れるようになるようにと言い聞かせる。そして英語能力と地図作成能力が、スパイ技能の二本柱としてキムに植え付けられてゆく。

これ以後テクストでは、キムの言語使用に関して、英国の理性としてのグレート・ゲームに関わるときには英語で思考することが強調される。「英語で必死に考えた」などという描写が散見される。しかし、ラマ僧と旅し、グレート・ゲームの緊張から解き放たれると、キムは英語から離れ、土地の言葉で考え、夢を見て、幸福感に浸るのである。

長く完璧な日々が、キムの背後に防壁となって立ち上がり、彼を人種と母国の言葉から切り離した。彼は現地の言葉で考え、夢見て、ラマ僧が飲んだり食べたりする際に行う儀式を機械的に真似していた。(23)

英語は彼にとって束縛であり重荷であるが、サヒーブとしてのアイデンティティを支えるためには、肌の色に次いで重要なものとなっていくのである。

十二章では、ハリー・バブーが北の山岳地帯でのグレート・ゲームの情勢をキムに説明するやり取りの中に、興味深い場面がある。まず二人は英語で会話を始める。しかしキムは、スパイ仲間であってもインド文化に属する者同士ということからか、あるいはスパイ活動の重要な話ということで得意な言語を使いたかったのか、ハリー・バブーにヒンドゥー語で話そうと提案する。ハリー・バブーは一旦それに応じヒンドゥー語で話し始めるが、自分が話している途中で二度ほど、突如英語に切り替えるのである。一度目は、含み笑いの後に、好都合な事態が起こったことを話すとき、二度目は、クライトン大佐との会話の内容を説明する中で、クライトン大佐を非難するときである。これらの感情の高ぶりに伴う言語スイッチは、二人のハイブリッドにとっての好ましい言語を示すためにキプリングが取り入れた芸の細かい描写と言える。グレート・ゲームに参加するため仕方なく英語を使っているキムと、英語文化に認められることを望んで止まない「物真似屋」ハリー・バブーの積極的な英語志向がぶつかり合っている様が、言語スイッチという形で描かれているのである。

実際に使われている言語をもしそのまま表記したとしたら英語の部分は圧倒的に少ないだろうと思われるこのテクストを、うまく英語に置き換えている書き手としてのキプリングは、一方でインドの多言語混淆状態を読者に実感させるため、かなり気を使っているのは確かである。親友であったライダー・ハガード（Henry Rider Haggard, 1856-1925）の、アフリカを舞台とした小説における現地人の言語に対する扱いや、ジョウゼフ・コンラッド（Joseph Conrad, 1857-1924）の描くアフリカの土着民たちのわめき声としてしか描写されない言葉と比べれば、現地語に対する気配りははるかに細やかだ。

キムと語り手の関係に注目しているランダルによると、語り手の立場は必ずしも英国の読者を意識しているわけではない。ハイブリッドであるキムの思考を代弁しているらしい語り手は、冒頭でのラホール博物館の説明のときは、明らかにロンドンのメトロポリタンの読者に向かって話し始めるのだが、それは最初だけで、しばらくしてメイソンロッジのことを紹介する際の‘we’の用法から推察すると、むしろ在印英国人の意識に自己同一化して話しているとランダルは指摘する。つまりこの語り手は、イギリス本国の英国人ではなくインド生活の経験によって変化した習慣と態度を持つことを特徴とした在印英国人グループに、キムというハイブリッドな少年を代弁しつつ話しかけている。それは恐らく、多言語、多文化の混在が当然だという意識を、テクストに浸透させるためであろうと思われる。

キプリングのこのテクストは、英語、ウルドゥー語、ヒンドゥー語、パンジャブ語、チベット語、パシュト語、中国語など多数の言語コードを出現させているが、語り手はそれらを承認しているだけではなくこの言語の多様性を利用している。どの言語も信頼の置けるものではなく、権威のあるものでもない。英語は支配的ではあっても、必要な言語というだけで、特に好まれているわけではないのである。テクストはこのインドの多言語混淆状態を様々に演出してみせることによって、ある言語的豊饒を描いているように思える。ランダルが言うように、英国人読者には必要以上にハイブリッドな小説『キム』の多言語混淆状態は、「われわれ」対「彼ら」とか、植民者対被植民者、という二項対立的な発想を突き崩そうとしているのだ。[24] そうすることでキプリングが提示しているのは、〈英語〉対〈ヒンドゥー語〉とか、〈宗主国言語〉対〈現地語〉という、特定の言語間の二項対立的なものではもはやなくて、〈単一言語による支配状況〉対〈多言語の混淆状況〉という命題なのである。

イギリス人がしばしば援用する論理として、多言語の並存でバベル的混乱状態のインドに最低限の意志疎通に必要な道具としての、そして共通語としての、あるいはまた公用語としての英語を与えたことが、イギリス人のもたらした恩恵である、というものがある。しかし『キム』のテクストを見る限り、インドの多言語混淆状態が地元民に大きなコミュニケーション上の困難を背負わせているようには見受けられない。ラホールではよそ者のラマ僧も、母語であるはずのチベット語が使えないと見るや、見事なウルドゥー語を使い、またヒンドゥー語を混ぜて説教をまくし立て、中国語の知識も披露する。キムも相手の宗教と言語を瞬時に判断して、相手に合わせてコミュニケーションをとる方法を身につけている。異言語間のコミュニケーションの困難さが描写される場面は、キムがマヴェリック連隊に発見されたとき、ラマ僧の旅の目的をヴィクター神父に説明しようとするときぐらいしかない。コミュニケーションに困難が生じるとすれば、英語とその他の言語の間だけなのである。

また、クレイトン大佐、あるいはラホール博物館の英国人館長が、現地語ウルドゥー語でコミュニケーションをとることに積極的であるという設定は、英語以外の言語を容認しないということではなく、宗主国側から植民地文化への歩み寄りの姿勢が示されていることであって評価すべき演出なのだろうが、それは一方で、英語という言語がインドでは本質的に居場所が無いことを浮き彫りにしている。結局キムの英語化の物語として読めるこのテクストは、必ずしも英語を賛美する姿勢のみを見せている訳ではないのである。

6　ポストコロニアリズムとハイブリッド

おれはキムだ。おれはキムだ。でも、キムってなんだ?彼の魂はその問いを何度もくり返した。彼は泣きたくはなかった。これほどまで泣きたくないと思ったことは今までになかった。ところが突然、わけもなく涙があふれ、鼻をつたって流れた。そしてカチリと音を立てたかのように、彼の存在の歯車がふたたび外の世界と嚙み合って回り始めた。一瞬前までは眼球に無意味と映っていたものが、正しい形へと姿を変えた。道は歩くためのものであり、家はそこに住まれるためのものであり、家畜は働かせるためのものだ。畑は耕すもので、男も女も互いに話し掛ける相手となった。それらはみんな現実的であり真実であり――しっかりと足の上に立っており――完全に理解可能であり――彼がそうであるように土くれからできたものであって、それ以上でも以下でもなかった。[25]

サイードは、最終章のこの部分を、同時代の小説、ジョージ・エリオット（George Eliot, 1819-80）の『ミドルマーチ』（*Middlemarch*, 1871-72）とヘンリー・ジェイムズ（Henry James, 1843-1916）の『ある婦人の肖像』（*The Portrait of a Lady*, 1881）におけるヒロインの人生再創造場面と比較している。ここではキムが自発的に人生を確保し直す者として描かれているのだが、それは彼がインドにおいてサヒーブであることの所産であるとし、「カチリと音を立てたかのように、歯車が…嚙み合って」というこの部分の比喩が、「再領有の儀式、イギリスが（忠実なアイルランド人をとおして）インドをふたたび確保すること」を結果的に表しているとみる。[26] そのサイードの指摘は、説得力があるし、それはキプリングが、当時のイギリス帝国主義言説に全く疑問を持つ事ができなかった、という限界を指摘するという意味ではそのとおりと言わざるを得ない。

しかしこの場面で、二つのアイデンティティの間で悩むキムが得た結論は、サヒーブであることの確認でも、ヒンドゥーの少年に戻ろうという決意でもない。物語ではそのどちらを選んだかという結論を保留したまま終わる。この最終章でのキムの答えはある意味でどこにも所属しないことであって、サヒーブなのか、ヒンドゥー少年なのかという二者択一の問題、その問題そのものへの疑問符であることに注目すべきであろう。キムが得たものは、自己のアイデンティティを特定の文化に同一化させることを保留したままでも自己は存在できるのだという確信ではないのだろうか。最後の場面で、マハブブ・アリはラマ僧を狂人扱いしながら、キムをふたたびグレート・ゲームへと駆り出すつもりであるが、ラマ僧はそれを認めた上で、「師にするがよい、物書きにするがよい。大丈夫。最後は解脱を得る。残りはすべて幻だ」と言って、キムの目覚めを待つ。マハブブはその場を去り、目覚めたキムはラマ僧への変わらぬ尊敬の念を表し、菩薩の坐像と同一化したラマ僧の聖河発見の体験を聞くのである。サイードの言うようなキプリングの限界はあるとしても、ラマ僧の説く東洋的、チベット仏教的解決（解脱）への収斂というキプリングの用意したこの結末には、彼の高い理想主義が込められていることは確かであろう。

ポストコロニアル批評で強い影響力を持つホミ・バーバによるハイブリディティの概念では、境界性とハイブリディティは、植民地状況の必然であるとしている。バーバのハイブリディティの議論は、フランツ・ファノン（Franz Fanon, 1925-1961）が提示した「黒い皮膚／白い仮面」の図式を起点にしつつ、被植民文化側に生まれる植民者文化の物真似という行為、あるいは被植民が抱く、植民者という自己でもなく被植民者という他者でもない、その中間にあるという落ち着きの悪い位置認識をめぐって行われる。キムの場合、少なくとも図式的にみると、ファノンの提示した図式の逆を体現していて、いわば「白い皮膚／黒い仮面」をもつ少年として登場したのである。もちろんこれら二つの図式は完全に正反対とは言えない。キムは最終的には白い皮膚を誇示して、宗主国民であることを主張できるし、黒い仮面は「みんなの友達」でいるためや、グレート・ゲームで敵の目を欺く道具として利用されるに過ぎないからだ。つまり、この図式は羨望や怨念、また自己否定からは自由なのである。そしてこの「黒い仮面」はスパイとして帝国支配に加担するがゆえに、批判の的になっている。しかし問題は、これもハイブリディティの一形態であって考慮されなければならない重要な存在形態だということだ。バーバのハイブリディティ理論では、結局、二項対立や本質主義を超えて、ハイブリディティ（雑種性／異種混交性）をポストコロニアルな文化の本質的特長として受け止める必要を説いている。このような見方をある程度キプリングは先取りしていたと言えないだろうか。

最近盛り上がりをみせているポストコロニアル批評、あるいはポストコロニアル文学の旗手たちが、こぞって文化的にハイブリッドな背景の持ち主であることをあらためて思い起こしておこう。彼らはほとんどの場合、宗主国の出身ではなく、様々な植民地体験によって宗主国文化に入り込んでいった人々であり、英語の使用という意味では「物真似屋」であり、英文学の内部に入り込んで内部からの告発を試みている。もはや彼らは現在の英文学という制度における中心的な論者となって、まさに内側から英文学の解体をはかっている。これこそがハイブリッドの持つ革新力なのだろう。しかしこのような動きが、旧植民地出身の知識人グループの内部だけで、つまり英文学の中心あるいは権威の側から言わせれば亜流の、あるいは周辺の英語文化の内部だけで活発化しているに過ぎないとみなし、それを冷ややかに見ている、旧宗主国文化の純粋性を信じる人々がまだまだ大多数なのではないかという危惧を持たざるをえないことも確かである。問題は、真の意味での内部告発をし得ている論者が「英文学」、または「英語文化」を形成するまさにその本流の中からは、ほとんど出現し得ていないこと、またその現状に自らが気づかないことではないのだろうか。これは当然といえば当然かもしれない。しかしだからこそ、キムのように、異文化の中に潜入し、自らのハイブリディティを認め、他者を理解し、愛し、あるいは自ら他者となり、境界線上で生きることを決心する、そういった視点、立場が必要とされているのではないだろうか。その意味でキム、そしてキプリングはひとつの提案を成し得ている。

註

（1）Edward W. Said, *Culture & Imperialism* (London: Chatto & Windus, 1993), p. 160. 邦訳エドワード・W・サイード著、大橋洋一訳『文化と帝国主義』（みすず書房、一九九八年）。

（2）Said, *Culture & Imperialism.* p. 162.

（3）Said, *Culture & Imperialism.* p. 176.

（4）Said, *Culture & Imperialism.* p. 196.

（5）John A. McClure, *Kipling and Conrad: The Colonial Fiction* (Cambridge, Massachusetts: Harvard UP, 1981), Abdul R. JanMohamed, 'The Economy of Manichean Allegory: The Function of Racial Difference in Colonialist Literature' in Henry Louis Gates, Jr. ed., *'Race', Writing, and Difference* (Chicago: U of Chicago P, 1986), pp. 78-106. などを参照のこと。

（6）Patrick Williams, 'Kim and Orientalism,' in Patrick Williams and Laura Chrisman eds., *Colonial Discourse and Post-Colonial Theory: A Reader* (New York: Harvester Wheatcheaf, 1994), p. 488.

（7）Ali Behdad, *Belated Travelers: Orientalism in the Age of Colonial Dissolution* (London: Duke UP, 1994).

（8）このあたりの議論に関しては、Robert J. C. Young, 'Hybridism and the Ethnicity of the English,' in Keith Ansell Pearson et al. eds., *Cultural Readings of Imperialism: Edward Said and the Gravity of History* (London: Lawrence & Wishart, 1997)、また、同じ Young の *Colonial Desire: Hybridity in Theory, Culture and Race* (London: Routledge, 1995) に詳しい。

（9）Williams, 'Kim and Orientalism,' p. 490.

（10）Don Randall, *Kipling's Imperial Boy: Adolescence and Cultural Hybridity* (New York: Palgrave, 2000).

（11）Williams, 'Kim and Oriantalism,' p. 494.

（12）Said, *Culture and Imperialism,* p. 166 and p. 175.

（13）Daniel Bivona, *Desire and Contradiction: Imperial Visions and Domestic Debates in Victorian Literature* (Manchester: Manchester UP, 1990), p.49.

（14）Randall, *Kipling's Imperial Boy.* P. 144.

(15) 原文 ['He represents in little India in transition — the monstrous hybridism of East and West,' the Russian replied. 'It is we who can deal with Orientals.' / 'He has lost his own country and has not acquired any other. But he has a most complete hatred of his conquerors. Listen. He confided to me last night, said the other.] (Rudyard Kipling, *Kim*. London: Penguin Books, 1901), p. 288.

(16) Gauri Viswanathan, *Masks of Conquest: Literary Study and British Rule in India* (New York: Columbia UP, 1989) pp. 164-5.

(17) 原文 [They gave him a glass of whitish fluid like to gin, and then more; and in a little time his gravity departed from him. He became thickly treasonous, and spoke in terms of sweeping indecency of a Government which had forced upon him a white man's education and neglected to supply him with a white man's salary. He babbled tales of oppression and wrong till the tears ran down his cheeks for the miseries of his land. Then he staggered off, singing love-songs of Lower Bengal, and collapsed upon a wet tree-trunk. Never was so unfortunate a product of English rule in India more unhappily thrust upon aliens.] (*Kim*, p. 286)

(18) Homi K. Bhabha, *The Location of Culture* (London: Routledge, 1994).

(19) 原文 ['... Curious — he wish to be and FRS. Very human too. He *is* the best on the Ethnological side — Hurree.' / No money and no preferment would have drawn Creighton from his work on the Indian Survey, but deep in his heart also lay the ambition to write 'FRS' after his name. / ...but men are as chancy as children in their choice of playthings. So Creighton smiled, and thought the better of Hurree Babu, moved by like desire.] (*Kim*. pp. 222-3).

(20) Thomas Richards, *The Imperial Archive: Knowledge and the Fantasy of Empire* (London: Verso, 1993).

(21) Zohreh T. Sullivan, *Narratives of Empire: The Fictions of Rudyard Kipling* (Cambridge: Cambridge UP, 1993), pp. 154-5.

(22) 原文 ['Look! It is coming into shape,' said Lurgan Sahib. / So far Kim had been thinking in Hindi, but a tremor came on him, and with an effort like that of a swimmer before sharks, who hurls himself half out of the water, his mind leaped up from a darkness that was swallowing it and took refuge in — the multiplication-table in English! / 'Look! It is coming into shape,' whispered Lurgan Sahib. / The jar had been smashed — yes, smashed — not the native word, he would not think of that — but

smashed – into fifty pieces, and twice three was six, and thrice three was nine, and four times three was twelve. He clung desperately to the repetition. The shadow-outline of the jar cleared like a mist after rubbing eyes. There were the broken shards; there was the split water drying in the sun, and through the cracks of the veranda showed, all ribbed, the white house-wall below – and thrice twelve was thirty-six.] (*Kim*, p. 202)

(23) 原文 [Each long, perfect day rose behind Kim for a barrier to cut him off from his race and his mother-tongue. He slipped backed to thinking and dreaming in the vernacular, and, mechanically followed the lama's ceremonial observances at eating, drinking, and the like.] (*Kim*, p. 261)

(24) Randall, *Kipling's Imperial Boy*, p. 149.

(25) 原文 ['I am Kim. I am Kim. And what is Kim? His soul repeated it again and again. / He did not want to cry – had never felt less like crying in his life – but of a sudden easy, stupid tears trickled down his nose, and with an almost audible click he felt the wheels of his being lock up anew on the world without. Things that rode meaningless on the eyeball an instant before slid into proper proportion. Roads were meant to be walked upon, houses to be lived in, cattle to be driven, fields to be tilled, and men and women to be talked to. They were all real and true – solidly planted upon the feet – perfectly comprehensible – clay of his clay, neither more nor less.] (*Kim*, p. 331)

(26) Said, *Culture and Imperialism*, p. 173.

W. B. Yeats [1865-1939]

W・B・イェイツ

——アイルランド文化の混交性について

山崎　弘行

1　はじめに

本書の序文で紹介したように、近年、旧植民地における民族文化の混交性の問題については、その限界と可能性をめぐって活発な議論が繰り広げられている。混交性をめぐるこのような議論を念頭において、W・B・イェイツ（W. B. Yeats, 1865-1939）のアイルランド文化観をめぐる従来の批評家・研究者たちの議論を整理してみると、イェイツは保守的な立場から民族文化的混交性に否定的であったということで彼らの意見は一致しているかのように見える。すなわち、イェイツが維持し復活することを願ったアイルランドの伝統的な文化とは、「アングロアイリシュ」、「特権階級」、「プロテスタント・ユニオニスト少数派」あるいは「プロテスタント支配体制」に固有の、そこにのみ帰属する文化であり、様々な階層からなるアイルランド社会全体を代表しているわけではないということだ。要するに、イェイツのアイルランド文化観は、多数派のカトリック系アイルランド人にとっては外部にすぎない少数派のプロテスタント系の文化を代表したものだというわけだ。このような見解は、イェイツが亡くなってまもない時期に伝記的な著作を発表したホーン（Joseph Hone）、ジェファーズ（Norman Jeffares）、およびエルマン（Richard Ellmann）、ヘン（T.R. Henn）に代表される初期の伝記作者から、コート（Steephen Coote）、ブラウン（Terence Brown）、あるいはオールドリット（Keith Alldritt）などの一九九〇年代になって伝記を出版した最近の伝記作者たちに至るまでのイェイツの伝記作者たちによって、一貫して変わることなく受け継がれている。(1) このような見解と並行して、一九八五年以降に、マコーマック（W.J. McCormack）とディーン（Seamus Deane）に代表される批評家たちは、イェイツが普及させることに貢献したアイルランドの伝統的文化とは、十八世紀のプロテスタント支配体制の文化のみをモデルとして、「発明され」、「想像（＝創造）された」ものであるという解釈を提出している。(2) 彼らによれば、イェイツ版のアイルランド文化とは、プロテスタント支配体制のみを代表し、カトリック中産階級を排除し隠蔽したイデオロギーなのである。イェイツのアイルランド文化観をめぐる解釈史を以上のように素描してみると、イェイツが民族文化的混交性に否定的な姿勢を示したことが、ロングリー（Edna Longley）のような一部の批評家を除き、(3) 自明のこととして受け止められていることが分かるだろう。しかし、このような見解や解釈は、総じて中期以降のイェイツの文化観の一側面に基づいた、バランスを欠いたものであり、独立前後のアイルランドの混交的な文化の情況をめぐるイェイツの複雑な態度やその変化を意識的にか無意識的にか無視しているように思われる。小論では、そのことを実証するために、アイルランドにおける民族・文化の混交性についての彼が生涯にわたって行った様々な発言を三期に分類し、年代順に主体位置に力点をおいて検討することで彼の混交観の複雑さとその変化の実相を浮き彫りにしてみたい。

2 初期のイェイツの混交観

一八九八年一月二十三日付けのジョージ・ラッセル（George Russell, 1867-1935）宛の手紙の中で、イェイツは、アイルランドを表現する国民詩人になるための条件を次のように述べている。

> 人生におけるすべての変化、古い習慣から人を連れ出すすべてのもの、より良い方向に向かう変化さえも、最初は、人を当惑させるものだ。だが、いつも覚えておきたまえ、君はアイルランドに、その悲劇と貧困に直面していることを。もし君がアイルランドを表現したいのなら、そのすべての気分を心底知っていなければならない。知っていれば、君はこれまでよりもはるかに強力な神秘主義者、詩人そして教師になるだろう。（中略）君は混交的なものに直面しているのだ、調和を試す試金石は、混交的なものを吸収してそれを調和させる力だ。これらの酒場、ホテル、田舎屋にも徐々に馴染めるようになるだろう、次第に、これらを、半ばユーモラスな、半ば滑稽な、半ば詩的な、半ば愛情のこもった思い出と希望のベールを通して見るようになるだろう。君の用いる議論、君の採用する方法にも馴染めるようになるだろう、そのとき君の精神は再び自由になるだろう。（中略）アイルランドとその悲劇を吸収したまえ、そうすれば君は、国民詩人、すなわち新たなる反抗の詩人となるだろう。(4)

この手紙は、前年にアイルランド農業組織協会の職員になった詩人ラッセルに送られたものである。この職に就いて以来、ラッセルは、アイルランドの各地を旅行して地方銀行を設立したり、農業誌のために経済問題について書かねばならなくなり、詩が書けなくなったと嘆いてよこしたのである。従って、この一節は、あくまでも転職して文学活動が出来にくくなった友人を慰め激励するために書かれたものである。そのような条件がついているにもかかわらず、この一節が、若きイェイツが、早くもアイルランドを文化の面で「混交的なもの」（'the heterogenious'）として認識していたことをはっきりと裏付けていることは注目に値する。彼は、「混交的なもの」としてのアイルランドの文化の状況を直視して、そのすべての要素を吸収する必要性を力説している。アイルランドのあらゆる気分を心ゆくまで認識して、その間に身を処しながら、ばらばらな要素を自分のものとして馴染めるようにし、将来それを「調和」（'harmony'）にもちきたらすことが大切であると助言している。ここでもう一つ注目すべきは、イェイツが単一の純粋なものだけからなる調和を決して求めていないことである。彼の求める調和は、あくまでも「混交的なもの」の調和であり、調和がもたらす精神的な自由である。最後に今ひとつ注目すべきは、混交的アイルランドを直視して、そのすべての要素を自分のものにして調和させれば、「新しい反抗の詩人」（'the poet of new insurrection'）になることができると述べていることである。当時、ラッセルがイェイツと同様に愛国者としてアイルランド国民劇場創設の仕事に積極的に参加し、後年、アイルランド自由国の成立を支持する立場から、アイルランド独立を求める政治活動に従事したことを想起すれば、反抗の対象がアイルランドの外部としての植民地宗主国イギリスであることは明らかである。この時期のイェイツは明らかにアイルランド全体を代表（表象）する位置から、植民地アイルランドの混交的文化状況を見つめ、それを宗主国イギリスに反抗するアイルランドの国民詩人を生み出す絶好の環境として見ていたのである。

親友に与えたこの助言は、ほぼ同時期に書き始められた小説『まだらの鳥』(*The Speckled Bird*, 1898-1903)の主人公マイケルの人生観にも反映している。この未完に終わった自伝的小説には、相対立する文化的価値のあいだで引き裂かれて苦しむマイケルの内的葛藤が赤裸々に語られている。題名は、イェイツ自身が後に『自伝』(*Autobiographies*)で証言しているように、多種多様なイメージの混交状態を意味する「カメレオンの道」('Hodos Chameliontos')[5]に踏み迷ったまだらの鳥としてのイェイツ自身を示唆している。「まだらの鳥」という言葉は、もともと旧約「エレミア書」(第一二節の九)からの借用である。そこでは、予言者エレミアの殺害を謀ったかどで神の怒りをかうユダヤの異端者の隠喩として用いられている。この小説では、様々な文化的価値に取り囲まれて選択に迷う主人公マイケルの内的葛藤を示唆するが、聖書では神への反逆者の隠喩として用いられていることを考慮すると、恋人マーガレットにたいして、抗しがたい「性愛」('sexual love')を抱いてしまうマイケルの異端性をなによりも強く示唆していると思われる。この自伝小説には、カトリック系アイルランド人との関係で、自らの外部性を自覚せざるを得ないマイケルのひいてはイェイツ自身の苦悩が浮き彫りになっている。イェイツの恋人モード・ゴン(Maud Gonne, 1866-1953)を想起させるマーガレットは、カトリックの教義に従い、性愛を拒否して、あくまでも精神的愛のみを求めるため、マイケルは、やむなく彼女のもとを去ることになる。小説は、「自然的な感情」('natural emotions')としての性愛と精神的愛を説くカトリックの教義とを調和させる「失われた教義」('some lost doctrine of reconciliation')[6]を求めてマイケルがアジアに向けて旅立つところで終わっている。この結末は、現代のアイルランドで文化の統一を実現することが不可能であることをイェイツが自覚し始めたことを示唆しており注目に値する。小説におけるイェイツは、自己救済をもとめる一個人を代表(表象)する位置にとどまろうとしている。しかしながら、後述するように、この結末でのマイケルの決意は、上院議員としてイェイツが行った男女の自由な性愛の重要性を力説して離婚違法化法案に反対し、南北両アイルランドを代表する新たなる文化体系を創造する必要性を提案する上院での一連の演説に反映することになるのである。

3　中期のイェイツの混交観

一九一四年から書き始めた一連の自伝的文章の中で、イェイツは、青年時代の自分が「文化の統一」（'Unity of Culture'）の実現を夢想したことを回想している。「文化の統一」とは、閉鎖的な共同体に普遍的に見られる有機的な文化体系を指す言葉である。そこでは、思想や感情やイメージを全構成員が共有することが可能になる。その意味で、「文化の統一」とは、若きイェイツがラッセルに勧めた「混交的なもの」の「調和」に相当すると思われる。『自伝』の中で、彼は「文化の統一」を夢見た青年時代のことを次のように回想している。

当時、興味と意見あるいは芸術と科学のあの多様性こそ、イメージの統一性によって規定され喚起される文化の統一を私に思い抱かせたのであった、しかし、私はこの多様性にたいしてイメージの多様性を付加することしかしなかった。（後略）

私は、乱暴なフィニアン運動を恐れていた、そこで、たぶん政治よりも文学のことを念頭に入れながら、あの文化の統一を夢想していた、もっとも、それは、数名の人が、ある種の形の政権を支配するという政治形態を招来するかも知れないが。(7)

この二つの発言は、当時のイェイツが、アイルランドを代表(表象)する立場から、「文化の統一」を夢想しながら、外部としてのイギリスからの独立をめざしていたことを示唆している。ここでは、彼は、混交的なアイルランドの文化的統一を、十九世紀の後半以来続いてきた過激な独立運動の代替物として構想していたのである。

このような構想は、イェイツが上院議員として行った発言にも反映している。イェイツが上院議員に任命されたのは、一九二二年十二月十一日のことである。英国・アイルランド条約が成立し、アイルランドがアルスターを分離してアイルランド自由国の名のもとに独立した年である。イェイツは、少数派のプロテスタント系の上院議員として多くの演説を行ったが、その中には、冒頭で言及した研究者・批評家を始め、イェイツをプロテスタント支配体制の文化のみの代表者だとして批判する人々が例外なくその根拠として採用してきた演説が含まれている。それは、一九二五年六月十一日に行った有名な離婚違法化法案反対演説である。この演説の次の部分は、アイルランド上院史上、良い意味でも悪い意味でも、最も注目に値するものとして定評があり、上述のすべての伝記作者たちが一様に言及している熱弁である。

この国が独立を獲得して三年もたたない内に、この国の少数派にはひどく抑圧的だと思われる法案を審議することは悲劇的だと思う。私は自分がその少数派の典型的な人間であることを誇りに思う。諸君にこんな仕打ちをされた我々は、決してけちな人間ではない。我々はヨーロッパの偉大な種族の一つだ、我々はバークの一族だ、我々はグラタンの一族だ、我々はスイフトの一族だ、我々はエメットの一族だ、パーネルの一族だ。この国の近代文学の大部分を創造したのは我々だ。その政治的知性の最善のものを創造したのは我々だ。(8)

この一節には、多数派のカトリック系アイルランド人に迫害される外部からきた少数派の代表者だというイェイツの強迫観念めいた気持ちが露出していることは否めない。しかし、演説全体を見ればわかるように、彼はプロテスタント少数派の代表者として自己弁護あるいは利益擁護を行っているわけではない。明らかに党派性まるだしのこの感情的な発言の真の動機は、カトリック的文化とプロテスタント的文化に代表される様々な文化の混交に見舞われている独立後のアイルランドの文化的条件を整えることこそが真の独立を実現するための基本的な条件であることを訴えることにあったと思われる。彼は、この演説の別の箇所で、次のように述べているのである。

北と南が統一して一つの国家になることが多分この国にとっての最も深い政治的情熱である。もし北と南の統一が実現するなら、北はその憲法のもとですでに所有しているすべての自由を手放すことはしないだろう。その場合、あなた方は現在の国境内にいる国民に付与することを拒否しているものを別の国民に付与せねばならないだろう。あなた方が、この国、南アイルランドをカトリック的思想で、カトリック的思想だけで統治しようとする姿勢を示すなら、北を獲得することには決してならないだろう。あなた方は北と南の間に乗り越えがたい障壁を作り出し、ますます多くのカトリック的法律を通す一方で、北は次第に、その離婚法やその他の法律をイングランドのそれに同化させようとするだろう。(9)

この一節におけるイェイツの主体位置は少々複雑で分かりにくいが、あえて単純化すれば、アイルランド島を構成する全ての組織、すなわち南アイルランドのプロテスタント少数派、カトリック多数派が支配する南アイルランド全体、およびプロテスタント多数派が支配する北アイルランド全体をすべて外部とみなして、それらから等しく距離をおきながら、将来実現するかもしれない想像上の統一アイルランドを代表（表象）する位置と言えるだろう。イェイツは上院での演説に先立ち、演説草稿の覚書を親友のジョージ・ラッセルが編集長を務める『アイルランドの政治家』誌上に発表していた。この覚書のなかの上掲の一節に相当する箇所は、イェイツが、統一アイルランドを代表する立場から発言していることをより鮮明に裏付けている。

この国は知りうる限りのあらゆる表現手段を通して宣言してきた、北アイルランドとの統一を願望していることを、この統一が達成されるまでは厳密には国家でないとさえ。そして今や、この国は、力によってはこの統一をもたらすことはできないということを知っている。この国は、アルスターのプロテスタントたちに、我々と統合するなら、不当な処置をうけることはないということを説得しなければならない。今でなく、一世代後には、彼らを獲得することができるだろう、だが、君たちがカトリック的良心だけがアイルランドの公的生活を支配すべきだと主張するなら獲得できない。カトリック教会はイタリアの統一に反対して何年にもわたって戦った。その戦いのための助人としてこの国から新兵を求めさえした。カトリック教会は至高の動機を抱いていたが、歴史はカトリック教会を非難してきた、そして、今やその教会はアイルランドの統一に反対して戦おうとしている。(10)

ここで注意すべきは、イェイツは、伝統的に離婚を禁止するカトリック多数派の文化的な価値を全面的に否定しているわけではないことだ。多数派の文化的価値を少数派に強制しないでもらいたいと主張しているにすぎない。イェイツは、あくまでもプロテスタント少数派に離婚の自由を認めるべきだ、さもないと南北の統一はあり得ないと主張しているのである。演説の覚書の結末で力説しているように、イェイツの構想する統一アイルランドは、アイルランド島に在住するすべての少数派にたいする「近代的で寛容な自由な国家」('a modern, tolerant, liberal nation', p.160) でなければならなかった。しかも少数派としては、プロテスタントのみならず、イスラム教徒のトルコ人、仏教徒、あるいは儒教徒さえもが想定されていたのである (p.157)。いわんやプロテスタントの文化的価値を統一後のアイルランドの文化の標準として、すべての国民に強制することを求めているわけではない。その証拠に、一九二四年十月十七日、彼は上院において、アイルランド自由国と北アイルランド(=アルスター)を統合するのに必要な基本的な条件について次のように述べている。北アイルランドとの国境線にかかわる集中審議の席上で行われた発言である。

我々はある程度、未来のことを考えなければいけない、我々は次の世代を教育することを考えなければいけない。(中略) 私は生きているあいだに、アイルランドの統一、すなわちアルスターの獲得を見る希望を抱いてはいない。しかし、結局は獲得されるだろうと信じている、それも戦い取った結果でなくて、この国を巧く統治した結果そうなるのだと。作家芸術家として言わせていただくなら、この国全体を代表し、若者の想像力を引きつける文化体系を創造することにより巧く統治できるのだと。[11]

南北統一のための基本的な条件とは、「この国全体を代表し、若者の想像力を引きつける文化体系を創造すること」であるとイェイツは力説している。「作家芸術家として言わせていただく」という言い回しから判断して、イェイツの構想する「文化体系」がその場限りのものではなくて、すでに論証したように、「混交的なもの」としてのアイルランドの文化の統一を示唆していることは間違いない。しかも性的に不道徳な出版物を禁止する検閲法案を批判するために一九二八年九月二十八日に公表された文書の次の一節は、イェイツのいう「文化体系」が決して伝統的な古い文化のみからなるものではなく、伝統的な古い文化と現代の新しい文化の「組み合わせ」（'combination'）に基づくものであることを明らかに裏づけている。

我々の想像的な政治運動は、新旧の、すなわち、古い物語、古い詩、あるいは神と魂への古い信仰と現代の技術とのまさにあの組み合わせからそのエネルギーを受け取るのだ。[12]

ここで注目すべきは、この文化体系がアイルランド国全体を代表するだけでなく、「若者の想像力を引きつける」ものでなければならないという条件を付けていることだ。この条件は、『まだらの鳥』の主人公マイケルが求めた宗教と自然的な感情との調和という教義を反映していると思われるからである。イェイツの離婚違法化法案反対の根拠は、少数派の価値観に寛容であるべきだという近代的な価値観のほかに、男女間の自由な性愛を尊重すべきだという普遍的な価値観であった。彼は次のように述べている。

結婚は、我々にとって神聖な儀式ではないが、他方、男女の愛と、それと切っても切れない関係にある肉欲は神聖である。この信念は、古代哲学と近代文学を通して我々に到来したものである。忘れがたい不当な行為が原因で憎み合っている二人の男女に一緒に住むように説得することはとても冒瀆的なことだと思われる。(13)

ここには離婚を禁じ、性道徳を重視する伝統的なカトリックの文化と、男女の自由な性愛を奨励する近代的な文化との板挟みになったイェイツの年来の苦悩が反映している。このような葛藤は、初期の小説『まだらの鳥』の主題であったことを想起する必要があるだろう。この小説の結末で、イェイツの分身であるマイケルは、次のような決意をするに至るのである。

彼はアジアに、すなわちアラビアとペルシャに行くつもりであった、その地で彼らの言語を習得すればすぐにでも、民衆の中に、失われた調和の教義を発見するだろう。(中略)彼はアイルランドでは、貧者の中にすばらしい教義を、古代アイルランドの詩人たちの土台となっていた教義を発見していた。だからきっとアジアのどこかに宗教と自然的な感情を調和させ、同時にこれらの感情を説明するような教義を発見するだろう。あらゆる芸術は男女の愛から生じたが故に、芸術はあの調和が生じている場合に始めて宗教の衣をまとって再生しうるのである。(14)

題名が示唆するように、恋人にたいする性愛を捨てきれないマイケルは、自分のことを一般のカトリック信者から憎まれる「まだらの鳥」だと自覚している。すでに指摘したように、この言葉は、旧約聖書の「エレミヤ記」に由来する。そこでは、神の教えを伝える預言者エレミヤの殺害を謀ろうとしたために、神に憎まれるイスラエルの民の比喩として用いられている。この場合、「まだらの鳥」は背教者のシンボルである。これにたいして、小説では、カトリックの教えにあくまでも忠実であろうとして性愛を忌避するマーガレットに抑えがたい性愛を抱くマイケルの比喩に転用されている。小説は、この相対立する二つの文化的価値の「調和」('reconciliation')を求めて、マイケルがアジアに向かって出発するところで終わっている。南北両アイルランドを代表する文化体系を創造する必要性を訴える上院議員イェイツの脳裏には、カトリックの価値観と男女の自由な性愛を認める近代的な価値観との調和を求めてアジアに旅立ったまだらの鳥マイケルが去来していたであろうことが容易に推測できる。もとより、若きマイケルにとって、このような調和は個人レベルの生き方に関わる問題であった。これにたいして、上院義員のイェイツにとって、それは、二つの共同体の統一に関わる問題であった。しかし、いずれにせよ、上院議員イェイツの提案する「この国全体を代表する文化体系」がまだらなものでしかありえないことは容易に想像できる。イェイツにとって、まだらな文化体系こそ互いに文化的価値の異なる南北両アイルランドを和解させ、統一させるために欠かせない基本的な条件であったのである。すでに引用した上院での発言に明らかなように、もし、カトッリックの文化的価値にのみに基づいて、しかも暴力ぬきに統一後のアイルランドを統治しようとするなら、プロテスタントが多数派を占める北アイルランドは、離婚法を始めとする様々な法案をイギリスのそれに同化しようとする結果、統一は不可能となるだろう、とイェイツは力説している。このような事態になることを避けるためにこそ、独立前の南のアイルランドにおいて、少数派のプロテスタントに離婚の自由を認めるべきだと彼は、繰り返し主張するのである（p. 92）。このように見てくると、中期のイェイツにとって、文化の混交こそは、北アイルランドをイギリスから取り戻し、厳密な意味での独立を達成するための不可欠な条件であったことは間違いないと言えるだろう。ここで注意すべきは、この時期のイェイツは、一方で南北の統一の条件として文化の統一を構想しながら、他方で、「文化の統一」の実現が近代国家では不可能かも知れないという懸念を抱き始めていることである。彼は一九一四年から書き始めた『自伝』の中で次のように書いている。

当時はまだ、存在の統一は、どれほど賢明に求めても階級と民族における文化の統一がなければほとんど不可能であることを理解していなかった、ところが、今やその文化の統一を実現することは全く不可能なのである。(15)

イェイツは『回顧録』（*Memoirs*, 1915）の中で、文化の統一がアイルランドのような近代国家において不可能になった理由に触れ、近代諸国間の国際化が進行し、各国が、古代ギリシャ、ローマ、エジプトのように国際社会から「隠遁する」（'seclude'）ことができなくなり、「修道院のような有機体」（'an organism like a monastery'）ではなくなったからだと説明している。(16)

ところで最近出版された『イェイツの幻想録草稿』（*Yeats's Vision Papers*）の中の「眠りと夢の備忘録」と題された章で、イェイツは古代のギリシャ、ローマ、およびエジプトにおいて文化の統一が可能であった理由についで言及し、次のように書いている。

（前略）血の混交はいつも文化の混交をともなう。（中略）彼らは長期間にわたり一カ所に暮らし、その場所に完全に調和するようになった。動物も、植物も、風景も、歌もその場所に調和している。彼らはおそらく五十マイルしか離れていない近隣の民族を征服する、そしてその征服したばかりの土地にはそれほど調和しない。純粋な民族が戦争に出掛ける場合はそのすべての人民の理解ある同意を得て出掛けるのだ。人々は趣味を共有しながら成長してきたのだ。[17]

ここにはイェイツの民族文化の純粋性にたいする異様なほどの強い関心が露出している。古代のギリシャ、ローマ、エジプトの諸民族は、外部との交流のない閉じられた場所での定住生活のおかげで、民族文化の純粋性を維持できたのだとイェイツは指摘している。逆に言えば、外部の民族との交流が進展し、このような条件が失われた近代世界では、民族的文化的な混交は必然的だということになる。「血の混交はいつも文化の混交をともなう」という言葉は、長年にわたり英国の植民地であった自国アイルランドの運命を念頭において書かれたものであろう。その証拠に上掲の一節の直後に続く次の一節には、自国アイルランド全体を代表する立場から、その純粋性の喪失の問題が取り上げられている。

イギリスとアメリカはことさらに混交的であったが、私の国は混交性に抵抗していた。諸民族は純粋であることから始まり、純粋である故に征服される。彼らは征服した民族を自らの民族に吸収し、不純になった。（中略）過去においては、純粋な民族は血で作られた、今では、血がとてもよく混じり合っているので、純粋な民族は文化によって作られねばならないだろう。[18]

一見、アメリカとイギリスに代表される混交的な民族国家の血統の変化を論じながら、イェイツの本当の関心は自国アイルランドの民族文化的純粋性に向けられているようである。「民族国家は純粋であることから始まり、純粋である故に征服される。」と書いたとき、イェイツの念頭には、外部としての混交的なイギリスによって植民地化されたアイルランドがあったと推測される。文化によって作られるべき純粋な民族国家とはアイルランドのことなのであろう。それにしても「純粋な民族は文化によって作られねばならないだろう」という命題は少々飛躍しているのでイェイツの真意は少々つかみがたい。しかし「血の混交はいつも文化の混交を伴う。」という上掲の一節に含まれる命題と重ね合わせて推論すれば、結局、すでに論じたジョージ・ラッセルに与えた〈混交的なアイルランド文化を直視して吸収し、調和させよ〉という助言の内容とほぼ同じことを意味していると解される。要するに、イェイツにとって、民族文化の調和と統一は、近代においては実現不可能な血と文化における民族の純粋性の代案として構想されているのである。これと関連して、「眠りと夢の備忘録」の同じ頁には、イェイツの希求する民族の純粋性と文化の統一性を兼ね備えた民族国家のモデルが古代のギリシャ、ローマ、エジプトであり、近代の日本、中国、インドであることが明言されている。

純粋な民族がまだ残っている。日本、中国、インドは純粋である。これらの国はそのうち発展して統一性のことを知的に考えることになるだろう。彼らが戦争を始めると、他の民族を征服するだろう、そして民族の純粋性が回復するまでは、たえず戦争がおこなわれるだろう。ある国にたいする外国の財政的な利権は不純の形式である。国民が文化の統一を保持すると、思想とイメージが全国民の間にゆきわたるのである。(19)

この一節に示唆されているのは、アイデンティティ神話と文化混交をめぐるイェイツの複雑な姿勢である。一方において、イェイツの理想的なアイルランド文化のモデルは、血と文化における民族の純粋性を保持しているとされる日本、中国、インドであった。しかし、民族文化的な純粋性の追求は戦争を誘発する恐れがあることをイェイツは認識していた。他方、民族文化の混交の現実を受け入れ、それを調和と統一にもちきたらすという現実的な代案も、現代では実現不可能であるとイェイツは自覚していたのである。アイルランドの民族文化の混交性にたいするこの時期のイェイツの態度は、きわめてアンビヴァラントであったと言わざるをえない。次の一節に明らかなように、イェイツは、異種混交を大前提にした文化の統一に賭けた自分の年来の夢が虚偽であると断言している。その本格的な実現は、歴史が循環して、しかるべき時代が到来するまでは、不可能であるとみなされている。現代では、趣味を共有する人々だけが集まる小さなサロン的な場所にしかその実現を期待できないのである。

（前略）しかしいずれにせよ、これだけは確かである、つまり近代国家が文化の統一を回復するという青年時代の夢は虚偽だということ。たぶん、ちいさな男女の集団の中で　文化の統一を達成し、月がめぐりめぐって文化の統一の世紀を招来するまで、そのような集団にそれをゆだねておくことが出来る。[20]

4　後期のイェイツの混交観

これまで見てきたように、初期から中期にかけてのイェイツは、アイルランドの混交性を直視して、異種混交的なアイルランドの文化を吸収し、調和と統一を実現することこそアイルランド統一のための条件であるという展望を抱いていた。その実現が現代の国家において不可能であることを自覚し始めた中期においても、少なくともアイルランド文化の混交性にたいしてはアンビヴァラントではあるが、少なくとも寛大であろうとしていた。だが、晩年には、なぜか「混交的なもの」にたいして背を向け始め、公然と憎しみを表明するに至っている。これまでの現代アイルランドの混交性にたいする寛大な姿勢が希薄になり、むしろそれに抵抗する姿勢を示し始めるのである。そのことを裏付ける資料には事欠かないが、ここでは典型的なものだけを提示しておきたい。まず最初に『ボイラーの上で』(*On the Boiler,* 1938) の中で、イェイツは「混交的なもの」にたいして背を向ける決意をはっきりと表明している。

聴衆は、言葉の自然な抑揚を保つためにごく少数でなければならない、そしてその少数の聴衆は良質の文学の知識を共有していなければならない、時には、アイルランドの民族的伝統に属するアイルランド詩が歌われることもあるが、その場合は、不作法な人間は一人も出席してはいけない。我々は、すべての優れた詩人と同じように、混交的なものに背を向け、我々の同類を求めるのだ。早急な成功や発展は期待していない。(後略)(21)

この一節は、イェイツが数年前に編集して出版したバラッド集の読者聴衆のあり方を説明したものである。読者聴衆として文学趣味を共有する少数者を想定していることから判断して、イェイツの文化統一に賭ける年来の夢はいまだに消失していないことが分かる。しかし、ここには、アイルランド的伝統の純粋性にこだわるあまり、「混交的なもの」を排除し、「同類」（'kindred'）を求める姿勢が露出している。このことは、これまでにない新しい傾向として見逃せない。このような傾向は、一九三七年に書かれた「私の著作のための序文」（'A General Introduction for my Work'）の結末にも反映している。ここには、「混交的なもの」への激しい「憎しみ」（'hatred'）が表明されている。上掲の一節の場合と同じく、趣味を共有する「同類」を求めるイェイツの姿勢も鮮明に打ち出されている。しかも、「混交的なもの」を単に文学の領域だけにとどまらず、アイルランドの首都ダブリンの近代的な風景のなかにまで見出そうとしている。

　薄明かりの中でオコンネル橋に立ち、近代的な混交性が具体的な形をおびているあの不調和な建物や、あのすべてのネオンサインに注目していると、漠然とした憎しみが私の心の暗闇の中からわき上がり次のことを確信するのだ、ヨーロッパのどこであろうと、他人を導くのに充分な強い精神の持ち主なら誰でも同じ憎しみを抱くであろうことを。四世代ないしは五世代後には、あるいはそれよりももっと早く、この憎しみは暴力革命を招来し、同じ憎しみを抱く同類による政権を樹立していることであろう。その政権の性格は知らない、現代は、その反対物の光が満ちあふれているからだ。それをより早く招来するために私のできることは、憎しみを強化することだけだ。私は本来、民族主義者ではない、一時的な理由でアイルランドではそうなのだが。（後略）(22)

イェイツはどのような主体位置からこのような「混交的なもの」への激烈な憎悪を表明しているのだろうか。この問いに答えることは、寓意性と現実性を織り交ぜた語り方をしているので、容易ではないが、彼の憎しみがオコンネル橋の上で見たダブリンの異種混交的な夜景に向けられていることから判断して、文化の純粋性を回復してアイルランドの真の独立を願う民族主義者の立場からだと推測される。この橋はカトリック解放運動に邁進した大衆的な政治指導者オコンネル（Daniel O'Connell, 1775-1847）を記念して作られたものである。彼はカトリック教徒のあいだでは最も人気のある政治指導者として知られていたが、プロテスタントの愛国者の間では不評を買っていた。過激な独立運動を忌避し、英国と妥協することが多かったからである。イェイツも終生、彼のことを喜劇役者だとして嘲笑したことはよく知られている。従って、独立後のアイルランドの首都の風景の混交性を憎むイェイツの気持ちには、アイルランドの文化から純粋性を奪い、それを混交的にしてしまった外部としてのイギリスへの抗議の気持ちがない交ぜになっていると思われる。ここには、混交的なアイルランド文化を直視して吸収し、調和させることこそ、イギリスに反抗する国民詩人になるための条件だとラッセルに助言したイェイツの先進的な態度はもはや見られない。植民地化がもたらした混交性を呪詛し、失われた純粋性の回帰を願う頑迷な保守的な文学者の姿があるばかりである。もっとも、イェイツ自身が断っているように、彼の民族主義はあくまでもアイルランド国内に限られている。あくまでもアイルランド島内での文化の統一性と純粋性の回復を希求しているにすぎない。その限りでは、アイデンティティ神話はイェイツの中で依然として健在していると言える。しかし、彼は偏狭な自民族文化中心主義者では決してないのである。そのことは、イェイツが、文化の統一のモデルを古代のギリシャ、ローマ、エジプト、あるいは近代の日本、中国、インドに求めようとしていたことを想起すれば明らかであろう。

5　詩と劇における混交観

これまで見てきた「混交的なもの」にたいするイェイツの複雑な姿勢は、彼の文学テクストにどのような形で反映しているのであろうか。紙数が残り少なくなったので、この問題の詳細な検討は別の機会に譲ることにして、ここでは典型的な事例に則して要点だけを記しておきたい。イェイツの「混交的なもの」にたいする複雑な姿勢は、主として晩年の詩と劇の中に集中的に現れている。

まず「サーカスの動物たちの逃亡」（'The Circus Animals' Desertion', 1938）の結末には、完璧で見事な詩的イメージは、「不潔なボロ切れと骨を商う心の店」（'the foul rag and bone shop of the heart'）から生まれ、「純粋な精神」（'pure mind'）の中で「育った」（'grew'）という詩学が提出されている。ここには混交的な現実を直視して、吸収し、そこから調和した純粋なイメージやひいては統一された文化を創造しようとする青年時代以来のイェイツの抱負の変種を見ることができるだろう。「混交的なもの」を寛大に受け入れ、そこに積極的な意義を見出そうとする詩人イェイツの基本的な姿勢がいまだに健在であることを示唆しており、注目に値する。

「彫像」（'The Statues', 1938）にもこの姿勢は反映している。イェイツの詩のなかで最も難解なことで知られるこの詩は、アイルランド民族の立場から、外部としての植民地宗主国イギリスによってもたらされた独立後の現代アイルランド文化の混交性を歌った詩だと思われる。なぜなら、この詩の最終連には、独立後の混交的なアイルランド文化を寓意する「この不潔な現代の潮流」（'this filthy modern tide'）すなわちアジア的な「多頭の海」（'the many-headed'）に投げ出されている「我々アイルランド人」（'We Irish'）というイェイツの否定的な現実認識が示されているからだ。しかし、イェイツはこのような混交的なアイルランド文化の現状を乗り越える方法を提示することを忘れていない。それは、「多頭の海」を、ギリシャ・ヨーロッパ的な精神を象徴する「我々固有の闇」の測鉛によって計測し、そこから「測鉛で測定された一つの顔」という古代ギリシャ文化をモデルとしたアイルランドの文化統一を達成することである。従って、「測鉛された一つの顔」が混交的なものになることは必至であろう。この最終連をファシズムやプロテスタント支配体制の反映だとする従来の解釈は、「測鉛で測定された」という形容詞にこめられた意味の無理解に起因していると思われる。混交的なアジアを撃破する古代ギリシャを歌う第二連とは異なり、最終連には、「多頭の海」、太った仏陀の彫像、「この不潔な現代の潮流」と「その多産的な無形の猛威」によって寓意された「混交的なもの」のもつ積極的な意義を見出そうとするイェイツの姿勢が前景化されている。この詩は、測鉛を投じて現代の混交的なアイルランド文化の海を測定することで、統一されたアイルランド文化を創造しようとする試みを寓意化したテクストだと解釈できるのである。

イェイツは詩劇『煉獄』(*Purgatory*, 1938)において、アイルランド民族ひいては人類の立場から「混交的なもの」のもつ意義を考察しようとしている。この劇のクライマックスは、老いた父親が自分と鋳掛屋の娘との間に生まれた息子を、「混交」('bastard')であるが故に刺し殺す場面である。彼は、混交による社会の「汚染」('pollution')の種を断とうとしたのである。イェイツ自身も新聞記者のインタヴューに答えて、この劇の背景には、「優性学」('eugenics')の問題や身分の「低い者との結婚」('mesalliance')が原因で没落したアイルランドの旧家の悲劇、個人主義的生き方をする若者たちの神聖なるものへの無関心などがあることを認めている。また、旧家の当主の死後でも家族にもとの家に暮らす権利を保障している当時のドイツを賞賛してもいる。(23) 従って、この場面には、プロテスタント支配体制優位思想に基づき、カトリック教徒を外部視して差別しているイェイツの優性思想を反映しているというトルキアナに代表される解釈にも一理あると言える。[24] また当時のヨーロッパに流通していたファシズムの影響を指摘するマコーマック[25]に代表される解釈にもある程度の妥当性があることは否定しがたいのである。ヤング（Robert Young）が指摘するように、ヒットラーの『わが闘争』（*Mein Kampf*）に含まれる「国家と人種」と題する章には、人種差別の法則を備えている自然は、この法則の侵犯にたいして、「混交にたいしてこれ以上の繁殖能力を拒否する」ことで抗議をするのだという趣旨の発言が見られるのでなおさらである。[26] 要するに、『煉獄』には十九世紀の混交論が反映していると解釈したくなるのも無理はないのである。この詩劇において、イェイツの文化と民族をめぐるアイデンティティ神話への信仰は頂点に達しているように見えるのである。しかし、このような解釈は次の事実を充分に考慮していないので妥当性に欠けると思われる。第一に、老人自身が、プロテスタントの地主の娘がカトリックの馬丁の性的魅力に惹かれて結婚した結果生まれた雑種として設定されていることである。老人が刺し殺した息子は第二世代の雑種なのである。このことは、ヤングの言う「植民地現地人への性的欲望」（'colonial desire'）[27]に起因する混交がすでに長期間にわたり蔓延していて手の施しようがないことをイェイツは自覚していることを示唆している。現に、今回の殺害は、かつて彼が行った父親の殺害に次いで二度目なのである。第二に、老人が、息子を殺害した直後に、自分の父親と母親のことをアダムとイブになぞらえていることから判断して、イェイツは、混交性の起源を遠く人類の始祖の性的結合に求めようとしていることである。このことは、老人が序説で紹介した単一起源論の立場に立っていることを物語っており、彼の混交への憎しみが本質主義に基づくものではないことを示唆している。このことは、結末で、息子の殺害後も、依然として父親が母親の寝室を訪れる幻想を見た老人が、混交の蔓延は未来永劫避けがたいという思いに駆られて、「おお神よ、わが母の魂をその夢から解き放ちたまえ」と神に祈っていることと相まって、イェイツの混交観が複雑であることを如実に物語っている。息子を殺害してもなお母の亡霊が見てやまない「夢」には意図的に二重の意味がこめられているようだ。一方でそれは、旧家の没落を招いた自分の行為にたいする悔恨を意味する。他方でそれは、身分の低い夫との性的結合の快楽への願望でもある。その証拠に、老人は母の見る夢の二重性について次のように述べている。「だがわからないことが一つある。お母さんは悔恨に駆られて苦しみながら、何もかもそっくりそのまま生きなおさねばならないのだが、そういう肉の交わりを繰り返して、すこしも喜びが味わえないのだろうか。味わえるのだとしたら、喜びと悔恨が二つともそこにあるとしたら、いったいどちらのほうが大きいのだろうか。」上院議員のイェイツは、南北統一のための条件として、男女の性愛の自由を認めるべきだと主張した。『煉獄』はこの主張の内容を忠実に実践した男女が招いた悲劇を主題としているわけで、混交と男女の自由な性愛との間で引き裂かれたイェイツの年来の葛藤を反映したいかにも皮肉な劇である。この劇を書いていたイェイツは、男女の自由な性愛が必然的に異種族間的、異種階級間的、あるいは異種宗教間的混交を生じることを自覚していたと思われる。イェイツがこのような劇を書いた動機については従来いろいろな解釈が提出されている。しかし、殺された当時、息子の年齢が十六歳であり、この劇の初演が一九三八年であったという事実を考慮すれば、息子は、一九二二年にイギリスから独立したアイルランド自由国のアレゴリーとして意図されていると解釈できるだろう。(28) 雑種が増殖して世の中を汚染するといけないからという理由で息子を刺し殺す主人公の老人は、自ら雑種でありながら、最後まで自殺したりなどせずに生き延びようと決意する。雑婚に起因する生家にまつわる悲劇を「冗談」('jokes') めかして「新世代」('new men') に語りながら余生を送るつもりなのである。独立後のアイルランドの民族文化的な混交性の根源を直視しながら、「混交的なもの」にたいする憎しみの極限を描いた『煉獄』にも、南北統一のための基本的条件として「この国全体を代表し、若者の想像力を引きつける文化体系」の創造の必要性を主張した上院議員イェイツの年来の問題意識が複雑に屈折した影を投げかけていると思われる。

6　おわりに

以上のように見てくると、イェイツは、これら晩年の三編の文学テクストにおいて、アイルランドの混交性のもつ問題の最も根源的な深みに達していることが分かる。晩年において顕著になる民族文化的な混交性にたいする憎しみは、イェイツの同時代を支配した民族文化的ナショナリズムに起因しており、その限界が見えてしまった今日の読者には、古さを感じさせることは否めない。しかし、すでに見たように、アングロアイリシュのイェイツは植民地宗主国イギリスだけを外部として目の敵にする単純素朴なナショナリストではない。彼にとって外部は必ずしもイギリスに限定されない。ときには多数派のカトリックの場合もあれば、北アイルランドの場合もあった。ときには自分自身の外部性を自覚する場合もあった。また、文化の統一性の実現について語るときはいつも忘れずに、混交的なものから統一された文化が生まれて成長するまでの過程に言及することも事実である。このことは、イェイツが、統一された文化を純粋で固定したものとしてではなく、混交的なものが統一と調和の状態になる過程そのものとしてみていたことを示唆している。上院議員時代に書いた二つの詩「ビザンテイウムに船出して」（'Sailing to Byzantium', 1926）と「学童たちの間で」（'Among School Children', 1926）の中核的な詩行「過ぎ去ったもの、過ぎ去ろうとするもの、来るべきもの」（'...what is past, or passing, or to come.'）および「労苦が花咲き踊っている」（'Labour is blossoming or dancing...'）に表現された流動性のイメージは、過程としての文化の統一性のメタファーと解釈できるのである。以上のことは、現代の国家において文化の統一性が不可能であることを自覚していたこととあいまって、イェイツが、独立後のアイルランドに固定した純粋な文化体系を期待するような類の十九世紀的なナショナリストではなかったことを示唆している。そこにこそ、イェイツの文化観のもつ今日における可能性があると思われる。

註

（1）Cf. Joseph Hone, *W. B. Yeats: 1865-1939* (1943; England: Perican Books, 1971), pp. 374-75, Norman Jeffares, *W. B. Yeats: Man and Poet* (London: Routledge, 1949), p. 231, Richard Ellmann, *Yeats: The Man and the Masks* (London: Faber and Faber, 1949), p. 252, T. R. Henn, *The Lonely Tower: Studies in the Poetry of W. B. Yeats* (London: Methuen and Co. Ltd., 1950), p. 5, Stephen Coote, *W. B. Yeats: A Life* (London: Hodder and Stoughton, 1997), pp. 489-90, Terence Brown, *The Life of W. B. Yeats: A Critical Biography* (Oxford: Blackwell Publishers Ltd, 1999), p. 293, and Keith Alldrit, *W. B. Yeats: The Man and the Milieu* (New York: Clarkson N. Potter / Publishers, 1997), p. 294.

（2）Cf. W. J. McCormack, *Ascendancy and Tradition in Anglo-Irish Literary History from 1789 to 1939* (New York: Oxford UP, 1985), pp. 8-12, W. J. McCormack, *From Burke to Beckett: Ascendancy Tradition and Betrayal in Literary History* (Cork: Cork UP, 1994), pp. 6-9 and Seamus Deane, *Celtic Revivals: Essays in Modern Irish Literature 1888-1980* (London: Faber and Faber, 1985), p. 38.

（3）Cf. Edna Longley, *The Living Stream: Literature and Revisionism in Ireland* (Newcastle: Bloodaxe Books Ltd, 1994), pp.

24, and 137-38.

（4） Allan Wade (ed.), *The Letters of W. B. Yeats* (New York: Macmillan, 1955), p. 294. 原文 [Every change of life, everything that takes one out of old habits, even a change for the better troubles one at first. But remember always that you are face to face with Ireland, its tragedy, and its poverty & if you would express Ireland you must know her to the heart in all her moods. You will be a far more powerful mystic & poet and teacher because of this knowledge.... You are face to face with the heterogeneous & the test of one's harmony is our power to absorb it and make it harmonious. Gradually these bars, hotels,and cottages and strange faces will become familiar, gradually you will come to see them through a mist of half humorous, half comical, half poetical, half affectionate memories and hopes. The arguments you use, and the methods you adopt, will become familiar too and then your mind will be free again.... Absorb Ireland and her tragedy & you will be the poet of a people, the poet of a new insurrection.]

（5） W. B. Yeats, *Autobiographies* (London: Macmillan, 1966), p. 270.

（6） W. B. Yeats, *The Speckled Bird* Vol.2 (Dublin: Cuala Press, 1974), p. 80.

（7） W. B. Yeats, *Autobiographies*, p.269. 原文 [To that multiplicity of interest and opinion, of arts and sciences, which had driven me to conceive a Unity of Culture defined and evoked by Unity of Image, I had but added a multiplicity of images....] W. B. Yeats, *Autobiographies*, p. 362. 原文 [I dreaded some wild Fenian movement, and with literature perhaps more in my mind than politics, dreamed of that Unity of Culture which might begin with some few men controlling some form of administration.]

（8） Donald R. Pearce (ed.), *The Senate Speeches of W. B. Yeats* (Bloomington: Indiana UP, 1960), p. 99. 原文 [I think it is tragic that within three years of this country gaining its independence we should be discussing a measure which a minority of this nation considers to be grossly oppressive. I am proud to consider myself a typical man of that minority. We against whom you have done this thing, are no petty people. We are one of the great stocks in Europe. We are the people of Burke; We are the people of Grattan; We are the people of Swift, the people of Emmet, the people of Parnell. We have created the most of the modern literature of this country. We have created the best of its political intelligence.]

(9) Donald R. Pearce (ed.), *The Senate Speeches of W. B. Yeats*, p. 92. 原文 [It is perhaps the deepest political passion with this nation that North and South be united into one nation. If it ever comes that North and South unite, the North will not give up any liberty which she already possesses under her constitution. You will then have to grant to another people what you refuse to grant to those within your borders. If you show that this country, South Ireland, is going to be governed by Catholic ideas and by Catholic ideas alone, you will never get the North. You will create an impassable barrier between South and North, and you will pass more and more Catholic laws, while the North will, gradually, assimilate its divorce and other laws to those of England.]

(10) Donald R. Pearce (ed.), *The Senate Speeches of W. B. Yeats*, p. 157. 原文 [This country has declared through every vehicle of expression known to it that it desires union with the North of Ireland, even that it will never be properly a nation till that union has been achieved, and it knows that it cannot bring that union about by force. It must convince the Ulster Protestants that if they join themselves to us they will not suffer injustice. They can be won, not now, but in a generation, but they cannot be won if you insist that the Catholic conscience alone must dominate the public life of Ireland. The Catholic Church fought for years against the Unity of Italy, and even invited recruits from this country to help it in that fight, and though it had the highest motives history has condemned it, and now it is about to fight against the Unity of Ireland.]

(11) Donald R. Pearce, *The Senate Speeches of W. B. Yeats*, p. 87. 原文 [To some extent we have to think of the future: we have to think of educating the next generation... I have no hope of seeing Ireland united in my time, or of seeing Ulster won in my time; but I believe it will be won in the end, and not because we fight it, but because we govern this country well. We can do that, if I may be permitted as an artist and writer to say so, by creating a system of culture which will represent the whole of this country and which will draw the imagination of the young towards it.]

(12) Donald R. Pearce, *The Senate Speeches of W. B. Yeats*, pp. 179-80. 原文 [Our imaginative movement has its energy from just that combination of old and new, of old stories, old poetry, old belief in God and the soul, and a modern technique.]

(13) Donald R. Pearce, *The Senate Speeches of W. B. Yeats*, p.159. 原文 [Marriage is not to us a Sacrament, but, upon the other hand, the love of man and woman, and the inseparable physical desire, are sacred. This conviction has come to us

through ancient philosophy and modern literature, and it seems to us a most sacrilegious thing to persuade two people who hate one another because of some unforgettable wrong, to live together....]

(14) W. B. Yeats, *The Speckled Bird* Vol.2, pp. 80-81. 原文 [He was going to the East now, to Arabia and Persia, where he would find among the common people, so soon as he had learned their language, some lost doctrine of reconciliation.... In Ireland he [had found] wonderful doctrines among the poor, doctrines which [had] been the foundation of the old Irish poets, and surely he would find somewhere in the East a doctrine that would reconcile religion with the natural emotions and at the same time explain these emotions. All arts sprang from sexual love and there[fore] they could only come again [in] the garb of [a] religion when that reconciliation had taken place.]

(15) W. B. Yeats, *Autobiographies*, p. 355. 原文 [Nor did I understand as yet how little that Unity [Unity of Being], however wisely sought, is possible without a Unity of Culture in class or people that is no longer possible at all.]

(16) Denis Donoghue (ed.), *William Butler Yeats: Memoirs* (New York: Macmillan, 1972), p.251.

(17) Robert Anthony Martinich and Margaret Mills Harper, *Yeats's Vision Papers, Volume 3: Sleep and Dream Notebooks, Vision Notebooks 1 and 2, Card File* (Iowa City: U of Iowa P, 1992), p.63. 原文 [...a mixture of bloods always goes with a mixture of cultures....they have lived long in one place & have become perfectly fitted to that place. Its animals, its plants, its scenery; & their songs are fitted to it also & they conquer a neighbouring people, perhaps but fifty miles away & to that new land they are less fitted; a pure race if it goes to war goes with the understanding assent of all its people. The people have grown up sharing their tastes.]

(18) Robert Anthony Martinich and Margaret Mills Harper, *Yeats's Vision Papers, Volume 3: Sleep and Dream Notebooks, Vision Notebooks 1 and 2, Card File*, p. 63. 原文 [England & America were especially mixed but my country was resisting mixture. Nations begin by being pure & because pure conquered. They then absorbed into themselves the conquered & became impure. In the past pure races have been made by blood, but bloods are now so mixed that in the future they will have to be made by culture.]

(19) Robert Anthony Martinich and Margaret Mills Harper, *Yeats's Vision Papers, Volume 3: Sleep and Dream Notebooks,*

Vision Notebooks 1 and 2, Card File, p. 63. 原文 [There are certain pure races left. Japan, China, India, are pure. And those nations will develop & intellectualise their unity. If they go to war they will conquer the others & there will be always war till the unity of peoples is restored. Foreign financial interests in a nation is a form of impurity. When people have unity of culture the transference of thought & image goes through the whole people.]

(20) W. B. Yeats, *Autobiographies*, p. 295. 原文 [··· but this much at any rate is certain: the dream of my early manhood, that a modern nation can return to Unity of Culture, is false; though it may be we can achieve it for some small circle of men and women, and there leave it till the moon bring[sic] round its century.]

(21) W. B. Yeats, 'On the Boiler' in *The Collected Works of W. B. Yeats*, ed. William H. O'Donnell (London: Charles Scribner's Sons, 1994), p. 248. 原文 [Those who listen must be few that the words may keep their natural intonation,and those few must share a knowledge of good literature, and sometimes, where the poem is Irish of Irish national tradition, no churl must be present. We, like all good poets, turn our backs on the heterogeneous, seek out our own kindred. We expect no rapid success or development...]

(22) W. B. Yeats, *Essays and Introductions* (London: Macmillan, 1961), p. 526. 原文 [When I stand upon O'Connell Bridge in the half-light and notice that discordant architecture, all those electric signs, where modern heterogeneity has taken physical form, a vague hatred comes up out of my own dark and I am certain that wherever in Europe there are minds strong enough to lead others the same vague hatred rises; in four or five or in less generations this hatred will have issued in violence and imposed some kind of rule of kindred. I cannot know the nature of that rule, for its opposite fills the light. All I can do to bring it nearer is to intensify my hatred. I am no Nationalist, except in Ireland for passing reasons....]

(23) Cf. Donald T. Torchiana, *W. B. Yeats and Georgian Ireland* (Washington, D.C.: The Catholic U of American P, 1966), pp. 357-58.

(24) Cf. Donald T. Torchiana, *W. B. Yeats and Georgian Ireland*, pp. 363-64.

(25) Cf. W. J. McCormack, *Ascendancy and Tradition in Anglo-Irish Literary History from 1789 to 1939*, pp. 396-99.

(26) Cf. Adolf, Hitler, *Mein Kampf, trans. Ralph Manheim* (London: Hutchinson, 1969), p. 258.

(27) Cf. Robert J. C. Young, *Colonial Desire: Hybridity in Theory, Culture and Race* (London: Routledge, 1955), pp. xii, and 2-3.

(28) Cf. Donald T. Torchiana, *W.B.Yeats and Georgian Ireland*, pp. 359-60.

James Joyce [1882-1941]

ジェイムズ・ジョイス

――ポストコロニアル小説としての『ユリシーズ』

高橋　渡

1　はじめに――アイルランドの作家・ジョイス

まず、ジェイムズ・ジョイス（James Joyce, 1882-1941）がアイルランドの作家であったことを確認しておかなければならない。それは単にジョイスがアイルランド生まれであるということではなく、ジョイスの作品に英国の植民地であったアイルランドの歴史性が決定的に刻印されているという意味においてである。

ジョイスの名はしばしばヴァージニア・ウルフ（Virginia Woolf, 1882-1941）などの英国のモダニストと並列されて英文学史に登場し、同じモダニズム作家として同列に論じられることも多い。しかし、その隔たりは英国とアイルランドを隔てる海峡の距離ではなく、地球を反対回りに一周した距離に等しい。ダロウェイ夫人の歩く一九二三年六月のロンドンとブルームが彷徨する一九〇四年六月のダブリンは何と違うことか。クラリッサ・ダロウェイは六月の晴れた朝、パーティー用の花を買うためにウェストミンスターの自宅を出て、セント・ジェームズ公園とグリーンパークを抜けてピカデリーに至り、そこから東に向かってボンドストリートの入口を通り過ぎイーブリン・ウィットブレッドのお見舞い用の本を探しにハッチャーズ書店に行く。そこから折り返し少し西に戻ってボンドストリートに入り、北上して目的の花屋に着く。そこで彼女は皇太子か首相か誰か要人の乗った車がパンクして立ち往生しているのを目撃する。それから、どうやらかつて世話をしたことのあるらしい売り子の女性から花を買って帰宅する。一方、レオポルド・ブルームは朝、朝食用の豚の腎臓を買いに、エクルズ通り七番の自宅を出て、ドーセットストリートを南に下り、セント・ジョーゼフ・ナショナルスクールを右手に見ながら、ユダヤ人の経営する肉屋に至り、そこで豚の腎臓を買い帰宅する。一方に、帝国の首都の晴れやかな朝、立派な屋敷、書店のウィンドーに飾られたシェイクスピア（William Shakespeare, 1564-1616）の『シンベリーン』、美しい花、要人の車を見守る畏怖と尊敬に満ちた眼差しがあり、一方には植民地の首都のうらぶれた通りと血のにじむ豚の腎臓、ユダヤ人店主の出来物だらけの指がある。『ユリシーズ』の第十挿話「さまよえる岩」には、総督の公邸があるフェニックス公園を出てボールズブリッジで開かれるマイラス慈善市へと馬車で向かう総督一行の行列が描かれるが、彼らに向けられる人々の眼差しは無関心で冷ややかだ。

ウルフは「モダンフィクション」の中で、人生とは個々人の意識に降りかかる無数の印象の集積であり、それを描くことが現代作家の務めだと述べているが、それはまさに「意識の流れ」の手法のマニフェストであった。しかしウルフは「意識の流れ」の手法を用いているジョイスの『ユリシーズ』に言及し、確かにこの作品には「人生そのものがある」と評価しながら、同時に「意識の流れ」の手法に対して次のような疑念を表明している。

しかしながら、さらに一歩進めて、広いところに解き放たれているのではなく、明るくはあるが狭い部屋に閉じこめられていると感じるのは、精神と同様、手法に課せられたある制限のためではないのか、と疑ってみることもできるだろう。創造力を阻んでいるのは手法ではないのか？私たちが楽しいとも寛大だとも感ずることなく、感受性の震えはあるにしても、外側にあるもの或いはそれを超えたものを包みこむことも創造することもなく、自我に集中させられていると感ずるのは、その技法のせいなのだろうか？(1)

これは、『ユリシーズ』に対する批評としてはいささか相応しくないもので、むしろ『ユリシーズ』にことよせての、彼女自身の「意識の流れ」の手法に対する疑念と言うべきものである。実際ウルフは「意識の流れ」の手法を用いるようになった後にも、例えば、最後から二番目の小説である『歳月』において「外部」を描こうとしているが、(2) それはとりもなおさずこの疑念の故なのだ。

ウルフはさらに「現代人の驚き」の中で、過去と現代の文学作品を比較しながら、ワーズワース（William Wordsworth, 1770-1850）、スコット（Walter Scott, 1771-1832）、ジェイン・オースティン（Jane Austen, 1775-1817）に言及して、「自我の多様性の感覚を慎重に拒んでいるように見える」にもかかわらず、（この「自我の多様性」こそウルフが意識の流れの手法を用いて描いたものである。）彼らの著作の「徐々に喜びをともなってわれわれを圧倒するあの信頼感はどこから生まれるのだろうか。」という問いを発している。そしてウルフの答えはこうだ。つまり、彼らには「人生とはこうした性質のものだという、同一の、生来の確信」があった。そしてその確信こそが「書くことを可能ならしめる条件」であり、この「確信」に基づいて「自分の印象が他人にも通じると信じること」が、「個性による拘束と制限」を脱し「私たちを魅了してやまぬ活力をもって冒険とロマンスの全世界を探求するために自由になること」を保証している、と言うのである。そして続けて次のように述べる。

それはまた、ジェイン・オースティンを偉大な名手とする神秘的な創作過程への第一歩である。いったん選択され、信じられ、彼女自身から切り離されたわずかな経験は、的確にそのあり場所に置かれ、そして彼女は、思いのままにこれを、分析家には決してその秘密を明かさないある操作によって、完璧なる叙述すなわち文学に作り上げることができたのだ。(3)

ウルフはオースティンに傾倒していた。例えば二番目の小説『夜と昼』は、明らかにオースティンの『高慢と偏見』、『分別と多感』を意識して書かれたと思われる。対照的な概念を「と」で並列するタイトル自体がすでにそれを暗示するし、二組のカップルの恋愛と結婚の物語であるという点でも一致している。『夜と昼』は外から描かれているが、やがてウルフは「意識の流れ」の手法を用いるようになる。ウルフが、「個性による拘束と制限」、「狭い部屋に閉じこめられている」という感覚を抱きながらもそうせざるを得なかったのは、オースティンが持ち得た「確信」をウルフが持ち得なかったからに他ならない。ウルフは、「共通の価値観」を失った現代において、そのような「確信」を抱き得ないが故に、自分の印象を他人に通じさせるために「意識の流れ」の手法を産み出し用いざるを得なかったのだ。ウルフは、畢竟《ひっきょう》、英文学の伝統の中に位置する作家であった。ウルフは実験的な小説を書きながら、英文学の伝統を否定した訳でも破壊した訳でもなかった。むしろ、現代という「共通の価値観」が失われた世界で、如何に英文学の伝統を継承していくかに腐心した作家であると言

ってもいいだろう。(4)

一方、ジョイスの場合事情は全く異なる。ジョイスの自伝的な小説『若い芸術家の肖像』(以下、『肖像』と略す)の中で、ジョイスの分身たるスティーブン・デダラスは、「ベン・ジョンソン(Ben Jonson, 1572-1637)の同国人」であるベルヴィディア・カレジの司祭との会話の中で、次のように述べている。

僕たちが今しゃべっている言葉、これは、僕のものである前にこの男のものなのだ。家庭、キリスト、ビール、師などという言葉は、この男の口から出るのと、僕の口から出るのとではこんなにも違うものだろうか? 僕はこういう言葉を話したり、書いたりするとき、どうしても心に一抹の不安を感じてしまう。この男の国語は、非常に馴染み深く、しかも非常によそよそしいもので、僕には所詮、習い覚えた言葉にすぎない。僕はその単語を作ったり、受け入れたりはしない。僕の声がそれを追いつめる。僕の魂はこの男の国語の影に蔽われて苛だつのだ。(5)

文学どころか英語そのものをジョイスは他者と認識する。しかし、ジョイスは、そうかと言って、アイルランド語やケルト文化を復活させようとするアイリッシュ・リーグやアイルランド文芸復興運動の動きに荷担しようとはしない。ジョイスは、当時最早西部の人里離れた田舎でしか話されていなかったアイルランド語を自らの言葉と認めることも、古のケルト文化を純粋なアイルランドの伝統と認めることも出来なかった。このようなポストコロニアルな状況こそジョイスが置かれた歴史的条件であった。その困難な条件の中でジョイスはアイルランドを離れ、しかもアイルランドを描き続けなければならなかったのである。『肖像』の最後で、スティーブンは「僕の民族のまだ創られていない良心を僕の魂の鍛冶場で鍛える」[6]という決意を表明している。それは、とりもなおさず、アイルランドの歴史を読みかえ書き換えるという作業に他ならない。そしてそれは『ユリシーズ』においてなされることになる。

『ユリシーズ』は、多くの研究者・批評家によって様々に解釈されてきた作品である。この小説は、リアリズム的な側面を捉えヒューマニスティックに解釈する批評から、技法・構造面を中心に据えたポストモダニズム的な解釈に至るまで多種多様な解釈がなされてきた。とりわけ興味深いのは、リアリズム的な解釈がもっぱらこの小説の「内容」を問題にするのに対し、ポストモダニズム的な解釈が技法・文体等の「形式」を問題にしてきた点である。そして両者の間には深い亀裂が存在し、両者を総合するパースペクティブが欠けているように思われる。実はこのようなパースペクティブは、『ユリシーズ』をポストコロニアル小説として読む時に得られるのではないかというのが本論の趣旨のひとつである。そして、本論では更に、このような観点から読む時に『ユリシーズ』から読みとることの出来る文化の「混交性(ハイブリディティ)」の問題と、そのような問題を内包する『ユリシーズ』が、英文学の「内」なる「外部」として、英文学自体に及ぼす影響について考察したい。前置きが長くなってしまったが、そろそろ本題に入らなければならぬ時が来たようだ。本論では、いささか迂遠なようではあるが、まずは『ユリシーズ』のテクストの特徴を提示・分析し、その後に、それらをポストコロニアリズムという文脈の中で読み解き、その意味を探って行きたい。

2 「歴史」／「物語」、或いは、「現実」／「虚構」

小説は何らかの形で構造化されなければならない。もちろん『ユリシーズ』でも構造が構築されている。しかし『ユリシーズ』の場合、構築された構造は常に解体され、また再構築されるといったダイナミズムを備えている。例えば、タイトル自体に、既にそのような仕組みは暗示されている。「ユリシーズ」(Ulysses)というタイトルは、この小説全体の構築の原理となっているホメロス(Homer)の『オデュッセイア』とのパラレルを暗示するが、同時に、'Usyless' (= useless「無益だ」、傍点筆者)という、その構築原理を否定するアナグラムを含んでいる。もちろん「ユリシーズ」という言葉にこのようなアナグラムが存在するのは偶然であるが、少なくともジョイスがそれを意識し、読者に暗示しているということは証明できる。ジョイスは『フィネガンズ・ウェイク』の中で『ユリシーズ』に言及して"usylessly unreadable Blue Book of Eccles"(傍点筆者)[7]と表現しているが、ここでは明らかに綴りを意識的にアナグラムに変更し、「ユリシーズ」というタイトルをだまし絵のように潜り込ませていることが分かる。また第十七挿話「イタカー」で、『オデュッセイア』とのパラレルにおいて「オデュッセウス」つまり「ユリシーズ」に相当するブルームが自らの名前のアナグラムを作る場面があるが(17.405-9)[8]、それは「ユリシーズ」という言葉のアナグラムを作ってみよという暗示になっている。ここでは紙面の都合上省略するが、実はそのような暗示は他にもテクスト中何箇所かで見ることが出来る。

このような仕組みは『ユリシーズ』のテクスト中様々な形で現われるが、まずここで問題にしたいのは、このテクストにはアイルランドの歴史や現実を忠実に写す写実性と、極めて人工的な技法・文体等の虚構性とが混在しているという点である。しかし、この「現実」／「虚構」という二項対立はテクストの中で解体されて行く。もちろん、この「現実」と「虚構」とが混在するという性質は『ユリシーズ』に固有の特徴ではない。一般に小説には現実に基づく側面と虚構性とが混在しているからだ。『ユリシーズ』に特徴的なのは、一般の小説には見られない両者間の大きな隔たり、或いは、亀裂なのだ。

ジョイスは『ユリシーズ』の執筆にあたり、ダブリンの街の細部についてしばしば弟のスタニスラス(Stanislaus Joyce, 1884-1955)などに手紙で問い合わせをしている。また、友人のフランク・バッジェン(Frank Budgen, 1882-1971)に「僕は、もしダブリンが突然地上から消え去っても、僕の本から再現できるくらい完璧にダブリンを描きたい。」[9]と述べているが、これらのエピソードからはジョイスが如何に現実を忠実に再現しようとしていたかが窺える。実際『ユリシーズ』にはダブリンの街が詳細な点まで忠実に描写されているばかりでなく、当時の歴史的な状況や人々の生活が忠実に再現されている。例えば、第九挿話「スキュレとカリュブディス」では、「国立図書館」という実在の場所で、実在の人物が実名のまま登場するといった、所謂リアリズム小説でも通常取ることのない徹底したリアリズムが採用されている。

このように『ユリシーズ』のテクストにはかなり極端な形で「現実」を反映する記述が見られるのだが(これを「歴史的ディスコース」と呼ぶことにする)、その一方で、はっきりと作者の操作を感じさせる人工的な技法・文体が用いられている(これを「虚構的ディスコース」と呼ぶことにする)。とりわけ後半に見られる文体は明確に作者の操作を感じさせずにはおかない極めて人工的な文体となっている。一例を挙げれば、第十四挿話「太陽の牛」の文体は、中世から二十世紀に至る英語の文体史のパロディーになっているが、この文体はここで語られる内容とは必然的な繋がりは一切なく、むしろ両者の亀裂が強調される。このような文体は、いわば、言語の物質性を前景化し、『ユリシーズ』が虚構、すなわち、作り物であることを強調する。このような文体的な特徴は、「歴史的ディスコース」とは真っ向から対立する。何故ならば、「虚構的ディスコース」がこの『ユリシーズ』が虚構であることを強調する一方、「歴史的ディスコース」はこの小説が事実に基づいていると いうことを強調するからである。それでは、『ユリシーズ』のこのような構造上の特徴は一体如何なる意味を持つのだろうか。

スチュアート・ギルバート（Stuart Gilbert, 1883-1969）[10]によるジョイスの計画表では、第二挿話「ネストール」の「芸術」は「歴史」となっているが、この計画表の記述通り第二挿話では歴史の問題が扱われる。この挿話は、スティーブンが臨時教師を勤めるプロテスタント系の学校での歴史の授業風景で始まる。この授業で取り上げられるのはアスキュラムの戦いであるが、この時ギリシャの将軍ピュロス（Pyrrhus, 319-272 B.C.）はローマ軍を撃退する代償に多くの戦死者を出したとされる。テクストにはその時ピュロスが述べたとされる言葉、「もう一度こういう勝ち方をしたらわれらは破滅するぞ」（2.14）が引用される。スティーブンはそれに対し、「全世界がその言葉を記憶に留めた。愚かな気休めだ。」（2.15）という感慨を抱くが、彼がピュロスの言葉を「愚かな気休め」と言うのは、そのような血塗られた歴史がその後も世界の歴史の中で、とりわけ英国とアイルランドの間で、反復されるからに他ならない。

授業の終了後、スティーブンはディージー校長の部屋で給料を受け取り、口蹄疫に関する新聞への投稿原稿を託されるが、その際二人の間に歴史に関する議論が交わされる。

創造主の道はわれわれの道とは違う。全ての歴史は一つの偉大なるゴールに向かっているのです、神の啓

示へと。(2.279-286)

ここで示されるディージー校長の歴史観は、歴史とは神の定めた道筋を神の定めたゴールへと進んで行くという、いわば、決定論的な歴史観である。[11] それに対してスティーブンは、窓の外、運動場で繰り広げられているホッケーの試合を指差しながら、歴史とは「街の叫び声」なのだと応じる。スティーブンが歴史を「街の叫び声」だと言うのは、歴史を、既に決定され固定化されているものではなくて、少なくとも、現在というこの瞬間にひしめき合う可能性から選択し得る流動的でダイナミックなものとして捉えようとしているからに他ならない。ちょうどホッケーのボールがまっすぐに「ゴール」へと向かうことなく少年たちのスティックによって様々な方向へと動かされるように。スティーブンにとって歴史とは「ぼくが何とか目覚めたいと思っている悪夢」(2.377) なのであり、その悪夢から逃れるには、歴史をこのような決定論から解放しなければならないのだ。スティーブンをジョイス自身と完全に重ね合わせることは出来ないにしても、この問題がジョイス自身の問題意識を反映しているということは確実であるように思われる。何故ならば、この問題は『ユリシーズ』の重要なモチーフの一つになっているからだ。

「歴史」とは客観的な事実の記述であるといった十九世紀的な「歴史」の概念は、二十世紀に入ると大きな変貌を遂げる。つまり、「客観的な事実の記述」などといったものはあり得ないのであり、「歴史」とは常に現在のある特定の関心・観点、或いはジェイムソン (Fredric Jameson, 1983) の言葉を使えば「イデオロギー」から見られたものと考えられるようになる。こうした歴史概念の変遷は枚挙に暇がない。例えば、クローチェ (Benedetto Croce, 1866-1952) の有名な格言「すべての歴史は現代史だ。」もこのような文脈の中で言われているのであるし、或いは、E・H・カー（E. H. Carr）は『歴史とは何か』の中で「歴史とは歴史家と歴史との間の絶え間ざる相互作用、現在と過去との終わることのない対話なのだ。」（Carr, 1976:30）と述べている。つまり、「歴史」とは、或る特定の視点から書かれたテクストなのであり、そこには常に歴史家の解釈が介在するということだ。

「歴史」に対するこのような問題意識は実は『ユリシーズ』のテクストの中でも暗示されている。紙面の都合上一例だけを挙げるならば、テクスト中でしばしば話題にされる「フェニックス公園殺人事件」の問題もその一つである。[12] この事件は一八八二年五月六日に、急進的な愛国者グループによって英国のアイルランド総督府の長官フレデリック・カベンディッシュ卿（Lord Frederick Cavendish）と次官トマス・バーク（Thomas Burke）が総督府のあるフェニックス公園で殺害されたテロ事件である。この問題は、第七挿話「アイオロス」の新聞社の場面では、この事件が如何にスキャンダラスなスクープとなったかという視点から語られるが、それに対してスティーブンは「決して目覚めることのない悪夢」（7.678）と、血塗られた歴史を反復するものと捉えている。またこの事件は第十二挿話「キュクロプス」でも話題にされるが、そこで愛国主義者の「市民」はウルフ・トーン（Wolfe Tone, 1763-98）やロバート・エメット（Robert Emmet, 1778-1803）といったアイルランド独立運動の英雄の名前に言及しながら「国のために死ぬのだ」（12.500）と述べ、「死者たちの思い出に」（12.519）と言ってこれらの殉教者を讃えて乾杯する。こうして、一つの歴史的な事件が見る視点によって異なった意味と記述を与えられてしまうということが暗示されるのである。更にこの事件に関わって、首謀者達を逃亡させる馬車を操った「山羊革」ことジェイムズ・フィッツハリス（James Fitzharris）が、第十六挿話でスティーブンとブルームが訪れる「馭者溜」というパブの店主であるという噂が第七挿話、第十六挿話などで何度か話題にされる。また第十六挿話では死んだ筈のパーネル（Charles Stewart Parnell, 1846-1891）が国外に逃亡し生存していて近いうちにアイルランドに戻ってくるという噂が話題にされる。これらの噂話は歴史的信憑性のないものであり、ここでは歴史が噂話という回路を通してフィクション化される過程が示されている。

ここまで考えてくると、先に述べたこの作品の特徴である、歴史的ディスコースと虚構的ディスコースとが混在するという構造は、必ずしも、相対立するものの並存とは言えなくなる。『ユリシーズ』のテクストで示されるように、歴史的ディスコースが事実の客観的な記述ではあり得ず、或る特定の視点から見られ解釈されたものであらざるを得ないとするならば、最早、虚構的ディスコースから区別される特権的地位は持ち得なくなってしまう。両者はその間に埋めがたい亀裂を持つ相対立するものではなく、いわば、地続きのものとなってしまう。ジョイスは、一見相対立する二つのディスコースをテクスト内に並置しながら、テクスト中に彼の歴史認識を暗示することによって、「歴史」／「虚構」という二項対立を破壊し、両者をテクストという同一空間の中で融合させてしまうのである。『ユリシーズ』の下敷きとなっている『オデュッセイア』は、いわば、トロイ戦争という歴史を物語形式で記述したものに他ならず、それを反復する『ユリシーズ』も「歴史」であると同時に「物語」でもあるのだ。畢竟、「歴史」（History）と「物語」（Story）とは語源を同じくする語であり、歴史とは同時に口承によって語られる物語でもあった。このように、『ユリシーズ』に見られる、歴史的ディスコースと虚構的ディスコース、「歴史」と「物語」とが混在するという構造は、こうしたジョイスの歴史認識に根ざしていたのである。ここには最早「正史」などと言ったものは存在し得ない。「歴史」とは読みかえ・書き換えが可能なテクストなのだから。

3　スティーブンからブルームへ、或いは、『肖像』から『ユリシーズ』へ

『ユリシーズ』の第一部（テレマキアッド）はジョイスの自伝的小説『肖像』の主人公、スティーブン・デダラスが中心人物となっているが、第四挿話からはその中心的な役割は『ユリシーズ』の主人公であるレオポルド・ブルームに取って代わられる。そしてこの事実は『ユリシーズ』という小説の特徴を考える上で重要な意味を持つ。その一つは、もちろん、小説の中心的なディスコースの転換ということである。

『肖像』は一貫してスティーブンの視点から描かれており、彼のディスコースが小説全体を支配している。この小説の終わりで、スティーブンはカトリシズム、アイルランドの歴史といった桎梏《しっこく》から逃れ、精神の自由を求めてパリに飛び立つ。『ユリシーズ』の第一部もスティーブンを中心とした物語で、いわば、『肖像』の延長線上に位置付けることが出来る。しかしここで描かれるのは最早自由を求めて飛翔したスティーブンではなく、「母危篤」の電報でダブリンに戻り、逃れようとしていた桎梏にまたしても囚われているスティーブンの姿だ。『肖像』の中でスティーブンはその名の由来であるギリシャの工匠ダイダロスに重ね合わされているが、同時にその息子であり高く舞い上がりすぎて海に墜落したイカロスの姿にも重ね合わされていた。すでにその時点で、スティーブンの「墜落」は予言されていたのである。

スティーブンは母親の臨終間際、跪《ひざまず》いて祈ってくれと言う母親の最後の願いを拒否し、そのことが頭を離れない。そのことに対して友人のバック・マリガンは、「それはお前にあの呪われたイエズス会士の血が流れているからなんだ。ただそれが逆に注入されちまってるだけなんだ。」（1.208-9）と述べるが、実際もしスティーー

ブンがカトリシズムから解放されていたとしたら母の願いを聞き入れ形式的に跪いて祈ることは容易だったはずで、それが出来なかったのは逆説的な意味で彼がカトリシズムから解放されていないことを示している。この問題はある意味で極めて象徴的意味を帯びているように思われる。つまり、このことは、桎梏から逃れ自由の中でアイルランドを読みかえ、書き換えるというスティーブンの（或いは若きジョイスの）目論見が挫折したことを示しているということである。それでは何故スティーブンは挫折せざるを得なかったのだろうか？

第三挿話「プロテーウス」は殆どがスティーブンのモノローグからなり、スティーブンのディスコースの特徴が顕著に現われている。ここでのスティーブンの議論は、一言で言えば、人間の認識の問題、或いは、アイデンティティ・主体の問題として捉えることが出来る。だが、この問題に関するスティーブンの議論自体には、特に見るべきものはない。アリストテレス（Aristotle, 384-302 B.C.）、ヤコブ・ベーメ（Jakob Bohme, 1575-1624）、サミュエル・ジョンソン（Samuel Johnson, 1709-84）、ジョージ・バークレー（George Berkeley, 1685-1753）、G・E・レッシング（G. E. Lessing, 1729-81）、ブレイク（William Blake, 1757-1827）等々が頻繁に引用され、いわば、引用のパスティーシュとでも言った観を呈している。彼の議論は古くからある哲学的テーマの焼直しに過ぎず、新しい独創的な理論が提示される訳でもない。また、議論の展開も系統だった論理的なものではなく、とりとめなく様々な方向に漂ってゆく散漫なものだ。それでもなお「スティーブンの［認識についての議論］」が重要性を持つのは、それが「［スティーブンの認識］（つまり、デカルト的な認識の主体としての「我」）についての議論」へと繋がっているからだ。

ここでのスティーブンのアイデンティティ・主体の成り立ちを考えてみると、まず彼は結局のところ英国的な教育を受け、ヨーロッパの「知」の伝統の中にいるということ。それから、スティーブンは父親のことを

「僕の声と目を持った男」(3.45-6) と言及したり、パリで友人のケヴィン・イーガンに言われた、「君はお父さんの息子だね。声で分かるよ。」(3.229) という言葉を思い出したりしているが、結局のところ、彼は「血」の桎梏から免れることが出来ないということだ。そして、このことは先にも触れたカトリシズムから逃れられなかったことと同様の意味を持つ。つまり、結局スティーブンはアイルランド的な歴史・伝統のくびきから逃れられなかったということを示しているのである。そして、この二重の桎梏に縛られている状況こそ、スティーブンが挫折した原因と考えることが出来る。それ故、『肖像』で支配的な位置にあったスティーブンのディスコースは、その支配的地位から後退して行かざるを得ない。スティーブンの「墜落」は彼のディスコースの「墜落」でもあった。つまり、彼のディスコースはアイルランドを読みかえ・書き換える力を持ち得なかったということである。

第四挿話でスティーブンのディスコースは『ユリシーズ』の主人公レオポルド・ブルームのディスコースに取って代わられる。このディスコースの転換は、もちろん、『ユリシーズ』という小説を考える上で重要な意味を持つ。その意味について考えるにあたり、まず、ブルームのキャラクターについて見ておくことにする。

ブルームは様々な意味でスティーブンとは対照的な人物だが、まず、彼がユダヤ人に設定されているという事実に注目したい。ブルームの父親ルドルフ (ヴィラグから改名)・ブルームはユダヤ人でハンガリーからアイルランドに移民する。彼はエニス (クレア県) で服毒自殺を遂げ、ブルームは命日にエニスに出かける計画を立てている。ブルームは、ある時点まではユダヤ人街のような地域で育ったようで、ユダヤ教やユダヤ人の習慣についてもある程度の知識を持っているが、アイルランドで生まれ育った自分をアイルランド人と規定している。しかし、周囲の者は彼をユダヤ人とみなし、とりわけ第十二挿話「キュクロプス」ではユダヤ人として迫害を受けている。彼がユダヤ人に設定されていることにはいくつかの意味があると考えられる。まず『ユリシーズ』には、しばしば反ユダヤ主義というモチーフが登場する。第一挿話には、マリガンのオックスフォード時代の友人で、現在アイルランドの文化を研究するためにマーテロ・タワーに滞在中の英国人ヘインズが、「僕だって自分の国がドイツ系ユダヤ人の手に落ちるのを見たくはないよ。それが僕たちの国家的問題なんだ。今現在の。」(1.666-8) と語る箇所があるし、第二挿話ではディージー校長が帰ろうとしているスティーブンを追いかけて来て、「アイルランド人はユダヤ人を迫害したことのない唯一の国という名誉を担っているそうだ。・・・つまり奴等を絶対に国に入れなかったからです。」(2.436-442) と反ユダヤ的な冗談を言う。そしてこの問題の山場は第十二挿話でブルームがユダヤ人として迫害される場面だ。

ブルームはバーニー・キアナンのパブで、民族主義者である「市民」をはじめとする連中と民族と迫害の問題について議論をするはめになる。そこでブルームはまず次のように述べる。

迫害と言いますがね。世界の歴史は迫害でいっぱいですよ。そしてそれが民族と民族の間に民族的敵意を永続させているのです。(12.1417-8)

そして、自分が属するユダヤ人は「盗み取られ、強奪され、侮辱され、迫害されている。」と述べ、更に次のような会話が続く。

「新しいエルサレムの話でもしているのか。」と市民が言う。

「不正のことを言っているんです。」ブルームが言う。

「君の意見はもっともだ。」とジョン・ワイズは言う。「だけどそれなら男らしく力で対抗しろよ。」

(12.1473-5)

それに対しブルームは、

いや、そんなものは何の役にも立ちません。力、憎しみ、歴史、そんなものはみんな。男にとっても女にとっても大事なものじゃない、侮辱や憎しみなんか。本当に大事なのはそれとは反対のものだってことは、みんな知っています。(12.1481-3)

と述べ、その大切なものは「愛」だと言う。この生硬なブルームの平和主義をそのままジョイスの主張と取ることは出来ないにせよ、『ユリシーズ』の文脈全体の中で考えるとき、この部分は幾つかの重要な意味を持つように思われる。一つは、英国人であるヘインズが見せたユダヤ人という他民族を蔑視・迫害する偏狭な民族主義が、それに対抗するアイルランドの民族主義の中でも反復されているという事実を暴露しているということだ。そのことはまた、英国の「力」による支配に対し「力」によって対抗しようとするアイルランドの民族主義が、「力」による支配という帝国主義的なシステムを反復しているということを暗示している。

デクラン・カイバード(Declan Kiberd)は一九九二年に刊行された『ユリシーズ』ペンギン版の序文で、ブルームはギリシャ叙事詩の「勇壮な」(heroic)「叙事詩のコード」を解体する役割を果たしていると述べているが、ブルームには確かにそのような役割を認めることができる。この『オデュッセイア』の反復である『ユリシーズ』において、ブルームはオデュッセウスの冒険を反復している訳であるが、オデュッセウスがギリシャの英雄であるのに対して、ブルームは、いわば、アンチ・ヒーローとして描かれている。例えば、ブルームは、ここでの迫害に対して「男らしく力で」対抗することはないし、また、ヘレネーの姦通がトロイ戦争を引き起こしたように、そしてオデュッセウスがペネロペイアの求婚者たちを殺害したように、妻のモリーと姦通を犯したボイランに対し「力」で報復しようとはしない。少なくともここには、「力」による支配とそれに対する「力」による対抗、そしてさらにそれに対する「力」による抑圧、と言った、英国とアイルランドの間で展開されてきた血腥い歴史の反復、スティーブンの言う「悪夢」としての歴史の反復、を断ち切る可能性が示されている。これがこの箇所が暗示する第二の意味である。

ブルームは先に述べたように、ユダヤ人に設定されているが、宗教的には、はじめプロテスタント、後にカトリックの洗礼を受けている。だが、カトリシズムに関しては信仰も知識も乏しく、(例えば、第五挿話「食蓮人たち」では、教会を「女の子の隣に座っても目立たない絶好の場所」(5. 340-1) などと言っている。) 宗教的な要素の薄い人物として描かれている。また、スティーブンのように高等教育を受けている訳ではないが、知的好奇心は強い。とりわけ科学に興味を持っているが、その知識は雑学の域を出ていない。ブルームのこのようなキャラクターはスティーブンのキャラクターとは対照的である。先に述べたように、スティーブンは英国式の高等教育を受けヨーロッパの「知」の伝統の中におり、また同時にカトリシズムなどのアイルランド的伝統に縛り付けられている。それに対して、ブルームはそのいずれからも自由だ。例えば、スティーブンは、跪いて祈ってくれと言う母親の最後の願いを拒否し、そのことがこの日一日ずっと頭を離れない。彼が母親の願いを拒否したのは、カトリシズムに仕えまいとする彼の主義・主張を貫こうとしたため、換言すれば、自らのアイデンティティを守ろうとしたためであるが、そのことに思い悩むのは、母親に対する息子としての感情と、自己のアイデンティティを守ろうとする気持ちとの葛藤の故である。一方、ブルームも、この日、自殺した父親と生まれて間もなく亡くなった息子のルーディーのことをしばしば考えるが、何度も繰り返される「可哀想なパパ」という表現が表すように、そこにあるのは人間としての素朴な感情に過ぎない。スティーブンが「知」の伝統に基づいて、世界を論理的に把握し、それに対して首尾一貫した自らの主義・主張をうち立て、アイデンティティを確立しようとするのに対し、ブルームは断片的な経験や知識に基づいて場当たり的に対処するに過ぎない。第十七挿話で描写されるブルームの蔵書の一貫性のなさは、そのままブルームの知識が系統立ったものでないことを示している。

このようなスティーブンとブルームとの対照的な関係は、実はそのまま『肖像』と『ユリシーズ』の関係にも当てはまる。『肖像』が首尾一貫してスティーブンの視点から語られ、スティーブンのディスコースがテクスト全体を支配しているのに対し、『ユリシーズ』は様々な視点から描かれ、そこにはテクスト全体を支配するディスコースは存在しない。ブルームのディスコースが導入されるのは、『ユリシーズ』の支配的なディスコースとしてではなく、むしろ、『ユリシーズ』に複数のディスコースが導入される幕開けとしてである。ブルームのディスコースは先程見たように首尾一貫性を欠いた場当たり的なもので、もとより『ユリシーズ』で提起される問題を総合し首尾一貫性を持たせ得るような性質のものではない。もしブルームのディスコースを『ユリシーズ』の支配的なディスコースだと言うとするならば、それは支配的なディスコースが存在しないことを示しているという意味においてである。スティーブンの声も第四挿話以降消え去る訳ではなく、その後も聞こえてくる。そして、モリーの声、ガーティーの声、第十二挿話の無名の語り手の声、『ユリシーズ』からは様々な声が聞こえてくる。これらの「声」の一つ一つについて、ここで分析することは出来ないが、『ユリシーズ』の中でスティーブン、ブルームの声に加えもう一つの中心的な声であるモリーの声について若干の分析を加えておきたい。ここで取り上げるのは『ユリシーズ』最後の挿話、第十八挿話のモリーの独白である。

この挿話に関してはこれまでも様々な解釈がなされてきた。出版当初の書評などを見ると、「卑猥」であるとか「不道徳」であると言った批判的な批評が多い。三十年代、四十年代になると、一変して、モリーを「母なる大地の女神」(Gea-Tellus) の象徴であると、彼女を理想化した解釈が主流になる。そして、五十年代、六十年代になると再びモリーは「娼婦」あるいは「ふしだらな女」といった評価がなされるようになる。モリーを象徴として読む解釈について、キャサリン・マコーミック (Kathleen McCormick) は、そこにはイデオロギー的な要素が働き、『ユリシーズ』を「正典化」し、モリーのセクシュアリティーの脅威を無効化する力が働いていると指摘している。[13] 確かに、モリーの独白は、その日のボイランとの姦通をはじめとして、これまでの男性遍歴が赤裸々に語られているのであり、道徳的な脅威となり得るものであるが、ここには明確にジョイスのストラテジーを読みとることが出来る。結論から先に言えば、このモリーの独白には、ヨーロッパの歴史を支配してきた、思想、政治、歴史、キリスト教、と言った男性的なディスコースを解体する女性的なディスコースとしての役割があるということである。

モリーの独白の特徴を概観しておくと、まず、論理性の欠如があげられる。例えば、接続詞 'because' が頻繁に用いられるが、その前後の論理的因果関係は殆ど認められない。そして、彼女の思考は論理的繋がりによって展開するのではなく、ひたすら連想によってずるずるとつながってゆく。そのことは文体にも現われており、パンクチュエーションがなく形式的秩序を欠いた文体となっている。そして内容的には性的な回想が大半を占める。このようなモリーの独白に対して、フェミニストの立場から、この独白自体、女性をステレオタイプ化した男性のディスコースであるという批判があるが、この場合それは当たらないだろう。ジョイスは男性的ディスコースを無効化する意図でこの挿話を書いたのであり、女性とはかくなるものという意図で書いた訳ではないからだ。

ジョイスの「計画表」を見ると、『ユリシーズ』第一部と第三部のそれぞれ三つの挿話には明確な対応関係を見ることが出来る。「計画表」を見ると、『ユリシーズ』第一部、第一挿話の「技法」は「語り（若者の）」、第二挿話は「カテキズム（個人的）」、第三挿話は「独白（男性）」であり、第三部は、第十六挿話が「語り（老人の）」、第十七挿話は「カテキズム（非個人的）」、第十八挿話は「独白（女性）」となっている。ここで第十八挿話は、第三挿話の「技法」が男性の「独白」になっているのに対し、女性の「独白」となっている。すでに見たように、ブルームも男らしい英雄として描かれている訳ではなく、第十五挿話「キルケー」では女性に変身しさえするのだが、この第十八挿話では完全な女性のディスコースが提示されているのである。また、第十七挿話は「カテキズム」というキリスト教のカテキズム（教理問答書）の文体が用いられ、その中に無理矢理スティーブンとブルームの対話が押し込められ、いわば、機能不全をおこしているのだが、先にも触れたように、キリスト教のディスコースも極めて男性的なものと言わなければならない。ノースロップ・フライ（Northrop Frye, 1912-91）が指摘するように（Frye, 1982）、それ以前の宗教が「母なる大地」を信仰し、女性のセクシュアリティーに対して寛容だったのに対し、キリスト教は「天なる父」を信仰し、女性のセクシュアリティーを抑圧する父権的・男性中心的な宗教だからだ。それに対しモリーの独白は、冒涜的な言葉に満ち、女性のセクシュアリティーを全面的に表出している。彼女は、例えば、論理性といった伝統的な「知」のディスコースからも自由であるし、カトリシズムからも完全に解放されている。彼女はやはり英国の植民地であったジブラルタルに生まれ、ボーア戦争で恋人を失い、「政治の話は嫌いだ」(18.387)、或いは「女が世界を支配した方がずっといい、殺しあいをしたりすることもないし」(18.1434-6)と述べている。モリーの独白はヨーロッパを支配してきた男性的なディスコースに対するアンチテーゼとなっているのだ。

『ユリシーズ』からは様々な声が聞こえてくる。そしてその中には、モリーやブルームのように、民族主義やカトリシズムと言った当時のアイルランドの中心的なディスコースから外れた声も聞こえてくる。そして、それら様々なディスコースを統合し、支配するディスコースが存在しないことが『ユリシーズ』に様々な解釈を許す下地となっている。それはまた、とりわけ後半部分に見られる、次々と置き換えられる多様な文体についても言えることで、『ユリシーズ』にはテクスト全体を支配する文体さえないのである。

4　最後に――ポリフォニック・ポストコロニアル・ユリシーズ

最後にここまで分析してきた問題を整理し、結論らしきものを出しておくことにする。(「結論らしきもの」などと言わなければならないのは『ユリシーズ』という作品のまさにその性質が一つの決定した結論を出すことを拒んでいるからだ。)

第二章で見たように、『ユリシーズ』では、歴史は読みかえ、書き換え得るものだという認識が示され、その認識をもとにアイルランドの歴史の書き換えが試みられている。しかし、第三章で見たように、『肖像』の主人公、スティーブン・デダラスのヨーロッパ的「知」の伝統に基づくディスコースでは歴史の書き換えはなし得ないという認識が暗示される。だが、それは『肖像』を支配していたスティーブンのディスコースを別のディスコースに置き換えればよいということではない。支配的なディスコースの置き換えは、ちょうどアイルランドの民族主義のディスコースが結局は英国帝国主義のディスコースを反復したように、反復という陥穽に陥らざるを得ないからだ。『ユリシーズ』では、支配的ディスコースが置き換えられるのではなく、支配的ディスコース、言い換えれば、「正典」、「正史」といった概念自体が突き崩されて行くのである。

第三章で指摘したように『ユリシーズ』のテクストは様々な声からなり、それらを総合する声、つまり支配的なディスコースは存在しない。いわば、バフチン（Mikhail Bakhtin 1895-1975）の所謂ポリフォニックなテクストとなっている。このようなテクスト構造は、それ自体、アイルランドの歴史・文化といった『ユリシーズ』のテーマと深く関わっている。一九〇四年当時のダブリンの現実をある意味でリアリスティックに描き出している『ユリシーズ』は、そこから聞こえる様々な「声」を通して、その現実が決して一つの「声」に還元されることのない複数的なものであることを示してくれる。当時のアイルランドの民族主義者、或いはアイルランド文芸復興運動を進めていた文学者、そして現在でも多くの人たちがアイルランドの歴史と現実を、英国／アイルランド、支配者／被支配者、プロテスタント／カトリック、英国文化／アイルランド文化、英語／アイルランド語、といった二項対立に基づいて見てきた。そしてそのような歴史観・世界観が、スティーブンが「悪夢」と呼んだ血腥い歴史の反復をもたらしてきた。『ユリシーズ』は、アイルランドの歴史も文化も決して単一なものではないということ、つまり「正典」も「正史」も存在しないということを示すことによって、その二項対立を確実に突き崩してしまう。ここでは、最早、長い間ヨーロッパの伝統的な「知」を支配してきた男性的なディスコースでさえ、その支配的地位を奪われているのである。

シェイマス・ディーン（Seamus Deane）は、彼が編纂した、*The Field Day Anthology of Irish Writing*（Field Day Publications, 1991）のイントロダクションで、このアンソロジーには「キャノンを確立する意図は全くない」と述べている。このアンソロジーは紀元五五〇年から現代に至るまでの、アイルランド語、英語、ラテン語、ノルマン・フレンチなどで書かれた様々な分野の文献が含まれているが、彼がここで言わんとしているのは、アイルランド的なケルト文化の伝統、カトリックの伝統のみがアイルランド文化なのではなく、アイルランドの文化は様々な伝統から成り立っているということである。ジョイスも確実に同様の認識をしていたのであり、彼がアイルランド文芸復興運動に与しなかったのは当然のことであった。ジョイスにとって文化とは混交的（ハイブリッド）なものたらざるを得なかった。いくらスティーブンが英語を他者と認識したところで、結局のところ、彼は文学を英語で書かざるを得ない。そして、そのことは、英語、或いは、英語で書かれた文学もアイルランド文化の一部であることを自ら証明することに他ならなかったのだから。

そして更にジョイスにはもう一つのディレンマがあった。ジョイスは、カイバードも指摘するように、[14] 英語によって優れた文学を書けば書くほど、支配者である英国の文学の栄光に寄与することになってしまうという事実を十分認識していたに違いない。彼は敢えてその危険を冒す訳だが、そこにはしたたかなストラテジーを窺うことが出来る。ジョイスは『ユリシーズ』において、テクストをアイルランド語を含む多言語なテクストにすると同時に、ハイバーノー・イングリッシュを駆使する。それには恐らく二つの機能がある。つまり、『ユリシーズ』は、ハイバーノー・イングリッシュという非正統的な英語を持ち込み、英文学の中に英文学の伝統から外れた作品を侵入させることによって、英文学史の伝統・純潔性を突き崩し、さらに、英国の文化に対して、文化とは混交的なものであるという認識を突きつけるのである。英文学の「内」なる「外部」である『ユリシーズ』は、英文学にとって両刃の剣であった。『ユリシーズ』は英文学史上に一つの金字塔を打ち立てると同時に、英文学史の伝統・純潔性を突き崩す力を内包する破壊的な作品でもあったのだ。

ジョイスがこのような小説を書き得たのは、彼がアイルランドのポストコロニアル的な状況の中で生まれ育ったということが不可欠な要因であったように思われる。その意味で『ユリシーズ』は確実にポストコロニアル小説だと言うことが出来る。そして第一章で述べたように、そのような観点から読むことを通して、この小説の「内容」と「形式」とを総合的に解釈しうるパースペクティブが得られると同時に、このパースペクティブから浮かび上がってくるテクストの意味とそれが持つ破壊的な力こそが『ユリシーズ』を独創的で希有な作品にしていると言えるのではないだろうか。

註

（1）Virginia Woolf, 'Modern Fiction,' *The Common Reader, First Series* (London: Hogarth Press, 1925), p. 191.

（2）Woolf, *A Writer's Diary* (London: Hogarth Press, 1975), p. 190. の一九三二年十一月二日のエントリーに、ウルフはこの小説について、"Of course this is external: but there's a good deal of gold – more than I'd thought – in externality." と書いている。

（3）Woolf, 'How it strikes a Contemporary,' *The Common Reader, First Series*, p. 302. この部分については野島秀勝氏が『ヴァージニア・ウルフ論―美神と宿命』（南雲堂、一九六二年）で同趣旨の論を展開している。

（4）この点に関しては異論が出るかも知れない。とりわけ *A Room of One's Own* において、ウルフはフェミニスト的な観点から英国の家父長制を否定し、女性による文学の創造を訴えており、それを男性中心に作り上げられた英文学の伝統の否定だと見る見方もあるだろう。しかし、ウルフは男性による文学を否定することなく、英文学史上の優れた作品については正当に評価している。またオースティン等の女性による文学の伝統を大切にしなければならないと主張しており、英文学の伝統を破壊しようとする意図は見られない。

（5）James Joyce, *A Portrait of the Artist as a Young Man* (New York & London: Garland Publishing, Inc., 1993), p. 216.

（6）Joyce, *A Portrait*, p. 282.

（7）Joyce, *Finnegans Wake* (London: Faber & Faber, 1975), p. 179.

（8）Joyce, *Ulysses*, A Critical and Synoptic Edition (New York & London: Garland Publishing, Inc., 1984) 以下『ユリシーズ』からの引用は全てこの版により、挿話番号と行数で示すこととする。

（9）Frank Budgen, *James Joyce and the Making of Ulysses* (London: Oxford UP, 1972), p. 69.

（10）Stuart Gilbert, *James Joyce's Ulysses* (New York: Vintage Books, 1955)

（11）この引用箇所については、丹治愛氏が『モダニズムの詩学』（みすず書房、一九九四年）で同趣旨のことを述べている。

（12）この事件の歴史的経緯等については、James Fairhall, *James Joyce and the Question of History* (Cambridge: Cambridge UP, 1993) に詳しい論考がある。

（13）Kathleen MacCormick, 'Reproducing Molly Bloom: A Revisionist History of the Reception of Penelope, 1922-1970,' *Molly Blooms: A Polylogue on Penelope and Cultural Studies*, ed., Richard Pearce (Wisconsin: U of Wisconsin P, 1994) ,P.27.

（14）Declan Kiberd, *Inventing Ireland* (Cambridge, Massachusetts: Harvard UP, 1995), p. 332.

T. S. Eliot [1888-1965]

T・S・エリオット

——仮面《ペルソナ》の下から漏れ出るインドの閃光

池下　幹彦

1　はじめに

かつての軍産複合体（military-industrial complex）に代わって、今ではウィンドウズとインテルの複合体（Wintel）が担っているようにも思えるパックス・アメリカーナ（Pax Americana）。その傘の下、グローバル・キャピタリズム（global capitalism）は熟成し、世界のあらゆるところで、モノだけでなく、文化や情報さえも交換価値を持ち、商品化されている。そのただ中に生きるわれわれは、どのような文化にあっても、どのような人間経験を見ても、拡大解釈された場合のクレオール性（Creole）／ハイブリディティ性（hybridity）を見い出すことが可能である。そして、今や衰退の危機にある文学・哲学の分野で、ポストモダニズム（postmodernism）言説が説き尽くされたあと、西洋の知の現前性、ロゴス中心主義（logocentrism）への反動のひとつの表れとして、やはりクレオール的なるものが積極的に評価され、ハイブリディティという概念が重要視されるようになった。しかしそれは同時に新たな超越的主体性を獲得してしまうのではないかという危惧もあるし、元の文化の固有性／純粋性を固定的に規定してしまうという危険性も感じられるし、また、普遍主義的なコスモポリタニズム（cosmopolitanism）を生み出しかねないという懸念もあり、今日的／今世紀的問題であり続けるのは必定のことであろう。

さて、ハイブリディティが意味するものが、文化的同一性の相対化を目指す境界横断的な存在様式であるならば、二十世紀初頭のパックス・ブリタニカ（Pax Britannica）の下で、その大英帝国の政治的、文化的ヘゲモニー（hegemony）に擦り寄り、自らそのキャノン（canon）に名を連ねながら、ハイブリディティ性を厳かに、密やかに表出していた詩人には、「先進的保守主義者」という撞着語法を用いるしかないだろう。

『荒地』（*The Waste Land*, 1922）や『四つの四重奏』（*The Four Quartets*, 1943）に僅かに見られる東洋思想への言及は、T・S・エリオット（T. S. Eliot, 1888-1965）が「受け売りの抽象概念」を操る無反省的なオリエンタリスト（Orientalist）であることの証であるのだろうか。あるいは、すでにあの時代にあってエリオットは脱中心化や多元主義への自覚を持ち、実はこれらの詩作品の底に密かに流れるインド・仏教思想を、「英国人的」に控えめに仄めかしていたのであろうか。いや、そうではなく、インド思想への確信的な言及は、歴史的時間と地球規模での空間を縦横に走り回り、西欧／非西欧の二項対立から脱却しようとする詩作品を作り上げるためのひとつの装置として働いているのではないか、と仮定するならば、その装置は〈消極的オリエンタリズム〉とでも呼んでよいものだろう。それは戦略的／無意識的曲解者としてのオリエンタリズムではなく、純粋な均質性を示す保守主義・伝統主義の上に立脚しつつ、コスモポリタニズムあるいは脱領域化／ハイブリディティを装った〈未必の故意〉としてのオリエンタリズムということになるだろう。

そもそもキリスト教的風土で育ったエリオットは、幼少時に培ったピューリタン（Puritan）的勤労精神、ニユーイングランド（New England）の超越主義、ハーバード（Harvard）で教えを受けたインド思想への傾倒といった背景をしょって、ポストコロニアル（postcolonial）の世界［＝第一次世界大戦前のアメリカ］からかつての宗主国である英国にやってきた。そのようにすでにハイブリディティ性を帯びていた詩人のバックグラウンドを念頭に置いて、われわれは、活字化された資料を検証してゆこうと思う。

2　エリオットの評論に表出された西洋中心主義的傾向

エリオット詩に表出されているインド・仏教思想を読むまえに、エリオットのハイブリディティ性／脱領域性という主題に触れる、詩人の評論からの引用をまず読んでゆくことにする。最初の引用は、『荒地』出版の翌年に発表された「批評の機能」（'The Function of Criticism', 1923）からのものである。

「心から自分自身に問いただすものは、究極的には神の声を聞くことになる。」とマリー氏は言う。理論的には、これはある種の汎神論をもたらすものであるが、そのような汎神論はヨーロッパ的ではないと私は主張する。それはちょうどマリー氏が「古典主義」が英国的ではないと主張しているのと同じことである。(1)

ここで特に、「ヨーロッパ的ではない」（'not European'）という表現に着目したい。詩人がこのように述べるとき、その背後にある心理は、ヨーロッパ的でないものは正しくないという狭隘なリージョナリズム(regionalism)、言い換えるなら、ヨーロッパの自民族中心主義への擦り寄りの表明ということになるだろう。それは、自分の心の間隙を重いヨーロッパ文化で埋め、それに身を委ねようとしていたエリオットの権威主義的傾向の表れとも言えるものである。実際、エリオットは、一九二七年に英国国教会に入信し、同年に英国に帰化しているのである。

とはいえ、エリオットへの仏教の刻印は簡単に消え去るものではなかった。その翌年に発表した、「アーヴィング・バビットのヒューマニズム」(‘The Humanism of Irving Babbitt’, 1928)の中で、「仏教は、人間が神的なるものに依存することを認め、キリスト教と同じく明確にひとつの宗教となることによって永続してきた。」[2]と言い、当文中の「なること」(‘becoming’)に対する註として、「私は「なること」と書いたが、私には仏教はキリスト教と同じく最初から真に宗教であるように思われる。」[3]と記している。なぜわざわざ「なること」と書いておいて、このように取って付けたかのような註を付けるのか。本文で「宗教」(‘*religion*’)の部分にイタリックスを用いていることにも関連して、読者は仏教を宗教とも思っていないかもしれないが、詩人自身は仏教も信じていること、あるいは仏教も立派な宗教であるということを強調したかったのではないだろうか。あるいは他に何か詩人を躊躇させるものでもあるのだろうか。

また、翌年に公にした「ダンテ」(‘Dante’, 1929)においては、古代インドの宗教哲学詩『バガバッド・ギータ』(*Bhagavad-Gita*)を、「私の経験の範囲では、『神曲』に次ぐ偉大なる哲学詩」[4]というように褒め称えている。「次ぐ」(‘next’)という語にひっかかりを感じないでもないが、異文化の東洋のものである聖典に詩人は確かに敬意を表している。[5]それは例えば、「シェリーとキーツ」(‘Shelley and Keats’, 1933)において、「私は仏教徒ではないが、初期の仏典の幾つかは旧約聖書の幾つかの部分と同じように私の心を動かす。」[6]と言っていることにも表れている。しかし、これらの引用でも、興味深いのは、ヨーロッパ文化の単一性や全体性を直截的に批判するというのではなく、インド・仏教思想に対して取って付けたような言及をしているということである。

その同じ年に発表した、「現代の精神」('The Modern Mind', 1933)においてエリオットは、詩についてのリチャーズ(I. A. Richards, 1893-1979)の考え方を引用・解説したあとに、「ついでに言えば、リチャーズ氏の詩に対する態度が宗教的にきわめて真面目であることにわれわれは気づく。」[7]という文を付け足している。この文の末尾に付けられた長い註の前半において、次のように言っている点が興味深い。

この一節[=リチャーズの引用]は「誠実さ」についての孔子の考え方に関する長い重要な議論に続くものであるが、その議論は注意して読むべきである。ついでに言えば、リチャーズ氏が、エズラ・パウンド氏や今は亡きアーヴィング・バビット氏と同様に中国哲学に興味を示しているということは、注目に値することである。[8]

「ついでに言えば」('in passing')と言っている文の末尾に付けられている註において、また、「ついでに言えば」という全く同じ表現を用いているということは、本筋から逸脱していることを、煙に巻くようにしてさらに言おうとしているわけである。いわゆる〈オリエンタリズム〉の発動という程でもないのだろうが、ここにおいても東洋について述べるときの詩人の言葉には、何かひっかかりというか、こだわりを感じないでもない。

さて次には、故国アメリカのヴァージニア大学で行った講演を基にして翌年の一九三四年に出版された『異神を追いて』(*After Strange Gods*)から引用してみたい。この本は、D・H・ロレンス(D. H. Lawrence, 1885-1930)を不当に攻撃するなど、非常にヒステリックな内容を持った本で、エリオット自身、再発行を認めなかったと言われているものである。

私はニューイングランド生まれの人間として話しているが、あなた方の国の第一印象は、もちろん皮相的なものであるにしろ、あのような作家たちへの共感を強めた、と私は言いたい。(9)

確かにエリオットの祖父はニューイングランドのマサチューセッツ州(Massachusetts)の生まれであるが、エリオット自身はミズーリ州セントルイス(St. Louis, Missouri)生まれのはずである。さらには、「あなた方の国」('your country')という表現はどうであろう。少しでもヨーロッパ的なものにわが身を結びつけたいという気持ちの表れなのであろうか。さらに先では、「さらに重要なのは宗教的背景の統一です。それで民族や宗教に関わる様々な理由から自由思想のユダヤ人が大勢いることは好ましいことではありません。」(10)とか、「そしてもちろん、われわれにとって相応しい伝統はまたキリスト教の伝統でなくてはならず、一般に正統派的信仰と言えばキリスト教の正統派を示すと私は信じるのですが…」(11)といった反動的、人種差別的発言も見られるのである。ここには特に東洋についての記述はないが、オリエンタリズムと根は同じもの、あるいはオリエンタリズムを生む土壌を耕していると言えるものである。それは、エリオットが、内部の少数派や雑種的なものを排除し抑圧しようとする「本質主義」という名の陥穽に嵌っていることを示している。

一方で同書のもっと後のページにおいて東洋的なものに言及し、エリオットは、その最もすばらしい部分では「優美さ」（'graces'）や「優秀さ」（'excellences'）がヨーロッパを「粗野」（'crude'）に思わせるほどであると言って、中国人の精神や文明を讃えながらも、西洋人である自分が、完全にはこういうものを理解できるようにはならないだろうと断言する。そのような認識に達したのも、ハーバード時代にインド哲学の研究に没頭したときに、その「微妙さ」（'subtleties'）がほとんどのヨーロッパの哲学者を「男子生徒」（'schoolboys'）のように見せるインド思想を理解するためには、ギリシャ時代から連綿と続くヨーロッパ哲学の「範疇」（'categories'）とか、「区別」（'distinction'）といったものを頭から消し去らねばならないという困難な努力を強いられたからだと言う。[12] そして、この一節をまとめるようにエリオットはこのように述べる。

そして私は次のような結論に達した。つまり、あの神秘の中心に本気で到達しようという私の希望を叶えるには、ひとりのアメリカ人、あるいは、ひとりのヨーロッパ人として考えたり、感じたりするそのやり方を忘れねばならないだろうということである。しかしそのようなことは、感情的理由からはもちろん実際的理由からもやりたくはなかった。[13]

これは、インド・仏教思想のような、一般的には西洋的思考法に相容れないとされるものを自分の思想に内包化しての発言であるのか、あるいは、「異邦」（'strange'）で「神秘」（'mystery'）に満ちたものとして違和感を本気で感じての発言であるのかは判断しかねるが、ともかくも、東洋思想の崇高さを独特の比喩で讃えながらも、そこには完全には入ってゆくことができないというアンビバレントな心情を告白しているものである。これは、後述するように、エリオットがインド・仏教思想を密かに自らの詩作品に投影していることからすれば、二十世紀前半のヨーロッパにおいて、西洋的な価値観や世界観の「地域性」を否定してしまうのではなく、詩人兼思想家として第一線で活躍し続けるための絶妙なバランス感覚を示した例とも言えるものであろう。

3　エリオットの評論に表出された（非）西洋中心主義

上の、全体としては文化的同一性を強調しているように思える、『異神を追いて』の出版から十年後に、次に引用する評論文、「二流の詩とは何か」（'What is Minor Poetry?', 1944）を発表しているが、それは『四つの四重奏』をまとめて出版した一九四三年の翌年ということになる。

このようにして私は少年のころ一編の詩に出会い、その詩に今日まで暖かい愛情を抱き続けているが、その詩は、エドウィン・アーノルド卿による『アジアの光』という。それは、仏陀の生涯についての長い叙事詩である。私はその題材に密かに共感を覚えていたはずだ。というのも私はそれを、心から楽しんで、一度ならず読んだからである。[14]

ここでわれわれは、エリオットの東洋思想への傾倒の、より古いルーツを掴んだことになるが、さらにもうひとつ、幼い頃の詩人が東洋という異文化に目を向けることになる出来事があったことを、ここに付け加えておくべきであろう。それは、十九世紀末にアメリカが、スペインとの戦争の結果、三百年にも及んだフィリピンにおけるスペインの支配を引き継ぐことになったことと、エリオットが住んでいたセントルイスで万国博が開かれたことに関係する。

米西戦争当時、エリオットはほんの十歳であったが、早熟にも編集していた雑誌に、その戦争についての記事を載せていた。さらに、フィリピン独立に関わるエリオットの鉛筆画も残っているという。そして、アメリカによるフィリピン統治の正当性を国民に訴える場として利用された一九〇四年のセントルイス万博会場には、十六、七歳のエリオットは何度も訪問し、大挙して連れてこられていたフィリピンの「未開人」に興味を持ったらしく、その後、「かつて王であった男」('The Man Who Was King', 1905) という南洋のポリネシアを舞台とした短編の習作を残している。成田氏によれば、ここには、「未開」を真剣に見直そうという姿勢、「〈野蛮〉をポジティヴに捉え返す視線」があるという。[15]

そして翌一九〇六年、エリオットはハーバードに進学するが、そこで彼は西洋哲学に飽きたらず、インド思想にも関心を持つようになる。そもそも十九世紀の終わりごろから、アメリカの知的風土にインド思想に対する好奇心が相当に芽生えていたが、エリオットはそのインド思想研究の牙城であったハーバードでまさにそのインド思想を学んだのである。[16]

このようにエリオットのアメリカ時代を振り返ってみると、エリオットの脱領域的なコスモポリタニズムが浮かび上がってくるようであるが、確かにエリオットには、国家主義的な考え方にも普遍的なコスモポリタニズムにもつながらない道を模索していたのではないかと思われる部分があったのである。

たとえば以下において検証するように、エリオットは、保守的な面を示すばかりでなく、ヨーロッパ、特に英国の独善的なアジア支配に批判的な考えを持っていた。上の引用に続けて一九四八年に発表された『文化の定義のための覚書』(*Notes towards the Definition of Culture*)から引くことにする。これは、主として、地域主義の重要性を述べている評論文である。リージョナリズムというものは排他性を助長させるという面もあるが、それと同時に一方では、それぞれの文化の独自性を重んじることから、異文化の尊重ということにも繋がるはずのものである。

この混乱した世界[=インド]に英国人がやってきた。自分たちの文化が世界最上のものであるという自信を持ち、文化と宗教との関係については何も知らず、また(少なくとも十九世紀以来は)宗教など二次的な問題だというつまらない思い込みを持って英国人がやってきた。[17]

ここでエリオットは独善的英国人に強く反省することをうながしている。別の章で、「インドを支配した初期の英国人たちはただ支配することで満足していた。」[18]と言っているように、古き「良き」時代の英国の礼賛は確かにしている。エリオットが特に嫌悪感を示しているのは、同時代の自由主義的な植民地支配である。続けて、この主題に関わる別の一節を引こう。

帝国主義的支配の拡大過程において土着文化に与えられた損害を指摘することは、帝国主義的支配の解体を唱道する者たちが判断しがちのように、決して帝国そのものを告発することではない。実際、この同じ反帝国主義者たちこそが、自由主義者であるが故に、西洋文明の優越性を最も得意満面に信じているのであるし、それと同時に、帝国主義的政府によって授けられた諸利益と土着文化の破壊によって与えられた危害とに気づいていないのである。[19]

ここで興味深いのは、植民地支配に関しても、エリオットは、伝統的支配形態である帝国主義的支配の方を称揚して、同時代の自由主義的支配を傍若無人な支配だとして批判している点である。搾取の形態によりよい形態とよくない形態があるかの如くである。それは、エリオット的コスモポリタニズムの限界、つまりは西洋中心主義／オリエンタリズムの発動ということになるのかもしれない。つまるところ、エリオットも大英帝国のアジア支配を当為のものとしていたのである。

しかし次の引用にあるように、たとえこの文脈ではヨーロッパ文化の統一について議論していても、思想、文化に関しては、中心対周縁あるいは、内部対外部といったスタンスではなく、東洋を対等の立場にあるものとして捉えようとしていることが判る。エリオットは、「私の詩がインドの思想や感性の影響を示していることを私自信心得ている。」[20]と述懐した数行あと、どの国の文学も、翻訳者の手によって、他の国のどの文学にも影響を与えるのは明らかであると言い、それを強調する理由としてエリオットは次のように述べている。

というのも、私がヨーロッパの文化の統一について語るときに、私はヨーロッパ文化というものを、他のどの文化からも切り離されたものとして見ているという印象を与えたくないからである。文化の国境は閉ざされていないし、閉ざされるべきではない。[21]

これは用意周到な弁舌と取れなくもないが、自分は狭隘な視角を持つリージョナリストなどではなく、相対的、客観的立場を取った上で議論を進めているのだ、ということを明言しているものであると考えたい。詩人は、抑圧的にはたらく文化の同一性／均質性をこそ問題視しているのである。それ故、あとの頁でエリオットが、ヨーロッパとアジアの間に絶対的な一線を画すのを拒むと言いながらも、[22]「もしアジアが明日キリスト教に改宗したとしても、それでヨーロッパの一部になるということはないだろう。」[23]と言うときには、われわれは誤読の陥穽に嵌らぬように気を付けるべきであろう。これは一見、排他性／文化的同一性を示しているようにも思えるが、実際には、アジアには、歴史に培われたキリスト教文化の伝統がないからアジアはヨーロッパの一部になることがないと言っているだけである、と読みたい。それは、ヨーロッパがアジアになれないというのと表裏一体であろう。

さて、エリオットは晩年においても、ゲーテ（Goethe, 1749-1832）に関する評論の中で、『バガヴァッド・ギータ』を、哲学詩としてダンテ（Dante, 1265-1321）の『神曲』やルクレティウス（Lucretius, 97?-54 B.C.）の著作と同列に扱っているが、西洋のものと同等に価値があることを読者に示すためか、知らない読者が多いのではないかという懸念のためか、以前にもそうしたように、西洋のものを注意深く並列させるばかりでなく、あえて、「偉大な」（'great'）という修飾語を付けている。

インド叙事詩の『聖歌』（文脈から、『バガヴァッド・ギータ』を指す）のような偉大な詩やルクレティウスの詩に接するときに、私がすることは、コウルリッジの言葉を借りるなら、単に不信の念を持つのを保留するばかりでなく、自分自身をひとりの信者の立場に置こうと努めることであるように私には思える。[24]

同じ評論から東洋に関連する部分をもう一カ所引用する。

しかし、知恵というものは、「共通の言葉《ロゴス・シユノス》」である。つまり、あらゆる場所のすべての人にとって同じものである。もしそうでなければ、ひとりのヨーロッパ人が、『ウパニシャッド』や『仏教説話集』からいかなる利益を得ることができるだろう。(25)

ここでもあくまで読者は西洋人を想定しているようであるし、ヨーロッパ主義的と言える表現法であるが、異文化である東洋の著作、思想に同等の価値を見いだしているばかりでなく、読むことを勧めているようである。ゲーテに関する評論で「ヨーロッパ文学」のあるべき姿を語りながら、このような文をあえて挿入する理由があるとしたら、それは、ディレッタントとして自分の博識をひけらかすためか、啓蒙のためにそういう著作を読むことを勧めているかのどちらかであると考えられよう。それは、どちらであるにしろ、あるいは両方であるにしろ、取って付けたような文であることに間違いはない。

そのような、エリオットにおける東洋（的なるもの）への言及の唐突性、付加的性質を、以下においては、詩作品の中に見出すことになるだろう。

4　エリオットの詩作品に表出されたインド・仏教思想

エリオットの詩の表層に瞥見できる一般的な意味でのハイブリディティ性については論を待たないであろうが、詩作品へのインド・仏教思想の介入に関しては、グレイゾーンと言える部分は数多くある。はっきりとしている引用は、『荒地』に二カ所、『四つの四重奏』に一カ所だけである。

まず、『荒地』の第三章にあたる「火の説教」（'The Fire Sermon'）の最後の五行（三〇七～三一一行）を引用する。

それからカルタゴへ私はやってきた

燃える、燃える、燃える、燃える
おお、神よ、汝われを取り出したもう
おお、神よ、汝取り出したもう

燃える(26)

三〇八行目に対するエリオット自身による註によって初めて、この章の題名が仏陀と関係があることが判る。

しかし、その註では、仏陀の「火の説教」が、キリストの「山上の垂訓」に比すべき重要なものだとされているだけで、その実体は明らかにされてはいない。H・C・ウォレン（H. C. Warren）の『翻訳仏教』（*Buddhism in Translation*）から引いたというその三〇八行を挟む三〇七行と三〇九、三一〇行は、エリオットの註によると、アウグスティヌス（Augustine, 354-430）の『告白録』（*Confessions*）からの引用である。詩人自身が註で、「東洋と西洋の禁欲主義を代表するこの二人を、詩が最高に盛り上がっているこの部分で結びつけたのは偶然のことではない。」[27]と言っているように、聖アウグスティヌスの誘惑の炎と仏陀の迷いの火のイメージを重ねて、効果的に西洋と東洋の古典を併置、融和させているようにも思えるが、しかし、見方によっては、「燃える」（'burning'）という語を四つ並べただけのものを、翻訳された仏典からの引用だと言われても、取って付けた感は否めないのではないだろうか。

『荒地』におけるもうひとつのインド思想への言及は、この詩作品の最後にくる第五章、「雷の言ったこと」（'What the Thunder said'）の最後の三十九行に見られる。その部分に含まれる四〇一行目に対するエリオット自身の註により、'*Datta*'（401）と、'*Dayadhvam*'（411）と、'*Damyata*'（418）とは、それぞれ、「与える」（'give'）、「同情する」（'sympathise'）、「制御する」（'control'）を意味することが判るが、[28]確かに、「文脈がその意味を保持している」とも言えるように、それらの言葉はこの文脈で浮いてはいないだろう。リーヴィス（F. R. Leavis）の言うように、これらのサンスクリット（Sanskrit）が、「適切な不吉さ」を与えるとともに、ここには、「人生の利益に対する根本的吟味」があることが示されていよう。[29]

そして、もう一点。〈荒地〉―― それは、二つの大戦の間で疲弊し、堕落したヨーロッパのことを示しているのかもしれないが、その詩の最後の行に、エリオットの註によれば、ウパニシャッド（Upanishad）の最後に置かれるという定型句、'Shantih'（433）を持ってきているということは、上のことと相まって意味深長である。西洋世界を救う道はインド思想にあり、とでも示唆するかのような構成である。そこには、舟木氏の約言するように、「名ばかりのキリスト教世界の精神状況に遠くから強烈な衝撃を与える」(30)という意図があったとも言えよう。しかし、これを、エキゾティックな風情を醸し出そうとするオリエンタリズム／ディレッタンティズムの表象と捉えるか、あるいは、新奇なる文学的方法論を用いて、安穏とした西洋世界へ殴り込みをかける、人類学的でハイブリッドな表象と捉えるかは、読み手の権利の中にあるように思える。

そして、もう一ヵ所の明白なインド思想への言及は、『四つの四重奏』の第三章、「ザ・ドライ・サルヴェイジズ」（'The Dry Salvages', 1941）のⅢのパート全てである。マサチューセッツ州の地名に関わる章にインド思想を導入したのは、自分がマサチューセッツのハーバードでインド哲学を研究したことに絡めているように思えなくもない。

ここには、『バガヴァッド・ギータ』の英訳本からの直接の引用がちりばめられているが、とりわけその導入部となっている最初の六行には意味が集積している。「あれはクリシュナが伝えようとしたことではないかと時々思う／やはり、同じ内容を伝えようとするもうひとつの方法ではないかと…」(31)という最初の二行は、西洋の知恵と同じことを東洋の知恵が表現していることを遠回しに表現しているのであるが、次の三行で開陳される「未来は過去にある」という洞察の、ひとつの詩的表現には、「ロイヤル・ローズ」（'a Royal Rose'）とか、「ラベンダー」（'a lavender'）といった西洋的イメージを用い、さらに六行目では、「そして、上る道は下る道であるし、進んで行く道は戻る道である。」(32)と詠い、この詩集のエピグラフにあるヘラクレイトス（Heraclitus, c540-c470 B.C.）の言葉と『バガヴァッド・ギータ』のクリシュナ（Krishna）の言葉とを融合させている。これは、どちらの道を選んでも結果は同じだ、という趣旨であるのだろうが、エリオットはここでも、他のところでもしばしばそうしたように、西洋的なものを東洋的なものと巧みにかぶせるということをやってのけている。しかもこの詩行は、真理を表す方法に、東洋的な表現法と西洋的表現法があるということそれ自体を示しているのである。

この六行があるからこそ、以下に四十行にも及ぶインド思想のエコーがあったとしても違和感なく読み進むことができるのであるが、それは、筆者が東洋人であるからかも知れず、例えば、ガードナー（Helen Gardner）が婉曲に、「ここにクリシュナを持ってきたのは誤りで、この詩の想像的な調和を台無しにする、と言うと反論があるかも知れない」[33]と述べているように、このあたりの詩行に良い感じを抱いていない読者は多いのかもしれない。しかし、エリオットからすれば、クリシュナという名前を二度も出し、その台詞として十七行も引用符の中に入れているということは、必然性を感じてのことであろう。

さて、次には、劇におけるインド・仏教思想への言及を観察する。それは、『カクテル・パーティ』（*The Cocktail Party*, 1950）の第二幕で、登場人物のライリー（Reilly）に三回、「精を出し自らの救済に励め」（'work out your salvation with diligence'）[34]と言わせているその台詞であるが、出典はエリオットが『荒地』の註で言及していた『翻訳仏教』である。ただし、『欽定訳聖書』の「ピリピ人への手紙」第二章第十二節にも、「恐れおののいて自らの救済に励め」（'work out your own salvation with fear and trembling'）という表現があることからすれば、これは、ウォレンが『欽定訳聖書』に精通しているのであろうことを示しているとともに、エリオットの、これ見よがしのハイブリディティ／ディレッタンティズムの表出であると言えよう。すなわち、インド・仏教思想への言及に重きを置いているのかどうかは判らないが、エリオットは東洋的表現の、西洋的なものとの類似を暗に示し、自分がどちらか一方だけに傾いているわけではなく、〈西洋中心主義〉というものを相対化させているのだ、ということを読者に気づかせようとしているのであろう。

以上の直接的な言及以外に、グレイゾーンにあると思われるものは多いが、ここでは、典型的な例を挙げるにとどめよう。例えばそれは、『四つの四重奏』の「バーント・ノートン」('Burnt Norton,' 1935) の三十六行目にある「蓮/蓮華」('lotos.') である。[35] ギリシャ神話では、その実を食べると夢心地の忘却状態になるとされた想像上の植物であり、そのようなコノテーションで読むべきかもしれないが、ヴィシュヌ (Vishnu) 神話では梵天のいる場所、また、仏教では仏陀の座としても描かれているように、インド・仏教思想では馴染みのあるシンボルである。しかし一方で、エリオットの父親が一九〇二、三年に役員を務めていたというセントルイスの植物園の蓮池を示している可能性もある。エリオットがそこで目にしたものかもしれない、と言う批評家がいるのである。[36] 他にも、シェイクスピア (William Shakespeare, 1564-1616) やプラトン (Plato, 427-347 B.C.) などの西洋の文学作品や哲学書あるいは聖書などと関連づけられるもので、それと同時にインド・仏教思想の介入を感じさせるものは少なくないが、ここではひとつひとつ検証することはしない。エリオットは、洋の東西でそれぞれに意味を持つ象徴/言語表現を用いて批評家を悩ませている、というのが現実である。それは、語彙レベルにとどまるものではなく、例えば、「四月はこの上なく残酷な月」[37] という、『荒地』の最初の一行に関しても、自然の循環と現代文明に暮らす人間との調和が破綻していることを示している、という一般の読みではなく、これは仏教的文脈で読むべきであり、生を受けることは「苦」の始まりであるということを示しているとする村田氏の見解もある。[38] また、一方で、『四つの四重奏』の草稿段階では「イースト・コウカー」('East Coker,' 1940) の終わりあたりに、古代インド思想のヴェーダ (Veda) の秘儀を伝える 'Aranyaka' の文字を入れていたのを詩人自らが消したということが、ガードナーによって検証されている。[39] つまり、エリオット詩には隠されたり、書き換えられたりしたインド・仏教思想があるということである。

5 エリオットが保守性の裏に隠蔽したもの

以上のことから結論づけると、エリオットのハイブリディティ性の表出は、〈外部〉を西洋的ヘゲモニーの中に組み入れようとする西洋至上主義、あるいは、オリエンタリズムと一般に定義されている認識／策略とは異なり、自らインド・仏教思想に傾倒していたということを、主としてヨーロッパ文化やその伝統について論じている評論の中で付加的に述べながらも、インド・仏教思想への明示的、決定的な言及が詩の中にはごく僅かしかないということにあるし、また多くの場合、詩作品においてインドの表象を透明化ないし匿名化しようとする営為そのものにあるように思える。それはつまり、ルーツを見せないように、あるいは確定できないようにするということである。

エリオットは、文学を中心とするヨーロッパのキリスト教文化を努めて前景化させ、自らの血となり肉ともなっているインド・仏教思想をグレイゾーンに閉じこめようとしているように筆者には思える。そこに見え隠れするのは、ハイブリディティ性を隠蔽しようとする保守性、自己保全性、ディレッタンティズムといったものである。ハーバードで教えを受けたインド・仏教思想への傾倒という背景をしょって、第一次世界大戦前のアメリカから英国にやってきて、瞬く間に英国文壇の寵児となったエリオットが、ヨーロッパの伝統とキリスト教の求心力を唱え、英国国教会にも入信したのは、英国文壇の中心にいながらにして、実はハイブリッドなアウトサイダーである、という劣等感の裏返しの行為であったようにも思える。それは、「英国人よりも英国的」であろうとした詩人の態度にも表れている。

しかしここで、積極的、肯定的にエリオットを評価してみよう。つまり、エリオットが、ヨーロッパのキリスト教文化の伝統の崩壊をくい止めるという大義名分を掲げつつ、自らのインド・仏教思想への思いを鎮めようとし、そのときの心の中でのせめぎ合いを詩的言語に結晶化させたのが、上で瞥見してきた詩行であると捉えたい。エリオットのインド・仏教思想の引用部分には何かぎくしゃくした感じが残るのであるが、その、東と西のせめぎ合いの格闘の痕跡とも思える部分が実は興味深いものになっている。それはつまりは、時代を先取りして運命的に肉体化してしまったハイブリディティ性が、社会的仮面《ペルソナ》としてのヨーロッパ中心主義の裏側で、閃光を発しているときである。エリオットにとって、東洋は、――インド・仏教思想は、――外部にあるのではなく、内部にあって、消すに消されぬものだったのである。

註

（1）T. S. Eliot, *Selected Essays* (London: Faber and Faber, 1969), p. 28.　原文 ['The man who truly interrogates himself will ultimately hear the voice of God', Mr. Murry says. In theory, this leads to a form of pantheism which I maintain is not European — just as Mr. Murry maintains that 'Classicism' is not English.]

（2）*Selected Essays*, p. 474.　原文 [Buddhism endured by becoming as distinctly a *religion* as Christianity — recognizing a dependence of the human upon the divine.]

（3）*Selected Essays*, p. 474.　原文 [I wrote *becoming*, but to me it seems that Buddhism is as truly a religion from the beginning as is Christianity.]

（4）*Selected Essays*, p. 258.　原文［the next greatest philosophical poem to the *Divine Comedy* within my experience］

（5）しかし例えば、次に引いているもののように、現実の東洋に対してはオリエンタリズムというものを発動させている例もある。——「しかしまた、文明世界全体に共通する問題もあるのだが、文明的に優れた国々に教えられている限りは、文明化されていない世界に共通する問題でもある。その問題は、英国やヨーロッパやアメリカにおけるのと同様に日本や中国やインドでも深刻な問題である。」（'but there is also a general problem for the whole civilized world, and for the uncivilized so far as it is being taught by its civilized superiors; a problem which may be as acute in Japan, in China or in India as in Britain or Europe or America.'）——これは、詩人が一九三二年に発表した「現代教育と古典主義」（'Modern Education and the Classics,' in *Selected Essays*, p. 507）の一節であるが、現実の東洋に対する一般化／概括化された蔑視／軽視の典型例とも言えるものであろう。

（6）T. S. Eliot, *The Use of Poetry and the Use of Criticism* (London: Faber and Faber, 1955), p. 91.　原文［I am not a Buddhist, but some of the early Buddhist scriptures affect me as parts of the Old Testament do;］

（7）*The Use of Poetry*, p. 132.　原文［We may observe, in passing, the intense religious seriousness of Mr. Richards's attitude towards poetry.］

（8）*The Use of Poetry*, p. 132.　原文［This passage is introduced by a long and important discussion of Confucius' conception of 'sincerity', which should be read attentively. In passing, it is worthy of remark that Mr. Richards shares his interest in Chinese philosophy with Mr. Ezra Pound and with the late Irving Babbitt.］

（9）T. S. Eliot, *After Strange Gods* (New York: Harcourt, Brace and Company, 1934), p. 16.　原文［May I say that my first, and no doubt superficial impressions of your country — I speak as a New Englander — have strengthened my feeling of sympathy with those authors:］

（10）*After Strange Gods*, p. 20.　原文［What is still more important is unity of religious background; and reasons of race and religion combine to make any large number of free-thinking Jews undesirable.］

（11）*After Strange Gods*, p. 22.　原文［and though of course I believe that a right tradition for us must be also a Christian tradition, and that orthodoxy in general implies Christian orthodoxy....]

（12）*After Strange Gods*, pp. 43-44.

（13）*After Strange Gods*, p. 44.　原文 [And I came to the conclusion...that my own hope of really penetrating to the heart of that mystery would lie in forgetting how to think and feel as an American or a European: which, for practical as well as sentimental reasons, I did not wish to do.]

（14）T. S. Eliot, 'What is Minor Poetry?' in *On Poetry and Poets* (London: Faber and Faber, 1969), p. 42.　原文 [It was in this way that I came across, as a boy, a poem for which I have preserved a warm affection: *The Light of Asia*, by Sir Edwin Arnold. It is a long epic poem on the life of Gautama Buddha: I must have had a latent sympathy for the subject-matter, for I read it through with gusto, and more than once.]

（15）佐々木英昭編『異文化への視線』（名古屋大学出版会、一九九六年）所収の成田興史「若き日の詩人の万博体験」（一八五～一九九ページ）を参照のこと。

（16）See Manju Jain, *T. S. Eliot and American Philosophy* (Cambridge: Cambridge UP, 1992), p. 102.

（17）T. S. Eliot, *Notes towards the Definition of Culture* (London: Faber and Faber, 1967), p. 64.　原文 [Into this confused world came the British, with their assurance that their own culture was the best in the world, their ignorance of the relation between culture and religion, and (at least since the nineteenth century) their bland assumption that religion was a secondary matter.]

（18）*Notes*, p. 90.　原文 [The early British rulers of India were content to rule.]

（19）*Notes*, pp. 91-92.　原文 [To point to the damage that has been done to native cultures in the process of imperial expansion is by no means an indictment of empire itself, as the advocates of imperial dissolution are only to apt to infer. Indeed, it is often these same anti-imperialists who, being liberals, are the most complacent believers in the superiority of Western civilisation, and at one and the same time blind to the benefits conferred by imperial government and to the injury done by the destruction of native culture.]

（20）*Notes*, p. 113.　原文 [I know that my own poetry shows the influence of Indian thought and sensibility.]

（21） *Notes*, pp. 113-114.　原文 [For when I speak of the unity of European culture, I do not want to give the impression that I regard European culture as something cut off from every other. The frontiers of culture are not, and should not be, closed.]

（22） *Notes*, p. 121.

（23） *Notes*, p. 122.　原文 [If Asia were converted to Christianity to-morrow, it would not thereby become a part of Europe.]

（24） T. S. Eliot, 'Goethe as the Sage' in *On Poetry and Poets* (London: Faber and Faber, 1969), pp. 224-225.　原文 [It seems to me that what I do, when I approach a great poem such as the *Holy Song* of the Indian epic, or the poem of Lucretius, is not only, in Coleridge's words, to suspend my disbelief, but to try to put myself in the position of a believer.]

（25） 'Goethe as the Sage', p. 226.　原文 [But wisdom is λόγος ζυνός, the same for all men everywhere. If it were not so, what profit could a European gain from the Upanishads, or the Buddhist Nikayas?]

（26） T. S. Eliot, *The Complete Poems and Plays of T. S. Eliot* (London: Faber and Faber, 1975), p. 70.　原文 [To Carthage then I came / Burning burning burning burning / O Lord Thou pluckest me out / O Lord Thou pluckest / burning]

（27） *Complete Poems*, p. 79.　原文 [The collocation of these two representatives of eastern and western asceticism, as the culmination of this part of the poem, is not an accident.]

（28） *Complete Poems*, p. 80.

（29） F. R. Leavis, *New Bearings in English Poetry* (London: Chatto and Windus, 1959), p. 102.　原文 [the context preserves the meaning…an appropriate portentousness…a radical scrutiny into the profit of life]

（30） 船木満洲夫『T・S・エリオットの文学』（北星堂書店、一九七八年）二一九ページ。

（31） *Complete Poems*, p. 187.　原文 [I sometimes wonder if that is what Krishna meant — / Among other things — or one way of putting the same thing:]

（32） *Complete Poems*, p. 187.　原文 [And the way up is the way down, the way forward is the way back.]

（33） Helen Gardner, *The Art of T. S. Eliot* (London: Faber and Faber, 1975), p. 173n.　原文 [it might be objected that to introduce Krishna at this point is an error and destroys the imaginative harmony of the poem,]

（34） *Complete Poems*, pp. 411, 420 and 421.

（35）*Complete Poems*, p. 172.

（36）A. David Moody, *Tracing T. S. Eliot's Spirit* (Cambridge: Cambridge UP, 1996), p. 19. を参照のこと。

（37）*Complete Poems*, p. 61.　原文 [April is the cruellest month]

（38）村田辰夫『T・S・エリオットと印度・仏教思想』（国文社、一九九八年）二一九～二二一ページ。なお、村田氏のこの大著はエリオット詩に刻印された印度・仏教思想を徹底的に読み解こうとしている研究書である。

（39）Helen Gardner, *The Composition of Four Quartets* (London: Faber and Faber, 1978), p. 112.

William Gerald Golding [1911-93]

ウィリアム・ゴールディング
——啓蒙主義思想と秩序意識との葛藤

山崎　弘行

1　はじめに

ゴールディング（William Gerald Golding, 1911-93）は、『休暇』（*Holiday*）（一九六三年四月号）誌上に、「亡命、貧困、帰郷—アイルランド詩に出没する主題」（'Exile, Poverty, Homecoming: The Haunting Themes of Irish Poetry.'）と題する論文を寄稿している。(1)『休暇』は、レジャー一般に関連した質の高い情報提供を目的とした月刊誌だが、アイルランド特集号である本号には、ゴールディングの文章と並んで、オフェイロン（Sean O'Faolain）、オコナー（Frank O'Connor）、および、フリール（Brian Friel）などの高名なアイルランド文学者の署名記事も見受けられる。ゴールディングの論説は、主として、W・B・イェイツ（William Butler Yeats, 1865-1939）の詩に基づきながら、真っ正面からアイルランドの国民性を論じたもので、アイルランドの国民性をめぐる最近の研究動向を先取りした、きわめて先見性の高い論文であると思われる。

イェイツのアイルランド観については、八〇年代に入ってから盛んに議論が行われるようになり、今日に至っているが、本稿の観点から概括すると、一方では、「運命としての国民性」（'national-character-as-destiny'）[2]という本質主義的観念を肯定した上で、それをどこに求めるべきかに関して意見が分かれている。他方では、「運命としての国民性」やアイデンティティ神話という「ヘーゲル的な亡霊」（'Hegelian ghost'）[3]そのもののイデオロギー性とステレオタイプ性が問い直され、「植民地後遺症」（'colonial aftermath'）としての「混交」（'hybridity'）の現実を肯定することの是非が議論されているのである。[4]要するに、そこでは、アイルランドの国民性あるいは民族的特質という旧来の観念の妥当性をめぐって意見が対立しているのである。[5]

論文の冒頭で、ゴールディングは、アイルランド文学（詩）に見られる国民性を定義することの不可能性を強調して次のように述べている。

　彼ら［アイルランド詩人たち］が何を共有しているのかを述べることができる者は、神のような批評家であろう。要するに、定義から始めるなら、アイルランド人作家の最も有名な作品といえども、そこに、アイルランド的な特質を見出すことは不可能なのである。[6]

ゴールディングは、本質主義的にアイルランドの国民性を規定することの困難性をはっきりと自覚している。アイルランドの詩人といっても、彼らが書く詩は、内容形式ともに、きわめて多様である。従って、そこにアイルランド的特質を見出すことは不可能なのである。そこで、ゴールディングが次善の策として採用したのが、「明らかにアイルランド的な主題」に着目することであった。ところが、イェイツが普及させた浪漫的なアイルランドは、その候補者リストからはずされているのである。彼は次のように述べている。

しかし、アイルランド的だと識別できる主題というものはある、そして、この主題は、ロマンスや旅行用ポスターのアイルランドとは、ほとんどまったく関係がない。それは妖精とお化けの主題でもなく、若きW・B・イェイツの想像力にとりついた青白き女王の幻想でもない。[7]

若きイェイツは、いわゆるケルトの薄明の詩群で、ケルト神話や伝説に由来する非現実的存在を素材として、アイルランドを創造（＝想像）した。しかし、このような浪漫的なアイルランドは、ゴールディングにとって、「明らかにアイルランド的な主題」とは無縁であった。そのようなアイルランドは、観光客向けの「旅行ポスター」に表象されたステレオタイプのアイルランドにすぎないのである。アイルランド特集号を組んだレジャー情報誌『休暇』の企画に対する辛辣な風刺がこめられたこの一節は、一九八〇年代に、イェイツのアイルランド観のもつイデオロギー性とステレオタイプ性を批判したシェイマス・ディーン（Seamus Deane, 1940-）の口吻を想起させ、[8]ゴールディングのアイルランド観の先見性を示唆している。しかし、なんと言っても、この論文に見られる彼の最も著しい先見性は、ゴールディング自身が提出した「明らかにアイルランド的な主題」そのものにあると思われる。論文の題名が示すように、それは、「亡命」、「貧困」、および「帰郷」であった。

それらは、貧困と亡命の主題である。アイルランドの積年の苦しみに貢献したことがない、あるいは意識的には貢献したことがない一個の英国人でさえ、アイルランドが骨の髄まで貧困と亡命を経験してきたことを謙虚に認めなければならない（中略）。アイルランド人の詩の風土に影響を与えてきたのは、欠乏と望郷の念についての深い経験知である（中略）。アイルランド文学に組み込まれているのは、飢えて、征服されて、敗北し、いまや魂の痛みと化しているアイルランドである。W・B・イェイツについて他に何も知らない人々でも、「いざ起きて行こう、イニシュフリーに行こう」という詩行を覚えているだろう。(9)

ここには、ゴールディングのアイルランドに対する基本姿勢が鮮明に表れている。ゴールディングによれば、アイルランドは英国に征服され、飢餓に苦しみ、長年にわたり、亡命者に望郷の念をかき立てる植民地であった。植民地化されたアイルランドは、アイルランド人の心の痛みとなり、アイルランド文学に組み込まれ、その文学的風土に影響を及ぼさずにはおかない。ゴールディングは、植民地宗主国の人間が植民地の現地人に対して抱きがちな、〈我われ〉対〈彼ら〉という主体対客体の関係には決して陥っていない。彼は、アイルランド人の血肉となった貧困の苦しみと望郷の想いに共感し、「アイルランド積年の苦しみ」に寄与した加害者としての英国を謙虚に反省する「一個のイギリス人」の立場に立っているのである。このような立場から、ゴールディングは、イェイツの初期の詩「イニシュフリーの湖島」('The Lake Isle of Innisfree')の有名な冒頭の詩行に、亡命アイルランド人の心の痛みと望郷の想いを読みとっている。また「おお、残酷な死よ、三つのものを返せ」('O cruel Death, give three things back,')で始まる後期の詩「三つのもの」('Three Things')には、植民地支配がもたらしたアイルランドの「貧困」が「宇宙的な荒廃のイメージ」('an image of cosmic desolation')にまで拡大されているという(p.16)。ともあれ、このような解釈方法は、八〇年代から流通しているサイードに代表されるコロニアル・ポストコロニアル批評を髣髴《ほうふつ》とさせ、彼のイェイツ観の先見性を強く印象づけている。(10)

しかし、ゴールディングによれば、亡命、貧困および帰郷という主題は、決してアイルランドの運命的な特質ではない。あくまでも、独立以前の植民地主義体制という「外圧」に起因する外発的なものにすぎないのである。その証拠に、独立後、アイルランドの詩人たちは、帰郷にさほど喜びをおぼえなくなり、もはやこの主題を歌わないのだ。彼は独立後のアイルランドの状況について次のように述べている。

ある国が英語圏不統一連合に加盟してしまうと、その国の詩人たちは、国境の彼方にある無形のものを見ようとする（中略）。然り、アイルランドを定義するための根拠となったこれらの特質は、緩んで消失してしまった外圧の産物だろうか。いまやアイルランドは日々ますます英国のようになりつつある、英国がますます米国のようになりつつあるのと同じように。

今日、アイルランド詩人たちは貧困と亡命のことを書かない、彼らは、いまでも帰郷を祝福しているが、私にはたいして嬉しそうにしているとは思えない。(11)

今日、本質主義的なアイルランド観が批判されるのは、それが、「アイルランド的特質」の変化と多様性を無視したイデオロギーに基づくステレオタイプとみなされるからだ。この一節は、ゴールディングのアイルランド観が本質主義とは無縁であることをはっきりと裏付けている。ここで注意すべきは、彼が独立後のアイルランドの文化的現状にかならずしも満足しているわけではないことである。独立後のアイルランドは、英国が米国化しつつあるのと同様に、日増しに英国化しつつあるという。ゴールディングはすでに、ポストコロニアリズムの批評家たちが提出した「植民地後遺症」としての混交の問題に気づいており、その意味でも彼のアイルランド観は、先見性に富んでいると言える。

「植民地後遺症」としての混交のもつアンビヴァラントな性格については、今日、その是非をめぐり、様々な議論が行われているのだが、[12]ゴールディングは、独立後のアイルランドに見られる混交の現実にたいしては、きわめて複雑な態度を示している。植民地支配から解放されたアイルランドは、英連邦諸国の友好促進のために一九一八年に設立された「英語圏統一連合」（'the English-speaking Union'）ならぬ、「英語圏不統一連合」（'the English-Speaking Disunion'）の仲間入りを果したものの、他の連邦諸国と同じく無国籍化し、文化的混交の現実に直面することになった。今やアイルランドは、国民性の喪失の危機に直面している。その結果、詩人たちは、国内の伝統的な文化の形を見失い、国境を越えて普及する「無形のもの」（'a formless thing'）を眺めるしかない状況の中で主題の喪失に陥っていると、ゴールディングは憂慮している。「無形のもの」とは曖昧な言い方だが、文脈から判断して、そして後述するように、フランス革命以後に世界の各地に広まった啓蒙主義思想一般を指していると思われる。それは普遍的であるだけに、抽象的で、文化の形をなしていないのである。興味深いことに、ゴールディングは、このような憂慮すべき独立後のアイルランドの詩人たちにふさわしい主題が、イェイツの後期の詩「私の故郷はアイルランド」（'I am of Ireland'）と、その下敷きとなった中世の舞踏詩で歌われていると指摘する（p.19）。彼は、浪漫的なアイルランドを歌った初期のイェイツを、ただのマイナーな詩人だとみなしていたが、後期の発展したイェイツについては、きわめて高く評価しているのである。一四世紀に書かれた作者不詳の舞踏詩であるこの短詩は、聖なるアイルランドへの一種の招待状であるが、ゴールディングは、そこに、現代人の励みになるものを予見しているのである。（p.19）

私の故郷はアイルランド、
聖地アイルランド。

ねえ、お願い、後生だから
アイルランドに来て
私と踊ってよ。[13]

ゴールディングは、この詩に「貧困と征服によって弱められる前の、真のアイルランドの声」（'the true Irish voice that poverty and conquest muted'）。（p.19）が聞こえるという。しかし、「旅行ポスター」向けのステレオタイプのアイルランドを軽蔑したゴールディングが、「旅行ポスター」用の宣伝詩とも受け取られかねない詩行に、なぜ「アイルランド性の本質」（'the quintessence of an Irishness'）（p.19）を聞こうとするのだろうか。それなら、あれほど警戒していた「運命としての国民性」とアイデンティティ神話という本質主義的な観念とさほど変わらないではないか。実は、彼のこの矛盾は、今日、イェイツのアイルランド観を批判するディーンに代表されるナショナリズム志向のアイルランド人文学者たちが共有するジレンマに起因するのである。彼らは、一方で、「運命としての国民性」という本質主義的観念の誤りを論駁しながら、他方で、一九二一年以後の「乱交」（'promiscuity'）的な文化的混交の現実を憂慮せざるをえない。[14] その意味でも、ゴールディングのイェイツ観とアイルランド観には先見性があると言えるだろう。

そこで問題になるのは、彼の先見性とジレンマの背景にはどのような要因が潜んでいるのかということである。考えられ得る様々な要因の中で最も重要だと思われるのは、恐怖政治に帰着したフランス革命によって提起された啓蒙主義思想（the Enlightenment）と秩序意識との葛藤の問題である。以下では、ゴールディングの生涯の課題であったこの問題を、初期と後期の代表的なテクストに即しながら検討してみたい。

2　初期のテクストの場合

小説家ゴールディングは、二三歳のときに処女詩集『詩集』(*Poems*, 1934)を発表したが、[15] ここには、啓蒙主義思想と秩序意識との葛藤が早くも随所に顔をのぞかせている。例えば、次の「小品」(‘Vignette’)という詩をみてみよう。

小品

アル中で、丸々と太り、背の低い、
インク色のワインでいつもより大胆になった、
口からよだれを垂らし、目をちばしらせた
市民が反逆を促し、「前進せよ！バリケードを築け！」と叫ぶ。
しかし、大地主は、
めらめらと燃える暖炉の火のそばで
相変わらず教訓をたれながら
時を刻む天の時計の針を押し戻して
世界を七時半の状態にとどめようとしている。[16]

「小品」と名づけられたこの詩において、ゴールディングは、旧秩序を維持しようとする支配階級の「大地主」（'the squire'）と、これを打破しようとする革命派の「市民」（'DEMOS'）との意識の食い違いをアイロニカルに描いている。「前進せよ！バリケードを築け！」と、蜂起を促す「市民」の叫び声は、フランス革命を想起させる。しかし、この「よだれを垂らした」市民は、「インク色のワイン」で酔っぱらって、「いつもより大胆になっている」にすぎないのである。一方、大地主は「めらめらと燃える暖炉の火のそばで／相変わらず教訓をたれながら／時を刻む天の柱時計の針を押し戻して／世界を七時半の状態にとどめようとしている」。世界史が発展して、今や市民の間に革命意識が目覚める段階を迎えたにもかかわらず、依然として、世界を、市民の意識が覚醒し始める前の段階にまで押し戻そうとやっきになっているのが支配階級の実相だというわけだ。

イェイツのアイルランド観のイデオロギー性を批判した前述のシェイマス・ディーンは、フランス革命が英国の啓蒙主義思想に与えた影響を論じた著作の中で、この革命の評価をめぐり、当時の英国・アイルランドの知識人・文学者の見解が真っ二つに分裂していたと指摘している。[17] 一つは、革命に反対したバーク派の見解であり、もう一つは、これを支持した過激派の見解である。エドモンド・バーク（Edmund Burke, 1729-92）に代表される保守主義思想を信奉するバーク派は、フランス革命を、神聖で伝統的なるもののすべてを打破することをめざす知識人たちの陰謀とみなした。彼らはこれに対抗して、大昔から徐々に進化してきた、より古くて、観念的でない、思いやりのある政治的道徳的構造の優れた長所を力説した。その際、彼らが模範としたのが伝統的な英国社会であった。他方、ルソーに代表される啓蒙主義思想を信奉する過激派は、革命を歓迎する立場から、啓蒙主義思想を現実政治の現場で実現するための方途を模索したのである。その意味で、両派は、対立してはいても、啓蒙主義思想の可能性と限界の問題を共有していたと、ディーンは指摘している。上掲詩には、野蛮な革命派の市民と時代錯誤的な旧体制派の大地主それぞれの醜悪な部分が併記されているにすぎない。しかし、そのことは、結果的に、革命がもたらす社会的無秩序の到来を暗示する効果を生み出していると筆者には思われる。この詩におけるゴールディングの主体位置は、さしずめ、バーク派と過激派に共有された啓蒙主義思想の可能性と限界の問題を自らも共有しながら、両派を等距離から眺める立場だといえるだろう。

この問題は、ポープ（Alexander Pope, 1688-1744）を風刺した「ポープさん」（'Mr. Pope'）（p. 26）という詩にも出現している。引用するには長すぎるので引用できないのが残念だが、この詩が風刺しているのは、新古典主義者として有名なカトリック詩人ポープが抱く、ごりごりの秩序信仰である。ポープ氏は、「自由奔放に彷徨う」（'roaming wild and free'）、「手に負えない」（'out of hand'）星のことで神に嘆願している。「秩序正しい夜の闇」（'the well-ordered darkness'）と「純潔に秩序立った国土」（'a chastely ordered land'）を信奉するポープ氏は、夜空でまたたく星の無秩序な並び方さえもが気にくわないのである。「純潔に秩序立った国土」を信奉し、「自由奔放に彷徨う」星を呪詛するポープを風刺する若きゴールディングは、「小品」において旧体制派の「大地主」と革命派の「市民」とを風刺したゴールディングに等しい。

最後に、「法廷の行列」（'Queue at the Law Courts'）と題する詩において、ゴールディングは、裁判所の法廷で列をなして審議を見つめる傍聴人たちを、公園の地面をかぎまわる野良犬になぞらえている。

法廷の行列

臭いをかぎながら

公園をうろつく野良犬が、
身を傾けながら、泥にまみれた野獣の痕跡をなめて、
雄犬と雌犬の汚物に涎を垂らすのと同様に、
こいつらは、欲望や意志のすべてに支配されながら、
自らは弱すぎて、罪と殺人を犯したりできず、
赤い血液を大量に送り出す怒りや憎しみを
表にあらわせないので、
他の連中の欲望の殻と残滓を舐めるべく
ここににじり寄らねばならないのだ。[18]

一見、犯罪とは縁のない善良そうに見える傍聴人たちも、一皮むけば、被告人たちと同類である。彼らもまた、怒り、憎しみ、あるいは殺意といった「欲望」('lust')をたっぷりと内に秘めているが、罪を犯すだけの勇気がないので、欲望を実行に移せないだけの話である。そのような彼らにとって、法廷での裁判の傍聴は、犯罪の代償行為である。彼らは、いわば、嬉々として、仲間が地面に残した「野獣の痕跡」('beastly mark')を舐め、汚物に涎をたらす野良犬だと、ゴールディングは揶揄している。ここには、野蛮な欲望を内に秘めた潜在的な犯罪者によって構成され、法律によりかろうじて秩序が維持されている人間社会の奥底に潜む無秩序の闇を凝視するゴールディングの文学者らしい眼差しが感じられる。

一九五四年、ゴールディングは最初の小説『蠅の王』(*Lord of the Flies*)を発表した。[19] これは、とある戦争の

さなかに疎開する英国の少年の一団を乗せた飛行機が無人島に不時着する物語である。少年たちは、この島で救援を待つうちに、やがて島の秩序を法規則に基づき維持しようとする集団と、野蛮な欲望に駆られて島の秩序を破壊しようとする集団に分裂する。この小説は、両集団の対立葛藤を描いた寓意小説である。次の引用文は、小説のクライマックスで、「秩序」を寓意する「ほら貝」を手にした秩序集団の代表者ピギーとラルフが、無秩序集団に向かって発する言葉であるが、小説の主題が秩序と無秩序の相互関係の問題であることを如実に物語っている。

「僕は、こう言いたかったのだ、君たちはガキの群れのように振る舞っていると。」非難の声が上がったが、ピギーが白い魔法の貝殻を持ち上げると元通り静かになった。「どちらがいいんだ、君たちのように顔に化粧をした黒人の群れであるのと、ラルフのように分別があるのと」野蛮人のあいだで大きな叫び声が上がった。ピギーは再び叫んだ。「どちらがいいんだ、規則を維持して従うのと、狩猟や殺害と」ラルフは雑音をものともせずに叫んだ。「どちらがいいんだ、法や救助と、狩猟や破壊と。」[20]

この一節でピギーとラルフが提起しているのは、要するに規則に基づく秩序と放縦に基づく無秩序のどちらを選択すべきかという問題である。小説の結末では、突如として海軍士官が登場し、無秩序が支配し始めた島に、秩序が回復する。全裸に近い少年たちの姿を見て、士官は「君たちは全員英国人だろう、英国の少年団なら、もっとましな振る舞いが出来てしかるべきだと思っていたのに。」（'I should have thought that a pack of British boys — you're all British aren't you? — would have been able to put up a better show than that.'）（p. 222）と言う。このせりふは、海軍士官が〈英国人は秩序正しい〉という本質主義的な英国観を暗黙の前提としていることを示唆している。イェイツの詩に‘the true Irish voice’を読みとることで本質主義的なアイルランド観の持ち主であることを露呈したゴールディングのこと、この小説に本質主義的な英国観を有する人物を登場させても決して不思議ではないのである。救出された少年たちは沖合に停泊している巡洋艦に乗り、彼らの「帰郷」は実現することになる。「手入れの行き届いた巡洋艦」(‘the trim cruiser’)(p. 223)と表現されるこの船は、秩序信奉者ポープ氏が散歩する公園に咲いていた「手入れの行き届いた花の列」(‘trim rows of flowers’)を想起させ、明らかに秩序の寓意である。この小説は、孤島における秩序解体の寓意物語を描いてみせたあと、最終的には秩序の回復を予想させながら終わるのである。このように見てくると、この小説には、「小品」に描かれたような革命派によって破壊された秩序を、伝統的な英国社会を模範として回復することを夢想するゴールディングの保守主義思想が表象されていると読めるのである。

3　後期のテクストの場合

秩序と無秩序との相互関係をめぐる問題は、処女作『蝿の王』にとどまらず、その後に書かれたゴールディングの主要な小説に通底する、彼の最も重要なテーマの一つである。ここでは、フランス革命の理念である啓蒙主義思想の是非を主題とするゴールディング唯一の小説『地球の果てまで』(*To the Ends of the Earth*)にそくして彼の複雑な秩序観を検討してみたい。

『地球の果てまで』は、『通過儀礼』(*Rites of Passage*,1980)、『肉薄』(*Close Quarters*,1987)、および『船倉の火事』(*Fire Down Below*, 1989)という三編の長編小説を、海洋三部作として一巻本にまとめ、一九九一年に出版したものである。(21) この長編小説は、フランス革命の余燼いまださめやらぬ、十八世紀末から十九世紀初頭にかけての英国を背景としている。主人公は、英国の青年貴族エドモンド・トールボット(Edmund Talbot)である。彼は、軍艦を改造した老朽帆船に乗り込み、行政官の職に就くために、オーストラリア植民地に向けて航海している。この小説は、彼が航海中に経験した様々な出来事を、彼の庇護者であり名付け親でもある貴族の有力者に報告するために書かれた航海日誌形式の寓意小説である。航海の初期の段階では、トールボットは、自他共に認める英国社会の旧秩序を維持する上流階級に属する世間知らずの若者にすぎない。しかし、船上で出会った様々な職階の人々と接するうちに、彼の信条は次第に変化する。これらの人物の中にあって、トールボットに最も大きな影響を与えるのは、なんといっても秩序の権化アンダーソンと啓蒙主義者プレティマンである。トールボットは、きわめて対照的なこの二人の人物の相対立する信条の間で葛藤を演じる人物として設定されているのである。アンダーソンは小説の始めから終わりまで一貫して変わることなく、秩序維持に邁進する旧体制派を擬人化した人物として設定されている。この小説には'order'という言葉が頻出する。これは本小説のキーワードで、「秩序」(または「順序」)という意味のほかに、「命令」(または「規定」)、あるいは「階級」の意味でも用いられている。彼は、これらすべての意味での'order'の権化である。トールボットは、航海の初期の段階では、啓蒙主義者プレティマンの感化を受けておらず、「結局、人間には生まれながらにして所属する階級がある」('There is after all an order to which the man belongs by nature...')(p. 58)というアリストテレス(Aristotle, 384-322 B.C.)の保守主義思想を信じて疑わない青年貴族にすぎない。しかし航海が進むにつれて、アンダーソン船長の目に余る権威主義的態度に愛想をつかし、次第に、プレティマンの啓蒙主義思想に共鳴するにいたるのである。

プレティマンはアンダーソン船長とは対照的な人物である。彼は小説の最初から最後まで一貫して変わることなく、旧体制の打破を夢想する革命派を擬人化した、ロベスピェール（Mazimilien F. M. I. de Robespierre, 1758-94）のような人物として設定されている。彼は、フランス革命の理念である「自由、平等、博愛」（'liberty, equality, and fraternity'）（p. 662）を信奉している。「あらゆる迷信の不倶戴天の敵」（'the inveterate foe of every superstition'）（p. 48）であり、「戦闘的な無神論と共和主義」（'militant Atheism and Republicanism'）（p.222）を支持する「悪名高い自由思想家」（'our notorious Freethinker'）（p. 222 ）である。さらには、話をすると、聴き手に「啓蒙された感じ」（'a sense of enlightenment'）（p. 660）を与える情熱的な知識人である。次の一節には、トールボットがプレティマンによってフランス革命の理念を啓蒙される様子が典型的に描かれている。

［プリティマン］　父親の所有地に立っている小屋を訪れたことがあるかい。労働者たちはベッドで寝ているのかね。

［トールボット］　連中は地べたに慣れています。そこで寝るのが幸せなんです。脚付の寝台があってもどうしてよいか分からないでしょう。

［プリティマン］　君は何も分かっていない。

［トールボット］　プリティマンさん、あなたは明らかに普遍的真理を所有しています。でも普遍的真理を

得ることがそんなに簡単だとは思わない人もいるんです。
［プリティマン］　それを発見しようと試みない人もいる。
［トールボット］　体制派のことですね。
［プリティマン］　やつらは病んでいる。(22)

世間知らずの青年貴族トールボットを相手に、英国の上流階級と労働者階級との間に厳然と存在する差別の実態について啓蒙するプレティマンは、明らかに、前述のシェイマス・ディーンのいうフランス革命をめぐる過激派を寓意する人物である。彼は、啓蒙主義思想の代表者ボルテール（F. M. A. Voltaire, 1694-1778）の諷刺小説『カンディード』（*Candide*）を愛読し、そこに描かれている「理想郷」（'El Dorado'）（p. 657）のような社会をオーストラリアの地に建設することをめざして航海を続けているのである。かくして、プレティマンは、トールボットにとって、片時も念頭から離れない「興味の対象」（'an object of interest'）（p. 82）となり、ついには、上流階級の伝統的な価値である「王冠、世襲的特権の原則、民主主義の危険性、キリスト教、家族、戦争」（'the crown, the principle of hereditary honours, the dangers of democracy, Christianity, the family, war'）を脱ぎ捨てて、「丸裸で無防備ではあるが、自由な身になる」（'naked, defenceless, but free'）ことを夢想するにいたるのである（p. 660）。バーク的に言えば、偏見を捨てて裸の理性を信奉し始めるのである。しかし、「普遍的真理」を所有しているプレティマンの啓蒙主義思想にかぶれながらも、ついに目的地のオーストラリア植民地が視界に入ったとき、彼は、この「自由の地」への到着を待ち焦がれる乗り合わせた移民たちの気持ちを次のように代弁している。

海岸を巡ってシドニー湾まで歩いて行かれるだろう、女性は、土着民が提供してくれるだろう荷馬車に乗って行けばよいと、彼らは思った。ここは自由な国だ、ここでは、穀物と家畜がひとりでに成育し、黒人と白人が熱心に学び、奉仕し、一人一人の白人が、黒人社会の秩序を維持する、罰を受けた囚人の一味を従えた小さな王様である、と彼らは思った。(23)

この一節において、トールボットは、白人移民と「先住民」の両方の視点からオーストラリアを眺めているようだ。白人移民から見れば、オーストラリアは「自由の地」である。そこは、「白人」と黒人の「先住民」と「囚人」が相互に依存しながら平和共存する混交社会であるからだ。しかし、「先住民」から見れば、現実のオーストラリアは、英国の植民地であり、流刑の地にすぎない。かれらにとって、白人たちは「囚人」を使って「秩序」の維持をはかりながら、自分たちの上に君臨する「小さな王様」である。これが自由の地と称される植民地における混交社会の実相なのだ。この一節には、自由に不可欠なものとして秩序を擁護するバーク派的な保守主義思想と、自由な混交社会にも残存する支配構造をみのがさずに批判する過激派的な啓蒙主義思想がない交ぜになっているのだ。ここに露呈しているトールボットの主体位置は、少々複雑でわかりにくいが、あえて規定すれば、白人優位思想をいだく旧体制派の植民地主義者と、プレティマンのようなフランス革命の理念を擁護する啓蒙主義者の両方を等距離から眺める立場だと言えるだろう。

それにしても、なぜトールボットは、啓蒙主義思想から距離を置くようになったのであろうか。ゴールディングはその理由を明確には述べていないが、トールボットの身辺に生じた出来事を丹念に辿れば、次のような三つの要因が理由として推測できる。一つは、彼が航海中に、敵船とおぼしき戦艦と遭遇したり、暴風雨の襲来などの危機を経験したことである。危機に直面した人間集団には、そのすべての意味での ‘order’ が欠かせないことを学んだトールボットは、反感を覚えていたアンダーソン船長に敬愛の念を抱き始めるのである。もう一つは、プレティマンの唱道する啓蒙主義思想が、フランスにおいては、血なまぐさい恐怖政治に帰着したという歴史的な事実を認識したからであろう。その証拠に、プレティマン自身が恐怖政治の代表者ロベスピェールを彷彿とさせる「怒ると、とても、とても恐ろしい」(‘...when roused he is quite, quite terrifying!’)(p. 49) 人物として設定されている。また、プレティマンの信奉する「自由、平等、博愛」というフランス革命の理念は、「断頭台という手段」(‘the medium of the guillotine’) と「コルシカ人［ナポレオン］の素晴らしい不正」(‘the splendid wickedness of the Corsican’) によって実践化され、「社会的非難、嘲笑、あるいは嫌悪がもたらす残虐と苦痛」(‘the cruelties and torments of social condemnation, derision, dislike’) の試練を受けたとされているのである (p. 662)。三つ目に、トールボットが、愛国心に目覚めたことがあげられる。目的地であるオーストラリアの岬が見えてきたとき、船上から眺めていたトールボットの胸中には、愛国心が抑えがたくこみ上げてくる。そこには祖国英国の懐かしい場所の名前が付いていたからである。

読書量とプレティマン夫妻から得た思想の量が増えたにもかかわらず、僕は愛国者であらざるをえない。(中略) かくして、この国に属するあの禿げた様々なかたまりを見たり、キングアイランドとか、フリンダーズ島とかあるいはハウ岬というそのかたまりの名前を聞いているうちに、私は、「英国万歳」と、叫ぶことはなかったにしても、心の中で思ったのだった。(24)

結局、トールボットは、フランス革命の理念にとりつかれたプレティマンに同調することはできず、愛国者に踏みとどまっている。彼は、自分が進歩主義的な革命家でなく、保守的な「政治的動物」（'a political animal'）であることを自覚し、国内改革に尽力することを通して、世界に奉仕する道を選択するのである（p. 671）。上掲の一節には、トールボットが、アイデンティティ神話を信奉する、本質主義的な英国観の持ち主であることが読み取れる。青年貴族トールボットの胸中で鳴り響く「僕の心の琴線の最も深い調べ」（'the deepest note of my heart-strings'）（p. 708）が、「はじめに」でとりあげた 'the true Irish voice' と同根の愛国歌であることは、いまや明らかであろう。このように見てくると、トールボットが貴族で、しかも、バーク派の代表者 Burke と同名の Edmund であることは決して偶然ではないと思われる。

ディーンによれば、フランス革命を批判して、いわゆる英国的精神を弁護したバークは、貴族と「愛国心」（'national love'）は切っても切れない関係にあるとみなした。なぜなら貴族は一国の「精神的本質」（'the moral essence'）としての「国民性」（'the national character'）の体現者と考えられたからである。バークがフランス革命を批判したのも、それがめざした貴族階級の打破により、フランスの「精神的本質」としての「国民性」が失われることを恐れたためであった。バークは、啓蒙主義思想に基づくフランス革命が帰着した「過激主義」（'Jacobinism'）を、英国に代表されるすべての伝統的社会の「精神的本質」に対する脅威とみなしたのである。アイルランドもその点では、例外ではなかった。アングロアイリッシュの思想家バークは、伝統的なカトリック社会を支配した「プロテスタント支配体制」（'Protestant Ascendancy'）ですらも、アイルランドの「精神的本質」を破壊する過激主義者の同類とみなしたのである（p. 14-18）。ゴールディングが『休暇』誌上で、独立後のアイルランドが、啓蒙主義思想の洗礼をあびて国民性を喪失し、英国や米国のように無国籍化しつつあることを指摘したことをここで想起する必要があるだろう。トールボットの名としてEdmundを選択したゴールディングの念頭には、このような保守主義者バークのフランス革命観が存在していたことは間違いないと思われるのである。

4 おわりに

貧困に起因する亡命と帰郷にアイルランド的主題を見て取ったゴールディングは、ケルト系の住民が多いとされるコンウォール（Cornwall）生れではあるが、亡命を経験したわけではない。しかし、彼の詩と小説には、精神的なあるいは比喩的な意味での亡命者意識と帰郷願望が投影していることは否定できないだろう。彼は、「自由、平等、博愛」という啓蒙主義思想に起因する無秩序的混交が支配する理想郷に亡命するか、それとも「運命としての国民性」に基づく階級秩序が支配する、現実の英国に帰郷するかのジレンマを、生涯にわたり抱え込んだ作家であった。彼は、後期に向かうにつれて、次第に、帰郷願望のほうを強めながら、最後まで、啓蒙主義思想の可能性と限界の問題と格闘し続けたと思われる。ともあれ、啓蒙主義思想と秩序意識との間の葛藤の経験こそ、ゴールディングの先見性にみちたアイルランド観の背景に横たわる最も重要な要因であると私には思われる。

註

（1） *Holiday* (U.S. and Canada: The Curtis Publishing Company, April 1963), pp. 10-19. 以下、本誌からの引用と本誌への言及の直後にページ数を記す。

（2） Edna Longley, *The Living Stream: Literature and Revisionism in Ireland* (Oxford: Bloodaxe Books Ltd., 1994), p. 25.

（3） Seamus Deane, 'Heroic Styles: The Tradition of an Idea' in *A Field Day Pamphlet* No.4 (Derry: Field Day Theatre Company Limited, 1984), p. 18.

（4） Francis Barker et al. (eds.), *Colonial Discourse / Postcolonial Theory* (Manchester: Manchester UP, 1994), p. 6.

（5） Seamus Deane, 'Heroic Styles: The Tradition of an Idea,' pp. 5-18; Seamus Deane, 'Introduction' in Seamus Deane (ed.), *Nationalism, Colonialism, and Literature* (Minneapolis: U of Minnesota P, 1990), pp. 3-19; Edna Longley, *The Living Stream: Literature and Revisionism in Ireland* (Oxford: Bloodaxe Books Ltd., 1994), pp .9-68, 173-195; W.J. McCormack, *From Burke to Beckett: Ascendancy, Tradition and Betrayal in Literary History* (Cork: Cork UP, 1994), pp. 1-27; Marjorie Howes, *Yeats's Nations: Gender, Class, and Irishness* (Cambridge: Cambridge UP, 1996), pp. 1-15.

（6） *Holiday*, p. 10. 原文 [He would be a godlike critic who could say what they have in common. In a sentence: if we are to start with definitions, it is impossible to find anything specifically Irish about the most celebrated works of Irishmen.]

（7） *Holiday*, p.10. 原文 [There are themes, however, which are recognizably Irish; and they have little enough to do with the Ireland of romance and travel posters. They are not themes of fairies and bogies, visions of the pale queens that haunted the imagination of the young W. B. Yeats.]

（8） Seamus Deane, 'Heroic Styles,' pp. 5-18.

（9） *Holiday*, p.10. 原文 [They are the themes of poverty and exile; and even an English man who has not, or not consciously, contributed to Ireland's age-old torment, must admit humbly enough that she has suffered them in her blood and bones.... It is this deep acquaintance with want and homesickness that has affected the climate of their poetry.... Built into Irish literature is a starved, conquered, lost Ireland that has become an ache in the soul. People who know nothing else of W. B. Yeats will still remember the line, *I will arise and go now, and go to Innisfree.*]

（10）Edward W. Said, ‘Yeats and Decolonization,’ in Seamus Deane (ed.), *Nationalism, Colonialism, and Literature*, pp. 90-94.

（11）*Holiday*, p.18. 原文 [When a country has joined the English-Speaking Disunion its poets find themselves looking beyond their borders at a formless thing.... Surely the qualities that gave her definition were the product of outside pressures that have eased away and vanished? She is becoming every day more like England, as England is becoming more like America. Today her poets do not write of poverty and exile; they seem to me to be celebrating a homecoming without much joy.]

（12）Annie E. Coombes, ‘The Recalcitrant Object: Culture Contact and the Question of Hybridity,’ in Barker et al. (eds.), *Colonial Discourse / Postcolonial Theory*, pp. 89-114. なお、民族・文化的混交をめぐる最近の研究動向については、本書の序説に詳述されている。

（13）*Holiday*, p.19. 原文 [I am of Ireland, / Am of the holy land / Of Ireland. / Good sir, pray I ye, / For Saint Charity, / Come and dance with me / In Ireland.]

（14）Longley, *The Living Stream*, p. 25.

（15）William Golding, *Poems* (London: Macmillan, 1934). 以下、本詩集からの引用には、その直後に頁数を記す。

（16）William Golding, *Poems*, p.13. 原文 [DEMOS, rubby, round and short, / Made bolder by the inky port, / With slobbered mouth and frantic eyes, / Urges revolt and“Onward!”cries, /“The barricades!”/ But still the squire, / Didactic by the flapping fire, / Put back the ticking clock of heaven / And keeps the world at half-past seven.]

（17）Seamus Deane, *The French Revolution and Enlightenment in England 1789-1832* (Cambridge, Massachusetts: Harvard UP, 1988), pp. 2-3. 以下、本書からの引用と本書への言及には、その直後に頁数を記す。

（18）William Golding, *Poems*, p.25. 原文 [As nosing curs that prowl the park / Will lick each puddled beastly mark / And slaver at the filthy things / Of dog or bitch as each inclines... / So these, beneath all lust or will, / Themselves too weak to sin or kill / Too weak for anger or for hate / That red blood pulses out in spate... / Must sidle here to lick the crust / And leaving of another’s lust.]

（19）William Golding, *Lord of the Flies* (London: Faber and Faber, 1954). 以下、本書からの引用には、その直後に頁数を記す。

(20) William Golding, *Lord of the Flies*, p. 199. 原文 ['I got this to say. You're acting like a crowd of kids'. The booing rose and died again as Piggy lifted the white, magic shell. 'Which is better... to be a pack of painted niggers like you are, or to be sensible like Ralph is?' A great clamour rose among the savages. Piggy shouted again.'Which is better... to have rules and agree, or to hunt and kill?' Ralph shouted against the noise.'Which is better, law and rescue, or hunting and breaking things up?']

(21) William Golding, *To the Ends of the Earth* (London: Faber and Faber, 1991). 以下、本書からの引用には、その直後に頁数を記す。

(22) William Golding, *To the Ends of the Earth*, p.655. 原文 [[Prettiman] "The cottages on your father's estates. Do the labourers sleep in beds?"/ [Talbot] "They are accustomed to the ground. They are happy there. They would not know what to do with a bedstood on legs!"/ [Prettiman] "You know nothing."/ [Talbot] "You are clearly seized of universal truths, Mr Prettiman. Some of us do not find them so easy to come by!"/ [Prettiman] "Some of us do not try to find them."/ [Talbot] "The established order ..."/ [Prettiman] "Is sick!"]

(23) William Golding, *To the Ends of the Earth*, p. 707. 原文 [They thought that one might walk round the coast to Sydney Cove, the weaker members riding in the wagons with which the aboriginals would provide them! Here, they thought, was a land of freedom, where crops and flocks grew themselves, black men and white men were eager to learn and serve and every white man was a little king with a gang of chastened convicts to keep the blacks in order!]

(24) William Golding, *To the Ends of the Earth*, p.708. 原文 [Despite all the increase to my reading and thinking which I got from the Prettimans, I can not but be a patriot! ... So seeing those bald lumps of land and hearing their names, King Island, Flinders Island, Cape Howe, I felt, even if I did not cry, "England for ever!"]

J. G. Farrell [1935-79]

J・G・ファレル

――『クリシュナプールの籠城戦』あるいは籠城する帝国(1)

板倉厳一郎

1　ポストコロニアル文学とJ・G・ファレル

『クリシュナプールの籠城戦』において、J・G・ファレルはヴィクトリア朝帝国主義の文化のまやかしが経済搾取にかぶせた付け刃に過ぎないことを白日の下にさらけ出す。いわゆる「セポイの反乱」のさなか、インド民族自決主義者たちに包囲されたイギリス人たちは、次々と襲いかかるセポイ、コレラ、飢餓に直面し、彼らの持つ使命感や全人類発展の理想が崩れていくことに気づく。ヴィクトリア朝文明の絶頂期を象徴する事物――ピアノ、彫像、書籍――が脆い保塁に積み上げられていくとき、ここにはっきりと文化と植民地征服が手と手を取り合うのである。(2)

これは単なるマイナー作家を扱った論文からの抜粋ではない。ジーン・リース（Jean Rhys, 1890-1979）、ジャーブヴァーラ（Ruth Prawer Jhabvala, 1927-）、V・S・ナイポール（V. S. Naipaul, 1932-）といった作家たちを論じたポストコロニアル文学研究書の冒頭部である。ここで重要なことは、『クリシュナプールの籠城戦』（*The Siege of Krishnapur*, 1973）でのブッカー賞受賞などかつては注目を集めたものの、英文学という学問領域で研究対象となってこなかったアングロ・アイリッシュ作家J・G・ファレル（J. G. Farrell, 1935-79）が、現在ポストコロニアリズムという文脈で再び脚光を浴びているという事実である。本邦では馴染みが薄いとしても、この作家を扱った博士論文はそれまで実質ゼロであった一九八八年以降着実に本数を伸ばしている。また、これまでに研究書や概説書がなかったわけではないが、一九九七年から九九年にかけて非常に目配りの利いた二冊の研究書と包括的な伝記が出版され、研究環境は整いつつあると言える。

本章の目的は、こうした批評の流れを踏まえ、ファレルが代表作『クリシュナプールの籠城戦』で採用した戦略を分析し、その政治的意味合いを考察することである。アングロ・アイリッシュの家庭に生まれ、一九六〇年代にマルクス主義の洗礼を受け、『トラブル』（*Troubles*, 1970）、『クリシュナプールの籠城戦』、『シンガポール・グリップ』（*The Singapore Grip*, 1978）[3]といういわゆる「帝国三部作」（Empire Trilogy）で評価を受け、ブッカー賞受賞パーティで当のブッカー・マコネル社の有色人種労働力搾取を批判して顰蹙を買った作者の手によるこれらの作品を帝国主義批判の書と見ることは易しい。この「帝国三部作」は一九一九—二一年のアイルランド紛争、一八五七年のセポイの反乱（あるいはインド第一次独立戦争）[5]、一九四一年のマラヤ植民地陥落といった大英帝国の危機を背景に植民地在住イギリス人の愚行を描いたものである。しかし、だからと言って、このことがファレルの反帝国主義を保証するわけではない。とりわけ『クリシュナプールの籠城戦』については「インド人の視点がない」など批判され[6]、「ヨーロッパ中心主義の枠組」「イギリス人の意識」に留まっているという手厳しい批判もある。[7] 彼を肯定的に捉える批評家の間でも、キプリング（Rudyard Kipling, 1865-1936）やコンラッド（Joseph Conrad, 1857-1924）のような帝国主義に荷担したのか否か決定的な見解の出ていない作家と比較されることが多いのも特筆すべき点であろう。そう考えると、この作家の用いた戦略や政治的立場が「帝国三部作の作者」という肩書きが予想させる以上に複雑なものであることが容易に理解されよう。ここでは、代表作『クリシュナプールの籠城戦』を取り上げてこの問題を解き明かし、ファレルの戦略を英文学史上に位置づけてみる。

2　ビロードを着た娘たち

『クリシュナプールの籠城戦』は、西欧の植民地表象、特に英文学におけるインド表象の意識的な再利用によって特徴づけられている。ファレルはインド・ネパール旅行の際にも現地のリサーチと同様にヴィクトリア朝からエドワード朝の文学の再読に力を入れていたほどである。[8] このため、この作品には趣向にも文体にも斬新さは見られない。伝統的リアリズムに堕した作品だという批判は極論にしても、[9] 一九七〇年前後の際立った芸術的実験――たとえば同じヴィクトリア朝を扱ったファウルズ（John Fowles, 1926-）の『フランス人副船長の女』（*The French Lieutenant's Woman*, 1969）――の前では時代錯誤のようにさえ見える。[1] あるいは、主題においてナボコフ（Vladimir Nabokov, 1899-1977）、手法においてヌーヴォーロマンの影響が顕著な『記憶の中の少女』（*A Girl in the Head*, 1967）と比べても伝統的という感は否めない。しかし、この凡庸な外観はそもそもファレルの計画していたものなのである。

ファレルは過去の文学作品の再利用によって英文学におけるインド表象の問題点を明るみに出す。過去の作家の試みをなぞるようでいて、同じ試みに異なった意味合いを持たせている。この典型的な例は作品の冒頭部に見られる。

クリシュナプールに初めて訪れ、東から町へやってきたとすれば、予想よりも数マイルほど早く辿り着いてしまったと誰しも思うことだろう。まだクリシュナプールからずいぶん離れたところで、緩やかな尾根を上りはじめる。そこから灼熱の太陽が歪められながら、向こうに町のようなものが見える。白く輝く壁や屋根、美しい木立、ひょっとしたら寺院らしい建物の円屋根まで見えるかもしれない。そこには果てしない平原が広がっている。来た道に何マイルも続いていたのと同じである。無味乾燥とした海原のように広がる禿げ上がった大地。その広大な大地に、点在する砂糖黍畑や芥子畑も呑み込まれて見えなくなってしまう。(11)

これを、E・M・フォースター（E. M. Forster, 1879-1970）の『インドへの道』（*A Passage to India*, 1924）の冒頭部と比較してみよう。

二〇マイル離れたところにマラバール洞窟があることを除けば、チャンドラポールは何の変哲もない町である。この町はガンジス河に洗われるというよりもむしろ切り取られ、土手に沿って数マイルほど延びている。その土手も溜め込んだごみのおかげでどこまでが土手なのかわからなくなっている。そして河岸の清めの石段もない。この辺りでは、ガンジスも聖河とは思われていないからだ。実際、河岸などはなく、市場が邪魔になって雄大で変化に富む河の流れなど見られない。町並みは見窄らしく、寺院は見栄えがしない。豪邸もないわけではないが、庭園のずっと向こうに潜んでいるか、招待を受けなければ通ることのない不潔な小路を進んだところに隠れている。[12]

既に指摘があるとおり、この二つの冒頭部はその試みにおいて非常に似通っている。ともにスペクタクルとは言い難い光景を提示することでインドを非神話化しているからだ。[13]インドの情景の非神話化によって、彼らはともにイギリス人が抱きがちな「神話的インド」を現実のインドと対峙させ、前者が西欧的想像力の産物に過ぎないことを作品の冒頭から警告する。しかし、ファレルは同じ試みをあえてフォースターのパロディを通して成し遂げている。ここでファレルは、「神話的インド」という英文学のインド表象における問題点のみならず、それに対する批判が英文学に内在していたことをも指摘している。植民者であるイギリス人の想像力も、被植民者のそれと同様、決して一枚岩的なものではないのである。

このようなイギリス人の意識の矛盾の指摘は、至るところに見受けられる。主人公の収税官ホプキンズ（Mr Hopkins）はロンドン大博覧会でのスローガン「科学精神は無知と偏見を克服する」（*The Spirit of Science conquers Ignorance and Prejudice*）が刻まれたレリーフを一番の宝としており（91）、西欧文明がインドを無知蒙昧から救うものと信じ込んでいる。また、彼は西欧科学文明がインドに与えた恩恵を考えたときにセポイが武装蜂起を企てる理由を理解できない。その一方で、彼は異教徒の信仰にも配慮しなければならないと感じ

(106-7)、宗教的理由からセポイの間で不満が起こったことに対してかなりの知識を持ち合わせている(170-71)。このような大英帝国臣民としての使命感と一個人としての現実認識の乖離は、ディズレイリ(Benjamin Disraeli, 1804-81)の発言にも見られるように、ヴィクトリア朝知識人の意識を反映したものである。[14] ファレルにとって、植民地イギリス人は一枚岩的な帝国主義者ではなく、このような矛盾に満ちた存在なのである。このグロテスクさが典型的に現れているのは収税官の私生活である。冷静すぎて情緒的に問題があるかのように見られる(その実、現代の読者と最も近い現状認識を持つ)スコットランド人医師マクナブ(Dr McNab)は、収税官の家を訪ねたときに次のように考える。

「ホプキンズさん、私はあなたのご家族のことについては何も存じません。」確かに彼は知らなかったが、まったく知らないというわけではなかった。つい先程も、マクナブはビロードの服を着た収税官の子供たちが公邸の廊下を乳母に連れられてゆくのを見かけたところであった。そのとき、彼はふと噂を思い出した。駐留地の他の子供たちがみな暑い気候に合わせて木綿やモスリンを着ているというのに、収税官の命令でこの子供たちはビロードやフランネルやウールの服を着続けなければならないという噂である。こんなに幼いというのに、彼女らは社会において分相応に振る舞わねばならないようだ。おそらく真夏のうだるような熱気で彼女らの顔が真っ赤になったのにたまたま気づかない限り、収税官は子供に夏服着用の許可を与えないのであろう。[15](61)

ここで収税官はインドへイギリスの社会をそっくりそのまま移植しようとしている。これはクリシュナプールの他のイギリス人にも見られる意識であり、その結果としてクリシュナプールはフォースターのチャンドラポールと同じように「イギリス的」になる。ティーパーティの場面（247-48）などはジェーン・オースティン（Jane Austen, 1775-1817）さながらである。[16] そこでは、イギリスとインドという地理的な差異は無視され、インドの文化や社会はもとより物理的現実でさえイギリスのそれと置換可能であるかのように振る舞われている。ところが、その一方で収税官はインドの現実を誰よりも知っている。現地民の貧困、大英帝国支配の問題点、暴動の状況、そしてセポイ暴動の危険性に対するイギリス人共同体の楽観派と悲観派の分裂など、行政長官や将軍や司祭とは比較にならない知識を持ち、その点につき彼なりに検討している。しかし、結果として彼の行為は、彼が自宅に積み上げた保塁と同様、共感され難いグロテスクなものとなっている。

ファレルは英文学におけるインド表象を意図的に引用し、その矛盾を白日の下にさらす。『クリシュナプールの籠城戦』は、英文学のインド表象の基盤となってきた帝国主義的ないし植民者的な言説がグロテスクな姿を現わすよう極めて意識的に構成されているのである。

3　セポイの幽霊

『クリシュナプールの籠城戦』と帝国主義の問題を考えるとき、フラーリ（George Fleury）の果たす役割を無視することは出来ない。彼は反帝国主義者のような言動でインドのイギリス人社交界に「デビュー」しながら、結末部では帝国主義に順応した凡庸な紳士へと変貌を遂げるからである。作者からそれなりの同情をもって描かれ、植民地支配者層に椙突く虚弱体質でロマン派かぶれの文学青年が社会的に認められた帝国主義の先兵へと「成長」するという筋立ては、帝国主義的なイデオロギーの基に成り立っているかのように見える。新参者のイニシエーションという「ボーイズ・オウン」（Boy's Own）の成長物語ないしセポイの反乱を描いた通俗文学――いわゆる「セポイ小説」（Mutiny romance）――を支えたポピュラー・ナラティヴを想起させるからである。[17] しかし、この一見した危うさもまた、小説の「伝統的」な外観と同様ファレルが仕掛けた罠なのである。

まず確認しなければならないことは、ロマン派詩人のフラーリがそもそも初めから植民地主義的な思想の持ち主だということである。なるほど、彼は西欧文化の優位性と科学万能主義を否定している。しかし、この彼の発言は単なる科学万能主義に対するロマン派的反発に他ならない。そして、彼のロマン派への傾倒は表面的なものではなく、彼の世界観の基盤となっている。インドに到着した彼は、クリシュナプールに向かう途上で次のように物思いに耽る。

フラーリにとって、インドはエキゾチックなものと恐ろしく退屈なものが一体となった土地であった。[18] しかし、そのことがインドを（シャトーブリアンの愛読者の彼にとって）魅力的なものにしていた。（24）

ここでシャトーブリアン（François René Chateaubriand, 1768-1848）が挿入句に登場することで、フラーリのオリエンタリスト的性質が強く印象づけられる。サイードが分析したように、シャトーブリアンにとってオリエントとは「再び野蛮状態に入った文明人」（civilized man fallen again into a savage state）であり、そのため彼はオリエントを「我が物にし」（appropriate）、「表象し」（represent）、「代弁する」（speak for）必要性に駆られた。[19]

シャトーブリアンのしばしば現実と遊離したロマン派的な理想論は、西欧によるオリエントの再編成であり、その意味でこれはオリエントを文化的に従属させる植民地主義の基盤となり得る。[20] インド体験のなかった時点でフラーリがこのような幻想を持っていたことは、オリエンタリズムの本質――オリエントの現実とは無関係な西欧の願望[21]――が彼にあったことを示していよう。小説の比較的早い段階でオリエンタリストとしてのシャトーブリアンとフラーリが重ね合わせられることで、この凡庸なイギリス詩人の理想論を鵜呑みにしないよう読者は警告を与えられているのである。そして彼がイギリスで教育を受けて西欧科学文明崇拝者となったマハラジャの息子に「神話的インド」こそインドのあるべき道だと説得するとき（84-88）、彼は十九世紀初期にシャトーブリアンが言語活動を通じて行ったことを忠実に実践していると言える。

このように考えれば、フラーリが戦闘のさなかに帝国主義の先兵と変貌することに何ら不思議はない。フラーリにとってインド讃美は本質的なものではないからである。事実、彼にとって「神話的インド」とは西欧の想像力が生み出したステレオタイプの一つに過ぎず、それはまったく別のステレオタイプと交換可能なものである。戦闘前フラーリが念頭に置いていた高貴な野蛮人は、戦闘中に身の危険を感じたとき、悪魔的な人物へとすり変わる。

こいつは幽霊か？　僕にとり憑くためにこの世に戻ってきたのか？　いや、不幸にもそれは違った。このセポイは亡霊などではなかった……それどころか逆に、以前よりも現実的に見えた。喉元に赤い蚯蚓《みみず》腫れさえついていた。首を締め付けていたヴァイオリンの弦の跡である。そのうえ、クスクス笑って何やらおかしいことをヒンズー語で言っているようだ。無煙炭のような黒々とした目をぎらつかせて、ときどき

自分の首を指さし、何かいつになく大当たりのジョークを笑うかのように首を振っている。(322)[22]

この場面の真相は、フラーリが十五連式拳銃の掃除中に襲ってきたセポイの首をヴァイオリンの弦で締め上げたものの、セポイは気絶しただけですぐに正気を取り戻したということである。しかし、ここでセポイがフラーリにとって死んでも甦る怪物として映っていることに注目しておこう。この怪物は彼の恐怖心の投影物に他ならない。そして、そこにはイギリス人である彼の脳裡にあらかじめ焼き付けられていた偏見に満ちたイメージ[23]——中世以来の「悪魔的な東洋人」(devilish exotics) あるいは「動物的」(bestial) な黒人というイメージがはっきりと見て取れる。収税官がチャパティの配布 (13-14) や篝火の謎めいた明滅 (187) に意味を見出せずに不安にとらわれるのと同様、フラーリはセポイの話すヒンズー語を理解できずに恐怖を感じる。篝火《かがりび》も未知の言語も、彼らにとって文明の前段階にある始源的なものと映っている。そしてこうした始源的なものに対する恐怖とは、オリエンタリストのように始源的なものを賞揚する行為と正反対のように見えて、実は表裏一体のものである。[24] その奥に働いているのは、異民族、異文化という差異ないし他者性を固定するという植民地主義の心理的メカニズムに他ならない。[25]

フラーリの「成長」とは、結局のところ潜在的な文化帝国主義者が帝国主義の先兵へとその装いを変えただけで、その根底に植民地主義者の意識が存在していることに変わりはない。ファレルは表面的な反帝国主義の標榜がフラーリのロマン派かぶれと同様意味のないことを熟知していたのであろう。

4　シェイクスピアの禿頭

ファレルの戦略は、英文学に内在していた植民地主義的言説を批判的に援用し、その矛盾を明るみに出すというものであり、これをマルクス主義者グラムシ（Antonio Gramsci, 1891-1935）の言葉を借りて「カウンター・ヘゲモニー的」（counter-hegemonic）思考と呼ぶことが出来よう。[26] カウンター・ヘゲモニーとは、覇権（hegemony）を簒奪することではなく、分子的（molecular way）に覇権を崩壊させることによる反体制運動である。文化政治学的な文脈で言えば、現在の支配的言説とは別の言説を支配的言説として打ち立てるのではなく、現在の支配的言説の制御能力を機能不全に至らしめることに当たる。

ファレルのカウンター・ヘゲモニーは、支配的言説が文脈を置き換えられることで異形を呈し、自己矛盾を来すことによって成立する。冒頭で触れたジュディ・ニューマンが分析したシェイクスピア（William Shakespeare, 1564-1616）の電気鋳像の一節がその好例であろう。収税官は戦争の長期化に伴う弾薬不足を学者のように達観して考える。

この火薬不足という事態において最大の効果を発揮したのは、疑いもなく収税官秘蔵の電気鋳像の頭部であった。これをもはや欠くことのできないものとなったチュートンズ社の鑢《やすり》で胴体から切り離したのである。この頭部のうち最大の威力を発揮したのは、さほど驚くに当たらないかもしれないが、シェイクスピアの頭である。これにはジャングルから一列縦隊で進軍してくるセポイたちは呆気にとられたままなぎ倒された。収税官は、この点におけるシェイクスピアの成功は、その禿頭ゆえの弾道学的適性と大いに関係があったのではないかと考察した。(333)[27]

ここで啓蒙活動という大義名分と植民地主義が表裏一体のものであることが明らかにされる。[28]その意味で、これは後の収税官の「文化はまやかし」という認識(343)に結びつく重要な政治的メッセージである。ところが、ここで収税官は表面上反帝国主義の言説などまったく使っていない。彼は純粋に籠城戦の戦略上の問題を考えているだけである。シェイクスピアが文化帝国主義の核となってきた(そして現在でもなっている)ことに彼[29]が気づいているかどうかさえわからない。それでいてこの「シェイクスピアの禿頭」が強い植民地主義批判たり得るのは、英文学の正典としてのシェイクスピアが弾道学的適性を持つ球形の金属片として現れることで、英文学ないしイギリス文化教育によるインドの啓蒙という支配的言説の欺瞞を明るみにしてしまうからである。これは、収税官が洗濯に励むという分不相応の行為をするくだり(255)と同様である。この場面でも、彼は極めてイギリス的な功利主義を極限に推し進めているだけで(256)、植民地に根付いた階級と人種により規定された役割分担に疑問を呈しているわけではない。ところが、これがクリシュナプールの支配階級を困惑させる。ここに見られるように、ファレルは被植民者の視点や反帝国主義的言説を用いずに帝国主義の言語だけで帝国主義を批判しているのである。

『クリシュナプールの籠城戦』において、支配的言説の崩壊はクリシュナプールのイギリス人社会の周縁に位置する新参者のフラーリや女性のミリアムやスコットランド人のマクナブ医師によってではなく、まさに支配者の倫理的中心とも言える収税官の変化によって劇化されている。功利主義も弾道学も宗主国側の視点であり、その意味で彼は植民地主義者の言語体系から一歩たりとも外に出ることはない。ところが、その用法において大きく逸脱しているため、通常の用法とはまったく異なる効果を生み出してしまう。これは、グラムシとバフチン（Mikhail Bakhtin, 1895-1975）がともに（しかし異なった文脈で）あとづけた日常の言語使用と規範文法（normative grammar）ないし公用語（official language）の社会＝政治的関係に似ている。言語が一定の社会的集団の世界観の基盤になると仮定して、[30]支配的言説の強制である規範文法や公用語は社会集団の現実認識を歪めることによってしか成立しない。しかし、グラムシによれば、現実認識とは基本的に批判的に省みられず矛盾に満ちたまま放置された世界観の集積であり、決して理路整然としたものではない。[31]その個々の現実認識に迫るとき、規範文法や公用語は自らが現実と遊離して「化石化した」（fossilized）ものであることを露呈し、グラムシの言う「方言」（dialect）へと分解する。[32]これと同様、収税官の使う植民地主義者の言語は、それが前提としていない現実を目の前に脆くも崩れさる。

さらに言えば、グラムシやバフチンが疑義を投げかけた規範文法や公用語と同様、収税官が持っていた植民地イギリス人社会の言語体系の存在にも疑問が付される。収税官は一九世紀大英帝国の優秀さを高らかに訴えるさなか、セポイの砲撃を受けて次のように感じる。

> 先程まで誇らしげに持っていた十九世紀の優秀さという考えは、彼が既に失った信念に基づくものでしかなかった。その信念は先程までかゆいのでそこについているだろうと思っていたのだが、実際は感触だけは残っていても実在しない切断された四肢のようなものだった。（216-17）[33]

十九世紀西欧文明の優秀さは帝国主義の中核をなす信念である。ところが、これは「切断された四肢」に過ぎず、そのことに収税官自身気づいていたのである。植民地インドにおける支配的言説とは、そもそも支配者のなかでさえも幻想としてしか成立し得ないものであり、ファレルのグラムシ的な戦略によってその欺瞞が暴かれているのだと言えよう。

5　中間者の戦略

帝国主義を内部から自己批判させるというファレルのカウンター・ヘゲモニー的戦略は、いわゆるポストコロニアル作家たちの試みと近接している。もちろん、ファレルは旧植民地出身者といってもたかだかアングロ・アイリッシュであり、彼の英語や英文学に対する抵抗感は非白人／非英語母語者のそれとは比べるべくもない。だが、伝統的なインド表象といういわば英文学の「規範文法」「公用語」を引用することで、それ自身を転覆させるという試みは、ポストコロニアル作家たちの文化政治学的な試みと極めて近い。というのも、この二者はともに言語的ハイブリディティ（linguistic hybridity）の創出を通じて植民地表象批判を成し遂げているからである。

言語的ハイブリディティとポストコロニアル作家たちの文化政治学はそもそも深く結びついている。バフチンによれば、言語的ハイブリディティとは一つの言語表出（utterance）において異なる複数の言語意識（linguistic consciousness）が反映された状態であり、「公用語」の権威を転覆させるという政治的意味合いを持つ。(34)

そして、バフチンが分析した言語状況を植民地支配の状況に敷衍させたのがバーバ（Homi K. Bhabha, 1949-）である。[35] 植民地表象が複数の言語意識を反映せざるを得ないとき、存在しないはずの知の枠組や意識が混入することで支配的言説の権威は瓦解する。[36] この言語的ハイブリディティは植民地表象が抱えてきた問題点であり、それを意識的に行っているのがこんにち「ポストコロニアル」と形容される作家たちである。

ファレルの戦略は近年の英文学の動きを概観する上で重要な意味合いを持つ。アイルランド人の家庭に生まれながら『トラブル』においてシンフェイン党員の立場から書けなかったように、彼はインド人の視点を持ち得ない。アイリッシュ・ゲーリックを解さない彼には非白人／非英語母語者の作家たちのようなクレオールという武器はない。イングランドで中等教育を受け、アイルランドの親英的パブリックスクールで教鞭を執り、オックスフォード大学を卒業した彼には非イングランド的な文化的枠組を参照することもできない。しかし、このことは被植民者としての体験を持たない現代の多くのエスニック・マイノリティ作家――ハニフ・クレイシ（Hanif Kureishi, 1954-）からゼイディ・スミス（Zadie Smith, 1975-）まで――に共通する事実である。『クリシュナプールの籠城戦』はそういった作家たちに一つの方向性を指し示した作品であり、この理由ゆえにこういった作品群を「ポストコロニアル」とは違った範疇――たとえば「ポストインペリアル」――で括るべきだという論考も見られるようになった。[37] いずれにせよ、クレオールや異文化の枠組の参照よりも、ファレルのような英文学の英文学による異化といった戦略の方が移民二世以降のエスニック・マイノリティ作家たちに支持されていることは事実である。

ファレルがこのような戦略を持つに至った経緯を実証するのは不可能に近いが、その一つの要因として彼のアングロ・アイリッシュとしての特殊性を挙げることが出来よう。親英的な家庭に生まれ、アイルランドの旧家を自称する母方の親族を持ち、イングランドとアイルランドを往復する少年時代を過ごした彼は、純粋なイングランド人でもなければアイルランド人でもない。クレイシの描くパキスタン系移民二世のように「宙ぶらりんのどっちつかず」(in-between)である。[38] 彼の政治的関心が高まったのはオックスフォード休学中、アイルランドで過ごしたポリオ治療後の予後観察期である。そこで大英帝国の終焉を強く印象づけるスエズ動乱のニュースを貪るように読み、彼はオックスフォードの花形ラグビー選手から痩せこけて陰気な落ちこぼれ学生へと変わり果てる。彼はアイルランド人として旧宗主国イギリスの帝国主義には批判的でありながら、植民地や国家的威信や国際的名声を失いつつある大英帝国にラグビーで鍛え上げた肉体を失いつつある自分を重ね合わせていた。[39] この後彼は法学専攻を辞め、オックスフォードというイングランドの文化の中心から距離を置くのだから、彼のフランス共産主義など反体制運動への共感がまったくの口先だけのものとは言い難い。しかし一方で、彼はそういった運動に直接的には荷担しない。結局のところ、彼は旧植民地側にも旧宗主国側にもつくことが出来ない「宙ぶらりんのどっちつかず」なのである。彼のデビュー作『余所者』(*A Man from Elsewhere*, 1963)が病床にある作家の共産主義に対する「裏切り」をめぐる物語であり、その真相を探るジャーナリストを主人公としていたことは象徴的である。彼は体制側にも反体制側にもつけない代わりに、その双方の意識を反映させるという手法を編み出したのであろう。

ファレルのカウンター・ヘゲモニーは、彼のような「宙ぶらりんのどっちつかず」のための戦略と言える。これはもちろんファレルにおいて始まったことではないし、終わったことでもない。近年示唆されはじめた通り、アイルランド英語文学は常に上述したような広義の言語的ハイブリディティを創出することで自らの文化政治学的立場を明らかにしてきたとも言えるからだ。[40] しかし、ファレルが「帝国三部作」という壮大な計画において帝国主義と向き合ったとき、アングロ・アイリッシュを含む「中間者たち」の文化的＝政治的立場の複雑さが明るみに出されたと言っても過言ではない。

註

（1）本稿は、日本英文学会第七三回大会（二〇〇〇年五月）研究発表「化粧する帝国―*The Siege of Krishnapur* 試論―」を大幅に改稿したものである。

（2）Judie Newman, *The Ballistic Bard: Postcolonial Fictions* (London: Arnold, 1995): p. 1. 原文 [In *The Siege of Krishnapur* J. G. Farrell sets out to expose the sham of Victorian Imperialist culture as a veneer over exploitation. Besieged by Indian nationalists, in the so-called Indian Mutiny, the British find both their sense of mission and their ideals of universal progress collapsing in the face of the need to defend themselves against the successive onslaughts of sepoys, cholera and starvation. Culture and conquest go visibly hand in hand here, as the artefacts representing the high tide of Victorian civilisation—pianos, statues, books—go to shore up the fragile siege defences.] なお、邦訳の有無に関わらず訳文は拙訳を使用する。

（3）ファレルの小説の題名はしばしば翻訳が難しい。『トラブル』では標題の「トラブル」(troubles) は直接的にはアイルランド内乱を指すが、フィアンセと会えないなどの主人公に降り懸かる災難をも指す。また、『シンガポール・グリップ』では、標題の「シンガポール・グリップ」(the Singapore Grip) が何を指すのか小説中では明かされない。

（4）Ralph J. Crane and Jennifer Livett, *Troubled Pleasures: The Fiction of J. G. Farrell* (Dublin: Four Courts, 1997): 35; Lavinia Greacen, *J. G. Farrell: The Making of a Writer* (London: Bloomsbury, 1999): pp. 107-8.

（5）日本語の「セポイの反乱」は、イギリス英語では普通 the Indian Mutiny, the Sepoy Mutiny, the Sepoy Rebellion, the Sepoy Revolt と呼ばれるが、インドでは特に the First War of Independence と呼ばれている。Ralph J. Crane, *Inventing India: A History of India in English-Language Fiction* (London: Macmillan, 1992): p. 11.

（6）Margaret Drabble, 'Things Fall Apart' in J. G. Farrell, *The Hill Station*, Ed. John Spurling (London: Weidenfeld, 1981):

p. 171; J. M. Rignall, 'Walter Scott, J. G. Farrell and the Fictions of Empire' *Essays in Criticism* 41.1 (January 1991): p. 24.

(7) Patricia Waugh, *Harvest of the Sixties: English Literature and its Background 1960 to 1990* (Oxford: Oxford UP, 1995):p. 202.

(8) Greacen, *op. cit.*, pp. 190-92.

(9) Malcolm Bradbury, *No, Not Bloomsbury* (London: Arena, 1989): p. 101.

(10) Peter Morey, *Fictions of India: Narrative and Power* (Edinburgh: Edinburgh UP, 2000): p. 112.

(11) J. G. Farrell, *The Siege of Krishnapur* (London: Weidenfeld, 1973): p. 3. 原文 [Anyone who has never before visited Krishnapur, and who approaches from the east, is likely to think he has reached the end of his journey a few miles sooner than he expected. While still some distance from Krishnapur he begins to ascend a shallow ridge. From here he will see what appears to be a town in the heat distorted distance. He will see the white glitter of walls and roofs and a handsome grove of trees, perhaps even the dome of what might be a temple. Round about there will be the unending plain still, exactly as it has been for many miles back, a dreary ocean of bald earth, in the immensity of which an occasional field of sugar cane or mustard is utterly lost.] 以後、この作品への言及は括弧内に頁数のみ示す。

(12) E. M. Forster, *A Passage to India* (London: Arnold, 1978): p. 2. 原文 [Except for the Marabar Caves—and they are twenty miles off—the city of Chandrapore presents nothing extraordinary. Edged rather than washed by the river Ganges, it trails for a couple of miles along the bank, scarcely distinguishable from the rubbish it deposits so freely. There are no bathing-steps on the river front, as the Ganges happens not to be holy here; indeed there is no river front, and bazaars shut out the wide and shifting panorama of the stream. The streets are mean, the temples ineffective, and though a few fine houses exist they are hidden away in gardens or down alleys whose filth deters all but the invited guest.]

(13) Allen Greenburger and Edith Piness, 'The Legacy of the Raj: J. G. Farrell's *The Siege of Krishnapur*' *Indo-British Review* 11.1 (1984): pp. 112-17; Crane, *Inventing India*, pp. 30-31.

(14) Patrick Brantlinger, *Rules of Darkness: British Literature and Imperialism, 1830-1914* (Ithaca, New York: Cornell UP, 1988): p. 202.

（15）原文 [‘Mr Hopkins, I know nothing of your personal life.’ This was almost true, but not quite. A short time earlier McNab had happened upon the Collector’s children in a velvet brood being escorted by their *ayah* along one of the Residency corridors. And he had remembered hearing that it was by the Collector’s order that these children continued to wear velvet, flannel and wool, while the other children in the cantonment were dressed in cotton or muslin for the hot weather. Even as children, it seemed, they had a position to keep up in the community. Only perhaps in the hottest period, when he chanced to notice how red-faced his offspring had become, might the Collector permit a change to summer clothing.]

（16）Ronald Binns, *J. G. Farrell* (London: Methuen, 1986): pp. 73-74.

（17）Daniel Lea, ‘Parodic Strategy and the Mutiny Romance in *The Siege of Krishnapur*’ Ralph J. Crane ed., *J. G. Farrell: The Critical Grip* (Dublin: Four Courts, 1999): pp. 67-69.

（18）原文 [To Fleury India was a mixture of the exotic and the intensely boring, which made it, because of his admiration for Chateaubriand, irresistible.]

（19）Edward W. Said, *Orientalism: Western Concepts of the Orient* (1978. London: Penguin, 1995): p. 171, p. 174.

（20）*Ibid*., 12; Robert J. C. Young, *Colonial Desire: Hybridity in Theory, Culture and Race* (London: Routledge, 1995): pp. 159-60.

（21）Young, *op. cit*., p. 160.

（22）原文 [Was he a spectre returning to haunt Fleury? No, unfortunately he was not. The sepoy was no phantasm… on the contrary, he looked more consistent than ever. He even had red welts around his throat where the violin strings had been choking him. Moreover, he was chuckling and making humorous observations to Fleury in Hindustani, his eyes gleaming as black as anthracite, pointing at his neck occasionally and shaking his head, as if over an unusually successful jest.]

（23）Glenn Jordan and Chris Weedon, *Cultural Politics: Class, Gender, Race and the Postmodern World* (Oxford: Blackwell, 1995): pp. 260-64, 289-92. なお、黒人（black）という語がインド人やアボリジニを含む有色人種全般に向けられていたことも付記しておく。

（24）Bill Ashcroft, Gareth Griffiths and Helen Tiffin, *The Empire Writes Back: Theory and Practice in Post-Colonial Literatures*

(1989. London: Routledge, 1998): pp. 157-58.

(25) Homi K. Bhabha, *The Location of Culture* (London: Routledge, 1994): pp. 70-71.

(26) John McLeod, 'Exhibiting Empire in J. G. Farrell's *The Siege of Krishnapur' Journal of Commonwealth Literature* 29.2 (1994): p. 130.

(27) 原文 [Without a doubt the most effective missiles in this matter of improvised ammunition had been the heads of his electro-metal figures, removed from their bodies with the help of Tutons' indispensable file. And of the heads, perhaps not surprisingly, the most effective of all had been Shakespeare's; it had scythed its way through a whole astonished platoon of sepoys advancing in single file through the jungle. The Collector suspected that the Bard's success in this respect might have a great deal to do with the ballistic advantages stemming from his baldness.]

(28) Newman, *op. cit*., pp. 1-2.

(29) Sneja Gunew, *Framing Marginality: Multicultural Literary Studies* (Carlton, Victoria: Melbourne UP, 1994): pp. 28.

(30) Antonio Gramsci, *Selections from the Prison Notebooks*, eds. And trans. Quintin Hoare and Geoffrey Nowell-Smith (London: Lawrence, 1971): pp. 341-51.

(31) Gramsci, *op. cit*.., pp. 323-41.

(32) Antonio Gramsci, *Selections from Cultural Writings*, eds. David Forgacs and Geoffrey Norwell-Smith, trans. William Boelhower (Lodon: Lawrence, 1985): 170-72; Craig Brandist, 'Gramsci, Bakhtin and the Semiotics of Hegemony', *New Left Review* 216 (March-April 1996): pp. 99-100. グラムシのカウンター・ヘゲモニーとバフチンのカーニヴァルの違いについては、Brandist, op. cit., pp. 101-2.

(33) 原文 [This notion of the superiority of the nineteenth century which he had just been enjoining had depended on beliefs he no longer held, but which had just now been itching, like amputated limbs which he could feel although they no longer existed.]

(34) M. M. Bakhtin, *The Dialogic Imagination: Four Essays by M. M. Bakhtin* (Austin, Texas: U of Texas P, 1981): pp. 358-66.

(35) Bhabha, *op. cit.*, pp. 112-13; Young, *op. cit.*, pp. 20-26.

(36) Bhabha, *op. cit.*, pp. 114-15.

(37) John McLeod, 'J. G. Farrell and Post-Imperial Fiction' in Crane, *Critical Grip*, pp. 178-95.

(38) Hanif Kureishi, *My Beautiful Laundrette and Other Writings* (London: Faber, 1996): p. 19.

(39) Greacen, *op. cit.*, pp. 101-2.

(40) Stephanie Bachorz, 'Postcolonial Theory and Ireland: Revising Postcolonialism', in Aaron Kelly and A. Gillis (eds), *Critical Ireland: New Essays in Literature and Culture* (Dublin: Four Courts, 2001): 6-7. なお、この論考では、本稿とやや異なる文脈であるが、グラムシのカウンター・ヘゲモニーとアイルランド文学の関連性についても触れられている。

あとがき

いわゆる「英文学」が、英国の植民地主義や帝国主義を生み出した時代とほぼ同時期に成立したものであり、これらが実は同じイデオロギー的な風土に根ざしていることは、最近のいわゆるポストコロニアル文学批評によって指摘されているところである。また「異文化」や「他者」が「英文学」の中でどう描かれてきたかというテーマが、新たな英文学研究の視点として注目され、研究も盛り上がりを見せている。この流れを背景として、シェイクスピア以後の英文学作品の再評価、あるいは読み直しの試みが、様々な形で行われ出版も相次いでいる。しかしこれらの出版は、植民地主義と帝国主義という歴史を経て、英語を押し付けられ、英語で書かざるを得なかった、いわば「英文学」の周辺にいる作家や批評家を中心になされてきている。

このような現状を踏まえ、本書の編者である山崎弘行が、「英国近現代作家のアジアの表象――その限界と可能性について」のテーマのもとでシンポジウム（中国四国イギリス・ロマン派学会）を行ったのは二〇〇〇年六月のことである。このシンポジウムの発表者の一人であった池下幹彦が、その当日に山崎に本書の出版を発案し賛同を得て、それから数週間のうちに、この分野での論文を発表しつつあった吉本他十数人に声を掛け、書物という形に結実させようとした。偶然の出会いも含め、なんとか十一名でプロジェクトは見切り発車したのであるが、最後まで「生き延びた」九名で、この分野に最も明るい山崎の指導のもと、シェイクスピアから、イェイツ、ジョイス、エリオットまでの「正典（キャノン）」、大衆小説作家ハガードらの異文化表象、さらに英国最初の植民地としてのアイルランドの作家とインド、アジアの関係にまで視野にいれた幅広い論考を、このように世に問うことができることになった、というのが本書誕生までの経緯である。

本研究は、日本という、「英文学」に対して特殊な立場にある国の研究者が、「英文学」の「正典」を読むときどのようなことが言えるのか、「英文学の内なる外部」と題して、主要な作家を年代順に取り上げて考察し、歴史的変遷を追いながら、問題の全体像を明らかにしようとする試みである。その中心テーマとして、「ポストコロニアル」と「文化の混交（ハイブリディティ）」の問題を据えて、その意義付けに、それぞれの論者が各人各様のスタンスから、ひとつの見通しを示そうとしている。「ポストコロニアル」や「ハイブリディティ」の問題に関する議論は、文化人類学やカルチュラル・スタディなどの分野で盛り上がりを見せているが、「英文学」の「キャノン」に関する研究で、この問題を中心に取り上げたものは少なく、このような本の出版は国内外でもかつてないものであり、文学に限らず様々な人文科学への新たな問題提起となることを期待する所存である。

この本の出版は、中村裕英と松柏社森信久社長との信頼関係、編集及び事務作業を一手に引き受けてくれた池下幹彦の努力、また姫路獨協大学からの相当額の出版助成金なしには成立しえなかったことを記しておく。最後に、この本の編集作業中になにかと細心のご配慮をいただいた松柏社編集部の里見時子氏のご厚意に深く謝意を表する。

二〇〇二年晩秋　執筆者を代表して　吉本和弘

参考文献

【英文参考文献】

Ahmad, A. *In Theory: Classes, Nations, Literatures*. London: Verso, 1992.

Allen, Richard and Harish Trivedi, eds. *Literature & Nation: Britain and India 1800-1990*. London: Routledge, 2000.

Ashcroft, Bill, Gareth Griffiths and Helen Tiffin, eds. *The Empire Writes Back: Theory and Practice in Post-colonial Literatures*. London: Routledge, 1989.［邦訳：『ポストコロニアルの文学』木村茂雄訳、青土社、１９９８年］

Bakhtin, M. M. *The Dialogic Imagination: Four Essays*, ed. by Michael Holquist. Austin: U of Texas P, 1981.

Bhabha, Homi K. *The Location of Culture*. London and New York : Routledge, 1994.

Bivona, Daniel. *Desire and Contradiction: Imperial Visions and Domestic Debates in Victorian Literature*. Manchester: Manchester UP, 1990.

——. *British Imperial Literature, 1870-1940: Writing and the Administration of Empire*. Cambridge: Cambridge UP, 1998.

Boehmer, Elleke. *Colonial & Postcolonial Literature*. Oxford: Oxford UP, 1995.

Brah, Avtar and Annie E. Coombes, eds. *Hybridity and its Discontents: Politics, Science, Culture*. London and New York: Routledge, 2000.

Chambers, Iain and Lidia Curti, eds. *The Post-Colonial Question: Common Skies, Divided Horizons*. London: Loutledge, 1996.

Cheyfitz, Eric. *The Poetics of Imperialism: Translation and Colonization from The Tempest to Tarzan*. Oxford: Oxford UP, 1991.

Chrisman, Laura and Benita Parry, eds. *Postcolonial Theory and Criticism*. Cambridge: D. S. Brewer, 1999.

Eagleton, Terry, Frederic Jameson and Edward W. Said. "Introduction" by Seamus Deane, *Nationalism, Colonialism and Literature*. Minneapolis: U of Minnesota P, 1990.［邦訳：『民族主義・植民地主義と文学』増渕正史・安藤勝夫・大友義勝訳、法政大学出版会、１９９６年］

Eldridge, C. C. *The Imperial Experience*. London: Macmillan, 1996.

Gikandi, Simon. *Maps of Englishness: Writing Identity in the Culture of Colonialism*. New York: Columbia UP, 1996.

Joseph, May and Jennifer Natalya Fink, eds. *Performing Hybridity*. Minneapolis and London: U of Minnesota P, 1999.

Loomba, Ania. *Colonialism / Postcolonialism*. London and New York: Routledge, 1998. ［邦訳：『ポストコロニアル理論入門』吉岡ゆかり訳、松柏社、２００１年］

MacKenzie, John M. *Imperialism and Popular Culture*. Manchester: Manchester UP, 1986.

McClintock, Anne. *Imperial Leather: Race, Gender, and Sexuality in the Colonial Context*. London and New York:

Routledge, 1995.

Robbins, Ruth and Julian Wolfreys, eds. *Victorian Identities: Social Culture Formations in Nineteenth-century Literature*. London: Macmillan, 1996.

Rosello, Mireille, ed. *Practices of Hybridity*. Edinburgh: Edinburgh UP, 1995.

Said, Edward W. *Orientalism*. New York: Georges Borchardt Inc., 1978.［邦訳：『オリエンタリズム』今沢紀子訳、平凡社、１９８６年］

——. *Culture and Imperialism*. London: Chatto & Windus, 1993.［邦訳：『文化と帝国主義　１』大橋洋一訳、みすず書房、１９９８年、『文化と帝国主義　２』大橋洋一訳、みすず書房、２００１年］

——. *Reflections on Exile and Other Essays*. Cambridge, Massachusetts: Harvard UP, 2000.

Spivak, G. C. 'Can the Subaltern Speak?' in *Marxism and the Interpretation of Culture*, eds. by S. Nelson and L. Grossberg. Urbana: U of Illinois P, 1988.［邦訳：『サバルタンは語ることができるか』上村忠男訳、みすず書房、１９９８年］

——. *The Post-Colonial Critic: Interviews, Strategies, Dialogues,* ed. by Sarah Harasym. New York and London: Routledge, 1990.［邦訳：『ポスト植民地主義の思想』清水和子・崎谷若菜訳、彩流社、１９９２年］

Tiffin, Chris and Alan Lawson, eds. *De-Scribing Empire: Post-colonialism and Textuality*. London: Routledge, 1994.

Vaughan, Alden T. and Virginia M. Vaughan. *Shakespeare's Caliban: A Cultural History*. Cambridge: Cambridge UP, 1991.［邦訳：『キャリバンの文化史』本橋哲也訳、青土社、１９９９年］

Werbner, Pnina and Tariq Modood, eds. *Debating Cultural Hybridity: Multi-Cultural Identities and the Politics of Anti-*

Racism. London: Zed Books 1997.
Young, Robert J. C. *Colonial Desire: Hybridity in Theory, Culture and Race.* London and New York: Routledge, 1995.
——. *White Mythologies: Writing History and the West.* London and New York: Routledge, 1990.

【和文参考文献】

青木保『異文化理解』岩波書店、２００１年
今福龍太『クレオール主義』青土社、１９９４年
大石俊一『英語帝国主義論——英語支配をどうするのか——』近代文芸社、１９９７年
大杉高司『無為のクレオール』岩波書店、１９９９年
加藤周一「日本文化の雑種性」（『加藤周一セレクション5』所収）平凡社、１９９９年
川口喬一編『文学の文化研究』研究社出版、１９９５年
姜尚中『オリエンタリズムの彼方へ』岩波書店、１９９６年
姜尚中編『ポストコロニアリズム』作品社、２００１年
木下卓・笹田直人・外岡尚美編著『多文化主義で読む英米文学』ミネルヴァ書房、１９９９年
木畑洋一編著『大英帝国と帝国意識——支配の深層を探る』ミネルヴァ書房、１９９８年
駒井洋編著『脱オリエンタリズムとしての社会知——社会科学の非西欧的パラダイムの可能性——』ミネルヴ

ァ書房、1998年
小森陽一『ポストコロニアル』岩波書店、2001年
佐々木英明編著『異文化への視線』名古屋大学出版会、1996年
武田泰淳「女の国籍」(『武田泰淳全集』第1巻所収)筑摩書房、1971年
トドロフ、ツヴェタン『歴史のモラル』大谷尚文訳、法政大学出版、1993年
富山太佳夫編『文学の境界線』研究社出版、1996年
福田恆存「文化とはなにか」(『福田恆存全集第3巻』所収)文藝春秋、1988年
正木恒夫『植民地幻想』みすず書房、1995年
山形和美『差異と同一化——ポストコロニアル文学論』研究社出版、1997年
度會好一『世紀末の知の風景——ダーウィンからロレンスまで』南雲堂、1992年
複数文化研究会編『〈複数文化〉のために——ポストコロニアリズムとクレオール性の現在』人文書院、1998年
『現代思想1999年7月号 スピヴァク』第27巻第8号、青土社、1999年
『批評空間 ポストコロニアルの思想とは何か』第Ⅱ期第11号、太田出版、1996年

さくいん

アーカイブ　archive　242
愛国心　love of nation　167, 198, 363, 364
アイデンティティ神話　the myth of identity　6, 19, 25, 276, 279, 282, 347, 352, 364
アイリッシュネス　Irishness　236
アイルランド　Ireland　1, 2, 20, 21, 22, 23, 25, 110, 117, 118, 119, 120, 121, 122, 123, 129, 149, 150, 151, 152, 153, 229, 235, 236, 252, 260, 261, 262, 263, 264, 265, 266, 267, 268, 269, 270, 271, 272, 273, 274, 275, 276, 277, 278, 279, 281, 283, 284, 285, 292, 296, 297, 298, 300, 302, 303, 304, 305, 306, 307, 308, 309, 313, 314, 315, 316, 346, 347, 348, 349, 350, 351, 352, 354, 364, 365, 371, 384, 385, 386, 390, 392
アイルランド観　views of Ireland　23, 24, 120, 346, 348, 350, 352, 354, 358, 365
アイルランド語　Irish　296, 314, 315
アイルランド文芸復興　the Irish Renaissance　185, 296, 314, 315
アウグスティヌス　Augustine　334
　『告白録』 *Confessions*　334
アウラングゼイブ　Aurunguzebe　110
『アエネイス』 *Aeneid*　71
アチェベ、チヌア　Achebe, Chinua　195
厚い記述　thick description　34, 73
『アラビアン・ナイト』 *Arabian Nights*　111
アリストテレス　Aristotle　305, 359
アルカイズム　archaism　203
アングロ・アイリッシュ　Anglo-Irish　371, 383, 384, 386
アンソロポファガイ　anthropophagi　49
イェイツ、W. B.　Yeats, W. B.　22, 23, 119, 260
　『イェイツの幻想録草稿』 *Yeats's Vision Papers*　273
　「イニシュフリーの湖島」 'The Lake Isle of Innisfree'　349
　『回顧録』 *Memoirs*　273
　「学童たちの間で」 'Among School Children'　285
　「サーカスの動物たちの逃亡」 'The Circus Animals' Desertion'　280
　「自作のための序文」 'A General Introduction for my Work'　278
　『自伝』 *Autobiographies*　199, 264, 265, 273
　「彫像」 'The Statues'　281
　「ビザンティウムに船出して」 'Sailing to Byzantium'　285
　『ボイラーの上で』 *On the Boiler*　277
　『まだらの鳥』 *The Speckled Bird*　264, 270, 271
　「三つのもの」 'Three Things'　349
　『煉獄』 *Purgatory*　281, 282, 283, 284
　「私の故郷はアイルランド」 'I am of Ireland'　351
意識の流れ　stream of consciousness　293, 294, 295
異種混交（ハイブリッド）　hybrid　3, 24, 254, 276, 277, 279
意図の誤謬　intentional fallacy　47
イングリッシュ（英語）　English　165, 174, 180, 219, 235, 236, 315
隠喩　metaphor　21, 128, 129, 150, 264
ヴァージニア・カンパニー　Virginia Companies　37, 47
ヴァレリー、ポール　Valery, Paul　202

ヴィクトリア女王　Queen Victoria　165, 173
ヴィシュヌ　Vishnu　337
ウィリアムズ、レイモンド　Williams, Raymond　48, 135
ヴェーダ　Veda　337
ウェルズ、H．G．　Wells, H. G.　202
ウォーキング　walking　244
ヴォルニィー Volney, Constantin　84, 86
ウォレン、H．C．　Warren, H. C.　334
　『翻訳仏教』 *Buddhism in Translation* 334, 336
ウパニシャッド Upanishad　332, 334
ウルフ、ヴァージニア　Woolf, Virginia 292, 293, 294, 295, 316, 317
　「現代人の驚き」 'How it strikes a Contemporary'　294
　『歳月』 *The Years*　294
　「モダンフィクション」 'Modern Fiction' 293
　『夜と昼』 *Night and Day*　295
運命　destiny　13, 16, 41, 112, 114, 122, 123, 199, 227, 235, 274, 339, 347, 349, 352, 365
英語（イングリッシュ） English　1, 2, 12, 13, 20, 22, 54, 58, 84, 91, 117, 124, 125, 177, 178, 179, 180, 181, 182, 183, 184, 185, 187, 188, 189, 191, 194, 195, 198, 199, 200, 201, 202, 203, 205, 206, 209, 211, 215, 216, 217, 218, 219, 220, 222, 224, 229, 239, 241, 246, 247, 248, 249, 250, 251, 254, 296, 299, 314, 315, 350, 351, 383, 384, 385, 386, 391, 396
英国学士院（ロイヤルソサエティ）　the Royal Society　241, 242, 243
エジプシャニズム　Egyptianism　85, 89, 99, 104
エジプト　Egypt　11, 20, 21, 84, 85, 86, 87, 88, 89, 90, 91, 92, 93, 94, 95, 96, 97, 98, 99, 103, 104, 164, 273, 274, 275, 279
エッジワース、マライア　Edgeworth, Maria　121
エメット、ロバート　Emmet, Robert 302
エリオット、ジョージ　Eliot, George 146, 148, 252
　『ミドルマーチ』 *Middlemarch*　252
エリオット、T．S．　Eliot, T. S.　23, 321
　「アーヴィング・バビットのヒューマニズム」 'The Humanism of Irving Babbitt'　323
　『荒地』 *The Waste Land*　321, 322, 333, 334, 336, 337
　『異神を追いて』 *After Strange Gods* 325, 327
　『カクテル・パーティ』 *The Cocktail Party*　336
　「かつて王であった男」 'The Man Who Was King'　328
　「現代の精神」 'The Modern Mind' 324
　「シェリーとキーツ」 'Shelley and Keats'　323
　「ダンテ」 'Dante'　323
　「二流の詩とは何か」 'What is Minor Poetry?'　327
　「批評の機能」 'The Function of Criticism' 322
　『文化の定義のための覚書』 *Notes towards the Definition of Culture*　329
　『四つの四重奏』 *The Four Quartets* 321, 327, 333, 335, 337
オーゲル、スティーブン　Orgel, Stephen 33
オースティン、ジェイン　Austen, Jane 294, 295
　『高慢と偏見』 *Pride and Prejudice* 145, 295

『分別と多感』 *Sense and Sensibility* 295
オカルティズム Occultism 167
オカルト Occult 167
オコンネル、ダニエル O'Connell, Daniel 149
『オックスフォード英語辞典』 *Oxford English Dictionary* 2
オリエンタリスト Orientalist 8, 9, 321, 377, 378, 379
オリエンタリズム Orientalism 8, 9, 10, 51, 78, 84, 85, 91, 96, 97, 98, 103, 162, 195, 228, 231, 321, 324, 325, 330, 335, 338, 340, 378, 395, 396
オリエント Orient 10, 21, 84, 85, 86, 87, 89, 90, 91, 92, 93, 96, 97, 98, 100, 104, 377, 378
オリエントの豊穣 Oriental richness 88
オリエント化 Orientalization 100
女嫌い misogyny 175, 234
カー、Ｅ．Ｈ． Carr, E. H. 302
『歴史とは何か』 *What is History?* 302
ガードナー、ヘレン Gardner, Helen 336, 338
カーン、コッペリア Kahn, Coppelia 34
階級 class 1, 11, 12, 21, 40, 119, 120, 128, 129, 130, 133, 134, 135, 136, 137, 138, 139, 140, 142, 143, 144, 145, 148, 149, 151, 155, 167, 174, 176, 177, 178, 233, 236, 240, 244, 260, 261, 273, 283, 354, 359, 361, 364, 365, 381
カイバード、デクラン Kiberd, Declan 308
カウンター･ヘゲモニー counter hegemony 380, 389
カッバニ、ラナ Kabbani, Rana 113
過程 process 5, 7, 16, 17, 41, 47, 62, 64, 163, 170, 177, 183, 189, 245, 246, 284, 285, 295, 303, 329
過程としての文化 culture as process 285
加藤周一 Kato, Shuichi 17, 28, 29, 396
カトリシズム Catholicism 304, 305, 306, 309, 310, 313
カニーバレス cannibales 49
カメレオンの道 Hodos Chameliontos 264
ガリシズム Gallicism 203
ガンパウダー・プロット the Gunpowder Plot 44
キーツ、ジョン Keats, John 21, 86
帰郷 homecoming 23, 346, 348, 349, 350, 358, 365
キプリング、ラドヤード Kipling, Rudyard 22, 185, 226
『キム』 *Kim* 22, 227, 228, 229, 230, 231, 234, 235, 239, 243, 246, 250
『ジャングル・ブック』 *The Jungle Books* 230, 231
キャノン（正典） canon 181, 194, 195, 197, 199, 226, 227, 315, 321, 392
キャリバン Caliban 20, 33, 37, 38, 39, 43, 47, 48, 49, 51, 52, 53, 54, 55, 56, 57, 58, 59, 60, 62, 64, 65, 66, 67, 68, 69, 70, 72, 73, 78, 218, 219, 220, 224, 395
キャロル、ルイス Carroll, Lewis 177, 178
『不思議の国のアリス』 *Alice's Adventures in Wonderland* 177, 178
強者 the strong 1, 13
教養小説 *Bildungsroman* 130, 144, 145, 146, 147, 148, 149, 154, 156
虚構性 illusionism 36, 298, 299
キリスト教帝国主義 Christian imperialism 62
ギルモア、ロビン Gilmour, Robin 135
グラムシ、アントニオ Gramsci, Antonio

389
グリーンブラット、スティーブン Greenblatt, Stephen 32, 73
『驚異の占有』 *Marvelous Possessions: The Wonder of the New World* 61
『シェイクスピアにおける交渉』 *Shakespearean Negotiations* 32
クリシュナ Krishna 24, 370, 371, 372, 376, 381, 384
クレイシ、ハニフ Kureishi, Hanif 384
グレート・ゲーム the great game 230, 233, 236, 237, 243, 245, 246, 248, 249, 253
クレオール Creole 182, 185, 320
クローチェ、ベネディット Croce, Benedetto 301
軍産複合体 military-industrial complex 320
刑法改正法 Criminal Law Amendment Act 175
啓蒙主義思想 the Enlightenment 23, 24, 346, 351, 352, 353, 354, 355, 358, 360, 361, 362, 363, 364, 365
ゲーテ、ヨハン・ウルフガンク・フォン Goethe, Johann Wolfgang von 145, 154, 155, 156
『ウィルヘルム・マイスターの徒弟時代』 *Wilhelm Meisters Lehrjahre* 145, 154, 155, 156
ケルト文化 Celtic culture 296, 315
言語の多様性 a variety of languages 205, 206, 250
肯定的文化混交論 positive theories of cultural hybridity 5
ゴールディング、ウィリアム Golding, William 23, 346
『詩集』 *Poems* 353
「小品」 'Vignette' 353, 354, 355, 358
『地球の果てまで』 *To the Ends of the Earth* 358, 359
『通過儀礼』 *Rites of Passage* 359
『蠅の王』 *Lord of the Flies* 356, 358
「法廷の行列」 'Queue at the Law Courts' 355
「亡命、貧困、帰郷――アイルランド詩に出没する主題」 'Exile, Poverty, Homecoming: The Haunting Themes of Irish Poetry' 346, 348
「ポープさん」 'Mr. Pope' 355
国民性 nationality 346, 347, 351, 352, 364, 365
コスモポリタニズム cosmopolitanism 321, 328, 330
ゴビノー、ヨセフ Gobineau, Joseph A. comte de 4
固有性 peculiarity 15, 321
コルテス Cortes, H. 65, 66, 67
コロキアリズム colloquialism 203
コロンブス Columbus, Christopher 49, 61, 62, 65, 66, 67, 80
『コロンブス航海誌』 *The Journal of Christopher Columbus* 49, 57, 80
混血 mixed blood 4, 5, 165, 176, 185, 217, 229, 232, 233, 234, 236, 237, 239
混交（ハイブリディティ） hybridity 1, 2, 3, 4, 5, 6, 7, 8, 9, 10, 11, 12, 13, 14, 15, 16, 17, 19, 20, 21, 22, 23, 24, 25, 92, 151, 227, 229, 260, 261, 262, 263, 264, 265, 266, 267, 270, 273, 274, 275, 276, 277, 278, 279, 280, 281, 282, 283, 284, 297, 315, 316, 347, 350, 351, 352, 362, 365, 367, 392
コンラッド、ジョウゼフ Conrad, Joseph 22, 194, 249
『オールメイヤーの阿房宮』 *Almayer's Folly* 206
『コンゴ日記』 *The Congo Diary* 209, 216
『ナーシサス号の黒人』 *The Nigger of the 'Narcissus'* 204

『闇の奥』 *Heart of Darkness* 22, 194, 195, 196, 197, 204, 206, 207, 208, 214, 220, 221
『ロード・ジム』 *Lord Jim* 203
コンラディーズ Conradese 203
サイード、エドワード Said, Edward W. 8, 98, 187, 195, 226
『オリエンタリズム』 *Orientalism* 8, 9, 10, 78, 195, 395
『文化と帝国主義』 *Culture and Imperialism* 195, 255
『亡命についての考察およびその他の評論』 *Reflections on Exile and Other Essays* 27
サイミントン Symington, Andrew James 113
サウジー Southey, Robert 85, 112
『ケハーマ王の呪い』 *The Curse of Kehama* 112
雑音 noises 64, 206, 357
雑種 hybrid / heterogeneity 2, 3, 5, 10, 11, 17, 28, 29, 232, 233, 254, 282, 283, 325, 396
雑種化 hybridization 172, 185
サバルタン subaltern 12, 13, 14, 144, 151, 188
サヒーブ Sahib 229, 233, 236, 237, 247, 248, 252
残滓的な residual 48, 74
サンスクリット Sanskrit 334
産物 product 2, 5, 7, 16, 32, 34, 112, 130, 170, 183, 219, 240, 350, 374
シェイクスピア、ウィリアム Shakespeare, William 20, 32, 88, 199, 218, 293, 337, 380, 381
『テンペスト』 *The Tempest* 20, 32, 33, 34, 35, 36, 37, 39, 41, 44, 48, 51, 52, 53, 56, 60, 61, 64, 65, 68, 69, 70, 71, 73, 75, 78, 218
『リア王』 *King Lear* 35
『シェイクスピア批評』 *Shakespearean Criticism* 71
ジェイムズ、ヘンリー James, Henry 252
『ある婦人の肖像』 *The Portrait of a Lady* 252
ジェイムズ一世 James I 33, 44, 77
ジェイムソン、フレデリック Jameson, Fredric 74
シェリー、Ｐ．Ｂ． Shelley, P. B. 21, 85
「オジマンディアス」 'Ozymandias' 89
ジェンダー gender 100, 104, 169, 173, 175, 234
ジェントルマン gentleman 130, 133, 135, 136, 137, 138, 150, 151, 157, 165, 169, 174, 175, 180, 198
シネクドキ synecdoche 60, 65, 68
ジャーブヴァーラ、ルース・プローワー Jhabvala, Ruth Prawer 370, 371
社会的エネルギー social energies 32
弱者 the weak 1, 2
ジャックモン、ヴィクトール Jacquemont, Victor 114
『インド便り』 *Letters from India* 114
シャトーブリアン、フランソワ・ルネ Chateaubriand, Fraçois René de 377, 378
十九世紀の混交論 hybridity theories of the 19th century 3, 282
宿命の女 femme fatale 172, 173, 174
主体 subject 2, 13, 14, 15, 16, 22, 25, 38, 43, 47, 49, 55, 129, 130, 132, 176, 184, 261, 268, 279, 305, 320, 349, 355, 362
純粋 purity 2, 5, 6, 7, 10, 16, 17, 19, 25, 55, 69, 184, 185, 195, 219, 226, 227, 232, 233, 254, 263, 274, 275, 276, 278, 279, 280, 281, 284, 285, 296, 321,

381, 385
ジョイス、ジェイムズ　Joyce, James 23, 128, 292
「オスカー・ワイルド—サロメの詩人」 'Oscar Wilde: the Poet of "Salomé" ' 128
『フィネガンズ・ウェイク』 *Finnegans Wake* 298
『ユリシーズ』 *Ulysses* 23, 292, 293, 294, 297, 298, 299, 300, 301, 302, 303, 304, 306, 307, 308, 309, 310, 311, 312, 313, 314, 315, 316, 317
『若い芸術家の肖像』 *A Portrait of the Artist as a Young Man* 296
上院議員イェイツ　Senator Yeats 265, 266, 272, 283, 284
ジョーダン、シルベスター　Jourdain, Silvester 36
『バミューダ島の発見』 *A Discovery of the Barmudas* 36
食人（カニバリズム） cannibalism 48, 49, 53, 78, 165, 166, 196, 218, 219
植民地　colony 1, 2, 5, 7, 13, 15, 19, 20, 21, 22, 24, 34, 37, 38, 47, 52, 54, 55, 56, 57, 61, 62, 64, 65, 67, 120, 122, 129, 149, 150, 153, 162, 166, 167, 168, 173, 186, 187, 189, 190, 196, 197, 200, 201, 209, 214, 219, 221, 222, 226, 227, 228, 230, 231, 232, 234, 235, 236, 237, 239, 240, 241, 242, 244, 251, 253, 254, 260, 263, 274, 275, 279, 281, 282, 284, 292, 293, 313, 329, 330, 349, 351, 359, 361, 362, 370, 371, 372, 375, 377, 381, 382, 383, 384, 385, 392, 397
植民地後遺症　colonial aftermath 23, 347, 350
植民地主義　colonialism 3, 13, 19, 20, 22, 24, 33, 37, 47, 55, 62, 64, 68, 70, 72, 162, 165, 166, 169, 182, 186, 187, 194, 195, 197, 218, 219, 228, 234, 362, 377, 378, 379, 380, 381, 382, 391, 394, 395
植民地主義体制　colonial establishment 349
植民地的欲望　colonial desire 282
ジョンソン　Johnson, Samuel 111, 305
『アイリーニ』 *Irene* 111
『ラセラス』 *Rasselas* 111
ジョンソン、ベン　Jonson, Ben 40, 76, 296
進化論　Darwinism 167, 172, 182
新興女性層　New Woman 173, 174
ジンゴーイズム　jingoism 167
新歴史主義（ニューヒストリシズム） New Historicism 32, 33, 60, 69, 74, 75, 78
スタンダール　Stendhal 114, 145
『赤と黒』 *Le Rouge et le Noir* 145, 146
スタンレー　Stanley, Henry 196, 235
『暗黒大陸を横断して』 *Through the Dark Continent* 196
スティヴンソン、ロバート　Stevenson, Robert Louis 185
スティル、コリン　Still, Colin 71
ストーカー、ブラム　Stoker, Abraham 173
『ドラキュラ』 *Dracula* 173
ストレイチー、ウィリアム　Streichey, William 36
『郷士トーマス・ゲイツ卿の遭難と救出についての真実の報告』 *True Reportory of the Wracke and Redemption of Sir Thomas Gates, Knight* 36
スパイ　spy 230, 231, 239, 241, 242, 245, 248, 253
スピヴァク、ガヤトリ　Spivak, Gayatri Chakravorty 187
スミス、ゼイディ　Smith, Zadie 384

ズル戦争 the Zulu War 166
性愛 sexual love 128, 140, 152, 175, 264, 265, 270, 271, 272, 283
政治的無意識 the political unconscious 34
正典（キャノン） canon 311, 314, 381, 392
西洋化されたオリエント Westernized Orient 86, 87, 90
セクシュアリティ sexuality 169, 234, 311, 312
セポイ小説 Mutiny romance 377
セルフ・エキゾティシズム self exoticism 232
セントルイス St. Louis 325, 328, 337
ダーウィニズム Darwinism 232
大反乱 the Mutiny 227, 237
多元起源論 polygenesis 3, 4, 5, 6
多言語 polyglot 12, 22, 182, 200, 201, 203, 207, 249, 250, 315
脱構築 deconstruction 7, 13, 96, 129
ダミー dummy 130, 133, 148, 151
単一起源論 monogenesis 4, 6, 282
置換 displacement 55, 65, 67, 68, 69, 70, 71, 73, 376
地図 map 163, 170, 214, 215, 217, 238, 242, 245, 248
秩序 order 5, 23, 24, 39, 40, 170, 172, 215, 231, 312, 346, 352, 353, 354, 355, 356, 357, 358, 359, 362, 365
中産階級 the middle classes 120, 135, 136, 137, 138, 139, 140, 142, 143, 148, 149, 155, 174, 177, 178, 261
チューリップ熱 tulipomania 117, 119
調和 harmony 8, 19, 23, 124, 139, 144, 145, 156, 228, 262, 263, 264, 265, 270, 271, 272, 274, 275, 276, 277, 278, 279, 281, 284, 336, 337
チョーサー Chaucer, Geoffrey 184
ディーン、シェイマス Deane, Seamus 120, 315, 348, 354, 361
デイヴィス、トマス Davis, Thomas 149
ディケンズ、チャールズ Dickens, Charles 199, 226
『大いなる遺産』 *Great Expectations* 146
帝国主義 imperialism 22, 33, 49, 62, 91, 92, 98, 100, 104, 120, 122, 136, 149, 151, 152, 162, 166, 167, 169, 170, 176, 177, 178, 179, 182, 186, 188, 191, 194, 195, 196, 197, 198, 216, 226, 227, 228, 231, 234, 235, 245, 252, 255, 308, 314, 329, 330, 370, 371, 372, 375, 376, 377, 378, 379, 381, 383, 385, 386, 391, 395, 396
帝国主義的ゴシック小説 Imperial Gothic 167
ディスコース discourse 9, 11, 14, 15, 25, 43, 44, 46, 52, 55, 57, 60, 72, 73, 74, 90, 92, 95, 299, 300, 303, 304, 305, 306, 310, 311, 312, 313, 314, 315
ディズレイリ、ベンジャミン Disraeli, Benjamin 375
テイラー、トーマス Taylor, Thomas 71
テクスト的痕跡 textual traces 32, 60, 68
デフォー、ダニエル Defoe, Daniel 178
『ロビンソン・クルーソー』 *Robinson Crusoe* 178
デリダ、ジャック Derrida, Jacques 7, 17,
伝統 tradition 7, 10, 11, 21, 23, 25, 47, 49, 88, 120, 123, 153, 195, 205, 241, 260, 261, 269, 270, 271, 277, 278, 295, 296, 305, 306, 309, 310, 313, 314, 315, 316, 317, 321, 325, 330, 331, 338, 339, 351, 354, 358, 361, 364, 372, 377, 383
転覆 subversions 35, 52, 53, 64, 79, 383

東方物語　Oriental Novel　21, 110, 111, 112, 117, 121
トーン、ウルフ　Tone, Wolfe　302
トドロフ、ツヴェタン　Todorov, Tzvetan　57
ナイト、G．W．　Knight, G. W.　34
ナイポール、V．S．　Naipaul, V. S.　7, 129, 154, 371
『物真似屋』　*The Mimic Men*　129
ナイル　the Nile　21, 88, 89, 90, 92
夏目漱石　Natsume, Soseki　18, 29
ナボコフ、ウラジーミル　Nabokov, Vladimir　124, 372
南北の統一　unity of the South and the North　23, 269, 273
憎しみ　hatred　277, 278, 279, 282, 284, 308, 356
ニューヒストリシズム（新歴史主義）New Historicism　20, 91
庭　garden　115, 117, 118, 214, 217, 245
ネイティヴ　natives　244
ノウルズ　Knolles, Richard　111
バーク、エドモンド　Burke, Edmund　354
ハーディ、トマス　Hardy, Thomas　185
パーネル、チャールズ・スチュワート　Parnell, Charles Stewart　149, 267, 303
バーバ、ホミ　Bhabha, Homi K.　6, 7, 55, 187, 241, 253
ハーバード　Harvard　322, 326, 328, 335, 338
ハイバーノー・イングリッシュ　Hiberno-English　315
ハイブリダイゼイション　hybridization　243
ハイブリッド（異種混交）　hybrid　55, 56, 141, 143, 144, 151, 176, 179, 185, 201, 220, 227, 231, 232, 234, 235, 236, 238, 239, 243, 244, 249, 250, 251, 254, 315, 335, 339
ハイブリディティ（混交）　hybridity　22, 23, 48, 55, 91, 226, 229, 231, 235, 236, 238, 243, 245, 246, 253, 254, 297, 320, 321, 322, 333, 336, 338, 339, 383, 384, 385, 392
バイロン　Byron, George Gordon Noel　107, 111, 112, 124
『異端外道』　*The Giauor*　111, 112, 124
『海賊』　*The Corsair*　111
パヴォード、アンナ　Pavord, Anna　117, 118, 125
ハガード、ライダー　Haggard, Ryder　22, 162, 222, 249
『女王の復活』　*Ayesha: The Return of She*　173
『ソロモン王の洞窟』　*King Solomon's Mines*　22, 162, 163, 166, 168, 170, 172, 174, 179, 181, 183, 184, 189
『洞窟の女王』　*She*　22, 162, 163, 164, 168, 170, 172, 173, 174, 175, 176, 181, 184, 186
『バガバッド・ギータ』　*Bhagavad-Gita*　323, 331, 335
パックス・アメリカーナ　Pax Americana　320
パックス・ブリタニカ　Pax Britannica　321
ハックルベリー・フィン　Huckleberry Finn　327
バブー（インド紳士）　Babus　230, 238, 239, 240, 241, 242, 243, 248, 249
バフチン、ミハイル　Bakhtin, Mikhail　7, 23, 314, 382, 383
パブリックスクール　public school　233, 384
バベル　Babel　250
バリー、ジェームズ　Barry, James　237
パロディ　parody　43, 57, 62, 65, 68, 144, 146, 147, 299, 374
犯罪　delinquency　238, 356

ハンター、R．G．　Hunter, R. G.　46, 163
反ユダヤ主義　anti-Semitism　307
ピーター・パン　Peter Pan　237
ヒーニー、シェイマス　Heaney, Seamus　120
ヒューム、ピーター　Hulme, Peter　34, 37, 73
ピューリタン　Puritan　152, 321
標準英語　Standard English　13, 22, 185, 201, 203, 220
貧困　poverty　23, 217, 262, 346, 348, 349, 350, 352, 365, 376
ファウルズ、ジョン　Fowles, John　372
『フランス人副船長の女』　*The French Lieutenant's Woman*　372
ファノン、フランツ　Fanon, Frantz　55, 189, 219, 253
『黒い肌・白い仮面』　*Blak Skin, White Masks*　189
『地に呪われたるもの』　*Les damnes de la terre*　55
ファレル、J．G．　Farrell, J. G.　24, 371
『記憶の中の少女』　*A Girl in the Head*　372
『クリシュナプールの籠城戦』　*The Siege of Krishnapur*　24, 370, 371, 372, 376, 381, 384
『シンガポール・グリップ』　*The Singapore Grip*　371, 386
『トラブル』　*Troubles*　371, 384, 386
フィラモーズ　Feramorz　110
フーコー、ミッシェル　Foucault, Michel　77, 238
『監視と処罰』　*Discipline and Punish*　238
プーシキン、アレクサンダー・セルゲーヴィッチ　Pushkin, Aleksander Sergeevich　145
フォークス、ガイ　Fawkes, Guy　44
フォースター、E．M．　Forster, E. M.　373
『インドへの道』　*A Passage to India*　373
フォード、フォード・マドックス　Ford, Ford Madox　202,
福田恆存　Fukuda, Tsuneari　18, 29, 397
フライ、ノースロップ　Frye, Northlop　312
プラトン　Plato　337
フランス革命　the French Revolution　24, 88, 91, 145, 351, 352, 354, 358, 359, 360, 361, 362, 363, 364, 365
ブレイク、ウィリアム　Blake, William　21, 85, 305
「エジプトの聖母子像」　'The Virgin and Child in Egypt'　93
「エジプトの肥沃」　'Fertilization of Egypt'　88, 94
「立ち上がるアルビオン」　'Albion Rose'　96
『天国と地獄の結婚』　*The Marriage of Heaven and Hell*　95
『ミルトン』　*Milton*　97
フロイト　Freud, Sigmund　94, 107, 145, 147, 169
ブロー、ジェフリー　Bullough, Geoffrey　36
プロスペロー　Prospero　33, 34, 35, 36, 37, 41, 42, 43, 46, 47, 48, 51, 52, 56, 57, 58, 59, 67, 68, 69, 71, 72, 73, 78, 218, 219
プロテスタント支配体制　Protestant Ascendancy　22, 260, 261, 266, 281, 282, 364
フロビッシャー、マーチン　Frobisher, Martin　59
文化混交（ハイブリディティ）　hybridity　5, 6, 8, 9, 11, 17, 20, 21, 22, 24, 25, 92,

276
文化的交流　cultural transactions　32
文化的混交　cultural hybridity　1, 23, 24, 260, 261, 351, 352, 367
文化的生産物　cultural product　32
文化的多元主義　multiculturalism　34
文化の詩学　poetics of culture　32
文化の統一　unity of culture　264, 265, 266, 270, 273, 275, 276, 279, 284, 285, 330
ペイター、ウォルター　Pater, Walter　128
『ルネッサンス史研究』 *Studies in the History of the Renaissance*　128, 153
ベーデン・ポーエル　Baden-Powell　231
ヘゲモニー　hegemony　24, 177, 321, 338, 380, 383, 385, 389, 390
ベスト、ジョージ　Best, George　60
ベックフォード、ウィリアム　Beckford, William　111
『ヴァテック』 *Vathek*　111
ヘラクレイトス　Heraclitus　237, 335
ヘロドトス　Herodotus　49
亡命　exile　11, 23, 128, 346, 348, 349, 350, 365
ボーア戦争　the Boer War　166, 313
ボーイスカウト　the Boy Scouts　231
ポープ　Pope, Alexander　355, 358
ホール、スチュアート　Hall, Stuart　14, 15, 16, 17
ホール、スタンレー　Hall, G. Stanley　235
『思春期』 *Adolescence*　235
ポカホンタス　Pocahontas　174
保守主義思想　conservative thought　354, 358, 359, 362
保守主義者　conservative　321, 365
ポストインペリアル　post-imperial　384
ポストコロニアリズム　postcolonialism　20, 32, 38, 46, 47, 48, 74, 188, 251, 297, 350, 371, 396, 397
ポストコロニアル　postcolonial　12, 13, 23, 144, 162, 163, 176, 188, 189, 194, 195, 218, 226, 227, 245, 253, 254, 292, 296, 297, 313, 316, 322, 349, 370, 371, 383, 384, 391, 392, 393, 394, 397
ポストモダニズム　postmodernism　23, 297, 320
ホメロス　Homer　180, 298
『オデュッセイア』 *The Odyssey*　298, 303, 309
ポリフォニック　polyphonic　313, 314
ホワイト、ヘイドン　White, Hyden V.　38, 76
本質主義　essentialism　2, 5, 6, 8, 9, 11, 13, 14, 15, 19, 25, 34, 75, 254, 282, 325, 347, 350, 352, 358, 364
翻訳理論　theories of translation　7
マキャヴェリ　Machiavelli, Niccolo　41
『君主論』 *The Princes*　41
マスター・ナラティブ　master narrative　52
マダム・バタフライ　Madame Butterfly　174
マノーニ、オクタヴ　Mannoni, Octave　218
『プロスペローとキャリバン』 *Prospero and Caliban*　218
マハフィー、ヴィキー　Mahaffey, Vicki　132
マホメット　Muhammad　111, 173
マルティレ、ピエトロ　Martir de Anglerei, Pedro　68
『新世界八〇年史』 *Decadas del Nuevo Mundo*　68
ミソジニー（女嫌い）　misogyny　234
ミミクリ(物真似)　mimicry　129, 153, 241, 253
民族学　folklore　3, 239, 241, 242

民族主義　nationalism　149, 278, 279, 307, 308, 313, 314, 394
ムア、トマス　Moore, Thomas　21, 110
『アイルランド歌曲集』 *Irish Melodies* 120
『ララ・ルーク』 *Lalla Rookh* 21, 110, 111, 112, 113, 114, 115, 116, 117, 119, 120, 121, 122, 123, 124
メリメ　Mérimée, Prosper　114
モクテスマ　Moctezuma　65, 67
モダニズム　modernism　204, 208, 292, 317
物真似（ミミクリ）　mimicry　129, 153, 241, 253
物真似屋　mimic men　129, 153, 154, 239, 240, 241, 242, 249, 254
物真似理論　theories of mimicry　7, 22
模倣（ミメーシス）　mimesis　241
モレッテイ、フランコ　Moretti, Franco 130
モンテーニュ　Montaigne　53, 54, 79
『随想録』 *Les Essais* 53
ヤング , ロバート　Young, Robert J. C. 3, 4, 5, 282
優性学　eugenics　281
許しの喜劇　comedy of forgiveness　46
ラカン、ジャック　Lacan, Jacques　7
楽園追放　the Fall　168, 214
ラス・カサス師　Bartolome de las Casas 54
『インディアスの破壊についての簡潔な報告』 *BREVISIMA RELACION DE LA DESTRUCCION DE LAS INDIAS* 54, 79
ラッセル、ジョージ　Russell, George 262, 268, 275
ラファエル前派　Pre-Raphaelite Brotherhood 172
乱交　promiscuity　352
リアリズム　realism　23, 35, 77, 297, 299, 372
リーヴィス、Ｆ．Ｒ．　Leavis, F. R.　334
リース、ジーン　Rhys, Jean　370
離婚　divorce　134, 265, 266, 268, 269, 270, 271, 273
歴史　history　7, 8
歴史化　hitoricizing　34, 103
歴史的経験　historical experience　13, 15, 17, 19, 24
レタマール、ロベルト・フェルナンデス Retamar, Roberto Fernandez　47
ローリー、サー・ウォルター　Raleigh, Sir Walter　37
ロゴス中心主義　logocentrism　320
ロバート、ウエルチ　Welch, Robert 121
ロマン派　Romanticism　21, 84, 85, 86, 87, 88, 89, 91, 92, 93, 94, 97, 98, 100, 103, 104, 105, 108, 172, 377, 378, 379, 391
ロレンス、Ｄ．Ｈ．　Lawrence, D. H. 325
ワーズワース　Wordsworth, William 99, 248, 294
ワイルド、オスカー　Wilde, Oscar　21, 128, 175
『ドリアン・グレイの肖像』 *The Picture of Dorian Gray* 129, 130, 146, 150, 152

編著者
山崎弘行（大阪市立大学）
執筆者［五十音順］
池下幹彦（姫路獨協大学）
板倉厳一郎（中京大学）
岡田和也（岡山大学）
河野賢司（九州産業大学）
高橋渡（県立広島女子大学）
道木一弘（愛知教育大学）
中村裕英（広島大学）
吉本和弘（姫路獨協大学）

英文学の内なる外部
ポストコロニアリズムと文化の混交

二〇〇三年三月二十日　初版発行

編著者　山崎弘行
発行者　森　信久
発行所　株式会社　松柏社
〒一〇二-〇〇七二　東京都千代田区飯田橋一―六―一
電話　〇三(三二三〇)四八一三(代表)
ファックス　〇三(三二三〇)四八五七
Eメール　shohaku@ss.iij4u.or.jp
装幀　ペーパーイート
製版・印刷・製本　株式会社　平河工業社

ISBN4-7754-0028-2
定価はカバーに表示してあります。